The Dark Flood Rises

Margaret Drabble

昏い水

マーガレット・ドラブル
武藤浩史 訳

CREST BOOKS
Shinchosha

昏い水

THE DARK FLOOD RISES

by

Margaret Drabble

First Japanese edition published in 2018 by Shinchosha Company

Japanese translation rights arranged with Canongate Books Ltd.

through Tuttle-Mori Agency, Inc., Tokyo.

Illustration by Saori Kuwabara

Design by Shinchosha Book Design Division

バーナディン（一九三九―二〇一三）に

昏い水が押し寄せてくる、
怖じける魂の足元が洗い流されてゆき、
からだが少しずつ死んでゆく。

（D・H・ロレンス「死の船」）

冬のあいだは春よ来たれと言い
春のあいだは夏よ来たれと言い
生垣の鳴り響《とよ》むころには
冬が一番と声高に叫ぶ、
そのあとに良きものは一つもなし
春は来ていないのだから、とも——
血のざわめくは死を渇望してのこととは、
知る由もなし。

（W・B・イェイツ「円環」）

自分にむかって言うこの世の最後の言葉は、結局のところ、「バカッたれ」か、あるいは、気分や時間次第で、「このドアホッ」になるのではないか。車のスピードを出しすぎて木に衝突するとか、ほったらかしのボイラーが爆発するとか、玄関が火と煙でいっぱいになるとか、手をのばして摑んだ高いところの雨樋がはずれるとかして。最期の言葉はそんなものだろう。確かめようのないことだが、そんなものではないか、と彼女は思うのだった。最近は、「棺を覆うまで、人の幸せは定まらず」(ギリシャの悲劇詩人アイスキュロス『アガメムノン』より)という言葉に深く惹かれるようになった。「人の幸せ」というより「女の幸せ」か。たしかに、古代ギリシャの昔から、不幸な最期を遂げた女はたくさんいた。ディド、ヘカベ、クリュタイムネストラ、アンチゴネ。もっとも、もちろん、アンチゴネは現代人には無意味に見えるけれども、自分の信念を通して喜んで若死にし、その結果、老年の不都合をまったく知らずにすんだ。

フラン自身は若死にするにはもう遅すぎる。関節炎、外反母趾、初期のまだ治療できない白内障、ほくろ、水疱、手首の衰え、しのびよる気力体力の弱りを避けられない年齢だ。(もしかしたらさほど遠くない）将来、これらの不快が耐え難くなり、生のすべてを一気に、大騒ぎになるようなやり方で終わりにする暴挙に及ぶような気もする。だが、たとえ一刀両断に自らの生を切り捨てたとしても、そのために、それ以前の時折の幸福が、ある種の成熟を求めての長い奮闘が、いくつかのささやかな成功が、刻苦精励が、無に帰するものだろうか。人生最後の収支決算はどのような様相を呈するのだろう。

　制限速度を数キロ超えるスピードでM1号線高速道をバーミンガムに向かう彼女がこんな計算を考えはじめたのは、ステラ・ハートリープの訃報がきっかけだった。

　新聞の死亡記事に腹を立てていた。もっともらしいのに、実は性差別的で高齢者差別的な、偽善的な綺麗ごとだった。「人の不幸は蜜の味《シャーデンフロイデ》」がぷんぷん臭った。そして、車中のBBCラジオ4のあの訃報コーナーで、ステラの名をまた耳にすると、またいらいらが募った。ステラをとてもよく知っているわけではなく、ハイゲート（ロンドン北部の高級住宅地）の家を出る少し前にヘイミッシュを通じて会ったときからのつきあいだったが、それでも、それらの死亡記事がタワゴトであることくらいはわかる。遠く離れたウェールズ黒山地《ブラック・マウンテンズ》の農家に住み、「フェイマスグラウス」を大グラスでぐいっと飲み干してから、ベッドで点《つ》けた煙草の火が寝具に燃えうつって、その煙を吸いこんだあげくの死だった。そのどこが悪いと言うのだ？　親友バージットのように、副作用のひどい化学療法を車椅子に座って待つあいだに病院の廊下で死ぬよりましではないか。少なくともステラの死は他人のせいではなかったし、最後の数分が快適ならざるものだったとしても、それはバージットの場合も同じだろう。バージットの最期は、どう見てもまったく快適ならざるものだったばかりか、誇り高き独立自尊の慰めさえ与えられなかったのだ。

　バージットはステラ・ハートリープの最期を認めなかっただろう。もしかしたら、悪しざまに評したかもしれない。バージットは独断の激しい女だった。だが、それはここでは関係のない話だ。だれかの考えに同意する必要はまったくない。

古い友人で最近久しぶりの再会を果たした重病のテリーサなら、ステラの死を悪しざまに言うことはないだろう。決して人のことを悪く言わない人だから。

「わが運命の支配者は我なり、わが魂の主人も我なり」（ウィリアム・アーネスト・ヘンリーの詩「不撓不屈」より）。「ローマ人が、ローマ人の手で、果敢に敗れたのだ」（シェイクスピア『アントニーとクレオパトラ』より、アントニー最期の言葉）。

トラックが彼女の車の後ろにぴったりと付いている。その水の中の死んだガラスの目のような大きく汚れたヘッドライトが、バックミラーにぼうっと映っている。かつて、ヘイミッシュは、こんなとき、ブレーキをぐいっと踏んで、警告してやった。危ないと思ったが、それで事故になることはなかった。ヘイミッシュは車の運転では死ななかった。彼の死因は、もっと隠微で、おとなしそうな顔をして、苦しみをずるずると長引かせる類のものだった。

フランはアクセルを踏む。ブレーキより安全だもの。最初の夫のクロードは踏んでこそアクセルだと信じていて、彼女もこの点は同じ考えだった。

フランチェスカ・スタブズは、老人ホーム関係の大会に行くところだ。老人ホームは、彼女の思考の流れに沿ってはいたが、英雄的なテーマではない。フランはこの分野の専門家のような存在で、老人の住居の調査と改善のために潤沢な資金を提供するある公益財団に雇われている。あらゆる形の公共住宅にずっと興味があったので、この新しい仕事が合っていた。二十一世紀初頭の今、イングランドでは一人暮らしを選択する人が増えているという現象が面白かった。学生たちは共同生活を嫌がることもなく、むしろそれを楽しんでいる。病人や老人は、共同生活を余儀なくされる。だが、中年の壮健な人に、むしろ独居を選ぶ者が増えている。その結果、現状では住宅の数が足りなくなり、どの政権もそれに対応しきれていない。いや、きちんと対応するつもりもないかも。

フランは土地に税金を課することに賛成である。そうすれば、少しでも状況が動くだろう。だが、イングランドの人たちはえらく土地に執着していて、一ヤードさえ手放したがらない。「自由保有権《フリーホールド》」という言葉がびんびん心に響くのだ。

いや、今の彼女の仕事に関わる住宅総数とか町づくり政策とかいうものにはまるきり英雄的な要素はないけれども、老いるというテーマそのものは英雄的だ。老いには勇気が求められる。

フランは不釣合いなほど子どものころから、英雄の死や有名な最期の言葉、悲劇的な辞世の句に惹かれてきた。両親の本棚に『ブルワー故事成語事典』（一八七〇年刊の、一巻ものの有名な事典）があり、十代の彼女はそれを何時間もむさぼり読んだ。お気に入りのセクションは「臨終の言葉」で、信心深いものがあるかと思えば、自己満足が臭ったり、真偽のほどがわからなかったり、ふてぶてしかったり、どっちらけだったり、中身はよりどりみどりだった。芸術家はなかなか立派だった。ベートーヴェンは「天国では、耳も聞こえるだろう」と言ったそうだ。艶っぽい画家エティは「すばらしい！　この死はすばらしい！」と叫んだ。キーツはかわいそうな友セヴァーンを温かく慰めながら敢然と逝った。

これから処刑される者には、言うまでもなく、最期の思いをきちんと準備する時間があった。彼女のお気に入りは、ロマンティックな探険家ウォルター・ローリーの言葉「心の向きが正しいのなら、首の向きなんかどうだっていい」だった。あとになって知ったのだが、子どものころに宗教にひどく苦しんだハリエット・マーティノーは、ストイックにこう言った――「わたし、ハリエット・マーティノーの存在が永続しなければならない理由もありませんから」。見事な言葉づかいで示されたその心境は、マーティノーのことを知るのはまだずっと先だったのに、子どものフランを魅了した。だが、一番気に入っていたのは、デーン人シーワードが部下に言った別れの言葉――「立ったまま死ねるように、わたしを抱き上げてくれ。牛みたいに寝転がって死ぬのは御免こうむる」だ。戦場で死ぬこともないだろうに、どうしてこの言葉がこんなに心に響くのか、彼女にもわからなかった。もしかしたら、デーン人の血が流れているのかもしれない。そう、たぶん、多くの、いや大半のイングランド人同様、そうなのだろう。いや、もしかしたら、牛の話がいいのかもしれない。差別感情よりも、ふしぎな愛情が感じられる。

戦場よりも高速道路の上で死ぬ可能性のほうが、わたしの場合、ずっと高い。

バイキングたちは、ベッドの上でしずかに穏やかに死ぬことを良しとしなかった。最初の夫のクロードは違う。今のクロードは、最大限の心地よさを求めている。

フランはトラックを引き離し、えび茶色の汚れた家族向きセダンを追い越しつつあった。「赤ちゃん乗車中」という腹の立つステッカーが貼ってある。今では、特徴のない白い汚れたバンがぴったり彼女の後ろに付いている。雨は降っていないが、荒れ模様の天候で、フロントガラスに二月の汚い泥がはねている。天気はさらに悪くなるとの予測だったが、まだそうなってはいない。厳しい寒さの嫌な冬の気候がつづいていた。

いったい、どうして、わたしは車で行くのだろう。なぜ、鉄道にしないのだろう。その必要もないのに頑固に一人暮らしにこだわるすべての人同様、彼女は自分のささやかなスペースに一人でいるのがとても好きだった。気に障る格好をした他人と一緒に鉄の箱に閉じこめられ、彼らがポテトチップやサンドイッチを食べたりポリスチレンのコップでコーヒーを飲んだりその巨体を自分の席からはみ出させたり携帯でぺちゃくちゃお喋りしたりするのが嫌だった。今は、衛星ナビに導かれて、夕食を楽しみに、上機嫌で、バーミンガム郊外の「プレミアイン」（英国のホテルチェーン）の駐車場に向けて邁進しつつあった。同じ大会の出席者で同宿の人たちと顔を合わせるのも楽しみだった。それでも一人になりたければ、ホテルの特徴のない自室にこもって、地方テレビ局の番組を見ることだってできる。フランは地方局の番組が大好きだ。いろいろな地方の番組を見ていると、変な情報がたくさん集まってくる。今でも自分にイングランドのあちこちを回って公営住宅や介護ホームを見る体力と気力が残っているのは嬉しかった。仕事に恵まれた幸運もある。ときどき気分が高揚すると、自分はイングランドに頭から足の爪先まで恋をしているのではないかと思う。イングランドは最後に残った恋の相手で、死ぬ前にそのすべてを見たいと思う。叶わぬ夢と知ってはいるが、できるかぎりのことをしよう。

彼女を雇う公益財団は、スコットランドやウェールズをその事業対象にしていなかった。イングランドを車でめぐっているときに死んだとしても構わない。罪のない人を巻き添えにするのは望まないけれども。

白い汚れたバンがぴったりくっついてくる。悪名高き白バン運転手というイメージには根拠があるとフランは思う。

『ブルワー故事成語事典』には「奇妙な死因」というセクションもあり、「臨終の言葉」ほどの面白さはないが、それなりの魅力があった。大半が古代の例で、ヤギの毛やブドウの種やギニー金貨やつまようじを飲みこんで死んだ者がいた。プリニウスによれば、アイスキュロスは空から降ってきた亀に当たって死んだ。ブタに殺された者が大勢いた。笑いすぎて窒息死した者もいた。白バンの犠牲者は多数にのぼるだろうに、フランの知るかぎり、それを数えようとした者はいなかった。

同僚ポール・スコービーとの再会も楽しみだ。地下の指定のケージの中に車を置いて、「プレミアイン」のフロントでチェックインの手続きをしていると、その彼が、一パイントのグラスを手に、ロビーのオレンジと紫のカウチに座って、頭上の巨大高画質テレビに映し出されたサッカーの試合をじっと見ていた。フランの視線を感じて、彼は彼女に手を振る。フランは、彼の方に行って挨拶し、どうかそのままサッカーを見ててちょうだいと伝える。ポールは彼女の友人であり協力者だ。彼女が肌身にしみてわかる老人の欲求のいくつかを知るには若すぎたが、彼にはいい意味でのシニカルさがあって、その距離感に元気づけられた。人が望むべきものを望むとはかぎらないことが、彼にはわかっていた。老人産業で働くとても多くの人と違って、人間の偏屈さを理解している。老人の「我が家」とその地域に対する奇妙な愛着や苛立ち、今までずっと文句も言わずに仲良く暮らしてきた家族の誰かに対する突然の嫌悪、じきに一人でやっていけなくなる老いの現状の否認など、人の欲求の予測できない気まぐれぶりに、ポールは尋常ならざる理解を示す風だった。共同生活や協同計画がいいと思っていたが、それでも、生活の簡素化を拒否し、住宅税の脅威を冷たく見据えながら、五階建ての建物で頑迷に一人最期を迎えることになる老人の気持ちも受け入れた。「あめと鞭だ」、とポールは言う。その家から出したいのなら、それなりに工夫しておびき出さないと。

フランには「あめと鞭」という言い方が気に入らない。老人はロバではないのだ。それでも、ポールの考えの正しさはわかる。

ポール自身の母は、バーミンガムに近いスメジック市西端ハグウッド地区の、一九五〇年代に建てられた低層住宅団地で今も頑固に一人暮らしをつづけている。彼もそこで生まれた。ポールは母の話をときどきしたが、いつもというわけではなかった。母の話よりも、市営・公営住宅の話のほうが多かったが、彼の考えの背後に母の問題があることを、フランは知っていた。それから、高齢で認知症の進んだ母方のドロシー伯母さんが、このバーミンガムのすぐ近くに住んでいて、ポールは一泊二日の出張のあいだに彼女を見舞う予定を組んでいた。フランも一緒に付いていって、伯母さんが長年過ごした小さな介護ホームを見学することになっている。このあたりをフランはよく知らなかったが、今は南部のコルチェスターに住むポールの故郷だったのだ。

ポールが、カウチの自分の横のところをぽんぽんと叩いて、ここに座りなよと身ぶりで示すので、フランは座る。もこもこしたホローファイバーの詰まった不燃性の革っぽいカウチは、彼女がその軽い体をあずけるだけで、ぐっと沈んだ。こりゃ立ち上がるとき大変だわ、と彼女は思う。

ポールは髪もまつ毛も薄茶色で、少しだけそばかすのある、とても色白な男だ。小さい鼻の先がつんと上がった少年っぽい好感のもてる顔立ちで、息子のクリストファーより少しだけ年下の四十代半ばだろう、とフランは踏んでいた。バイキングの青ではなくハシバミ色の瞳。建築家になりたかったが、資格を取るまで時間がかかりすぎて、お金を稼がなくてはいけなくなり、家づくり町づくりの仕事についた。(求められることは多くなかったが)彼の美的意見は驚くべきものである。個人的にはノスタルジックにモダニズム建築を好んでいた。だが、(意見を訊かれる機会はあまりないものの)イングランドの老人のほとんどが、モダニズムを毛嫌いして、平屋の田舎屋群に小さなスーパーマーケットがくっついているようなポストモダンなミックスを好んでいることを認めていた。ハグウッド地区のさまざまな並木道や弓なりの道を見て、住宅団地にこれらすべての特徴を組み込むことが簡単なこともわかっている。

彼は、細かい改善がとても上手い。自分でもそれがわかっている。老いゆく人、体が不自由な人、それも加速度的にそうなってゆく人のために住まいの部分部分をどう変えていけばいいかを、知り尽くしている。フランは、(まだ体は動くものの)老化を経験しつつある大先達として、ぜひ意見を聞かせてほしい、気づいたことを教えてほしいと、ポールに頼られた。フランが浴室のドアを開けられずに死んだ女性の話をすると、彼は夢中になった。その女性は、握力がなくなったということ以外、どこもとりわけ悪いところはなかったのに、浴室でごく小さな発作にみまわれたとき、ドアノブを回して電話で救急車を呼べなかったために、冷たい風呂場の床で事切れた。

くるっと回す時代遅れの代物《しろもの》ではなく、レバー型のドアノブだったら、その女性は今でも生きているだろう。浴室に入ったあとドアを閉めなければ——だって一人暮らしならその必要もないだろうに——彼女は今でも生きているだろう。

ドアノブに殺される。

「釘が足りずに戦に負けたよ」

年を取ったら、気をつけなければ。

「蹄鉄の釘が足りないだけで」(前の引用とともに、元はイギリスのわらべ歌)

フランはビールの誘いを断る。七時にここで会いましょう、と彼女は言う。自分の部屋に上がってゆき、ブーツを脱ぎ、ベッドに横になって、西ミッドランド州と黒　郷《ブラック・カントリー》(バーミンガム周辺の工業地帯)の豊かな日常生活を伝えるニュースをじっと見る。少し肌寒い。室温調節装置がどこかにあるはずだが、探しても見つからない。まあ、いいか。「プレミアイン」で低体温症になって死ぬことはないだろう。

いい部屋だ。枕の白さがいい。信頼できる設備とびきり美味しい朝食を誇らしげに書き連ねた派手であざやかな紫もいい。「プレミアイン」はシンボルカラーの紫を華やかに前面に押し出している。

＊

地方ニュースには、いくつか軽く興味をひくようなトピックがあり、気分が落ち着いた。断固として陽気な花屋がバレンタインデーのイベント宣伝を兼ねておしゃべりしていた。フードバンクのボランティアへのインタビューがあった。ビルストンのバスストップでナイフ刺傷事件があり、幸い死者は出なかった。もっとも驚いたのは、明け方にダドリーとその近辺を襲った小地震である。大半の人は気づきさえせず、ほとんど騒ぎにならなかった。朝ごはんの食器がカタカタ鳴ったとかフロアスタンドが倒れたとか言う者が一人二人いるくらいだった。ネコ、イヌ、セキセイインコがその到来を敏感に察して落ち着かなくなったと言う飼い主はいた。それは普段のニュースの域を出なかった。だが、係留中の狭い舟の上で、かなり大きい正体不明の波にゆさぶられたと、そんなことを言い出しそうにない若い女が潑剌としゃべっているのがフランの気をひいた。

「津波《ツナミ》じゃあなかったわ」と、紫のウールの帽子をかぶり、赤いもこもこのジャンパーを着、カウボーイブーツをはいた赤い頰っぺたの元気な女が、野外博物館のある運河の埠頭に立って、あっけらかんとポーズを決めている。

「でも、まちがいなく波だった。石灰岩の洞窟から来たと思ったわ。石切り場がくずれたか、採掘用のトンネルがくずれたか。もしかしたら、川に住んでる巨大な獣が穴から出てきたとか。何千年も穴のなかであたしに会うのを待ってたわけ!」

フランは彼女のことがひどく気に入った。ウルヴァハンプトン方言で、いかにも楽しそうに思いをめぐらす様子がとてもいい。インタビュアーもカメラマンも、この女性のいかにもテレビ向けの個性的な映りの良さがわかっている。フランは感心する。

元気いっぱいの女性が言う。

「ほんとのところ、あたし、この世の終わりみたいな、何かほんとにひどいことが起きないかといつも思ってるわけ。わかる? そういうの目撃したいわけよ。わかる?」

そして、にっこり微笑んでから、こうのたまう。

「でも、とても小さな地震にすぎなかった。マグニチュードなんかほんとに大したことないわけじゃない？　だから、ダドリー町の終わりにもならないわけ！　もっと大っきいのがよかったって言ってるわけじゃないのよ。でも、そうだったら面白かった。ね、わかる？」

　フランには、彼女の言いたいことがとてもよくわかる。自分も、世界の終わりを見てみたいとよく思う。自分のせいでそうなるのは嫌だけれど。それを目撃して、すべての終わりを、この不必要な苦しみに満ちた、まったく愚かしい意味のない試みすべての終わりをちょっと確かめてみたい。小惑星の衝突や大地震やその類の、まったく人の行いとは無関係な地球や宇宙の公明正大な暴力行為のせいで。どうして人類は自らの存在を永続させようとするのか、あらゆる犠牲を払って生きつづけようとするのか、フランにはわからない。わかる気がしたことは一度もない。自分がわからないのは年寄りのひがみ心に起因するわけではない。テレビで、元気で幸せそうな若い女性が、自分と同じような哲学的反抗を試みているのを見て、フランは嬉しくなる。罪悪感から解放される。

　大天災で死ぬのは仕方ない。だが、息子クリストファーの最後の恋人のセイラのように、ミスで、人災で、早死にするのは嫌だ。「夭折」という言葉が、「死を拒否する老人向け住居」とか「ほぼ寝たきりの前夫の夕食」といった言葉とともに、時折フランの脳裏をよぎる。少し前に息子がつきあいはじめた美しいセイラは、三十八で、稀な病を得て、この世の生を終えた。クリストファーは、死因は医療過誤にあると信じている。それが本当かどうか、フランにはわかりようがない。セイラを死に至らしめたその稀な症状自体、聞いたこともないものだった。だが、医者のせいにしようとする今の息子の心的傾向は、彼自身のためにならない気がする。もしかしたら、セイラの死を乗り越えるために、そう考えるのが必要なのかもしれないけれど。セイラはアンチゴネのような夭折によって老化をまぬがれたのだという考えがフランの脳裏をよぎるが、大した慰めにはならないので、息子には黙っている。今は言う時期ではないとも思う。セイラのことが嫌いだったわけではないが、自分が心を痛めている相手は息子であってセイラではないという事実はごまかせない。

肉親かどうかで悼む心も変わってくるのは仕方ないことだ。死んだのが「わたしの骨の骨、肉の肉」（「創世記」で、アダムがイヴについて用いる言葉）であるクリストファーだったら、事態はまったく違っていた。息子とセイラの二人の関係が今後長くつづくかどうかはよくわからなかったが、こんなに短いとは思いもよらなかった。出会ってから、あっという間のことだった。一緒にいた時間は短かった。

フランは子どもたちの人生に干渉はしない。だが、セイラには好感をもった。もっとも、セイラとの恋はクリストファーにとって中年の危機を体現しているようにフランには思えた。老いを迎えつつある彼女は、中年の危機など生の終焉の危機と比べれば贅沢なものだと思う。だが、セイラには中年の危機を体験する時間も与えられなかった。

ランサローテ島（北西アフリカ沖スペイン領カナリア諸島の一つ）のコスタ・テギセにある大きな高級ホテルの巨大なベッドの上で、セイラは、本当に突然、発症した。同じベッドに寝ていて、事態の急変を目の当たりにしたクリストファーの双肩に、対処の責任がのしかかった。セイラはアレシフェ（ランサローテ島の区の一つ）の病院に緊急搬送され、それから飛行機でサウスケンジントンの私立病院に移され、そこで二十四時間後に死んだ。クリストファーは薬の処方に過誤があったと思っていた。ランサローテ島の医療レベルは高いと彼は言われたのだ。そこに留まっていたら、セイラの命は助かっただろう。島に住む人の意見をきちんと聞かずに、イギリス本国に帰したのは判断ミスだった。

観光業をなりわいとするカナリア諸島を訪れる大半の人とは違って、セイラとクリストファーは休暇中ではなかった。二人は働いていたのだ。誰も信じないかもしれないけれども。いや、生真面目で野心的なセイラを知る人ならわかるだろう。たしかにクリストファーは、ろくにお金も払わないヒモみたいな彼氏として、そこにいた。だが、セイラは自分のチームを率いて、北アフリカからの不法入国のドキュメンタリー映画製作のために調査中だった。なかば偶然、そのときは幸運に思えたのだが、二人の到着時に、西サハラ（北西アフリカ旧スペイン領の紛争地域）の一人の女性がアレシフェ空港の出発ラウンジのよく磨かれたタイルの上でハンガーストライキをしていた。セイラはこの女性の政治的目標についてインタビューをして、それを撮りたいと思っていた。クリストファーが母に物語るところによれば、出発ラウンジで支持者たちに囲まれたその女は驚くべき光景を呈していて、映画監督にとっては天の恵みと言えた。

そのとき、失業中のクリストファーがセイラに同行していて、その晩発作を起こした彼女と同じベッドにいたことは、ある意味では僥倖だった。彼女一人だったら、事態はさらに悪化しただろう。だが、文章にすると、彼の役目は英雄的ではなかった。

息子は近々カナリア諸島に戻って、西サハラがらみの事件の顚末を確かめ、途中でほっぽりだしてきた事柄をまとめ、医療保険の問題を整理し、大変なときに親身になって助けてくれたカナリア諸島在住のイギリス人に会うつもりでいた。危機に際して粉骨砕身のサポートをしてくれた高齢のカップルがいたようだ。この二人の意見を聞くべきだったのに、クリストファーはそうしなかった。

フランは、はじめ、クリストファーがしどろもどろに物語るこの政治的な話についてゆくことができなかった。空港でのこのサラウィ人（西サハラ地域に住む民族の一つ）女性の抗議は、ほとんどの国に承認されていないサハラ・アラブ民主共和国なる北アフリカ国家の領土をモロッコ政府が非道に支配しているというものだった。フランはそういう国名を耳にしたこともなかったし、覚えるのも難しかったが、それでも少し調べてみて、その存在を確認した。イギリス人にとって、はじめはフラン個人にとっても、どうでもいいような話だった。だが、セイラが死んだ今、セイラとクリストファーのために、その無名の存在を理解しようとしてみた。それは民族自決と政治的直接行動の歴史を体現するもので、中心にガリア・ナマロメと呼ばれるこのサラウィ人女性がいて、祖国の独立を目ざして闘っていた。「フォーリングウォーター」という名の独立映画会社のために人権関係のドキュメンタリーを作ってきたセイラは、そのナマロメ本人が空港で自分の眼前に出現したことに心を奪われた。

仕事のあるときの息子クリストファーの仕事はもっと薄っぺらで、アートのテレビプレゼンターだった。彼の「売り」は彩り豊かな服装と奇矯な振る舞いで、最近はちょっとやりすぎていた。

ナマロメがランサローテ空港に着陸した経緯は錯綜していた。パスポート没収と故郷ラユーン(西サハラ最大の都市)の空港からの国外退去があった。アメリカ合衆国で平和賞のようなものをもらっての帰途、ラユーン空港に着いた際に、ナマロメは「モロッコ国籍」の欄に印をつけることを拒否した。自らを「サラウィ」人、「西サハラ」人と呼び、「モロッコ」人であることを認めなかった。そんな訳で、めぐりめぐって、スペイン領カナリア諸島という中間地帯のモダンな観光客向け空港で座りこむことになった。大きなサングラスをかけ、きらきら光るヘッドスカーフとピンクと金とトルコ石の色のローブをさまざまに巻きつけたカッコいい女が、帰りの便のチェックインに並ぶ日に焼けて赤ら顔になったイギリス人、ドイツ人、スウェーデン人旅行客のカーキの短パンと綿のドレスに囲まれて、抗議していた。彼女はあざやかな模様の魔法ならざる東洋風絨毯をさまざまに繋げた上に座って、砂糖入りの水以外の栄養はすべて断って、一ミリたりとも動くことを拒んでいた。

ナマロメとセイラは同い年だった。セイラはイギリス生まれだったが、亡命エジプト人の家系で、アラビア語が話せた。そして、殉死も辞さない女とその受動的抵抗に心を動かされた。クリストファーが母に話すところによれば、ナマロメはセイラと言葉を交わし、短いインタビューの撮影になんとか成功した。二人は、「記憶のオアシス」(サラウィ人の立場からモロッコの人権侵害を記した報告書)や「恥辱の壁」(モロッコ占領地域とサハラ・アラブ民主共和国占領地域を分断するモロッコ政府によって作られた長大な壁)について語り合った。息子の話を聞いていると、どうもイスラエルとヨルダン川西岸地区を分断する壁に似た、それよりずっとずっと長い大壁が砂と煉瓦と土で作られていて、北アフリカを二分しているらしい。西洋ではほとんど知られていないし、気にする人もほとんどいない。

皮肉なことに、ハンガーストライキを通して公共の場で死のうとしているナマロメではなく、どこも悪そうに見えなかったセイラの方が、神経系統に巣食う珍しい腫瘍で命を落とした。いや、この二人の対照を「皮肉」という言葉で表すのは軽すぎる。

突然の最期を迎える前に、息子とセイラの関係がどうなっていたのか、フランには皆目見当がつかない。ここ二、三年のことだ。二人は、いくぶん波乱含みに付いたり離れたりしていた。息子にとって、エラとの長かった結婚生活に終止符を打ったあとはじめて長くつづいた皆も知る関係だった。だが、ごく最近の、セイラの死の前後の彼の話を聞いていると、どうも別れかけていたようでもあった。

クリストファーが自分の気持のすべてを母に打ち明けることはなかったが、何げないひと言やブラックなジョークに、セイラがまだ生きていた頃も息子はあまり幸せではなかったのではないかと母は感じとった。だが明らかに、セイラが死んで、息子はもっと不幸になってしまった。

突然の悲劇的展開は不快であり、苦しみに満ちている。急死とハンスト。老人ホームの地味な日常世界を専門とするフランだが、自分が西サハラ事件の公の殉死の側面に病的に惹かれていることも否定できない。ナマロメは死の準備を進めていて、すでに最期の言葉をメディアに対して発したのだろうか。そうならば、それはウォルター・ローリーやダントンのそれに匹敵するものだろうか。

フランはクリストファーが心配だった。取り乱してもいた。だが、彼女には自分の悲しみの深さがわからなかった。いつもそのことを忘れてしまう。それがいいことなのか悪いことなのか、自然なのか不自然なのかもわからない。

年を取ると感情が鈍磨すると言う者がいる。柔らかい皮がどんどん剝けていって、「わがまま」という名の薄く干からびたイカの甲のような角質だけが残ると言う者がいる。広くよく知られた老化観だ。フランは「自分もそうなるのかしら、気がつかないだけで、もうそうなりつつあるのかしら」とよく考える。クリストファーの父親で最初の夫のクロードはそうなってしまったようだ。だが、ゆっくり弱ってゆく今の体の状態を考えれば、それも無理からぬことだ。すでに、クロードは自分がどうすれば楽かしか考えなくなってしまっている。楽を追い求めても、いつもそれが見つかるとは限らない。だが、あの年にしてはよくやっていた。痛みに苦しむことがないだけで幸運だ。彼は自分でもそのことがわかっている。

クロードは息子のクリストファーに何が起きたのか、十分にわかっていないようだった。華やかだが遠い存在のセイラのことがぴんと来なかった。

イカの薄い甲の比喩は今のクロードにはあまりしっくり来ない。太っているからだ。もっとも、それはステロイドの影響でもある。

時折、フランは若かった頃や中年期の熱く愚かな感情をがんばって思い出してみる。無数の恥の数々にずいぶん「魂を浪費」したものだ。身の置きどころのない思いをした。羨望や不安にさいなまれた。余計なプライドが傷ついた。足を袋に入れて競走するサックレースでズルしようとした。スカートの後ろ側に血の染みを見つけてはっとした。演壇上でおならをしてしまった。十ポンド紙幣を他のお札と間違えた。空港に早々と着いてしまった。ビザを取るのにミスをした。テーブルの上に自分の名札がなかった。着ているカーディガンの悪口が聞こえた。大切な名前を忘れて、取り返しのつかないことになった。この年になれば、昔は心配したが今は心配しなくなったこともある（今は、カーディガンについたスープの染みやガウンの襟の卵の黄身が心配だが、スカートに血の染みがつく心配はなくなった)。だが、心の平安めいたものに達したわけでは決してない。新たな煩悶の種がたくさんあるのだ。老いのこと、死のこと、最後に残ることごとを否応なく考えていると、心が騒ぐ。シェイクスピアのマクベス王の言葉が、何度も何度も、ぼそぼそ聞こえてくる。わたしは王侯貴族でも何でもないのに。

栄誉、愛情、服従、多くの友など
老いとともに来るべきものを
おれはもう期待できない

「もう期待できない」

栄誉、愛情、服従、多くの友——わたしにとって、それがどんな慰めになるというのか。夜の帳《とばり》がおりるときに。

「わたしに夜が近づいている《ラ・ノッテ・エ・ヴィチーナ・ペル・メー》」

フィレンツェで住み込みのバイトをしていたわたしに、階段を掃いていた老いたイタリア女性がこぼした言葉だ。もう一世紀近く前のこと。

「わたしに夜が近づいている《ラ・ノッテ・エ・ヴィチーナ・ペル・メー》」

それでも、老いには老いの慰めがある。報酬がある。

フランにとって、ロンドン公共交通の無料パスは慰めだった。だが、それを取り上げようとする動きがある。彼女は無料パスをひどく重宝していた。それは、これまで働いてきたこと、生き抜いてきたこと、すすんでずっと税金を払いつづけてきたことを肯定してくれる。わたしの「黄金の枝《ゴールデン・バウ》」。労働の時が終わり、老いの無為へと移る際の通行許可証のようなもの。

敬老。老齢のめでたさ。

はっ！　くだらないタワゴトだ。

「栄誉、愛情、服従、多くの友」

「もう期待できない」

「わたしに夜が近づいている《ラ・ノッテ・エ・ヴィチーナ・ペル・メー》」

「ガウンの襟の卵の黄身」

＊

「プレミアイン」の食堂は、老人の不安を増殖させる代わりに、それを吹き払ってくれる場所だ。賑やかで、カラフルで、大きく、せわしない、イングランド中部の二十世紀半ば生まれの中年男女が、陽気に大声でおしゃべりしながら、ほとんどが舌のひりつきそうな赤さの彩りあざやかな食べ物をぱくついている。「プレミアイン」の紙の資料のシンボルカラーは紫だけれども、食事は、少なくとも今月のメニューは、赤だ。衣をつけて揚げた魚がオレンジ系の赤、パスタの色がスカーレットの赤、ピザはトマトの赤で、その上下に、エビ、ピーマン、パプリカ、チリ、チョリソ、ケイジャン料理が並んでいる。色白のポールは、ウェイトレスのリーラと軽口をかわしたあとで、漆黒のボトルに入ったメルロー種の濃い赤のワインを注文した。リーラは、大きく派手なジェスチャーで、テーブルの四人の巨大な球のようなグラスにワインを注いでゆく。すぐに、もう一本、ということになろう。フランは腰を落ち着け、わくわくしながらメニューを精査する。この場の勢いに乗っていこうと思う。クルマエビをフライドポテト付きで注文する。少し種が残る赤ピーマンのにぎやかな切断面を目立たせた、サービス精神旺盛のサイドサラダが添えられる。

メルロー種のワインを少しずつ飲んでゆく。と、真っ赤な若い血が注ぎこまれて、体内を駆けめぐりはじめる思いがする。硬化しつつある静脈・動脈に、春の命が戻ってくるよう。頬が紅に染まり、強張った指が、冷たく節くれだった外反母趾の足先が温まってくる。ケチャップとワインが、彩りと活力が、注ぎこまれる。若い人たちと一緒にいるのはすばらしいことだ。食堂は人生真っ只中の人でいっぱいだ。皆、恥じらいもなく、大皿に盛られた餌にがつがつ食らいついてゆく。ポールは、落ち着きのないエネルギーに満ち満ちた頭のいい男だが、外見は顔が青白く、血の気も色気もなく、セロリーやエンダイブばかり食べているように見える。だが、グレアムとジュリアは、もっと熱い肉体の輝きを放っている。グレアムというのは、五十代の、シェフィールドから来た前衛建築家で、ぶくぶく太っていると言いたいほどだが、そこにある種の美しさがそなわっている。黒っぽい髪を昔風に後ろにざっくりとなでつけていて、太い首が赤いオープンネックのシャツの中ではちきれんばかりだ。「南ヨークシャー人民共和国《ザ・ソーシャリスト・リパブリック・オブ・サウスヨークシャー》」（サッチャー首相全盛の一九八〇年代にも左翼色の強かった南ヨークシャー州、とりわけその中心シェフィールド市のあだ名）の伝統を受け継ぐ筋金入りの左翼で、ジャケットの胸ポケットからは、案の定、紫の水玉模様のハンカチがいわくありげに顔をのぞかせている。彼はバーベキュー味のスペアリブを注文した。四十歳のジュリアは唇が赤く、チークにワインの酔いも相まって頬も赤い。つやのある豊かな髪は釣り鐘型に広がり、ヘナで染めた光沢もある。えくぼも魅力的だ。今は、絹のつやつやしたブラウスの、大きく形のいい左の乳房あたりにかかった、目もさめるようなオレンジ色のカレーを拭き取ろうとしているところだ。それでも、彼女の活発な身振りをまじえたおしゃべりが止まるわけではない。先週訪れた、他に移ろうにも移れない絶海の孤島に住むような老人の割合がヨーロッパでもっとも高い――もっともそう自称する団地はたくさんあるが——老朽化しつつある高層団地の話をしている。よく聞く話ではある。エレベーターが動かない、階段の電気が点かない、落書きがひどい、商店街に不良がたむろしている、子も孫も曾孫も皆刑務所に入っている、本人は体が動かない、体のどこかが壊疽している。ヘルパーにも見放されている。来ないか、来ても五分以内にすぐ帰ってしまう。

　取り壊してほしい、爆破してほしいと言う老人もいるが、愛着があり一歩も動きたくない、新しいショッピングセンターやかつては夫が働いていた鋳物工場の廃墟を見下ろす眺めが好きだという老人もいた。かつて男たちに仕事があった古き良き日があった。その男たちはとうに死んでしまって、今、取り残されているのは、ほとんど女。

「女は長生きしすぎなのよ」と、クルマエビの尾の部分をフォークで突き刺し、それをタルタルソースにちょっとつけながら、フランは言う。「計画的に、女たちを片付けなくちゃ。魔法のドロップとか」

　フラン自身、今は、ちょっとへそ曲がりに高層団地に住んでいる。だから、そういう場所のことはよくわかる。

「女も男も、皆、長生きしすぎだ」と、バッファローウィング（鳥の手羽を揚げ、辛味のソースをまぶしたアメリカ料理）をかじりながら、ポールがそつなく気を遣う。

「安楽死ドロップ、自殺ブース、スイス（安楽死が法的に認められている）への片道切符かあ、いいわね」と、ジュリアも軽く合わせるけれども、彼女にとって、老齢と死はまだ想像の彼方にある。老人介護論の知識はたくさん持ち合わせているけれども。

　介護といえば他人の介護であって、自分が介護されることには思いが及ばない。

「こんな色にするには何を入れるんだろう」ジュリアは、ナプキンで拭いても拭いても落ちない胸の染みに感嘆のまなざしを注ぎながら、そう言う。「エージェント・オレンジ、サンセットイエロー、アルラレッド、カルモイシン？」

「本当にそんな言葉があるの？」とフランが訊く。

「ええ、そうよ」とジュリアが言う。「人工着色料の名前よ。もちろん、エージェント・オレンジ（ベトナム戦争で米軍が撒いた枯葉剤の名）は違うけど。誰か、ビルストンチップを食べてみたことある？　見たこともないような鮮やかなオレンジ色のフィッシュ・アンド・チップスを出すお店がビルストンにあるの。毒々しくて、けばけばしくて、それが美味しいのよ。黒郷《ブラック・カントリー》で一番美味しいフィッシュ・アンド・チップスよ。食べてみなくちゃ」

「人工保存料で人は長生きしてるのかしら。それとも命を縮めているのかしら」とフランが訊く。彼女はそのことをよく考える。自然環境的には、「まことにまことに有害」というのが正答だけれども、もしかしたら、何か訳があって、わたしたちのこの悲劇的な長寿を促進してるのかもしれない。食品添加物の製造業者は絶対そのことを調べてると思う。でも、その発見を喧伝する大胆さをまだもてないでいるのだわ。

　彼女自身は料理するとき、保存料を使わないようにしている。クロードには健康的な食事を持っていこうと気をつけている。

　七十もとうに越した今になって、五十年近く前に自分の正しさを信じて一時の激情で離婚した夫クロードの介護者というか世話人みたいな存在になっていることには、我ながら驚いている。ロンドンの反対側に住む彼のマンションに、手料理をお皿に載せて、せっせと運んでいる。彼女がクルマエビとフライドポテトにむしゃぶりつきはじめた今ごろ、彼は添加物の入っていない美味しい一切れのフィッシュパイを楽しんでいることだろう。パイの下にはくったりした有機のほうれん草が敷かれ、パイの上にはパセリソースがかかっている。そして、たぶんいつものように、マリア・カラスを聴いているだろう。

＊

その晩、すべての宿泊客に一夜の熟睡を軽はずみに約束する快適な「プレミアイン」のベッドの中で、フランはタンパックス・タンポンのふしぎで面白い夢を見る。タンポンに気を遣わなくていいようになってもう何十年も経ち、このごろは脳裏をかすめることもまったくないのに、夢の中では、色も中身も薄くて驚くほど水に近い経血が流れつづけて、それを合わない栓で何とか食い止めようと悪戦苦闘している。血はタンポンからしみ出し、フランの指をつたい、彼女のむきだしの足をつたう。この夢体験の感覚は、ふしぎなことに、その味わいにも気分にも感触にも苦しさがない。不快というより、むしろ愉快である。目がさめて思い返してみる。原因は前夜の夕食の赤さか、高速道路を運転中にマクベスについて考えたことか。それとも、じきにわかるであろう時間と老化体験の新たな展開か。

「老いることは未知の領域への心おどる冒険だ」と、フランは朝食を食べに行くのにエレベーターのボタンを押しながら、昂然と、自分につぶやいてみる。そう考えてみるのも悪くない。薄い血の流れは死ではなく生の象徴。今でも彼女は同じ女なのだ、血の気の多かったあの若いころの自分と同じ。

＊

朝食のあいだも彼女の上機嫌はつづく。いや、むしろ亢進する。雨に濡れないようにしながら、小走りに道を渡って、新聞を買いに行かなければならなかった。このホテルはその種のサービスは提供しないのだ。だが、アジア人の経営するミニストアも、カウンターの後ろの鬚をはやした若者もよかった。菓子やピリ辛スナックや炭酸飲料の品揃えもすてきだった。若者にやさしく挨拶されると、少し胸がときめいた。ホテルの食堂に戻って、窓際の自席に腰をおろすと、ほとんど何一つ欠けることのない幸福感につつまれた自分に気づいた。今日の新聞と、美味しいコーヒーと、さまざまな文章が目の前にある。ブラックベリーのスマホにはいくつかメッセージが届いている。現代社会のいい面がこれ以上ないくらいここにある。フランはこの瞬間、自分のことにかまけて、クリストファーの苦難を忘れていた。老いると確かに自分のことしか考えなくなってゆく。否定しがたい事実だ。自分の欲望が生きる目的になる。と、老いを定義することもできる。老人はとてもわがままでとても欲深い。

個人宛のメッセージの中に、古い友人テリーサからのものがある。何十年も会わないまま忘れてしまっていたのに、交際が再開して、今は最後のふしぎな親交を満喫中だ。テリーサは死が近い。だが、死にざまが毅然としていて逃げるところがなく、フランは死を前にしたこのテリーサの姿に深く感動し、励まされている。メッセージの内容は一週間後に会う約束の確認だ。フランはそれが楽しみなので、そう書いて送る。「ええ、予定どおりに会いましょう、サンドイッチを持っていくわ」

テリーサといると元気が出る。クロードのように欲深くない。欲深くなるほどの体力が残っていない。それでも、スモークサーモンのサンドイッチを今も楽しんで、フランが時間のあるときにチキンスープを作ると、喜んで飲んでくれる。

「プレミアイン」流フル・イングリッシュ・ブレックファストとそれをむさぼる人たちの光景は、活気にあふれて心が明るくなる。真っ赤だった昨日の夕食より、さらにいい。フラン自身は「フル・イングリッシュ」ではなく、半熟卵をのせたトーストを頼む。遠くのサイドテーブルまで行ってトーストを焼いてこようと思っていたら、名札にシンシアとある顔色が真っ白で鴉《からす》のような黒髪のほどほどに若い女性がとても親切にしてくれるので、フランはあきらめて、彼女の厚意に身を任せる。周囲は、皆、フランより若い三十代、四十代、五十代の人たちで、目玉焼き、ベーコン、ビーンズ、揚げパン、ハッシュドポテト、マッシュルーム、フライドトマトに、元気よくナイフやフォークを振り回しながら、食らいついている。赤や茶色やマスタード色の香辛料が目の前を流れてゆく。有線のＢＧＭが大音量で鳴り響いている。クロードもヘイミッシュもこの種の音楽は嫌がっただろう。フランはまったく気にならない。

彼女の卵が来る。完璧な出来栄えだ。黄身はやわらかく、白身はしっかりしている。親切でほどほどに若いシンシアが「お料理はいかがですか？　半熟卵はいかがですか？」とやさしく訊いてくれる。「百点満点」と、フランは力をこめて言う。「百点満点よ」ともう一度言う。

そう、百点満点だ。新聞の大見出し、トップ記事に目をやり、そのつづきを追って、ページをめくる。幸福感の力強い大波に襲われる。世の中はすべてうまく行っている、自分は今という最高の時間に、いるべきところにいる。「プレミアイン」の真っ白で幅広の大きなベッドで、痛みもなく快適に眠れた。そして朝が来て、今、むしゃむしゃもの食う人たちと一つになって、百点満点の半熟卵をそっとすくいながら、彼らの喜びを自分の喜びとして喜んでいる。そして、ほぼ信頼できる友である新聞を読んで、変化する世界の色とりどりの出来事と一つになっている。

＊

大会自体は「プレミアイン」ほど楽しくないものの、それでも刺激は受ける。八〇年代サッチャー政権の「持ち家」政策の長引く後遺症、公共住宅家賃の低廉性、「住居選択」の功罪相半ばする歴史、住宅組合の動機づけなどの問題を扱ったお決まりの発表は、お決まりのごとく鬱々としている。だが、新しいテクノロジー紹介の発表は楽しい。エンターテインメント性もある。そういう発表は、息をついて、ちょっと笑って、英気を養う時間だ。資金不足とか衰退とか解体とか死とかいったことは無視して、未来を見つめている。ケン・ウォーカーという名の講師は潑剌として若々しく、経歴紹介にはウォルソル（バーミンガムに近いイングランド中西部の工業都市）生まれとあるものの、イギリス英語ともアメリカ英語ともつかないアクセントで猛然と話す。米国と韓国に留学して、ロボットの可能性に夢中だ。老いゆく体の悩みをロボットが救ってくれると信じている。まずは、豊かな社会の只中で餓死したり、浴室の冷たいタイルの上で事切れたりしないための、より馴染み深いローテク器具をひと通り紹介する。ねじぶたと缶とジャム瓶、バスタブの蛇口とドアノブ。ベッドの下の靴下や電話やリモコン、そのすべてが誰にも入手できるささやかな道具で対応可能です、と。「しかし」とケンは言う。「電子技術、デジタル技術を駆使したこの素晴らしい新世界《ブレイヴ・ニュー・ワールド》では、もっともっとたくさんのことが達成可能です」

　と、スクリーンに、緑の小さくてかわいい、関節のある、人に似すぎてもいない猿型のロボットが、センサーのついた指を器用に使って、壁をよじ登って高い棚から物を取ったり、椅子やベッドやソファの下にごそごそと潜りこんで、落としたり置き忘れた物を取り戻す姿が映し出される（置き忘れた物とは何だろう？　薬？　ハッカ飴？　携帯？　電子本？　煙草？　ブラジルから取り寄せた獣医専用と記された自殺用ネンブタール錠？　ウィスキーのハーフボトル？）。それから、昔ながらのトランプの束が本棚の下からペンチではさんで少しずつ少しずつ取り出される光景が映されるが、意図がよくわからない。今どき布製トランプで遊ぶ者は誰もいないということか？　それから、小さく目立たない紫色の皿が、快適な自動制御のリクライニングチェアの下の「ポート」から飛び出して、「床の上の空飛ぶ円盤」よろしく、幅木のぐるりやカーペットの上を動きまわって、パンくずや綿ぼこりを吸い込んでゆく。次に、あざやかな黄緑色でしっかりと透明プラスチック防御膜でおおわれたより高度なロボット掃除機が微笑みを浮かべて現れ、超ハイテク老人向け高級マンションの穴という穴から埃を吸い出してゆく。その間、老人はベッドで静かに横になりながら、トレーの上に置かれたウィンザー城のジグソーパズルをやっている。これは、英王室メンバーの驚異的な長寿への間接的言及なのだろうか？　わたしたちは、わたしたちのかわいそうな女王陛下のジグソーパズル好きを知っている。

猫に餌をやるロボットもあれば、犬にブラシをかけてやるロボットもある。「ペットがいると何年も寿命が延びるのはよく知られた事実です」とケンが言う。「このことを神経科学的に確かめるリサーチも現在進行中です」と熱くケンが語る。

＊

そのとき、フランの脳裏に、デイベッドにその太った体を沈めた前夫クロードの姿が、まざまざと浮かんだ。膝の上には、彼の飼う美しいぶち猫サイラスが座っている。サイラスがいることはクロードにとって良いことだ。だが、フランにとっては、男と猫の両方の世話をすることになって、ストレスになる。フランはサイラスのことが好きで、実際、クロードに向かって、あなたよりサイラスの方がいいわ、と言うことも多い。自分を慕ってくれる自分の猫を飼いたいとも思うが、それでも、いろいろ考えあわせると、やはり、イングランドのあちこちをせわしなく、大会から大会へ、住宅団地から住宅団地へ、老人ホームから老人ホームへ、「プレミアイン」から「プレミアイン」へ移動して、泊まれば必ず半熟卵を食して、さまざまな小発明に関する知見を広めてゆきたいと思う。愛猫を膝の上にのせて腰を落ち着けるのは、まだ早い。

彼女は一つのことをじっと考えるのがあまり得意ではない。昔からそうだった。彼女の意識はよどむことなく、あちこちに流れる。漂流する。皆、そうかもしれない。いや、そんなことはないだろう。集中して、一つのことをじっと考えられる人だっている。自分にはそれができない。思いが漂流する。クロードのことを考えると、彼とのかつての結婚生活を思い出し、これからずっと作りつづけるだろう食事のことにも思いをはせる。

昔と違って、セックスについて考えることはまったくというかほとんどなくなった。もっとも、そのように自己観察できるのは、まだセックスをすっかり忘れたわけではない証拠にもなる。月経の夢を見たのは、タンポンを使い、性生活のあった過去とまだ繫がっていることを思い出させてくれる。

お気に入りの高級紙の記事によれば、男たち、それも多くの男たちは、目覚めているあいだ、何をしていても、三、四分に一回はセックスについて考えるという調査結果があるそうだ。遊んでいても、働いていても、移動中でも、報告書の作成中でも、講演の最中でも、図書館で勉強中でも、テーブルで待機していても、排水管の詰まりをきれいにしていても、芝を刈っていても、株式取引所で叫んでいても、古い車に新しいタイヤを装着していても、ロッカールームで着替えをしていても、山登りしていても、スーパーで支払いをしていても、男たちはセックスのことを考える。愛ではなく、愛する人でもなく、セックスのことを考える。抽象的にセックスのことを、行為としてのセックスのことを、感覚としてのセックスを。

わたしは、一番性欲の強かったときでも、セックスそのものをそんなに頻繁に考えることはなかった。女は男とは違うのだ。大きな声では言えないけれども。

今では四六時中、食べ物のことを考えている自分に気づく。あまりにも考えすぎだ。クロードのせいと腹が立つものの、お門違いかもしれない。

*

フランは、人生のこんな晩《おそ》い時期にクロードの世話役になってしまったことを、いつも今さらながら繰り返し驚く。いつの間にかこのいかにも女性的な役割を自分が演じていることがほとんど信じられない。クロードと結婚していたのはほんの短い時間で、それもその大半が険悪だった。戦いと出産の四年間が終わったあとは、二人それぞれ、さまざまな人生を互いに関係なく送ってきた。それなのに、気がつくと、彼との結婚の刻印が自分の胸に打たれていて、いろいろな意味で、その囚われと化している。わたしの心と体の習慣は、若い頃のあの短い四年間に永遠の刻印を押された。

いや違う、と、ケンのロボットの話をまとめたノートの端にマツユキソウやスイセンの落書きをしながら、彼女はきっぱりと思う。囚われになったのではない、まったく逆だ。それでも、今のせわしない放浪生活は、自分でも説明のつかないこの放浪人生の一端は、あの四年間に確実に起因する。その刻印が自分の胸の上に打たれている。だが、囚われになったのではない。

クロードはわたしに対して何の権利も持たない。いかなる権利もない。

だが、彼に料理を作って持っていってやることが、彼女を疲弊させる。彼は実際、体の自由が利かないものだから、自分で口に出して認めこそしないが、ほとんどの時間、食べ物のことを考えている。その影響で、フランも食べ物のことを考えるようになる。食い意地の張った彼の依存に、彼女が侵食されてゆく。今も、ケンの紹介するロボットを見たり、九十歳以上の歩行力の問題に関する統計の数字を聞いたりしながら、フランは食べ物のことを考えている。食べ物で、食べ物を買うことで、買った食べ物を料理することでまた頭がいっぱいになり、自分の意識が乗っ取られたことに、強い怒りを覚える。食べるのが嫌いというのではない。クルマエビだってとても美味しかったし、半熟卵には恋をした。ただ、こんなにいつも食べ物のことばかり考えていたくはないのだ。それは食い意地の問題か。罪悪感や償いの問題か。自分の死への準備作業か。今になって過去の失敗をプラスに生かしたいということか？

自分の死の船を作りたまえ、ああ作りたまえ。それを必要とする時が来る。食べ物を、葡萄酒を、積みこんで。（D・H・ロレンスの詩「死の船」の言い換え）

時間が許せば、チキンスープを作ろう。それから、テリーサのために、スモークサーモンのサンドイッチを。

ここ黒郷《ブラック・カントリー》では、美味しい食べ物を「イジイウマカ」と言う。「イジイ」は強意で、「イジイウマカ」で「とても美味しい」となる。ここ黒郷《ブラック・カントリー》では、彼らの方言が、まだ消えないで残っている。

ビルストンにあるオレンジ色「チップ」は、蛍光塗料を塗ったようなあざやかなキンレンカの花の色のフライドポテトのこと。そして、あの汚れなき、完璧な卵。

一瞬、ナマロメのハンガーストライキのことが、今の彼女の状態のことが脳裏をよぎる。ランサローテ空港の磨きあげられたタイルの床に大胆不敵に座りこむ彼女は、北欧から来た、その多くは巨体で、なかに肥満体も混ざる、ポテトチップやそれ以外のスナックや免税品にふくらんだビニール袋を持つ観光客の列を見ながら、食べ物のことを渇しつつ考えていたのだろうか。北アフリカの美味しいスパイスの効いたクスクスと羊料理や、チャルモラやハリッサのソースや、コリアンダーやクミンやレモンのピクルスの幻影が、飢えて座る彼女の眼前を漂うように通りすぎていったのだろうか。それとも、彼女はもっと高尚なことを考えていたのだろうか。

フランも、モロッコ料理に挑戦してみようと思うときがある。だが、クロードの舌に合うかどうかがわからない。

ナマロメはもうスペイン本国に強制送還されたんだろうな、とフランは思う。ナマロメはスペインと争っているのではないと、息子のクリストファーが言っていた。ナマロメとナマロメの祖国の敵はモロッコであって、スペインでもカナリア諸島でもない。

フランの意識は一瞬、死刑囚たちの最後の食事のことにさっと移る。『ブルワー故事成語事典』に収録されるにはちょっと最近すぎるテーマだし、かつ品格に欠けるかもしれない。もっとも『ギネス・ブック』にはあったかもしれないとフランは思う。ピザやチーズバーガーが多かったように記憶している。でも、人生最後の食事がチーズバーガーというのは、あまり望ましいものではない。

最後にクロードのところに行ったときは、ラップをかけた料理を六皿、冷凍庫に入れてきた。正しい順番で食べてもらうように、1．チキンのタラゴンソース添え、2．ポテトとアンチョビーのオーブン焼き、3．ケジャリー、4．ラム肉のキャセロール、5．何だか忘れた、6．ヒヨコマメとベーコンのミックス、と冷凍庫用のラベルに赤字で大きく数字を書いてきた。いつもそんなにきちんとやるわけではない。彼女の厚意と親切心にクロードをすっかり甘えさせない方がいい。

「棺を覆うまで、人の幸せは定まらず」。外に出られなくなったクロードがとても幸せなわけがない。もっとも、時折、彼女は、クロードは昔の妻をいじめることでちょっとした刺激を得ているのではないかと薄々感じた。だが、そんな風に考えるのは品が悪い。数少ない昔からの友人であるジョゼフィーンに打ち明けると、フランは叱られた。ジョゼフィーンの考えはその反対で、フランの方が寝たきりになった前夫をいじめられる立場になった上で、ステロイド剤やその他の薬でほとんど動けなくなったクロードに対して寛大な女を演じることで快感を得ているのではないか、と言う。もしかしたら、そうかもしれない。

フランをいさめることが、旧友ジョゼフィーンの昔からの役割だった。いさめられてフランは、たいていそのことに感謝しながらずっと受け入れてきた。

テリーサの方が年長だけれども、より新しい友達だ。だが、ジョゼフィーンとのつきあいはずっとこんな感じで一貫していた。

ジョゼフィーンは、クロードがまだ病院研修医だった頃から、フランとクロードを知っている。当時の彼は深夜におよぶ奇妙な長時間勤務で、それがフランの消化にも、性生活にも、睡眠リズムにも、人間関係にも、仕事の展望にも、耐えがたい苦痛を与えた。夫の研修医としての仕事の厳しさに、彼女はひどく腹が立った。今になって思えば　クロードも好き好んで長時間働いていたわけではなく、そうすることで医師としての高収入をもたらす立派なキャリアの基礎を築いていたわけだから、それは道理に合わない憤りだったものの、今でもフランは、ロムリーのマンションに二人の赤ん坊と閉じ込められて身動きできず、近くに頼れる知人はジョゼフィーン以外に誰もおらず、孤独と閉塞感と子育てで発狂しそうになっていた自分を覚えている。ジョゼフィーンもまた、二人の子を抱えて、同じような境遇にあった。ロムリーはひどく辺鄙なところなのに、二人は車も自由に使えなかった。例外はあるものの、大概の母親同様、フランも自分の幼子を愛していた。だが、夜には大変な子育ても一段落ついて、とても寂しく、とてもその時間が長く感じた。我がままかもしれなかった。だが、実際にそう感じたのだ。結婚生活の強い鬱屈は、彼女に一生消えない傷を残した。最近こうしてまたクロードと頻々と会うようになると、当時の怒りや孤独感が、恐怖や自信喪失の波が、自分が誰だかわからなくなって眩暈《めまい》に襲われる感じが、もっと若く希望のあった昔の自分の切れ端にしがみつこうとじたばたした記憶がよみがえってくる。それは産後鬱病ではなかった。医学で説明のつくような、名づけられるような苦しみではなかった。実存的な懊悩と呼ぶべきようなものだった。大人の人生を目の前にして、怖気づいていたのだ。今、老年を迎えて、まったく違ったパニックに襲われるとき、彼女はこの若かった頃のさらに激しかった不幸を思い出して、みずからを慰めることがある。

それは気休め程度にはなった。あの世界中が暴風雨に巻きこまれたような騒乱の日々に戻るのは嫌だ。自分はあれからずっと生きてきて、もっと先に行ったのだ。あのときよりは前に進んでいるはずだ。あのときよりも前進したのだ。

『チベット死者の書』を思い出す。なるほど、それはある。なるほど、なるほど。中有（人が死んでから次の生を受けるまでの中間期）の道。死後の旅。カナダのシンガーソングライターのレナード・コーエンのコメント付きDVDが家のどこかにあるはず。ずっと見ようと思っている。だが、その内容には少し疑念がある。

人生は巡礼の旅と、フランはつい思ってしまう。時代遅れだが、それが彼女の人生観なのだ。人生には終着点がある、目標がある、最後の言葉があるという考えだ。ところが二十一世紀になって、われわれは然るべき終着点に着いたという感覚を先延ばしにしようとあらゆる手立てを尽くしているように思え、フランは困惑し、憂慮していた。新たに開発される在宅介護や老人介護施設のモデルを研究してゆくと、彼女には、それが死を避け死から目をそらそうとするために考案される複雑で巧妙きわまる非人間的な遅延手段としか思えなくなった。おのれの運命を完遂し人生の目標に達することを避ける手立てにすぎないのだ。そのため、あまりにも多くの人びとが生に別れを告げ、死後の世界に立ち向かう段になって、怖気づいてしまう。呆然自失となり、錯乱し、痴呆状態に陥る。そして、薬によって、記憶を奪われ、言葉を奪われ、尊厳を奪われる。人生最後のウィスキーと煙草で自分の蒲《ふ》団《とん》に火を点ける勇気を失くした老いた阿呆になる。

　中年期を迎えているポールやジュリアやグレアムは迷いがなく幸せなのだろうか。そんな風に見える。そうだったらいい。ポールは列車などの時間とかクーポンとか細かいことを気にする苦労性のところがある。だが、彼は自分の仕事に自信を持っている。

　ロボット好きのケンはどうだろうか。ケンは、はしゃぎ屋のきらいがある。

はしゃぎ屋でないと、自分なりの未来のヴィジョンを思い描けないのかもしれない。

　クロードは今、赤レンガ造りのケンジントンのマンションに閉じ込められている。彼はしばらくそこに住んでいる。最初は二番目の奥さんと一緒だった。今では猫のサイラスと、一人と一匹きりになった。資産があり、でっぷりと太り、年金をたっぷりもらい、面倒を見てくれる人もいて、引退したので仕事のストレスもなく、退屈だ。何もすることのない老齢期を迎えて、どうしようもなく退屈だ。だが、快適な環境にあるとも言える。じっとしていることのないフランの目に映るクロードの姿はそんな風だ。それが刻苦精励の末、立身出世したこの男の今の姿だ。今のクロードの姿からも、数年前の元気だったクロードの姿からも、彼の生まれ育ちが下層中流階級であることは、とても想像できない。努力家の彼はみずからの力で、ロンドンのウェストエンドの一等地に住む成功者になった。彼は赤レンガ造りの建物の立ち並ぶここケンジントンの、床も家具のネジもぴかぴかの高級マンション三階の住人として死んでゆくだろう。ここではエレベーターがいつも動いている。動かなかったら大騒ぎになる。高い管理費を払っているわけだから、もちろん止まるわけがない。管理人がいて、いつも注意している。

　ロムリー時代の唯一の友人ジョゼフィーンが最近、奇妙なところに引越した。思い切って越したのかもしれない。ケンブリッジにあるその集合住宅は、フランの目には実に風変わりに映った。ジョゼフィーンは「ここはとても楽しい。とても忙しい」と言い張っている。ケンブリッジ大学の学寮にいるような錯覚をねらった、高価な、張りぼての養老ホームだった。上が尖った鉛枠の窓やアーチは、ゴシック建築を思わせる贋物だ。煉瓦はくすんだ黄灰色で、塗装はぱりっとした聖なる白だった。フィットネスマシンと室内プールのある娯楽施設の上に、教会のような塔が聳え立っていた。庭の造りも大学の学寮の中庭のようで、きれいに刈られた芝生としだれ柳が配され、四角い小ぶりな生垣があまり面白みのない品ぞろえの花壇を囲んでいた。一番大きい中庭の真ん中には、水を吐き出すイルカを抱えた少年を擁する、石を模した漆喰の噴水があった。ルネッサンス期の作品のコピーのように見えるが、実は違う、現代の作品なの、とジョゼフィーンは言う。

新しい引越し先に対するジョゼフィーンの態度は、高慢な卑下と誇らしげな愛着の交じり合った興味深いものだ。「おそらくジョウはここで幸せなのだ。わたしにはとても無理だけれど」とフランは思う。キャンターヒルにあるタラント高層団地の隠れ家からこのアテナ館を何度か訪れて、気の合う隣人を何人か紹介された。ときどき朝のコーヒーや夕べのお酒をともにする人たち、とジョウは言う。食事を一緒にすることは絶対にないけれど、とも言う。たまにブリッジをするゲーム室に連れていかれたこともある。

ジョゼフィーンと彼女の夫は、中年期の十年を米国中西部で過ごした。ミズーリ州の大学にいたのだ。イギリス人と比べてアメリカ人が高齢者用住宅なるものをより積極的に受け入れる姿に感動したと彼女は言う。アメリカ人はわたしたちより財産や私生活にずっとこだわりがないと、彼女は語気を強めた。彼らは引越しにも積極的で、今の自分に何が必要かという問題をずっと現実的に考える。地位とかプライドに執着しない。何が快適で、どうすれば事がうまく進むかを最重要視する。

ノリッジ（イングランド東部ノーフォーク州の州都）のあの大きな家よりこっちの方がずっと快適だ、とジョウは言う。ノリッジは嫌いだった、あそこの大学は嫌だった、本当の友達はいなかった。ノリッジよりケンブリッジの方が知り合いが多いのよ。ケンブリッジにはいつも友達がいた。家族で住んだこともあるのよ。クリスマスも過ごしたわ。ケンブリッジなら、子どものころから知っていた。とにかく、ノリッジのあの大きすぎる家に一人で住み続けることは、経済的にもできなかった。だから、生活を切り詰めて、今は自分の好きなように生きているわけ。この年になると我がままになるわ。わたしは自分の好きなように生きる。

引退後もずっとケンブリッジ大学の学寮に住んで、プライドと快適さの両方を満足させている元教員がいるのを、フランは知っている。アテナ館がそのプライドと快適さを再現するための模造品であることはジョウもわかっているし、ジョウがわかっていることをフランもわかっている。だが、猿真似をしたその結果が快適で満足できるものであるのならば、それもまた良しではないか。

フランの住むタラント高層団地は三等地にあって、エレベーターの故障も多い。だが、彼女は気に入っている。眺めがすばらしいのだ。ロンドンを見わたす壮大な眺めが。遠くから雲が集まってきて、さまざまな景色を一望できる。近づく嵐とともに積雲の大帆船団が押し寄せてくる。赤い筋の入った夕べの雲が、永遠の空の青の彼方のさらに彼方に見える。洞窟状のものが、裂かれたり、貫かれたりしている。亀裂と、傷と、予兆。真冬の低い空一面の灰色に耐え、二月の単調で退屈な空にも我慢し、春の胎動を待つ。高まれ、昇華せよ、超越せよ、と空が告げる。週に一、二度、コンクリートの階段を上がることも、心臓に良い。

フランはタラント高層団地が好きだった。荒れた駐車場も気に入っていた。駐車場がなければ困るのだ。車は彼女にとって必須である。彼女は動きつづけなければならない。

＊

クロード・スタブズの姿を想像せよ。フランの支配的な視点からできる限り離れて、彼の姿を想像してみよ。そう、彼の姿が見えてきた。自分の居場所にいる彼だ。彼のデイベッドの縁に座っている太ったぶち猫サイラスだ。先が白くやわらかく丸まったサイラスの前足が心地よさそうに内向きに向かい合っている。そのかすかになよっとした服従姿勢に、クロードの心はとろけそうになる。猫の爪はしまわれていて、肉球がとても厚い。若い猫ではないので、サイラスはクロードが外出できない状況を楽しんでいる。彼の病気を喜んでいる。思い切って病院に行く以外、彼は滅多に外出しない。だから、ほとんどいつもサイラスと一緒にいて、サイラスはそれが気に入っている。ラジオがかかっている。テレビも、音は消されているが、ついている。クロードの頭は次の食事に向かう。ポテトと卵とアンチョビーのオーブン焼き、だったか。フラン発案の料理だとクロードは思いこんでいるが、実ははるか昔、一九七〇年代に、いつかは料理をマスターしようと思っていたフランがジェイン・グリッグスンの本で読んだレシピをいい加減に応用したものだ。

クロードはフランの食べ物に対する苛立ちが高まっていることにほとんど気づいていない。彼には、パンをトーストして卵を添える以外、料理の必要もなかった。アンチョビーのオーブン焼きは好物なので、昼は食べずに、夕食に取っておこうと思う。その方が楽しみが大きい。担当のヘルパーはパセファニー（ギリシャ神話の冥界の女王ペルセポネーの英名）といい、今日も来てくれて、プラスチックボックス入りのチキン・アボカドのブラウンブレッドサンドとマークス＆スペンサーのトロピカルフルーツサラダを置いていってくれていた。クロードはマンゴー好きと思われている。たいてい好んで食べる。だが、彼のメニューにはマンゴーが多すぎる気もする。パセファニーは若く背が高い美貌の黒人女性で、お金をかけて艶やかなダークゴールドの髪にしている。ジンバブウェから来ました、と言う。フランより四十歳若い。彼女を見ると、彼はセックスを思う。だが、今の彼には思うことしかできない。今朝は、彼女に思いを寄せる男の一人からバレンタインデーに送られた花の話を長々と聞かされた。オレンジ色の百合の花束の真ん中から巨大な金色の金属製ハートが突き出ていたそうだ。ちょっと危ない、花束にしては、ちょっと怖い。愛の証というより武器のよう。

パセファニーは馬鹿ではない。

外はめっちゃ寒い、と彼女が言った。ここでベッドに寝ている方がいい。

そんな無神経な言葉を投げかけられることが多い。クロードは以前より気にしなくなった。慣れてしまった。彼だって、パセファニーのような人生を送りたいとは思わない。全然だ。

真意はともかく、パセファニーはサイラスのことが気に入っているように振舞っている。サイラスのトイレの砂の交換も、文句一つ言わずにやる。だが、彼女はたくさんお金をもらっているのだ。それに、クロードのおまるを取り替えなければいけない訳ではない。まだ、そこまでは行ってない。

彼は、国民健康保険《エヌ・エイチ・エス》でチェルシー&ウェストミンスター病院から分捕った松葉杖を使って、台所まで行ける。彼は、国民健康保険《エヌ・エイチ・エス》を使ったり、使わなかったりする。医者としても、そんな感じだった。いつも要領のいい男だった。まだ自分の足で動けたころに外来患者として病院に行って、その松葉杖を手に入れた。本当はずっと前に返すべきものなのに、返していなかった。ずっとマンションの来客用寝室の押入れに入れていた。そして今、役立つときが来た。

今でもこの松葉杖で、ロムリーでは雪隠《せっちん》と呼ばれていたトイレに、とてもゆっくりではあるが移動できる。いつも間に合うわけではない。トイレに着くまでにかかる時間と排泄のタイミングを計算しそこなうこともある。それでも、移動できる。

クロードの姿を想像せよ。最初の妻フランチェスカのことを想像するクロードを想像してみよ。彼女は北部のどこかで開かれている大会に出席しているだろう、とクロードは思う。いつも彼女は、老人用住居を専門とするあのクエーカー教徒みたいな特殊法人に雇われて、国中を走り回っている。特殊法人なのか、慈善団体なのか、NGOなのか、その正体は、クロードにはさっぱりわからなかったが、老人と何らかの関係のある団体で、フランはそこから給料をもらっている。おせっかいな女。中流階級出身のソーシャルワーカーの典型のようなおせっかい女。それで自分では、公共心に満ち満ちていると思っている。でも実は、彼の知る誰よりも、頭の天辺からつま先まで我がままだ。彼の同僚全員を合わせたくらい、外科医と麻酔医と保健所長と腫瘍専門医と、医局長と医学部教授と全医学部長に負けないくらい、どうしようもなく我がままだ。我がままなのは皆同じ。フランも、我の強さでは他の人間に負けない。彼女は、公共のために働いているわけではない。それが好きだからやっているのだ。それをしていれば忙しくしていられて、自分が偉いような気がして、お山の大将でいられるから、やっているのだ。

でも、お山と言っても、どんなお山だと言うのだろう？　それもあの年で？　悲惨な話だ。ひどい話だ。

クロードの瞼《まぶた》の裏に、ポテトと卵とアンチョビーのオーブン焼きの姿が浮かぶ。俺は塩をかけるのが好きだ。塩の摂取が今の情けない病態につながっているのかもしれない。濃密な生クリームが好きなのも良くなかっただろう。だが、今になってそんな心配を始めても手遅れだ。

もしかして、フランはこの俺を死なせようとしているのかもしれない。五十年前には、「あんたを殺してやる」と何回か言われた。だが、今俺が死んでも、彼女の得になることはあまりない。もちろん前夫のために作る料理の負担がなくなるわけだが、クロードは、フランは世話好きのマゾっ気のある女だから楽しんで作っているのだろうと、自分に都合よく考えている。

　フランは俺の遺書の中身を知らない。俺に訊いてくることもあるまい。彼女とのあいだにできた二人の子どもと孫たちにどれだけ残すのかさえ訊いてこない女だ。だが、パセファニーが高くつくのはフランにもわかっている。彼の余命の長さは、保険統計上はわからない。彼があとどのくらい生きて、パセファニーのようなヘルパーたちにどのくらいの財産を残せばその財産が底をつくのか、誰にもわからない。

　いや、俺は自分ではわかっている。フランは知らない。

　オーブン焼きと一緒に、シャブリの高級ワインを、ボトル半分、いやボトル一本、飲み干そう。死ぬまで高価なワインを飲みつづけてやろう。妻は二人とも酒豪だったが、ワインの味がわかるタイプではなかった。「このワインは何年もの？」とかいう話にはついてこられなかった。俺は、楽しめるあいだは、絶対楽しもうと思う。

　フランは今、気がめいりそうなロンドン北部の高層公営団地に住んでいる。あのヘイミッシュとかいう男と住んでいたハイゲートのずっとましな庭付きマンションの一階から、最近移ったのだ。俺は公営団地というものを見たことがなかったが、フランが手短に刺激的な説明をしてくれた。わざわざそこに引っ越すのは人を見下す偽善だと言ってやったが、彼女は違うと言った。高いところからの眺めがいかにすばらしいかを、崇高な言葉を使ってとうとうと述べ立てた。「贖罪」だったか、「赦免」だったか、「大赦」だったか。いや、どれもちょっと違う。俺は言葉の記憶も失いつつある。だが、彼女が「贖《しょく》」とか「赦《しゃ》」のある語を使って、引越し先の選択を正当化したのは間違いない。彼女は眺めについて話した。「眺望」という言葉を使った。

言葉のはしばしを覚えている。その全体を覚えているとは限らない。変な話だ。もしかしたら、フランが使ったのではなく、俺が思いついたのかもしれない。とにかく「しょ」か「しゃ」があった。固有名詞をまず忘れると言う。それから抽象名詞を忘れ、名詞を忘れ、動詞を忘れてゆくそうだ。タラント団地はロムリーやチングウェルやチングフォードより段違いに眺めがいい、とフランは言っていた。

べつに俺がロムリーを弁護しようとしていたわけではなかった。ロムリーの水は彼女には合わなかった。それは、彼女には今も昔も言わないけれども、俺にはわかっている。ロムリー病院での研修はきつかった。病院は取り壊されてしまった。みずから取り壊して、エセックス州の田舎と言っていいくらいのさらに奥まったところまで引っ越した。そのおかげで、今回の国民健康保険《エヌ・エイチ・エス》の一連の騒動に巻き込まれずにすんだ。

テレビでは、オークションめいた番組をやっている。《なんでも鑑定団《アンティークス・ロードショー》》の昼のチープ版といったところ。無音のまま、クロードの大好きなラジオ局「クラシックＦＭ」と競って、負けている。クラシックを聴くようになったのは十代のころだが、毎日かかる「クラシックＦＭ」の番組はちょうどクロードのレベルに合っている。本格的なクラシックファンは嫌うかもしれないが、彼は本格的なクラシックファンではない。クロードはいつも、芸術嫌いでも高踏芸術派でもない、両者の不安定な中間地点に立って、アートとカルチャーを楽しんできた。なぜか「クラシックＦＭ」には嫌なところがまったくなかった。以前は運転中に聴くことが多かったが、今の彼は、自分は主婦や定年退職や失業や在宅勤務で家にいる人たちの仲間だと思っている。事情があって家を出られなかったり十分働いたから今は家でゆったりできる在宅軍団の一人でいることを楽しんでいる。「クラシックＦＭ」の番組進行役はいずれも心地よい語り口で、ちょうどいい度合いに礼儀正しくかつ気さくな親密さをそなえている。性格が明るく、聞き手への敬意を忘れないけれども、一さじの皮肉もある。「ＢＢＣラジオ３」の利発な野郎と上品ぶった女に示される、わざとらしい仲良しごっこやすぐに透けてみえる軽蔑的な視線よりも、はるかにいい。最近の「ラジオ３」は、どうもうまく行っていない。文化的目標を見失って、ふらふらしている。自分たちの役割がわからなくなっている。ＢＢＣ全体が方向感を失っている、というのがクロードの意見だ。受信料は廃止すべきだと思う。ＢＢＣは何かとてつもなく大きな間違いを犯した。みずから墓穴を掘った。

「クラシックＦＭ」の方は、そのコマーシャルさえ、クロードにとって楽しみの種となる。自動車保険、バーベキュー、医療関係製品、コンサートの切符、イングランドのつまらなそうな田舎への小旅行なんかの宣伝だ。交通情報は、事故や道路工事や閉鎖などを聞くのが今は運転したり車に乗ったりすることもなくなり、デイベッドでぬくぬくしている彼には慰めとなる。追い越し車線で渋滞したり、硬路肩で身動きがとれなくなったりすることも、もはやない。英国中で、車のハンドルを握って、人びとが苦労している。「クラシックＦＭ」を聴いていると、その人たちの仲間になった気がしてくる。それも、彼らと苦労を分かつ必要なしで。

二度と運転はしないだろう。運転できないことがとても惨めだと感じる時期は過ぎた。二度と医者として手術をすることもない。それは解放だ。

フランが思っているほど、クロードは退屈していない。いや、退屈してはいるけれども、楽しみもある。その一つが「クラシックＦＭ」だ。ラジオを点けるだけで、ブラームスも、リムスキー＝コルサコフも、マーラーも、ショパンも、ベルリオーズも、グノーも、バーンスタインも聴けるのは、本当に驚くべきことだ。番組進行役も博識で、自分の仕事に一生懸命だ。彼のお気に入りは、アラン・ティッチマーシュとジョン・スシェイである。それで、バレンボイムも、メニューインも、ナイジェル・ケネディも、マリア・カラスも聴くことができる。ラジオから偉大な音楽が流れ出てきて、マンションじゅうをいっぱいにする。

クロード・スタブズは熱狂的なマリア・カラスファンだ。もうずっと長いこと、カラスを激しく愛してきた。

ほとんど毎日、夕方の半時間ほどを、カラスのCDを聴いて過ごす。たいていはそれと一緒に「あの薬」を飲む。彼は生命維持のためにお決まりの薬をたくさん飲む必要があるが、それとは別に、いささか脱法的な「魔法の薬」を自分で処方している。抗鬱剤と見る人もいるだろう。だが、クロードにとってそれはシロシビン(LSDと似た化学構造の、幻覚作用を有する物質)系の多幸感をもたらす薬だ。短い時間ではあるが、間違いなく、気持が高まり、山の頂に立ったような状態になる。医師として若いころに飲んでみた薬の中で、これが一番よく効く。絶頂感をもたらす最高の薬だ。

＊

大会は終わった。フランも発表した。自分では退屈だと思ったが、評判は良かった。発表内容は、アシュリー・クーム財団の援助を引きつづき受けての、老人向け総合住居施設の調査結果である。花壇を高くし、訪問介護者用鍵付き戸棚を設置することを提案したり、窓の止め金の特許やガス器具の遮断弁を紹介したりした。さまざまなアイディアや可能性を提示した。そのいくつかは実際に見て試してみた。まだ机上の議論に留まっているものもあった。大半はケンが格好よく紹介した一連のロボットものより、ずっと現実的だった。

フランは自分のお金でもう一晩、同じホテルに泊まる。長時間運転して、暗くなってからロンドンの団地にたどり着いたものの、エレベーターが動かない、という事態は避けたかった。朝ならば、階段を上るのも構わないけれども、夜になると話は違ってくる（一度、疲れ切って駐車場の自分の車の中で寝てしまったことがある）。それに、ポールがサンドフォード通りのチェスナットコートで暮らす彼の伯母さんの見舞いに行くので同行してほしいと頼まれたこともある。「一緒にいてくれると心強いんです」とポールは言う。「チェスナットコートやそこに住む伯母のことをどう思うか、聞かせていただきたいんです。それに二人で行く方が一人よりも気が楽だし」とも言う。「よく聞くセリフですけれど」と言う。だが、フランには、ポールが本当にそう思ってくれていることがよくわかる。

よく聞くセリフだって構わない、とフランは思う。お決まりのセリフをときどき聞くと、安心する。決まり文句が、火炎の縁から救ってくれる。

フランは、若いポールに頼まれて、嬉しく思う。自分の存在や意見を大切にしてくれると、浮かれた気分になる。二人は年の違いにもかかわらず、仕事上の良き友人となった。「ええ、もちろん、わたしの車で送っていくわ」とフランは言った。

ナビの助けを借りつつ、サンドウェルの厄介な一方通行を何とか前に進んでゆく。すると一瞬、クリストファーとセイラと火山のクレーターのことが、彼女の頭をよぎった。予期できない死について考えた。決まり文句では解決できない事態である。

小さな地震がダドリー町をゆるがした。

カナリア諸島は、巨大規模の火山活動によって生まれ、その形を変えていった。

来てみると、サンドフォード通りは、長く曲がりくねった、建築的にはいかなる一貫性も有しないごった煮だった。通りは一九七〇年代に作られた中央分離帯のある広い道路によって、さびれつつある昔の商店街と切り離されていた。狭く壊れそうな、急なスロープの歩道橋が、広い道路の上に弧を描いてかかっていた。サンドフォード通りは貧しい地域になっていた。建てたり建て直したりを何十年も繰り返したあげく、昔の馬屋を住居に改造した家の隣りに、チープな現代風メゾネットが建ち、一九〇〇年ごろの長屋がつづくかと思うと、かつては人気のあった一九三〇年代ごろの二軒長屋がそこに隣接するという場所になっていた。大層な住まいはどこにもなかったが、良き市民に安くて良い住まいを提供するという課題へのさまざまな解答がそこにあった。もっとも、古い建物はゆっくりと朽ちつつあった。前に小さな庭のある家もあれば、道に面した家もあった。昔植えられて大きくなった、まだ葉のない木が一、二本、その根のせいでひどく凸凹になった歩道から陽光の方向に、ふてぶてしく伸びていた。

フランは、エドワード朝後期に属する赤レンガ造りの三階建て長屋風住居が四軒分並んでいるところの外側に、駐車スペースを見つけた。その四軒の家が、もの凄い飾りたてられ方である。玄関の扉や表側の窓のいくつかには、奇妙奇天烈な装飾ステンドグラスがはめこまれている。現代風鉄門の複雑華麗なデザインは金箔と緋色とトルコ石の青緑色で縁取られている。大家族が住んでいるのだろうか、それともきわだって個性的な室内装飾観を有する少数民族の一団の住まいなのだろうか。いや、まず間違いなく、その両方だ。表側の窓の一つには、あまり英国的でない、白い花々にかこまれて走る鹿の絵がある。彫られたのか、それとも備えつけられたのか。いったいどんな目的でこういうことになっているのか、皆目見当がつかない。ポールに話す。ポールは彼女ほど驚きを示さない。前に見たことがあるのだ。

アジアだろうか？　東欧だろうか？　変てこなものだ。

だが、大いに気に入った。フランはそのすべてが大いに気に入った。

そして、チェスナットコートに着いた。統合失調症専門とある、小さな介護ホームだ。ジョゼフィーンの住むアテナ館とは異なり、明らかに、介護施設用に建てられた建物ではない。みすぼらしく、左右のバランスも悪く広がってゆく、一九三〇年代の二階建ての長屋風建物で、玄関側に幅広の張り出し窓の居間が二室あり、その一つの上に、幅広の出窓からの眺めのいい主寝室がある。自治体から主に資金援助を受けているが、地方自治体の匂いのしない、静かな落ち着いた場所だ。取り壊されたり改修されたりと、さまざまな変化の波が押し寄せるなか、そこだけポツンと取り残されている。ドロシー伯母さんは、ブラスハウス小路から移ってきて、長いこと、ここで静かに暮らしている。

各部屋にテレビがある。週ごとにメニューの変わる食事は施設内で作られている。教会にもお店にも近く、医者もいて、足治療の先生も訪ねてきてくれる。すべて込みで、週三五八ポンドから四二〇ポンドになる。とても安い。クロードの出費と比較すると、とても安い。

ドロシー伯母さんは、小柄で可愛い人だった。小さくて完璧だった。とても高齢だが完璧だった。肌がきれいで、染みがなく、皺もほとんどない。瞳は澄んだ青色で、唇はピンク色で、少女っぽい淡い色の口紅を丁寧につけ、完璧な色合いに染まっていた。銀色の髪も、薄くこそなっていたものの、完璧にまとめられていて、完璧な形の額とハート形の顔は、優美な銀色の巻き毛に包まれていた。彼女は二週間に一度、タクシーに乗って美容院に行き、シャンプーとセットをしてもらう。昔は美しかった。今でも美しい。華奢で、繊細で、磁器のお人形のようだ。とても家庭的な介護ホームの、ふわふわのソファが置かれ、暖房の効きすぎたラウンジに飾られている、丁寧に保存されて今でも美しい人形だ。グレーのスカートをはき、可憐な刺繍をほどこしたクリーム色のブラウスを着、淡い青のカーディガンをはおって、銀のイアリングと真珠のネックレスを着けている。指にはめた指輪も通信販売で買った安物ではない。きちんとしたものだ。そして銀のブレスレット。

甥のポールが来ると言うので、彼女を美しく装わせたのだろう、とフランは推測する。だが、介護に手を抜いているような気配は微塵もない。ここはとても小ぶりな、「家庭的」と言ってもいい施設だ。住んでいるのは、他に五人だけ。二人は今、二階の自室にいる。あとの三人は、ラウンジの反対側の端の安楽椅子に体をうずめて、うつらうつらしながら無音のテレビを見ている。ポールとフランとドロシーは、小さい張り出し窓の脇のテーブルに、背を伸ばして座っている。三人の前には、紅茶とバタークッキーが置かれている。ドロシーがフランに、自分の人生の話をする。新たな聞き手となるフランは、礼儀正しく傾聴する。

その話の中身はあまり良くわからない。フランはさまざまな認知症や精神錯乱の人たちを知っている。二、三分以上、会話をつづけたり、筋道だった話をすることができない人たちだ。ドロシーのはそれとはまったく違う。

ドロシーの話はよどみなく、なめらかに、過去から現在へと漂流しつつ、弧や円をえがいたり、方向転換したりして、元に戻る。アルビオン通り、戦争、空襲、マントル付きガス燈、ウェストブロミッチ・アルビオン（イングランド中部のプロサッカーチーム）、パンに肉汁をかけて食べたこと、わたしのお父さん、いつもとても怒っていたわ。男女共学だった小学校、昔の公立小学校、よく肺炎になった、結核を発病した、人工肛門の手術をした（と言って、グレーのスカートの下の緩やかなふくらみを、愛おしげにそっと叩いた）。教会、牧師さま、友だちの葬式で彼女が話したときのこと、息子は都合がつくと会いに来てくれる。わたし十七歳で夫と結婚したのよ。お父さんはかんかんになった。神さまがとても良くしてくださった。自分のお葬式はこんな風にして欲しい、好きな賛美歌は、初めて入院したときは、ホーム長はスゼットと言って、美容師さんはクレアと言って、新しいショッピングモールができて、どこもかしこも黒んぼだらけ。「神さま、あなたの下さった一日が終わります」という賛美歌よ。黒んぼが至るところに。これはわたしのチャーリーにもらった指輪なのよ、サファイアとダイアモンド。

道で石蹴り遊びをした、蓄音機をかけて踊った。わたしが逆立ちすると、お父さんが怒った、女の子がパンツを見せちゃいけないって、パンツが見えると、お父さんに叩かれた、質屋で二ポンドのコートを買ったのに、それを着ることなく死んでしまったお父さん、でもお母さんは九十二まで生きた。「わたしはそんなに長生きしたくない、でも、すべては神さまの思し召し。ここでは、パウチを替えるのも手伝ってくれる、いつも誰かがいて助けてくれる。

パンツを見せるとお父さんは怒った。可愛かったのはいつもわたしのほう、頭が良かったのは妹のエミリーのほう」

エミリーのことに触れるとき、彼女は困った顔つきになって、エミリーの息子ポールを見た。この人は誰かしら、この話とどんな関係があるのかしら、といぶかるような顔つきで。

「ポンプ場。今はレンガで全部塞がれてしまったけれど、お父さんはそこで働いていた。水道局で働いていた。ええ、神さまはとても良くしてくださった。毎日曜日、車椅子で教会に連れていってもらうのよ。百年前に建てられた教会なの。本を読むのが好きなの、お話が好きなの、こういう雑誌も読めるの」

これが認知症であるなら、とても雄弁な認知症だ。ラウンジの反対の端の三人は、ひと言も発しない。ドロシーの話を数え切れないくらい聞いたことだろう。ドロシーは語り部であった。他の三人の代弁者でもあった。彼女は彼女の世代の混乱した記憶そのものだった。

フランも話の筋を追おうと努力した。繰り返される怒った父の話が気になった。彼の娘がここでこうして、来る年も来る年も、変わることなく、老いることなく、死ぬまで生きてゆくことになったのは、この父親が原因なのだろうか、とフランは思った。

「四十八で死んでしまったお父さん。肺が弱かったのよ」

ポールにとっては、お祖父さんに当たるのだろう。

一時間経つと、ホーム長のスゼットがやって来て「お開き」になった。二人とも自分の役目をきちんと果たしてお疲れさま、ということだろう。ドロシーも、スゼットの来た意味をすぐに理解して、フランとポールを引き止めようとしない。お行儀よく従順だ。二人それぞれにお土産をくれた。子ども向けのお楽しみ袋に入っていたカードを、明るいアクリル絵の具で彩色したものだ。一つは蝶々の絵で、もう一つは田舎家の絵。丁寧に塗られていて、線からはみ出たり、色と色が重なってしまったりすることはない。

ドロシーはフランのことが気に入った様子で、近くにいらした際は、ぜひまたお寄りください、と言う。「ふらっと立ち寄ってくだされぱいいんです、わたしはいつもここにいますから」

「ドロシーさんは塗り絵が大好きなんですよ」と、玄関のほうに二人を案内しながら、朗らかにスゼットが言う。ドロシーはラウンジのテーブルに座ったまま、二人を目で追うこともなく、外の通りをじっと見ている。藤色の指輪をはめた儚げな手は、きちんと膝の上に組まれている。

スゼットは、逞しい体つきの、自信に満ちた、暗めのブロンドの六十歳だ。大胆にカミソリで剃りあげたシャープな短髪は、至るところで、尖り、飛び出、目立っている。シャンプーもセットも、ホットカーラーを巻いて「お釜」型のドライヤーをかぶることも無縁の髪型だ。着ているのは、鮮やかな赤紫と黒の幾何学模様をプリントした、伸縮自在の素材でできた、体にぴったりと張り付く大胆なドレスで、襟ぐりがぐっと抉《えぐ》れている。きさくで明るく、きびきびとして、ホームの住人に欠けている動きとエネルギーを振りまいていた。別れ際の握手が力強かった。逞しい女性だ。

この施設を所有するのは誰だろう？　収益はどこに流れるのだろう？　スゼットの雇い主は誰だろう？　儲けている人がいるのだろうか？　チェスナットグループといった、老人を食い物にして収益を上げる介護施設のチェーンがあるようには思えない。フランの目には、収支もとんとんで、ここサンドフォード通り一軒だけの運営を頑張っているように映る。地味すぎて、事件も起こり得ないような場所だ。一生懸命やって、何とか存続している。

実は同じサンドウェルの、これよりもずっと大きな介護ホームで、最近事件があった。食中毒が起きて居住者が被害を受けた。食べ物に毒を混ぜた疑いで、二十三歳の介護人が逮捕され、精神障害隔離病棟に監禁された。

狂える者に狂える者の食事を与えさせよ。「死にたる者に死にたる者を葬らせよ」（「マタイ福音書」第八章二十二節）

フランは自分の車でポールを「プレミアイン」に送る。ポールはそこから電話でタクシーを呼んで、バーミンガムのニューストリートまで行くと言う。コルチェスターに戻らなくてはいけないのだ。フランは、「ポール、駅まで送ろうか？」と訊くこともない。彼女は疲れ切っている。

ポールもしょぼんとして、黙っている。

「ドロシー伯母さん、昔は美人だったでしょうね」と、フランが話題をふる。

「不幸せというわけじゃないと思う」と、ポールが不幸そうに言う。

先に、「ぼくの母はもう三十年も、姉に会っていないんだ」というポールの発言もあった。姉妹は、大喧嘩をして、縁が切れた。それで、母のエミリーはハグウッドに住み、ドロシー伯母さんはチェスナットコートにいる。二人とも旦那は死んでいる。ドロシー伯母さんには、ラルフという一人息子がいる。彼女の話にも出てきたが、フランは空想の世界のことだろうと思っていた。本当にいるのだ。だが、その息子はオーストラリアに移住してしまって、伯母さんはそのことを十分に理解できないでいる。ラルフはイギリスにいないので、あまり役に立たない。

フランは、ドロシーの子どものころの肺炎の話、結核の話、腸の手術の話、ときどき音を立てる人工肛門のパウチのことを思い出していた。高度な手術、集中治療、看護、治療費の負担と、あらゆる手間隙がかけられて、この混乱した老婦人は生きている。微笑みを浮かべている。宝石を身につけ、車椅子で教会に行き、塗り絵をし、雑誌のファッション写真を眺め、静かに精神を漂流させている。フランは、ドロシーを真の老いを体現する最終世代の一人として見てきたことに気がつく。だが、ドロシーの戦時中の思い出話を考えると、かろうじて戦争の記憶が残るフランとは、ほんの二、三年の違いしかなかった。ドロシーは八十にもなっていない。彼女は七十代のご婦人なのだ。あと二十年は生きるかもしれない。

フランはときどき、二十三の若者が役に立たないたくさんの老人を皆殺しにしたくなる気持がわかる気がする。

長生きするつもりになるのはいいが、最近の調査によると、わたしたちはたいてい、その長寿の最後の六年間を、重篤な病にもだえ苦しみながら過ごす。

フランはこの数字を知って、信じるか信じないかはともかく無性に腹が立った。長寿がわたしたちの年金、保健医療、住まい、ワーク・ライフ・バランスを破壊した。わたしたちの幸福を破壊した。長寿が老年期そのものを破壊した。

*

フランはもはや自分の思考の流れをコントロールできなくなっている。「プレミアイン」の安眠ベッドに寝ころんで、夜のニュースを見ながら、新しい味のグジャラート・ミックス（インド風スナックの商品名）を袋から食べている。スパイシーなのはいいが、ちょっとピーナッツが多すぎる。ねじ蓋ボトルで、アルコール度十三パーセントの、あまり冷えていないスペイン産白ワインを一緒に流しこむ。ホテルの前の道の向かい側の、鬚を生やした親切なイスラム教徒が経営する売店で買ってきたものだ。気がつくと、翌週のクロードの食事の計画を立てている自分がいる。そんなことしたくもないのに、頭が勝手に動いてしまう。

「皿に載せたりプラスチック容器に入れたりして持っていった食事も底を尽きかけていて、またわたしが食べ物を持って現れるころと、奴は踏んでいるはず」

　スープはどうしよう。野菜のポタージュ、いや、細切れベーコンを入れたスープ、いや、鶏肉入りのレンズ豆スープだ。クロードは以前、スープは好きじゃないと言った。半世紀前の話だ。でも、今は、そんな贅沢を言える立場じゃないわ。与えられたものは黙って食べてもらわなくちゃ。

　美味しい鶏を一羽買えば、クロードとテリーサの二人分のスープが作れる。

　ラードン。この言葉を探していた。ベーコンの細片のこと。あらかじめ切ってある。スープにいい。スープは凍らせるといい。ラードンと同じ意味の言葉がもう一つあったけど、何だっけ。思い出せない。

　昔のクロードは、病院の夜勤を済ませて家に帰ってきた。だからお金をかけずに具沢山の体に良さそうなスープを作って、帰ってきた彼が温めさえすればいいように置いておいた。だが、それでは彼は不満だった。彼は、夫の自分が帰ったら、妻には起きてきてほしかった。そして、フランに夫のためにスープを温めてほしかったのだ。フランはベッドで寝ているのに。子どもがきちんと寝たり寝なかったり、目を覚ましたり覚まさなかったりで、くたくたなのに。自分はダメなんじゃないかという言うに言われぬ焦燥感や人生に拒絶されたという恐怖に襲われ、パニックを起こしているのに。拒食とほとんど変わるところのない性交拒否に悩み、居場所がないという女性的な感情にもだえ苦しんでいるのに。そういうことは、七十何歳というこの年になれば、すでに乗り越え、忘れてしまっているように思うかもしれないが、事態はその逆だった。もっと強く、激しく、どんどん悪化していた。

クロードは、スープが好きじゃないと言っていた。根菜だ。人参、ジャガイモ。パースニップはダメ、彼はパースニップが食べられない。他に根菜は？　タマネギ、セロリ。

ベーコンの細片。パンチェッタだ。ベーコンの細片という意味の外国語たち。

食べ物をめぐって、思考が檻の中のハムスターみたいにぐるぐる回っている。本当に発狂するのではないかと思うときがある。ドロシーのように、介護ホームで、ぼうっと塗り絵をしながら、人生の最期を迎えるのではないか。フランも塗り絵は好きだった。子どものころの花や鳥や蝶々の絵のある一冊の本を覚えていた。戦時中の物資不足のすぐ後のことで、贅沢品だった。その水絵の具が混ざり合い、泥みたいな茶色になって、大泣きしたっけ。失敗だった。いくつもの失敗が。固くなった牛肉、ぴらぴらのある黄色っぽい軟骨のシチュー、ひどい生焼けの羊、オーブンで焼きすぎてバラバラになった魚。彼は魚に手をつけなかった。そのときのお客も、魚アレルギーが、とか言って、口をつけなかった。忘れられない。何も忘れていない。魚屋で買ったいい魚だった。そのころは魚屋があった。

もう考えるのを止めなくては。どんどん落ちてゆく。もうそこから這い上がれないところまで落ちてゆく。

ラードン。ラードンは便利だ。何に入れても美味しくなる。昔は違う名で呼んでいた。何だったっけ。あのパンチェッタという名も使っていなかった。パンチェッタなんて聞いたこともなかった。

肉汁をかけたパン、とドロシーは言った。今では、食卓に上がることもなくなった。夫や息子に人気がないからではない。いや、人気がないのは事実だが、原因は、肉から肉汁が出なくなったからだ。今は、肉も本当の肉ではなくなった。肉に見えるけれども、あれは別の代物だ。

フランは、オークの香りのするスペイン産ワインをまたぐいっとやってから、テレビのニュースの音を消し、自分の携帯電話を探した。ところが、見つからない。パニックを起こす。これでは、いつもハンドバッグの底を掻きまわして、携帯や鍵があるかどうか十分毎にチェックする老婆にすぎない。あ、あった。違うファスナーのところにあった。どうして、いつも同じポケットに入れておくことができないのだろうか。いい兆しではない。ああ、いい兆しではない。

呼び出し音三回以内で、クロードが出る。やあ、フランチェスカ、元気でやってるか？

フランはほっとする。彼の声がそれほどぶっきらぼうじゃないので。全然不機嫌じゃないので。彼も彼女の声を聞いて嬉しいのだ。

元気よ、とフランも答える。いい日ね、元気かどうかちょっとかけてみただけ、どう調子は？

OKだ。今、ポテトとアンチョビーのオーブン焼きを食べたところだ、美味しかった。今朝、パセファニーがグリーンサラダをちょっと持ってきてくれたので、野菜も採った。

それはいいじゃない。ポテトとアンチョビーだと、毎日必須の野菜五種類の内に入らないから。

野菜五種類なんて、どうだっていい。とても美味しかったよ。君に、すっかり、お世話になってるなあ、フラン。恩も何もないのにさ。

ええ、恩なんてないわよ。でも、恩がなくたって、必要次第で助け合わなくっちゃ。ねえ？「おお、汝ら、必要を語るなかれ」（シェイクスピア『リア王』第二幕四場）

「今日はどうだった？　大会はどうだった？」

「OKよ。うまく行ったわ」

「よかったな」

「明日の朝、帰るわ。二、三日中に、片付けを終えて、会いに行くわね。また、ちょっと持っていくわ」

「すまんな。君のほうは、夕飯をすませたのかい」

「まだなの。これからレストランに下りていって食べるか、ちょっと外に出てピザでも買ってくるか、迷ってるとこ。ホテルの食事が特に美味しいわけではないけど、朝食はイケるのよ」

「昔はろくに朝食も取らなかった君がねえ」

「そうだったわねえ。でも、ここの半熟卵は最高。……サイラスは元気？」

「ああ元気だ。なあ、サイラス？　でか猫ちゃん」

妄想パラノイアが溶けてゆく。退いてゆく。薄まってゆく。だが、いつか、溶けていかない日が来る？　いつの日か、フランはパラノイア的妄想の暗い網と霧に絡みとられ、その中に沈んでゆく。あの闇の中に沈んで、そこで陰惨な死を迎えるのは哀れだ。

光の中で死にたい。光の中で、叡智の光の中で。「光あれ」、ああ、神さま、「そこに光あれ」。最終段階《エンドゲーム》。ジョゼフィーンと一緒に、ベケットの『勝負の終わり《エンドゲーム》』を見に行く計画を立てていた。いったいどうして？　いや、『幸せな日々』だったかも。どっちを見に行くのかわからなくなってしまった。チケットの予約はジョウに任せていた。サミュエル・ベケットときちんと向き合わなくちゃ、と急に言い出したのはジョゼフィーンのほうだ。

認知症を怖れる人びとがいる。フランも、認知症の人をたくさん知っている。つい、この間も、ウォーターマウス大学のチームによる、認知症患者にも安全な家作り計画を精査する機会があった。認知症に関する本も何冊も読んだ。あるイベントで困っている認知症患者と介護人たちを助けた経験も、たった一度のことだからあまり自慢はできないものの、ある。だが、フランは、自分が認知症になるとは思っていない。両親とも、ずっと頭はしっかりしていた。いつも穏やかで上機嫌という人たちではなかったが、最期まで意識ははっきりしていた。彼女の頭も、ちゃんと動いている。ぱっと連想も働くし、記憶力も、正常の範囲内で人や製品の名前や本のタイトルを忘れたり物を失くしたりすることはあるが、そこそこに機能している。怖れは別のところにある。パラノイア的な妄想に精神が屈してしまうのではないか、人生に拒絶されてしまうのではないか、自分は無価値であるというあの感覚が戻ってくるのではないか。食べ物をダメにするという心配でいつも頭がいっぱいだったあのクロードとの新婚時代の無力感が戻ってくるのではないか。もしかしたら、クロードとまた親しくつきあうようになって、あの感覚が戻ってきているのかも。もしかしたら、もう一度あの感覚と向き合うことが彼女には必要だから、クロードとのつきあいをまた始めたのかも。これは必要な段階の一つなのかも。

食べ物は比喩なのだ。でも、何の？　いつも、気にかかっている。深いところに複雑な謎がある。精神分析医のような専門家のところに行って、謎を解いてもらうのがいいと思うときもある。だが、たいていは、自分で考え抜けば、最後にはわかる、と思っている。

終わりは近い、それでも、考えつづけよう。

遅すぎる、ということはない。

それに、分析医に、食べ物の話をするのは恥ずかしい。瑣末すぎる。瑣末すぎることに囚われている。

食べ物に関する障害というのは、若い人の病気だ。わたしのは食べ物というより、料理に関する障害だ。

テレビに出てくる料理人が大嫌いだ。そういう連中がのしてきている。恐怖とパニックをまき散らしている。

遅発型の疾患と向き合い、避けるために、半ば渋々ながら、彼女なりに対策を考えてきた。歩くこと、働くこと、泳ぐこと。団地の階段を上っては下り、下りては上りを繰り返して、エッシャーの絵の建物の中を行ったり来たりしている気分になる。仕事を作り、ネットワークを作り、ときにはクロスワードパズルもやってみる。クロードのための食事作りをみずからに課す。最近では、二週に一度テリーサのところに行くことをみずからに課す。ポールやジュリアやグレアムのような、イングランドじゅうに散在する仕事関係の若い知人から、新たな力を注入してもらう。車でいろいろなところをまわって、さまざまなプロジェクトを視察し、ときどき普通の人びとの普通の苦しみと一体化できた気分を味わう。息子のクリストファーや娘のポペットやかつての義理の娘エラや孫たちと、相手に迷惑をかけない程度に交流する。

穴に落ちてしまわないために「幅広い関心」をもつ。

「プレミアイン」の幅広で白いふかふかのベッドに横になりながら、スペイン産ワインを飲みすぎてしまったことに気づく。お腹は空いているが、酔いがまわって、レストランでの食事がきつい。ルームサービスはないようだ。もっともルームサービスは待っても待っても来ないことがある。ちょっと外に出て、ピザを一切れ買ってこよう。いや、自分で買いに行くには疲れすぎている。ぐずぐずしすぎた。

下に行って一皿頼もう。温かい料理がいい。クルマエビにフライドポテト、大音量のBGM付き。グラスの赤ワイン。このスペイン産ワインはもういらない。

聖バレンタインの日、告解の火曜日、聖金曜日、復活祭の日曜日。こうして区切りをつけてゆく。「裂けた脇腹から流れ出した血と水を見よ」（「ヨハネ福音書」第十九章三十四節に基づく）かわいそうだったヘイミッシュ。彼は復活祭の土曜日に死んだ。死ぬには暗い日だ。あまりにも多くの人が病院で週末死ぬ。理由ははっきりしている。ヘイミッシュの死は一つの数字にすぎない。だが、少なくとも、真面目な日に死ぬことはできた。

クロードは人を切り刻むのが好きだった。切り刻むことの名手だった。

友人のジョゼフィーンは、好きな詩人W・B・イェイツについて、老年期と人間の飽くなき不満を詠うのが上手だったと語って止まない。実は彼女に言われるまでもなく、かつて自分も詩を読んでいた頃にイェイツを読んでいたのでわかっていた。「アイ・キャント・ゲット・ノー・サティスファクション」フランの青春時代の名曲だ。よくばかでかい音量でかけて一人で聴いた。彼女が本当に好きな唯一の歌。ビートルズは、まあ、いいけれども。

性、食べ物、満足。

アイ・キャント・ゲット・ノー・サティスファクション。

クリストファーにいつもの挨拶代わりのショートメールを送ろうと思っていた。「どう元気？ フラ」。でも面倒臭くなった。夜のこの時間になると、指が強張って動かなくなる。それに、クリストファーの人生に、もう母親は必要ない。セイラの死についても、わたしは部外者だ。

自分の体を持ち上げるようにして、「真っ赤な料理」を食べに何とか下のレストランに行く。ポテトとアンチョビーのオーブン焼きが食べたいと切に思う。チキンのタラゴンソース添えが脳裏をよぎり、その淡い色合いとより繊細な味を思い出す。それらの料理を、自分でも作ることはある。だが、考えるのも嫌なときだってある。何でもかんでも二倍作って、その半分をクロード用に、残り半分を自分用に冷凍すればいいとよく思うのだが、考え方としてどこかに間違いがある。それが何なのかがよくわからないのだ。いつかわかるのかもしれない。ときに倍量作ることはある。だが、それが習慣にはならない。ポール、ジュリア、グレアム、ロボットのケンのことを考える。六十歳の豪腕スゼットを思う。彼女には、ドロシー伯母さんの小さく儚い体を人工肛門のパウチその他もろとも抱え上げ、肩に担いで、階段を一段たりとも踏み外すことなく上る力がある。それに優しそうだ。だが、彼女を動かすものが本当は何なのか、誰にもわからない。ある日、頭がおかしくなって、ホームの老人全員に毒を盛るかもしれない。

とにかくこのごろは、壮健な年少の人間の数が足りない。年寄りが注入してもらう若いエネルギーが足りないのだ。今、社会では、虚弱者が壮健者に勝るという前代未聞の事態が生じつつある。バランスが崩れている。正規分布を示すはずの統計曲線が悲惨な状態になっている。SFの破滅シナリオだ。パニック映画そのままだ。

狩猟採集民なら、この種の窮地は避け得ただろう。彼らだったら、老人を溺れさせるか、棍棒で殴り殺すか、雪山にさらすか、放置するかしただろう。彼らは動くことを止めなかった。

フランもまた、動くことを止めない。

＊

血のざわめくは死を渇望してのこととは、
知る由もなし。

＊

アイヴァー・ウォルターズは行きつけのバーの低く小さいバルコニーに座り、曲線をえがく湾に沿って伸びる遊歩道を見下ろしながら、温まってゆくビールをすすっている。クリストファー・スタブズを空港に出迎えるまでの時間をつぶしている。パステル調のかわいいピンクとベージュと水色の白子鳩が、隣のバルコニーのテーブルの白く小さいビストロチェアの背にちょこんと止まって、ときどき彼のほうを見ている。首をかしげて彼を見ている。陽は予想どおり沈んでゆく。とても信頼できる太陽だ。このあたりでは、日の入りも日の出も大して変化がない。彼は毎日同じ移動を繰り返す人びとがのろのろと歩いてゆくのを眺めている。彼らはビーチから戻ってきて、たくさんある互いに瓜二つの小さなスーパーで夕食を買うか、たくさんある互いに瓜二つのレストランでピザやハンバーガーや魚を食べるか、たくさんある英国風パブでサッカーの試合を見ながらビールや地元あるいはスペインのワインを流しこんだり、ご婦人だと甘い観光地用リキュールをいい加減に調合したドリンクを大きめのグラスでぐいっとあおって、酔いのうちに夕暮れどきを過ごすかする。

彼らの歩行を、散歩とか散策とかそぞろ歩きと呼ぶことはできない。あまりに地味で、格好がついていないのだ。重い足取りでだらだら歩いてゆく。引き締まった体、太った体、茶色の肌、赤くなった肌、風雨に鍛えられた顔、しわくちゃな顔。胸の谷間、太腿、ショーツ、サンダル、杖、車椅子、老人用電動車、ベビーカー。学期途中の小休暇が終わり、大きい子どもの大半は飛行機に乗せられ学校に戻っているが、ベビーカーに乗った小さい連中はずっとここにいて、その中に、学校をさぼり中のお兄ちゃんやお姉ちゃんが混ざっている。夕暮れどきの行進、歩行者のゆっくりとしたパレード。時折ランナーが通り過ぎて、その行進のリズムを変える。だが、数は多くない。ゆっくりと進んでゆく。

道の表面は硬く、きちんと整備されている。新しい道だ。縁取りも美しい。彼は島を良く知っていた。島の環境が良くなってゆくのを自分の目で見てきた。公共のお金がたくさん落とされ、道や歩道や絶景ポイントが作られた。今見下ろしている道も、以前は泥と岩と砂に波の泡が染みこんだ道ならぬ道で、サンダルで歩くと足が痛かった。彼は今、島とともにゆっくり老いつつある。彼の目の前で、島は観光客の快適・悦楽的滞在のために、その姿を変えていった。ここはベビーカーの赤ん坊には良いところだ。老人にとっても良いところだ。アイヴァーは他の連中と違ってまだ老人ではないが、ここに住んで長いことになる。ベネットが近いうちに死んだら、自分はイングランドに戻れる。あり得る話だ。だが、こういう恵まれた気候の下でミイラみたいに永遠に生きそうな生活を楽しんでいると、ベネットも長生きして八十代の後半や九十代に突入する可能性も、同じくらいに十分ある。そうすると、アイヴァーはもうイングランドには戻れない。よくある話だ。

ベネットは健康のためにここにいる。アイヴァーは、ベネットが彼を必要とするので、ここにいる。ベネットは洞窟や砂丘で見つかるグアンチェ人（カナリア諸島の先住民）のミイラのように、ゆっくり干からびていっている。アイヴァーにとってベネットが必要なのは、お金があって財布の紐を握っているのがベネットだからだ。まったく憂鬱な話だ。だが、恥ずかしいことじゃない。二人は恋に落ちた。セックスをした。情がうつった。そのあとで、互いに実際的に必要な存在となった。このように考えるのはアイヴァーの趣味ではないが、そう考えないのは難しい。あの真珠に似た淡色の羽毛のかわいい白子鳩みたいに、このような思いが彼のかたわらに座っていて、時折彼を見つめる。

彼はベネットを楽しませようとする。ベネットに忠誠を尽くす。アイヴァーはいい奴なのだ。少なくとも自分ではいい奴になろうとしている。だが、自分に課した高い基準からすれば、落第かもしれない。

「この年で、じっと見つめられると困る」とアイヴァーは思っている。彼はびっくりするほどハンサムだった。いや、今でもハンサムで、男からも女からも秋波を送られる。金髪で、こんがり日に焼けていて、瞳は忘れな草の花のきわめつきの青色。目鼻立ちもこれ以上ないくらい整っている。コレクター好みのピンナップ・ボーイだ。彼は、彼が十七で何も知らなかったずっと昔に、ベネットに「収集《コレクト》」された。このごろ気になるのは、皺だ。髪は、白くなったものの、まだふさふさしている。白金色のあざみの冠毛の輝きに似た明るい銀色の光が残っていて、生まれながらの金髪だったことがわかる。それをほんの少しだけ長めに、颯爽として格好いい程度に、女っぽくなりすぎない程度に伸ばしている。

ベネットとアイヴァーは島の生活に溶け込んでいた。ここに住む有名人や知識人ともつきあいがある。その大半は年配で、なかには大変な高齢者もいる。多くは、やはり健康のために島に住む（スキャンダルを逃れて来た者が一人はいる）。地元出身の友人は少し、ほんの少しだけ。今ではベネット自身が地元の有名人みたいなもので、彼はスペイン語も上手なので、島の文化の社交生活に、アイヴァーよりどっぷり浸かることができる。アイヴァーは外国語が流暢なタイプではない。けれども、何気ない世間話は上手だし、ボトルを開けたり、お酒を注いだり、年長の客のために椅子を引いたりするのは、自分の家だろうが他人の家だろうが得意だった。彼がいると助かった。アイヴァーに会うと気分が華やいだ。

ベネットはスペインそしてカナリア諸島の史実に詳しい。スペイン内戦について、ロルカやフランコやゲルニカやピカソについて、書いている。かつて讃えられ今では忘れられた哲学者ミゲル・デ・ウナムーノについても書いている。長年にわたり、ウナムーノの政治姿勢の矛盾に興味を引かれてきた。プリモ・デ・リベラ独裁政権下にカナリア諸島フエルテベントゥーラ島に短期間追放されたウナムーノを論じた彼の文章はよく知られている。スペインの著名な学者であったウナムーノは、プリモ・デ・リベラの愛妾ラ・カオバ——訳すると「マホガニー娘」——の寵遇に軽率にも公に抗議して、遂にはスペイン本土から、当時はもっとも退屈でもっともみすぼらしく訪れる人もまばらだったフエルテベントゥーラ島に島流しされた。アイヴァーとベネットは、かつては「ヤギ港」と呼ばれたプエルト・デル・ロサリオ（フエルテベントゥーラ島の主都）の慎ましやかで埃にまみれたウナムーノ博物館を何度か詣でた。ウナムーノの木彫りの机と木彫りのベッドがあり、ベッドには白いレースの上掛けが掛けられていた。威容を誇るケマダ山のふもと近くには、ウナムーノの白く大きな彫像が屹立し、奇妙なファシスト的匂いを放っていた。二人は眩暈がしそうな道から何回もこの像を見た。

このような記念碑を建ててもらうにしては、ウナムーノのフエルテベントゥーラ島滞在は短かった。数ヶ月といったところだ。だが、島には有名人がいないので、ウナムーノは最大限に活用されている。

アイヴァーには、ウナムーノの死後の評判の盛衰のことはよくわからない。彼の位置づけは曖昧なままだ。ベネットにとって、ウナムーノが、運命の気まぐれ、学者の屈辱、政治的なぶれの危険性、後世の忘却などについての象徴的な何かであることはわかる。だが、それが精確に何なのか、どうしてそうなのかはわからない。

カナリア諸島に関する知識はベネットにはかなわないものの、アイヴァーは否も応もなく学びつつある。ベネットの知らないカナリア諸島のいくつかの顔を彼は知っている。

一九七〇年代、八〇年代に出版された中年期のベネットの原稿をタイプライターで清書するという長年にわたる作業を通じて、アイヴァーはたくさんのことを学んだ。そのころ、自宅で原稿を転写する手段として好まれたのは、最初、手動タイプライターで、次に電動タイプの時代が来た。だが、アイヴァーは、新しいテクノロジーのこともたくさん学んだ。eメールやインターネットにもかなり強くなった。彼の年を考えると、とても強い。彼の命綱だ。ベネットもeメールをやろうとしたが、好きになれずに、すべてを——その他も含めてすべてを——アイヴァーに丸投げすることが多い。

ベネット・カーペンターとアイヴァー・ウォルターズは、この島を「わが家」とした。お金も注ぎこんだ。今となっては、イングランドに戻って、イングランドを「わが家」とすることは難しい。スペインの不動産マーケットが崩壊した。島の土地家屋はベネットの家のような住み心地のよい飛び切りの物件であっても、今は売れない。それと対照的に、イングランドの不動産価格はうなぎ上りで、不人気な地域の住みにくい物件も、高すぎて手が出ない。だから、二人はこの島で頑張りぬくしかない。みずからの選択の結末を引き受けるしかない。ありがたいことに、家は広く、スペースがたくさんある。だから、以前のようにキングサイズのマットレスに二人一緒に寝なくてはいけない、ということはない。

だが、もう後には戻れない。

ベネットの家は、信じられないくらい美しい。アイヴァーは、たいていこの家を愛していた。掘り出し物の物件だった。今みたいに落ち着かなくなったときは、できるだけこの家の美しさを考える。今みたいに落ち着かなくなったときは、今みたいに小さな自分の車に乗って家を離れ、バーやカフェに入るかビーチに行って、独り座ったり、土地の連中と軽口を叩きあったりする。他の種類の接触を求めることもある。以前ほどの頻度ではない。その種の接触への関心は減りつつある。

ときどき、島でベネットと家探しをした幸せな日々を振り返る。すでにベネットの健康は十全ではなかったが、暑く乾燥した天候の下、彼はびっくりするくらい張り切った。アイヴァーの陽気な運転で島の方々を訪れ、二人で、太陽の下の新しい生活に想像をめぐらせた。ありそうもないような風変わりな住まいも見学した。騒々しいトムスン旅行社のリゾート地域を見下ろす丘の斜面に、高く積み上げられるようにしてモダンな集合住宅が長屋式に並んでいた。広く閑散とした内陸の町に、古い十九世紀の普通の通りの家があった。小石の浜に漁師小屋が建っていて、その白く塗られた玄関に大西洋の波が白と明るい青緑色に砕け散っていた。嵐の日の満潮時には台所の中まで波が押し寄せてくるそうだ。荒石を積んだ中世の要塞が廃墟と化してヒツジがひしめいていた。あざやかな黄色のガウディ風家屋が流砂の上にあやうげに建てられていた。火山の山腹の農家からは、ぶどう園と一面の溶岩が見わたせた。当時は景気がよく、さまざまな国籍の不動産屋がもてなしてくれた。魅力的な鉄面皮たちだった。民族的出自も社会的出自もはっきりしないオーナーや居住者にも会った。低木しか育たない吹きさらしでビニール袋の散乱する灰緑色のヤギ牧場を建設候補地として歩き回った。岩だらけの海岸を、溶岩におおわれたありとあらゆる荒れ地を踏査した。

あるとき、皺々の象の足に似た薄茶の火山のまわりを、苦悶に身をよじる黒い石灰華の頂のあいだを通り抜けて回っているうちに、噴石の道で迷子になった。すると、この世のものとは思えない不思議な光景が目にとまった。小さく背の低い石の家が暗色に凍りついた火山灰の波打つ荒野の只中にぽつんとある。家は自然石を積んだだけの低い庭塀に囲まれている。イングランドでもよく見かける類だ。だが、庭には赤とオレンジの熱帯の花が燃えあがっていた。アロエやサボテンやユーフォルビアの尖った葉があった。がっしりした体つきの老人が、裸の広い肩と背中をこちらに向け、雑草が高く積まれた手押し車を小さく煙る火のほうにゆっくり転がしてゆく。彼の背は日に焼けて赤土の赤茶色だった。彼はアダムだった。楽園に住んだ最初で最後の男だ。沈んでゆく赤い陽の輝きが逞しい老人の赤らんだ肉をうっすらと染めていた。忘れられない光景だった。

心励ます徴《しるし》。

その後、何年も、漫然とではあるが、その小屋と沈む太陽の下の孤独な庭男を探した。見つからなかった。それは蜃気楼、光の幻術だった。だが、この老人から力をもらって、アイヴァーはこの島に住もうと思った。ベネットと二人で見つけた家は格別だった。並外れて美しかった。

ここで死ぬのも悪くはない。

家は内陸部の少し高台にあり、見下ろすと海が見えた。この小さな島では、どこもが海から遠くない。どこといって特徴のない村のはずれにあり、近くの環状交差路にはかつてこの島の「魔術師」で今は亡きゲイの芸術家セサール・マンリケ作の遊び心に満ちた動く彫刻がある。平屋の一軒家が、噴火でできたひと続きの泡や洞窟の上に広がっている。小穴だらけの黒い溶岩と白く塗られた壁の不ぞろい具合が、ベネットを魅了した。家の形は生き物のようで、奇想天外かつ自然だった。十八世紀の噴火がデザインした自然のシュルレアリスムだ。階段を上がってきて息を切らした者が目にする百点満点の家だ。良き時代の高い水準を満たすべく設計され、建てられ、プールもサンテラスも棕櫚《しゅろ》の木も、色とりどりのユーフォルビアが美しく植えられた庭も、魚の住む池も、テニスコートも、すべて揃っている。明るさと軽みの精神があって、二人ともそこに誘惑された。島の東海岸の脱塩施設で濾過された水が、蛇口から、噴水から、シャワーヘッドから、間断なく、楽しげに、注がれていた。眼前に海が広がり、背後には火山がそびえ、二人の家の庭は流水の調べにあふれかえっていた。夜ともなれば、ラ・ゴメラ島（カナリア諸島の島の一つ）を出たコロンブスを未知の西方に導いた星々が空に光り輝いた。

ここで死ぬのも悪くはない。

ベネットは初めて家を見たときにそう言い、その後、同じ言葉を好んで繰り返した。誰かの引用に違いないことはアイヴァーにもわかったが、結局誰の言葉かわからなかった。調べてみようと思っても忘れてしまう。本当は知りたいと思っていなかった。

家は「スエルテ荘」と呼ばれていた。幸運という意味のスペイン語だ。家の名は変えなかった。

「この家と敷地を下品だとか悪趣味だとか言うことはできないよ」とベネットはよく言った。「他の場所ならけた外れの悪趣味と呼ばれても仕方ないが、ここでは、ちょっと気取った印象すら与えずに、幻想的な風景の一部に成りきっている。歴史性がないんだ。趣味云々はまったく問題にならない。原初の自然と一体化しているからね」

ベネットとアイヴァーはこの家に移って幸せだった。数年のあいだは幸せだった。そのころ、ベネットは、近年楽しみながら習得した美術史の知識を文化史に融合させた、彼の最後の大著となるはずの本を書き上げていた。本国に一、二度、飛んで戻って、編集者や出版関係者と打ち合わせをしたり、出典や図版や著作権をチェックしたり、一人二人の仲間とにぎやかに社交的なランチをしたりする体力も残っていた。空港はごった返していて参ったが、フライト自体はさほど辛いものではなく、島はロンドンと同じ時間帯で時差ボケの問題も生じなかった。それに、アイヴァーが付いているので、飛行機の予約も、荷物の準備も、チェックインカウンターの女性を言いくるめるのも、キャビンアテンダントに上手に話して、英国王から爵位を賜った「サー・ベネット」を足元にスペースのある席に代えてもらうのも、彼に任せておけばよかった。

島は、いつもごった返している空港と他所《よそ》から持ってきた金色の砂を撒いて作ったツーリスト向けビーチを除くと、不思議に閑散とした風で、それがむしろ心地よかった。小さい町の広場を巡る柱廊は歩く人もまばらで、真昼時の深い静寂につつまれていた。家々の青と緑のシャッターはずっと閉められたままで、入場料の高い広々とした新しいスポーツグラウンドも、不気味にさびれていた。棕櫚の並木道は静まりかえっていた。非の打ちどころのない運動場にも、遊ぶ子どもの姿がない。子どもたちはどこに行ってしまったのだろう。夕方が近づくと、不自然に長い、硬い影が、キリコの絵のように落ちる。

最初の小発作のあと、ベネットは少し旅行が不自由になり、アイヴァーも将来のことが心配になりはじめた。だが、二人の島での交友関係はすでにでき上がっていた。外から来て島に住み着いた人も、スペイン人の知り合いもいた。アイヴァーには、街中のバーで待ち合わせたりするような年下の飲み友達も何人かいた。ベネットはその種の関係について深く詮索しなかった。嫉妬する年齢はとうに過ぎていた。昔のような怒鳴り合いはもうしなかった。

二人でホームパーティを開いた。いいパーティだった。集まったのは、ノーベル賞受賞者、とてもやんちゃな年配の有名男優、歴史家やその他いろいろの学者が何人か、かつてオマー・シャリフと組んだという悪名高いブリッジプレーヤー、キリコの絵を所有する演劇人、日曜画家がちらほら――と言うのも、ここの風景はとても絵画的で、にもかかわらず、あまりきちんと描かれてこなかった――それから人を楽しませるプロみたいな地元の連中がやって来て、バックコーラスのような役目を果たした。楽しい陽気な友人たちだった。たいていは老いを迎えつつあるものの、楽しい陽気な友人たちだった。それに加えて、アイヴァーの側を離れずにアイヴァーに仕える年少の友人たちがいた。

アイヴァーは人に好かれた。

ベネットの本が出版されると、それなりの敬意をもって、しかし幾分地味に称賛された。ベネットは残りの人生を何をして過ごすつもりだろうとアイヴァーは思いはじめた。アイヴァーはベネットの世話に忙しい。だが、ベネットには何か仕事が必要だ。彼は努力家だ。彼はいくつかの可能性のあるプロジェクトの話をはじめたが、それを聞いてアイヴァーは少し不安になった。長いことベネットはリヨテ将軍の伝記を書きたいと言っていた。ずっと昔に、二人が初めての休暇旅行でモロッコに行ったときにその計画がひらめいたのだが、アイヴァーは一度も本気にしなかった。夕食後の気の利いた軽口程度に思っていたのだ。挑発的なプロジェクトだ。スペイン史、とくに最近は美術史に詳しくなったイギリス人のゲイで中道左派の研究者が、フランスのゲイで右翼でオリエントが大好きな将軍の同性愛的な伝記を書く――まさか。だが、興味が再燃して、ベネットはまたその話をしはじめた。一、二年、話しつづけて、アイヴァーに頼んで関連書籍も注文した。だが、カナリア諸島にいて、原資料を入手するのは容易ではなかった。アイヴァーが見ていると、ベネットはだんだん、自分の能力不足、理解不足、知的活力や実行力の欠如に、やる気を無くしていった。頭がダメになってゆくというのではない。根気がなくなってしまった（落ち込んでいるときのベネットは折に触れて、「自分は突破力を失った」と悲しそうにこぼした）。

このゲイの将軍の伝記に本格的に取り組むことは決してないだろう。彼の手に余るテーマだ。大きすぎるし、遠すぎる。暴力や斬首を美的に崇拝し、軍刀を振り回しながら無茶な冒険に乗り出すモロッコのフランス人やスペイン人連中に対するベネット自身の愛憎関係を、きちんと書き残すことは決してないだろう。フランス外国人部隊やそこを舞台にした小説『ボー・ジェスト』（イギリスの作家P・C・レンの冒険小説）の世界は、彼の筆の及ぶところではない（ベネットは少年時代に『ボー・ジェスト』を読んで夢中になった。アイヴァーは読んだことがない）。モロッコに行けるほど彼の体調が回復することもないだろう。モロッコが遠すぎるという訳ではなかった。モロッコまでは、ベルベル人やモーリタニア人が証明したように、「ちょいとひとっ走り」で辿り着ける近さだ。だが、ベネットにはその「ひとっ走り」が遠すぎた。船を使えば行けるだろうか、とアイヴァーは頭をひねってみた。フェリーもあれば、クルーズもあった。クルーズは最近、老人のあいだで人気が高い。アイヴァーはいろいろと可能性を探ったけれども、「リヨテ計画」には確信が持てなかった。ベネット自身も同様なのがアイヴァーにはわかった。

リヨテ将軍は配下の若い美貌の兵士に夢中になることで有名、というか悪名が高かった。ベネットはこのようなリヨテ将軍の性行を糊塗したり美化したりしたかったのだろうか。執筆計画が早くに頓挫して、アイヴァーはそれを知ることもできなかった。

二人でパリの廃兵院《アンヴァリッド》の、彼の墓に詣でたことがある。男性的なものものしい記念碑が建っていた。一九六一年にそこに遺骨が移されたのだが、そのときはド・ゴールがスピーチをした。ベネットは、軍隊および軍隊風の記念碑に惹かれる。ウナムーノ然り、リョテ然り、戦没者の谷《バジェ・デ・ロス・カイードス》（スペインの国立慰霊施設）のフランコ将軍然り。

歴史家の銅像を建てる人はいない。と言うか、あまり例がない。

ベネットが忘れ去られることを恐れる失意の老人と化してゆくのを、アイヴァーは見たくなかった。彼にはもっと幸せな晩年を送る権利がある。自分だって、もっと幸せな時間を過ごす権利がある。

アイヴァーにもわかっていたのは、ベネットがスペイン本土における考古学的発見というスペイン史学の展開に専門家として付いていけなくなっていることだ。「歴史的記憶」に関する新しい法律が作られ、過去の戦地や共同墓地のより自由な発掘が可能になった。その結果、ベネットにはとても消化しきれないぐらい大量の新資料が表に出てきた。彼は、この新たな開放性を潔い態度で歓迎したものの、同時に、自分が救いがたく時代遅れになったことを感じずにはいられなかった。スペイン語でも英語でも論文を書くまったく新しい世代の歴史研究者が、喧々囂々《けんけんごうごう》の議論があり遺恨さえ残るこの分野の覇権を握った。ベネットの仕事が退けられたり馬鹿にされたりするわけではなく、今でも引用されていたが、一歩一歩着実に、それは取って代わられつつあった。

俗説ながらスペイン内戦がきわめて多くのイギリスの同性愛者の関心を惹き参加を招いた理由を本にまとめている者もいた。夭折する若者の美しさを讃える現象をA・E・ハウスマン（十九世紀末に一世を風靡した英詩人）症候群と呼び、その原因を探っていた。ベネットはその本のインタビューを断った。スティーヴン・スペンダー（一九〇九―九五、英国三〇年代左翼文学を代表する詩人・批評家）はぎりぎりのところで死んで、インタビューをまぬがれた。スティーヴンもずいぶん長生きしたものだ（ベネットはハウスマンの詩の意地悪なパロディを物した。「なんということだ。お前のような背筋の伸びた清い男が、二十二にもなってまだ生きているとは！」というヒュー・キングズミルの有名なハウスマン・パロディを吟じるのも得意だった）。「リヨテ計画」の熱が冷めた次にベネットが思いついたプロジェクトは、もっと簡単で彼の今の力でも扱えた。執筆自体は絶対に無理だが楽しく時間を過ごすことができるだろうとアイヴァーは思って、ベネットを励ました。幻の目的を胸に抱いて、二人でいろいろな場所に行けるだろうと思った。ベネットは目的を持つことが大好きだ。

短いながらも、学問的にしっかりしていて、かつ一般読者を対象にしたカナリア諸島の歴史を書こうと思ったのだ。大西洋の北アフリカ沿岸からも遠からぬ場所に点在するこの火山島群についての書籍は驚くほど少なかった。カナリア諸島は、そこに行くことがエコロジー問題になる以前に二人で訪れたガラパゴス諸島ととても良く似た立場にある。カナリア諸島、天国の島。島の歴史は短く同時に謎めいていた。ベネットは毎年カナリア諸島になだれ込んではなだれを打って出てゆく（文字どおり）何百万という英語話者の訪問客が、小さなスーパーで買える雑誌や英独製大衆向け文庫本よりも刺激的な読み物があれば喜んで飛びつくだろうと見ていた、いや、そう見ているふりをした。ガイドブックは何冊かあるのだが、どれもきわめて基礎的なものだった。島の料理や植物相やテネリフェ島の気になる先住民グアンチェ人については、小さな本が一、二冊出ているが、文章中心ではなく、写真に説明文が付いているといった趣だった。英語で書かれた最上のガイドは、ウォーキング好きで恐れ知らずの英国人が書いていて、火山を登ったり、砂丘や峡谷や溶岩の窪地を横断したり、現地の小さな家やヤギ道を見つけたり、犬を避けたりするためのアドバイスでいっぱいだった。その本でさえ、歴史に関する知識は多くなかった。ベネットは自分こそがその穴を埋められると思った。

今のカナリア諸島はのどかな田舎である。ここの人びとは本土のとても多くの人たちと違って、復讐とか非業の死の話には興味がない。家と家のあいだの抗争や、昔のように人を殺したり窓から投げ落としたりすることにも惹かれない。島の独立もあまり関心を集めない。時折、「スペイン人は出ていけ《エスパニョーレス・フエラ》」とか、「カナリアの自由万歳《ビバ・カナリアス・リブレ》」とか、「カナリアはスペインではない《カナリアス・ノ・エス・エスパーニャ》」といった落書きを目にすることはある。裏切りやら財産剝奪やらも、その歴史の中になくはないものの、小規模だった。カナリア諸島の歴史は血生臭くない。ここの乾燥させたミイラはとても老いていて、干からびている。

ベネットはメモや新聞の切り抜きをたくさん集めたものの、結局は同じ歴史家ギボンの美しい出だしの文章をタイプしただけで、それ以上ほとんど進んでいない。カナリア諸島を訪れたことのないギボンだが、「子午線の位置について」と題されたエッセイで、共感に満ちた文章を残している。

> 客人を歓待する遠くの土地は、嵐に遭った船乗りたちが恩を感じて、過度に褒めそやされることが多い。カナリア諸島も、その実態は、他の土地同様、善と悪が混ざり合っている。いや、むしろ、現地の悪に外国の善い影響が混ざっている。にもかかわらず、この大西洋と太平洋の小諸島は、嘘偽りなく、地球上でもっとも居心地のよい場所の一つと言うことができる。空は抜けるように青く、空気は澄みきっていて、体に良い。真昼の太陽の熱さは海風に和らげられ、森も谷も、ここでは、島原産の鳥たちのにぎやかな歌に活気づけられている。海岸から山頂めざして上ってゆくと、一歩進むごとに気候もまた変化してゆくのが実感できる。

ギボンは島をとても快適な場所に描いたが、その事実に間違いはない。だが、わざわざ本を買って島の歴史を勉強しようという旅行者はほとんどいないのではないか、とアイヴァーは思っていた。ここを訪れる人たちはあまり本を読まない。日光浴をしたり、パブのテレビでサッカーを見るほうを好む。プラトンだとかプルタルコスだとかアトランティス島だとかユバ二世だとかユバのお付きの医者で島の至るところで様々な種が見られるユーフォルビアの語源となったエウポルボスのことなどが、彼らの興味を惹くことはないだろう(ユバ王はアントニーとクレオパトラのあいだに生まれた娘と結婚した、とベネットは言う。アイヴァーは驚いたが、あまり信じてはいない。それでもいろいろと考える。ローマ人を父に、エジプト人を母に持ったこの女王はどんな女だったのだろう? 父と母とどちらが好きだったのだろう? 肌の色はどんなだったのだろう?)。だが、ノルウェーとかウルグアイからやってくるサーファーが、ローマの将軍セルトリウスのことや、その彼がマリウスとキンナと組み、残虐非道なスラに立ち向かったことや、スラがテネリフェ島に理想郷的な植民地を作ろうとしたといった話に、すすんで耳を傾けるとは思えなかった。それ以上に、セルトリウスと彼の少数の家来の運命を詩人ウィリアム・ワーズワースが叙事詩に書こうとしたことなど——平和を求める彼らはさらにその数を減らしながらノルマン人侵略の時まで、カナリア諸島にしがみつくようにして生きたのだが——どうでもいいことだろう。滅びる運命にあった——但し遺伝子は生き延びた——先住民グアンチェ人の民族的起源に関する論争も、そもそも彼らがどのようにして島に来たのかという疑問も、興味を惹かないだろう。中世には島民が航海術を失っていたことに対するベネットの奇妙で過剰なこだわりも、共有されないだろう。

「かつて彼らには船があった。そうでなければ、島に辿り着けなかっただろう。違うかい?」

(「連れてこられて放り出されたんじゃない?」とアイヴァーは答えてみた。これは実際、大いにあり得る歴史仮説だった。大した教育は受けていないアイヴァーだが、型にとらわれない「水平思考」は得意だ)

たしかに、十四世紀にポルトガル人、ノルマン人、ジェノバ人がカナリア諸島を再発見したとき、七つの島の住民のそれぞれが別々に暮らし、別々の言語を話していたのは、奇妙な話だ。その気になれば、海の向こうに隣の島影が見えるというのに、互いに行き来する手段を持っていなかった。ガラパゴス諸島のように、それぞれがそれぞれの進化を遂げていた。

七つの島。エル・イエロ島、ラ・ゴメラ島、グラン・カナリア島、ラ・パルマ島、テネリフェ島、ランサローテ島、フエルテベントゥーラ島——水にも、言葉にも、隔てられている島々。

ベネットは島々の歴史のこういった側面に魅せられてしまった。取り憑かれたみたいになっている。ゲイのリヨテ将軍につづく妄執だ。子どもっぽい話だし、呆けかけているのかもしれない、とアイヴァーは思った。泳ぐ快楽の記憶と結びついているのだろう。ついこのあいだまで、ベネットは大の水泳好きで、ちょっとでも水たまりに手招きされると、嬉々として跳びこんでいった。アイヴァーは濡れるのが気持悪くかつ格好悪く感じる質《たち》で、ベネットが泳ぐのを眺めていた。ベネットは威厳ある平泳ぎで、地中海、カリブ海、太平洋を、紅海、黒海、北海を、ドナウ川、ライン川、ローヌ川を、テムズ川、バール川、ウィンドラッシュ川を、ゆっくり泳いだ。ロサンゼルス、トロント、メルボルン、リオデジャネイロのホテルのプールのホモエロティックな青い水を、縦に行ったり来たりした。イングランドの緑色に濁った浅い池にも、米国中西部の藻類に覆われたあり得ないほどそそられない水溜りにも跳びこんだ。よく管理されたトルコ石色の水の自宅プールで今も泳ぎを楽しむものの、このごろは島の穏やかな湾の水に浸かることも少なくなった。朝の遅い時間に、アリエタの小さな漁港の湾曲する浜辺の波に足を取られて転んだことがあり、それから海で泳ぐのが怖くなった。

それでも彼は、カナリア諸島の先住民が中世に舟を作らず、泳ぎもせず、島と島で交易せず、共通の言葉を話さなかった事実に魅かれつづけた。魅せられすぎだ、とアイヴァーは思った。彼は自分をインテリとは見なしていなかったが、どうしてベネットがそんなに関心を持つのか、フロイト流に考えてみた。

もちろん興味を惹く事実ではある。ハンドバッグを売りつけるために旅行者のご婦人に言い寄る、セネガルから来た今日びの美しい青年たちの体は魅力的である。

どうやってここに辿り着いたかはわからなくても、とにかく辿り着いたのだ。

適者生存の法則。

このごろは、アフリカ本土から移民しようとして、島の東側の沖で船が難破することが多い。若い男、若い女、子ども。一か八かで賭けてみる。溺れ死ぬ者。不法入国者収容所に送られる者。生き延びて、よくできた偽のハンドバッグを売ってから、退去命令を受けたり、強制送還される者。そのうちの一人は、何千人に一人という幸運に恵まれ、ベネットとアイヴァーの友人の庇護下に置かれた。キリコの絵を所有する優れた美的鑑識眼と訳有りの過去を持つ友人だ。二人で、隣のフエルテベントゥーラ島の岩だらけのイワシ砦で、比較的豪勢に暮らしている。

二十世紀と二十一世紀の移民の大半は泳げない。彼らは水の漏る船に自らを委ねて、泳ぎは絶対に習得しなかった。ベネットはそのことにも異様に興奮した。

アイヴァーには、ベネットが——ずばり言ってしまうと——正気を失いつつあるのかどうか、よくわからなかった。

セイラ・シディキの最初は原因さえわからなかった突然の死の知らせに対するベネットの反応は、とても奇妙なものだった。「きちんと」した反応ではなかった。彼はまったく理解できない様子だった。耳を塞いでしまった。セイラの死という話題を最初、会話可能なトピックの外に締め出した。それ以前は、空港でのナマロメの抗議の複雑な背景の全体像を詳しく理解しているように見えた。メディアに対しても発言していたし、『祖国《エル・パイース》』紙宛ての手紙にも署名した。ノーベル賞受賞者の友人と一緒に地元のテレビ番組に出て、ハンガーストライキとサラウィ人のナショナリズムについて意見を言ってもいいような口ぶりだった。セイラにも、自らのナマロメ観を嬉しそうに開陳し、今は亡き知人、小説家で有益な公的知識人でもあったジョゼ・サラマーゴ（一九二二－二〇一〇、ポルトガル初のノーベル賞受賞作家。晩年はカナリア諸島ランサローテ島に暮らし、そこで死去）の名を挙げた。サラマーゴが生きていたら絶対に、西サハラの独立のために立ち上がったことだろう。

それにベネットは、クリストファー・スタブズのことが心底気に入った。

アイヴァーもクリストファーがとても好きになった。彼に会って、逃げられるかもしれない、思ってもみない救いの手が差し伸べられるかもしれないという希望の光がちらりと脳裏をかすめた。少なくとも一時的な救済がそこに見えた。だから、島に戻ってくるクリストファーを迎えに車を飛ばす途中で、こうしてバーのバルコニーに座って待っているのだ。

四人は、セイラとクリストファーの短くかつ劇的に中断された島の滞在中に、一、二度会っただけだった。クリストファーは外務省に勤める学生時代の友人から、役に立つ人物としてベネットの名前を教わった。そこで、「スエルテ荘」に電話をかけ、もちろん、それを取ったのはアイヴァーだった（ベネットは耳が遠いわけではないが、よく聞こえないふりをした。会うとよく喋るくせに、電話を毛嫌いした）。そして、火山に近い白と黒の素晴らしい邸宅で、歓待の杯が交わされた。ベネットが地元の政治状況をセイラに説明し、地元の施設や名士についてアイヴァーが解説した。四人全員、息が合った。アイヴァーとベネットは若く新しい血の注入に喜んだ。引退前のよろよろした連中ではなく、仕事盛りでしっかり働いている若く美しく健康的な人びととの思いがけない出現に、活力をもらった。セイラの調査チームはさらに若く、彼女のリビア人のカメラマンも有能だった。皆、コスタ・テギセにある、セサール・マンリケ風の大きくて快適なホテルに泊まっていた。

　セイラが発症する前の晩は四人で過ごした。夕食はベネットの薦めで、新しいリゾート地の開発された岸辺や遊歩道とは似ても似つかない、人気《ひとけ》のない寂れかけた古い港の脇に最後に残った昔風の魚料理レストランで取った。「ラス・カレタス」と呼ばれるその場所には、時代遅れのスペイン風の暗鬱さがまだあった。潮風に傷みコーティングされた木枠の開き窓が突き出ていて、寄せる波を見下ろせた。歴史のある港だった。これまでに、たくさんの船がそこから出港した。

　さまざまな海の幸の中にカサガイがあった。下の入り江の岩に生きていたのをそのまま採ってきた。セイラはカサガイを食べたことがなかった。エゾバイみたいに硬くてゴムのようで、その上エゾバイよりもまずいひどい味だとアイヴァーが注意しても、セイラは面白半分に注文したがった。小さな火山そっくり、と彼女は言った。「スジの付いた火山みたいなカサガイの形は島のふしぎな円錐形をなぞっている、食べてみなくちゃ。メニューにカサガイのあるところは初めてだし、これが最後のチャンスになるでしょう」

　そんな言葉、覚えていなければよかった、とアイヴァーはのちに思うことになる。

　セイラは頭の回転が速く自信に満ちた妙齢の女性で、人生の盛りにあって活力にあふれていた。美しくカーブした肉づきのいいがっしりした鼻、広々した褐色の額、きれいに弧を描くはっきりした眉毛、長いまつ毛、黄色のスカーフで後ろに束ねた、跳ねかえりあふれ出るような豊かな黒髪。胸元を丸く大きく開けた白いTシャツを着ていた。

　レストランの素朴なトイレの羽板の扉の陶器の板に、幼児の悪戯みたいな手書きで描かれた男女別の表示をとても面白がった。男のほうはイルカの絵のあるおまるに立つ天使のような小便小僧だった。女のほうは花模様のバケツの上にまたがってスカートをめくり上げた女性の美しい背中と裸のお尻だった。彼女はそれらを携帯の写真にさりげなく収めた。

クリストファーはワインのボトルを一本空けてから、自分の仕事について、喋りすぎにならないくらいに少し話した。芸術番組のプレゼンター兼共同プロデューサーとして名を成したものの、所属事務所や他の雇用者と喧嘩して、今は違う方面の仕事を探しているところです。自分の製作会社を立ち上げる準備をしています。アイヴァーは、クリストファーをテレビで見たことがあると言った。社交辞令だろうとクリストファーは受け取った。

アイヴァー自身、社交辞令なのかどうかわからなかった。クリストファーの姿と声には見覚えがあったのだ。はっきり禿げ上がりつつある日焼けした顔に、太いフレームで色つきレンズの眼鏡をかけ、それを夕食どきに部屋が暗くなっていっても外さなかった。赤と黄色の粗い生地で縞模様と色の塊を組み合わせたデザインの高価なシャツを身にまとい、ロンドン東部（いやエセックス州かも）の労働者の訛りを上手に駆使し、態度にも自分に対する自信を匂わせた。どこかで見たことのある誰かに似ていた。だが、そういった人間はたくさんいた。

ベネットも、自分たちにとって彼が役に立つかどうかは関係なく、クリストファーが気に入った。面白い男だと思ったのだ。水を向けると、テレビ界の競争対立関係の話や、フランシス・ベーコン、デイヴィッド・ホックニー、ウィリアム・ティリヤー、ジョウ・ティルスンといったイギリスの著名画家の番組の話をはじめた（プレゼンター兼番組制作者としてのクリストファーは美術関係のテーマを好むらしい）。延々と細かい自慢話をすることはないけれども、その種の有名人と知り合いであることを口にした。アイヴァーが「あなたのシャツはちょっとジョウ・ティルスンみたいだ」と口をはさむと、クリストファーは嬉しそうにした。クリストファーのほうでも、「サー・ベネット」の権威と年輪に大いなる敬意を表し、ベネットの功績に関する知識のみならず、彼の本をいくつか読んだことを示した。クリストファーは、スペインのことは詳しくないと謙遜したふりをしながら、ゴヤやロルカやウナムーノやピカソやタピエスのことを実に巧みにベネットへの質問の中に盛りこんだ。

二人のやりとりを見てアイヴァーも嬉しかった。ベネットが彼にふさわしい温かい評価の言葉を投げかけられるのは、常にアイヴァーの喜びだった。そして、クリストファーの話すエピソードにベネットが「きちんと」――最近のアイヴァーはこの語に奇妙に囚われている――反応しているように見えることに、アイヴァーは胸をなでおろした。

老齢に達すると、急に「きちんと」できなくなる。

その晩のベネットは調子が良くて、とても面白かった。彼は物真似が上手で、彼のホックニーは――ホックニーは真似しやすいと言うけれども――そっくりだった。皆、腹を抱えて笑った。

セイラに対しても、ベネットの反応は良かった。彼女の立ち居振る舞いが気に入ったのは、アイヴァーにもわかった。ベネットは機敏で、気配りを怠らず、親切だった。いくつかの場所を薦めながら、カナリア諸島史を書くという自分のささやかなプロジェクトのことも話しすぎない程度に話した。

「あの古い砦にある移民博物館《ムセオ・デル・エミグランテ》に行くといいよ。島を出ていった人たちの側のことがわかるから」と言った。セイラは、あることは知っているが時間がなくてまだ行っていないと答えた。ベネットはつづけた。「テネリフェ島に行って、サン・クリストバル・デ・ラ・ラグーナ市を訪れるといい。トール・ヘイエルダールが賞賛した謎のピラミッドも見てくるといい。絶対にフエルテベントゥーラ島にも渡ってみなさい。フェリーで三十分もかからないところにあるのに、ここの先住民たちは何世紀にもわたって、なんと一艘の舟さえ作らなかったのだ。それから、フエルテベントゥーラ島のグラン・タラハルにある墓地は、あなたにとって必見だ。そこの町長は、『アフリカの墓場』と言っていた。もちろん観光ルートではないよ。でも、あなたのテーマなら、ぜひ行ったほうがいい」

忘れられない場所。物言わぬ死者たちが、テレビカメラを通して語り出すことだろう。
アイヴァーはときどき、ベネットの記憶に驚いた。小さく静かで退屈なグラン・タラハル町に行って、無名の死者たちが記された大理石の簡素な石板が並ぶ、丘の斜面の塀に囲まれた墓地を訪れたことは、もう絶対に忘れているだろうとアイヴァーは思いこんでいた。何年も前の話なのにベネットはまだ覚えていた。

安らかに眠りたまえ　一移民　二〇〇一年十二月十二日没
安らかに眠りたまえ　一移民　二〇〇二年七月十一日没
安らかに眠りたまえ　一移民　二〇〇二年七月六日没

あの日から今日までの間に、さらに何人の死が記され、二人が見たあの墓石群に加えられたのだろう、とアイヴァーは考える。

安らかに眠りたまえ《デスカンセ・エン・パス》

アイヴァーはその言葉に深く感動した。彼自身、安らかに眠りたいと切に思うことが時折あった。自分の人生が残すものなど、これら無名の死者とさほど変わりはないだろう、と淡々と感慨にふけった。
彼の瞼の裏に浮かぶこれら無名の死者のすべては、若くてハンサムなセネガル人かモーリタニア人だった。

だれがアイヴァーの墓前に、風雨に負けない不自然な偽オレンジや紫色の薔薇の造花を供えてくれるだろう。時が来て歩けなくなったアイヴァーおじさんの車椅子を押してくれるのはだれだろう。だれが死んだぼくの人生をまとめてくれるのだろう。

「ラス・カレタス」での歓談中に、クリストファーとアイヴァーとベネットには共通の知人がいることがわかった。最初にベネットの連絡先を教えてくれた外務省の男よりも意外な、しかも問題児だ。名をシモン・アギレラといい、かつては悪名をとどろかせた男だった。破滅的なあのスキャンダルのあと、メディアの報道と人びとの敵意から逃れて、静かで穏やかなフエルテベントゥーラ島に身を隠して長い年月を経た今も、彼は有名だった。ベネット同様、穏やかで乾いた気候を求めての移住でもあった。

そして贖罪と救済と永遠の平安を求めていた。

早熟にして多才なアギレラは、かつて人びとの賞賛を集めたスペイン共和主義者の亡命知識人の息子として生まれた。とても早くから、一九六〇年代パリの前衛演劇界の「恐るべき子ども《アンファン・テリブル》」として名を成し、ありとあらゆる成功が約束されているかのように見えた。だが、じわじわと広がる修正主義によって、一九三六年スペイン内戦時のアリカンテ（スペイン南東部の港市）でだれに何が起きてそれはだれが仕掛けたのかといったことが細かく問い直され、父親の名声はゆっくりと地に墜ちた。それから自分が妻を殺害することで、完全に破滅した。ニュースは世界中を駆けめぐった。だが、下された判決は軽かった。フランス人は「色恋沙汰の犯罪」には甘いからだ、と英国メディアは嬉しそうにコメントした。

だが、それでも、妻を殺したことには変わりはなかった。用いたのは、斧だった。

殺人者を共通の知人に持つと、絆ができる。二流のパブリックスクール出身で中ぐらいの地位の外交官を知人に持つより、もっと絆ができる。

クリストファーがシモン・アギレラに初めて会ったのは、クリスティーズ（ロンドンの美術品競売会社）で開かれた現代イタリア美術の展示会でのことだった。シモンが買おうと思っていたキリコの絵を前に、二人の会話がはじまった。シモンはクリストファーにいつもテレビで拝見していますと言い、クリストファーはいつもどおり喜んだ。シモンはクリストファーにいつもテレビで拝見していますと言い、クリストファーはいつもどおり喜んだ。二人で近くの魚料理のレストランにランチに入り、例によって二本目のボトルを開けることになって、会話が延々とつづいた。互いにたくさん話し、話した内容のほとんどを忘れた。牡蠣とペルノー酒で蒸したカレイの味わいとともに、会話の味わいだけは残った。まだセイラとつきあう前の話で、シモンとは時折オークション・ルームで競売価格や作品情報の真偽について情報交換したものの、頻繁なやりとりには発展しなかった。

今回、カナリア諸島に来る前に、クリストファーがセイラにアギレラの話をしたことはなかった。殺された妻のことをセイラがどう受け取るか心配だったのだ。

だが、「ラス・カレタス」では、嚙んでも嚙み切れないゴムみたいなガーリック味のカサガイを囲んで――セイラは「カタツムリそっくり。でもカタツムリほど美味しくない」と言った――三人の男がアギレラと彼の功績を好意的に評した。彼女は熱心に耳を傾けていたが、自分の意見がある風には見えなかった。「彼は最近セネガル人の移民を養子にしたから、あなたも訪ねていって話してみるといい。とても写真うつりのいい青年だ」とベネットは旧世界の悪《わる》っぽく、くすくす笑いながら言った。

だが、セイラは時間がなく、狭い海峡を渡ってフエルテベントゥーラ島に行くことはかなわなかった。未成年移民の保護の問題についてぜひ話したいと言う、島のプエルト・デル・ロサリオの赤十字の人に会うつもりだったのに。セイラはたくさん調べてきていたのだ。惜しいことに、そのすべてが無になった。

＊

アイヴァー・ウォルターズは夕陽のバルコニーに座って、今ごろロンドンからアレシフェ空港に戻る機中のクリストファーを待っている。あと一時間かそこいらで着くだろう。チャーター便はいつも一緒にまとまって、なごやかに下降と上昇を繰り返し、乗客を運んで行ったり来たりしている。その中の一つに乗ったクリストファーもじきに着陸準備の指示に耳を傾けることになるだろう。五分後にはアイヴァーも車に戻り、空港まで車を飛ばしてクリストファーを出迎え、彼を「スエルテ荘」のベネットの元に連れ戻して、夕食をともにするだろう。

この島では遠いと言ってもたかが知れている。空港までの時間の計算もたやすいものだ。飛行機を降りたクリストファーが、出発ラウンジに敷いた自分の絨毯に座る西サハラの女を目にすることはもはやないだろう。ナマロメはスペイン本土の病院に移送され、そこで回復しつつある。またもう一日戦うために。だが、現時点に限れば、彼女の座りこみは終わった。病院が体に液体を送りこんで、彼女を生き返らせることだろう。

セイラのすばらしいプロジェクトはどうなるのだろう、とアイヴァーは思った。たぶん完成されることなく、セイラの死とともに終わってしまうのだろう。セイラを聞き手とするナマロメの短いインタビューは、リビア人のカメラマンが撮った。だが、それが全国ネットのテレビで流されることはあるだろうか。セイラがいなくなった今、英語圏の世界では、少数のアラブ世界研究者と人権問題の専門家を除けば、だれも興味を持たないし、無理にでも完成させたいと思わないだろう。ロンドン外縁部を選挙区とする労働党国会議員が一人、熱心に問題を取り上げているが、まともに耳を貸す者はいない。何事も保存される今日びの傾向に沿って、時代の流れが変わったときに備え、この記録も保存されるだろう。だが、そのまま埋もれてしまうだろう。ナマロメが死んでも、放映されることはないだろう。西側メディアの関心を惹くためには、西サハラ人一人の死では不十分だろう。北アフリカは東部のほうで、違う種類の騒乱がもっとひどい事態になっているのだ。政治的混沌と残虐行為と人口移動が日に日に悪化しつつあるリビア、イラク、イラン、エジプトに比べれば、西サハラは何もない退屈な場所に見えてしまう。カナリア諸島先住民の航海のことなども、ちっぽけでつまらない問題に映ってしまう。この新しい人口移動の波は、今後何年も、いや、もしかしたら何十年も、何百年も、メディアを虜にし、人を生かしたり殺したりするだろう。人びとが故郷を逃げ出し、自暴自棄の行動に走る映像は、第二次世界大戦に匹敵する規模で、いや、いずれはそれを凌駕する規模で、メディアの画面にあふれ出すことだろう。死んだセイラは、もはやそれを見はしない。だが、この押し寄せる昏い波を、アイヴァーやクリストファーは感じとっているかもしれない。

　船でアフリカからカナリア諸島に来る移民のことは、旅行者の観点に立てばニュースになるだろう。しかし、イギリス国民は警戒心を抱いて近づこうとしない。彼らの関心は、「カレー包囲戦（フランスのカレーから英仏海峡トンネルを渡る車に無断乗車して英国への不法入国を試みる移民と警察の攻防）」だったり、ゲートに集まるシリア人たちだったり、ギリシャの島の海岸で溺死した赤ん坊たちだったりする。

　だが、今のアイヴァーは、愚かにも期待しすぎの嫌いはあるものの、クリストファー・スタブズと再会して交際をまた新たにするのを楽しみにしている。クリストファーは「スエルテ荘」に泊まりこんで、健康保険の問題を整理したり、突然の出発でほったらかしになっていたレンタカーや地元業者との案件に片を付ける予定だ。アイヴァーとベネットの歓待と援助の申し出に、クリストファーはびっくりするほどさっと跳びついた。島のことなど思い出したくもないのではないかとアイヴァーは思っていたが、島に戻ることに対してクリストファーの示した反応はまったく違った。彼は島への再訪を望んでいた。悪夢をぬぐい消すために、悪魔祓いをするために。

ひょっとして、クリストファーとセイラの関係は、見た目どおりではなかったのかもしれない。もしかしたら彼にとって、セイラは荷が重すぎたのかもしれない。「ラス・カレタス」の忍び寄る煙のような暗がりの中でもちらりと見えた気はした。

クリストファーにはどこかに別れた妻がいて、子どもたちもいる。セイラとの関係に障害がないわけではなかった。

さまざまな厚情を示すメールのやりとりのなかでクリストファーに激励を兼ねて書き送ったように、ランサローテ島での生活のその大半は、驚くほどストレスがない。天気がいい、道もいい、食べ物も結構いける、ユーロも今のところ割と安定している、とても落ち着いている。政治問題がなく、乞食もおらず、ひどいことが何もない。大したことが何も起きていない、本当のところ。傷心から立ち直るにはいい場所だ。

ここで死ぬのも悪くはない。

セイラはここで死にそうになって、だが、本国に戻って死んだ。

アイヴァーは思う。ぼくも母国に戻って死ぬのだろうか。だれがアイヴァーおじさんの車椅子を押してくれるのだろう。

彼の思いはさまよった。クリストファーはぼくの厚意に温かく返してくれた。

ベネットもまた、自分よりずっと年下のだれかが新たに来て、何日か話し相手になってくれるのを楽しみにしているのが、彼にはわかった。いささか興奮気味に、クリストファーにはこれこれを見せて、だれだれを紹介してと、相手の訪問は観光目的でもパーティ目的でもないのを忘れたかのように、ベネットは話していた。

彼は、いつも真面目で、高潔で、頼りになるアイヴァーの献身に飽きている。ときにへそを曲げる近所の老人連との交際にも飽きている。他の人との行き来はほとんどない。時折ベネットは、たまった怒りをアイヴァーに爆発させた。「お前とべったり一生を過ごすつもりはなかったのに、最後は五十年もおれにたかって生きてきたお前に生殺与奪の権を握られて死んでゆくのか」と怒鳴った。

衰えた火山のような老人の爆発が収まると、広い夕空のクールで疲弊した静けさがつづいた。

アイヴァーはときどき、神の霊の眼差しがこの島の自分の上にそそがれているのを感じられるように思った。おそらく、光の詐術、風景の詐術だろう。それでも、こっそり、丘の斜面の小さく白く簡素で人気《ひとけ》がなく静まりかえった礼拝堂を訪れ、跪《ひざまず》いて祈るようになっていた。アイヴァーの祈りに言葉はない。礼拝堂はいつも無人で、いつも鍵がかかっていない。

古風な合理主義者、無神論者、人間中心主義者の知識人ベネットは、これを善しとしないだろう。アイヴァー自身もどうして自分がそんなことをするのか本当のところはわからない。だが、慰めにはなる。礼拝堂で祈ると、新たな生死の見方が生まれ、精神が高められる。祈りの慰めは偽りのものかもしれない。しかし、医者、食事、症状、薬のこと、印税収入の減少や長年の敵によるひどい書評のこと、電子本の脅威や書店の消滅や新しい歴史学方法論のことを延々と話すよりは、真実に近い。

アイヴァーはかつて、ウナムーノの著作でもっとも有名な『生の悲劇的感覚』を、そのタイトルに惹かれて読もうとしたことがあるが、実際に読んでみると、ちんぷんかんぷんの戯言《ざれごと》だった。それが本当に理解不能な戯言だったからわからなかったのか、それとも自分の頭と教育が不十分でわからなかったのかが、アイヴァーにはよくわからない。以前だったら――それは充実した何年間かのことだったが――ベネットにしつこく突っ込んだ質問をすることで、議論を楽しみながらその答えを探すこともできた。だが、そういう時期はもう過ぎた。自分より頭脳も教育もはるかに上の人間と人生の大半を過ごすのは楽じゃないし、性格のためにも永遠の魂のためにも良くないかもしれない。以前は決して認めなかったその種の気づきに、今は諦念とともにわが身をゆだねていた。

ベネットにとっても、それはときに腹立たしかったにちがいない。

老齢のウナムーノは、フエルテベントゥーラ島での短い追放生活を生き延びて、スペイン本土に戻った。だが、そのおよそ十年後に、彼は人生の悲しい終焉を迎える。ベネットによれば、国家主義者としてはフランコと共通点を有するにもかかわらず、ウナムーノは状況に強いられてフランコ批判を行った。その結果、ファシスト派将軍に「知性に死を！　死よ、永遠なれ！　死に、万歳、万歳《ビバ・ラ・ムエルテ》！」と怒鳴られ、銃を突きつけられて、自ら学長を務めるサラマンカ大学を追われた。

フランコの妻の腕を取ってウナムーノは式典ホールを出た。その彼女の腕が彼を支えるためだったのか、侮辱のつもりだったのかは、今でも定かでない。スペインには絶対けりの付かない問題がある。

その晩、ウナムーノが彼のクラブに行くと、友人たちが彼を囲んで、「裏切り者」となじった。彼は心臓発作を起こして、およそ一週間後に死んだ。

ベネットも、ロンドンのクラブに行って少し冷たくされたと感じることがあった。だが、ウナムーノの体験とは比較にならない。怒鳴られたり、銃を突きつけられたりしたわけではないのだ。それでも彼は、彼らのあざ笑う声が聞こえたように思った。

こうしてアイヴァーはクリストファーを待っている。

*

飛行機が着陸すると、クリストファーは、シートベルト着用のサインが消えるのを待つあいだに、携帯の電源をオンにした。アイヴァーから待ち合わせに関して新しいメッセージが届いているかもしれないと思ったのだ。アイヴァーとはまだ短いつきあいだが、少し心配しすぎる傾向があるもののとても頼りになる人だと思っていた。いや、心配症だからこそ頼りになるのかもしれない。到着ゲートで待っていて、自分を出迎えてくれるに違いない。

　アイヴァーからのものはなかったが、母親のフランからショートメッセージが届いていた――「元気ですか。わたしはウェストブロミッチから帰宅途上です。フラ」彼女のメールは、いつも同様、場違いで余計なものに思える。だが、それが人情というものだろうが、彼は慰められた。自分のことを思ってくれるのは嬉しいものだ。自分が母を思うよりもっと母は自分を思ってくれていると彼は信じていた。それが親の情というものだろう。彼は母が好きだった。だが、母に当惑させられることがどんどん増えてきていた。最近は、あまり役に立つ母ではなくなっていた。彼と彼の妹が小さかったころは、いなくてはならない存在でずっと一緒にいてくれたが、お祖母ちゃんとしてはかなり救いがたかった。不在が多く、面倒見も悪く、彼の妻のエラともあまり仲が良くなかった。母が妻のことを本当に知ろうと努力しなかったからだ。それに、彼のテレビ界での活躍をまずまず誇らしく思っている風ではあったが、本心からの興味はなかった。あるとき母は、まったくの冗談というわけでもなく、自分は芸術や文化《アーツ・アンド・カルチャー》やらの番組が大嫌いだと本音をもらしたことさえあった。「芸術や文化《アーツ・アンド・カルチャー》やら」と母は言った。びっくりした、何という言い草だろう！　それに、母は老いたことと折り合いがつけられないでいるようだ。いつも忙しくしていて、いつも何かから逃げているみたいだ。パニックを起こして、じっとしていられないのだ。あの気持のいい男へイミッシュと快適に暮らしていた緑多きハイゲートの一九二〇年代に建てられた素敵なマンションの賃借権を売り、高層団地に移り住んだのだ。

いったいどうしてそんなことを？　あの年になって？

別にぼくの知ったことではないし、母は自分のことは自分で面倒見られるだろうし、もし高速道路で事故を起こして死んでしまっても、それは彼女の選択の結果なのだ。

でも、他人をひき殺したりするのは困るし、飲酒運転で有罪になるのも恥ずかしい。母は酒が好きだけれども、運転するときは飲まないと思う。子どものころはそうだった。もっとも、そのころはもっぱら父が車を使っていた。でも、ぼくと妹がベッドに入ったあと、母は家でお酒をあおっていた。ロムリーの家の下の階で独りきりになると、母は叫んだり、悲鳴を上げたりしていた。ぼくは怖かった。でもひどく怖くはなかった。今でも母は独りになると悲鳴を上げたりしているのだろうか、それとも、そういうことは克服したのだろうか。昔の母は「欲しいの、欲しいの、欲しいの」とか、「だれも助けてくれないの、だれも助けてくれないの」とか叫んでいた。けれども、ぼくも妹のポペットも、ぜったいに聞こえていないふりをした。二人で上の階の安全な場所にとどまった。

母がキャンターヒルの高層団地に引っ越したのは愚かな選択だった。湿っぽく冷え冷えとしたエレベーターは止まってばかりだし、地下の駐車場は危険だ。それと対照的に、ベネットとアイヴァーは引退後に住むには最適の家を見つけたように思った。それは丘の平坦な斜面に建てられていて、昼の陽光の温もりと日没後の薄闇の中に憩っていた。その家を思うと、クリストファーの心にふしぎな憧憬の念が沸き起こった。家は、恋人に死なれた赤の他人の彼にも、ある種の安らぎを差し出すかのようだった。安らぎの夢がそこにあった。

父のクロードもよく飲んだ。もっとも今は少しペースを落とさないわけにはいかない。父は今、生きていることにびっくりするくらい熱心で、びっくりするくらい良い患者になって、ケンジントンのマンションに、でぶ猫サイラスとともに閉じ込められている。時折エネルギッシュな最初の妻フランに面倒を見てもらい、いつもは毎日、あのセクシーなパセファニーの世話になっている。父は自分の命を縮めるような生活をずっとしてきたあとで、ふたたび生に向かう秘密の泉を発見したようだ。晩年になって生きようとする意志が花開いた。

クリストファー自身も掛け値なしの酒飲みである。こっそり人知れず飲むことが多い。ベネットとアイヴァーの家には十分な酒の用意がないかもしれないし、強い蒸留酒はまったくないかもしれないと思って、空港で売っている大きく無骨な直方体プラスチックボトルのウオッカを荷物の中に隠し持っていた。アイヴァーもベネットもワイン好きで、酒量も大したものではないだろうと彼は見ていた。

＊

こうして、二時間後のクリストファーは、案内された白壁とテラコッタ床とエメラルドグリーンの鎧戸の広々とした寝室であらかじめ独りで「聞こし召し」てから、テラスに出てベネットとアイヴァーと一緒に座り、「スエルテ荘」の石を敷き詰めた多数の平面から成るサボテンとユーフォルビアの庭を見下ろしていた。ここでは冷えたスペインワインをゆっくり落ち着いて控え目にちびちびと飲めた。がぶがぶ飲む必要はなかった。ベネットは客を楽しませようと一生懸命で、アイヴァーはそれを注意深く見守りながら、ときどき入れ歯でも噛み易い柔らかいスモークサーモンの小片と真四角に切ったクリームチーズを差し出して、ベネットが不適切な領域に迷いこむことがあれば、いつでも介入できるようにしていた。幸いベネットも、クリストファーは真面目な用向きがあってここに来たことに気づいたようで、場違いの冗談や不敬な仄めかしは控えていた。ベネットの愉快なおしゃべりがつづいた。オマー・シャリフやジョゼ・サラマーゴやスペイン王の娘が語られ、チャトー・アンド・ウィンダスやテムズ・アンド・ハドスンなど出版社の話になり、ハヌビオの塩田やティマンファヤ国立公園の熱いクレーターや島に伝わるワイン用ブドウ栽培の工夫の話題に移り、コロンブス、フンボルト兄弟、アイリス・マードック、セサール・マンリケ、隠者のように暮らす魅力的なシモン・アギレラのことにも触れた。

かすかに酔ったクリストファーの目に映る夜空は広々としていた。満天の星が見たこともないくらい輝きわたっていた。風はなかったけれども、庭の東斜面の棕櫚の木々が、ほんのかすかに揺れながら、かそけき音を立てているようだった。

それを除けば、静かな大気ののっぺりした沈黙は人の末期《まつご》のようだった。だが、それが心地よかった。気持も落ち着いた。

あのスイスのクリニックより、ここの方がいい。

セイラはひどい苦しみようだった。最後はモルヒネで意識を失わせた。イギリスに帰る機中では、醜悪なチューブをぶすぶすとたくさん刺されたまま昏睡状態に陥って、そこからすっかり回復することは二度となかった。これも一つの終わり方だ。良かったのは、短かったということ。クリストファーには長く感じられたが、同時に、彼はそれが短かったこともわかっていた。このときの飛行機は、死についてのありとあらゆる想像を絶する悪夢だった。そこが一番むごかった。だが、それはもう終わった。

その一時間後に、家の中に戻ってシーフードリゾットとトマトサラダを食べながら、アイヴァーはそろそろ訊いてもいいころかと思い、セイラのプロジェクトの今後の予測を尋ねてみた。彼の疑念どおり、まず間違いなく親会社はこれを棚上げするだろうとクリストファーは思っていた。セイラの旗振りでここまでやって来たので、彼女の精力と魅力がなくなると、だれもそれを無理して完成させようとしなくなる。これまでのお金が無駄になってしまったあとで、さらに投資してみようと思う者はだれもいない。人権問題の海外ニュース、黒人の移民の問題は、そこそこの注目しか集められない。それに、ナマロメがハンガーストライキを止めてしまったので、殉教者のニュースに仕立て上げることもできない。

　クリストファーの職業的な目と耳がこの魅惑的な景観と温暖な気候のランサローテ島を舞台とする他の面白い題材の可能性に向けられつつあることに、アイヴァーは気づいていた。クリストファーは、かつてのアイヴァーやベネットがそうだったように、この人里離れた至福の家に誘惑されていた。人の振舞いの観察については熱心で玄人はだしのアイヴァーには、この新しい友人が悲しみのどん底で身悶えているように見えながらも、知らず知らずのうちに委嘱担当委員会に提案できるような新しい仕事の企画を夢想しているのがわかった。どんな企画なのだろうか。いくつか質問をしていた芸術家セサール・マンリケの奇妙な一生と環状交差路での皮肉で悲劇的な死を描くドキュメンタリーか？　国を捨てた老人が老人ホーム代わりにランサローテ島に住む姿の風刺画か？　ことによると、英西文壇の銀髪の大家サー・ベネット・カーペンターの伝記映画かもしれない。そうなったら、ベネットはとても喜ぶだろう。たぶん撮影のときもきちんと振舞ってくれるだろう。近隣の知人からカメラ映りのいい連中を集めて、舞台に華やぎを与えることだってできる。

　あるいは、法的に認知された同性婚《シヴィル・パートナーシップ》の映画はどうだろう？　老齢を迎えたり死んでしまったりした同性愛者のあとに残された若いパートナーの映画はどうだろう？　この同性婚というあまりにもバカらしくて笑ってしまうコンセプトについての映画はどうだろう？

　ぼくたちは滅びゆく種族なのだ、とアイヴァーは思った。「ぼくたち」を考えること自体が時代遅れだ。

残念ながらクリストファーは、今年のマルディグラ・カーニバルのころにはもう島にいないだろう。奇想天外で極端な華やぎがそこにはあった。五十センチ近い高さのヒールの聳え立つような靴を履いて舞台をよたよた歩くドラァグクイーンが、一メートルになんなんとするきらきらのヘッドドレスを被り、胸には宝石をちりばめたブラジャーを着けて、ダチョウの羽を揺らしていた。フクシアの赤紫、ライラックの薄紫、トルコ石の青緑、オレンジの橙、銀色、エメラルドの鮮やかな緑。ベネットを知る前の十六のころのアイヴァーは、人知れずこっそりと、夏の海辺にふさわしいとても淡いピンクの口紅を、伝説のアドニス＝アンチノウスのように美しいカーブを描くその唇につけるのを好んだ。だが、女装への嗜好はそこで終わった。彼はベネットに救われ、捕まえられ、囚われ人となった。

ここ数年は、ベネットと二人で島の地方局が流す多数の大規模な生中継を見て楽しんでいる。わざわざ出かけての見物は疲れるし、道は見物客で混んでいて、足を滑らせ転ぶかもしれない。出し物はびっくりするほど大胆で素人臭かった。グラン・カナリア島での大きいイベントでは、若者の一人がハイヒールが脱げて転んだはずみに舞台から落ちて群集の中に跳びこむ様子が生中継のカメラに捉えられていた。酔っ払った見物客に受けていた。ベネットは少しばかり心配した。「怪我がなければいいのだが」と言った。そして、こう付け加えた。「彼のかわいそうなお母さんが見ていなければいいのだが」。一九七〇年代にノッティングヒルゲートのパーティで騒いでいたころからのベネットの口癖だった。

アイヴァーは気を利かせて――ただし気を利かせすぎない程度に――クリストファーのグラスにワインを注ぎ足す。食事が進むにつれ、クリストファーの飲むペースがどんどん速くなってきている。目ざといアイヴァーには、まるで空港のセキュリティチェックに使うスキャナーみたいに、クリストファーのスーツケースに隠され、彼の帰りを待つウオッカのプラスチックボトルの形が見える。そろそろ寝室に戻ってウオッカを飲みたくなるのだろう。

アイヴァーもベネットも大酒飲みではなかったが、大酒飲みの知人はいた。老齢のベネットは、フランシス・ベーコンと「ワイヴァンホーの野人」デニス・ワース＝ミラーのかつての乱痴気騒ぎを覚えていた。

デニス・ワース＝ミラーは生涯連れ添った恋人ディッキー・チョピング（英国のイラストレーター）と、九十を超えてから法的な同性婚の手続きをして、ベネットは腰を抜かした。醜悪でみっともない話だと思った。「老いて干からびた骸骨だけみたいになった奴らが」と大きな怒声を上げた。

明日の夕食は、クリストファーをナサレットにあるレストランに連れて行くつもりでいる。料理は大したことないが、建物の中が劇場みたいで面白い。廊下や地下通路がたくさん張りめぐらされ、山腹の古い石切り場を深くくりぬいた洞穴がランプに照らされている。もっとも最近のベネットは足元がおぼつかず、傾斜が急な奥深くまでは怖くて行けない。

「ラス・カレタス」再訪は止めておいたほうがいいだろう。セイラが初めてカサガイを食べて、それが最後になったところなのだから。避けたほうがいい。

前に述べたように、アイヴァーをあまりじっと見つめるのは良いことではない。彼は嫌がるだろうし、わたしたちにそんなに近づく権利はない。彼の心の内側は立ち入り禁止なのだ。わたしたちが彼について知っていることはたくさんあって、彼が他人と一緒のときの礼儀正しく慎重で思いやり深い振舞いはわかっている。近ごろ教会に通いはじめたことや少年のころに口紅を付けてみたことなど彼の心の内も幾分かは知っている。だが、彼に近づきすぎてはいけない。ほとんど皺のない彼の額の右側の眉毛の上にある暗い影のような紫灰色の染みを、彼は見られたくない。それは月単位で大きくなりつつあるのかもしれない。そうでないのかもしれない。形の整ったその影は、摂政時代のしゃれ者が自分の顔を引き立てるために付けた偽ぼくろのように、かすかに日焼けした彼の美貌を今は飾り立てている。

アイヴァーがこの予兆についてどう思っているのか、わたしたちはその秘密を知りたくはない。

フラン・スタブズは自分の頭の中をのぞきこむことに抵抗がない。実際、わたしたちにもそうすることを強く勧める、自己の内面を探って告白することに熱心な女だ。告白相手が他人である必要はなく、むしろ自分との対話を重視する。アイヴァーはフランとは違う。

＊

アテナ館に腰を落ち着けたジョゼフィーン・ドラモンドは、快適な生活を見つけた自分が自慢だった。彼女は恐怖を飼いならすことに成功した。友人のフラン同様、彼女も人それぞれのさまざまな老いの迎え方を観察している。フラン同様、彼女には客観的で超然的な関心と個人的な関心の両方がある。二人はそれぞれの進捗状況を報告しあい、友人たちや隣人たちの進捗状況も教えあう。ジョゼフィーンは文学作品から言葉を見つけてきたり、老人ホームでの実見例をフランに伝える。フランのほうは、アシュリー・クーム財団の資料の中の社会学的に面白いエピソードを教えたり、財団の同僚の観察を話したりする。

ジョゼフィーンは大いに健康に恵まれながらも、アテナ館に居を移すことで「老い」と折り合いをつけようとしている。「老い」とは仲良くやっていこうと心に決めている。シモーヌ・ド・ボーヴォワールの恐ろしい著書『老い』のタイトルから、それを「ラ・ヴィエイユッス」と呼ぶこともある。

フランがタラント高層団地に引っ越したのは狂気の沙汰だと彼女は思っている。ゴシック小説に出てくるような冒険であり、間違いなく愚行と言えるだろう。ひどい結末を迎えるだろう。ヘイミッシュに死なれたあとの性急な決断だったのだ。ジョゼフィーンはその意見をフランには伝えない。タラント団地へは二、三回訪れ、あまり好きになれなかった。わたしとは正反対の極端な選択だ。タラント団地を思うと、墓地派詩人の一人の、死をめぐる次のような詩句が自ずと脳裏に浮かぶ。どの詩人だったかは忘れた。

その恐るべき瞬間に、
錯乱した魂が、
おのれの肉体の壁の方々で、
いかに喚き散らすことか（スコットランド詩人ロバート・ブレア（一六九九—一七四六）の詩「墓」より）

この一節のことも、フランに話していない。
冷えた紅茶の最後の一口を飲みほしながらジョゼフィーンは思う。フランは強がっているのだ。彼女の派手な服装からもそのことがわかる。自分は迷ったら慎重に安全策を採るのがいいと思う質だ。娘のころに「年増の若づくり」という言い回しにショックを受けて以来、そう言われないようにと、どこにでもある地味な色——灰色、鹿毛色、黄土色、紺色、さまざまな濃度の黒——の服を着てきた。大して手間はかからない。そして、暗い灰紫色の長く伸びた豊かな髪を、頭の後ろで素人っぽく丸くまとめて、エナメル光沢の髪留めや動物の骨のピンで固定している。それとは対照的に、フランは、薄くなりかけている短い髪を定期的に切りに行って、さまざまなグラデーションの白やら灰色やらブロンドやらブロンズ色やらに染めている。そこまで時間とお金をかけて努力する姿には頭が下がるものの、そんなにしょっちゅう美容院に行くのは面倒だ。二週間に一度アテナ館に来る個性のない美容師も気に入らない。ジョゼフィーンは、週に一、二度、入浴のときに髪を洗って、自分の髪が海藻のように自由にお湯の中で漂う感覚を楽しんでいる。浴槽に仰向けにほとんどお湯の中に沈みそうなくらいに寝て、周囲に漂う髪が自分の指のあいだをするりと抜けてゆくのを感じたり、髪の根元を強く優しく引っぱって、前と変わらない髪の豊かさを喜びとともに確かめるのが好きだ。お湯に潜って頭皮をごしごしマッサージすると、海藻やイソギンチャクの森を思い浮かべる。

彼女は自分の住まいを歩き回って、髪が自ずと乾燥するにまかせる。ヘアドライヤーもあるが、わざわざ使うことはあまりない。「髪を乾かすという行為」をときどき言語化しようとして、「自ずと」という言葉の文法的な面白さに思いをいたすことがある。髪が髪自身で独立してりっぱに生きているようなイメージが湧いてくる。

フラン・スタブズは、たくさん色のある縞模様を好んで着るようになっていた。Tシャツもジャージーも、カーディガンもジャケットもだ。ジョゼフィーンの目には縞模様は大胆に映った。縞模様が流行っているのだろうか。

あなたの着る縞模様は大胆だと言われたら、フランはびっくりするだろう。彼女は気に入ったものを買っているにすぎなくて、去年あたりには、縞模様がたくさんお店に出ていた気がする。店で目についたものを買う、というのがフランの流行への対処法だ。

ジョゼフィーンは、自分ではきちんとした灰色の髪の老婦人に見えるつもりでいるけれども、実際は違う。目立つし、変わった人に見える。きちんと見えるには謙虚さが足りないのだ。いくら地味な服を着ていても、申し訳なさそうな表情に欠けている。顔に自信があふれているし、無頓着さもわかる。

暗い二月の午後遅く、ストレス皆無の快適な自室で、彼女は個人年金の書類相手に悪戦苦闘していた。その前は、新しいＤＶＤレコーダーの操作方法がわからず、とりあえず諦めた。新たにはじまったここでの生活では多くの面倒を見てもらえるものの、問題のいくつかはしつこく残っていて、理性に執拗な抵抗を試みていた。このＤＶＤレコーダーを例に挙げれば、あまりにも選択肢が多すぎるし、何をやるにもとても時間がかかる。髪の毛が逆立つほど遅いのだ。スイッチを入れても「ハロー」という表示が浮かぶ以外、長いことウンともスンとも言わない。これを進歩と言うのだろうか？　配達してくれたあまり若くない男が手短に操作を教えてくれたが、彼自身もこの機械のことがよくわかっていなくて、それがバレてしまう前に退散しようとしているような印象をジョゼフィーンは持った。男は「リターン」ボタンと「エスケープ」ボタンを指差し、この二つが大切ですと言っただけで逃げ去った。ジョゼフィーンは一つ一つボタンをつついて、全部を少しずつ試してみた。一、二度、まるで運命に導かれたかのように、スカンジナビアのスリラー一話ぶんと《庭師の世界》三十分ぶんの録画に成功したが、どういう手順でそういう結果を出せたのか、いや、他のどんな操作手順も含めてまったく覚えられず、ときに訪れる成功を確実に反復することがまったくできないでいる。それに削除の仕方がわからない。何か手立てがあるはずだがまだ見つからない。

レコーダーの度しがたい振舞いについては、息子のナットとeメールのやりとりをしたものの、答えが出たわけではなかった。ナットは今度行ったときに見てみると言うのだが、いったい彼は今どこにいるのやら。インドか、オーストラリアか、スリランカか、あるいはそれ以外のどこかか。

個人年金の書類にはまた違った大変さがある。こちらのほうが深刻なのだが、書類の文言が何を言ってるのかちんぷんかんぷんでわからない。ジョゼフィーンは長年、主として成人教育の分野で英文学を教えてきて、ごくわずかながらそこから正規の研究者年金が出る。その他に国民年金と、この個人年金がある。最後のものは、ずっと以前にブライアン・フラーという名のとても退屈な男に勧められ、貯金を崩して払い込んだものだった。ブライアン・フラーは彼女の夫とはるかに額の大きい年金の契約を結んだ際に、ついでに彼女を説き伏せて個人年金に入らせたのだった。どうも損が出ているような気がする。どうして自分の貯えの一部を、夫が死んで自分の人生から消えてしまったはずのこの男に払いつづけなければいけないのか理解できなかった。一年に一度、彼から「ポートフォリオ」と称されるものが送られてきたが、それを見るとどんどん下がっているみたいだった。友人の言によれば、とにかくそこに書かれているのは名目上の評価に過ぎず、それは実態とは違って、それがそうだという実態とも違い、おそらくそれが書かれている紙ほどの価値もないだろう。

それでこの仮説上のお金に税金はかかるのだろうか、それは収入と見なされるのだろうか、その税金は遠く離れたブライアン・フラーの見えない手によって、あらかじめ前納されたり差し引かれたりしているのだろうか。ジョゼフィーンにはさっぱりわからなかった。

ブライアン・フラーのために公正を期して付言するならば、彼は時折、手紙を送ってきて、お会いしてご相談したいという意向を伝えてきていたのに、彼女はブライアン・フラーとまた会うくらいなら死んだほうがましだと思って、その手紙を無視した。ファイルに綴じて保管することさえなかった。手紙を破り捨てた。もう彼と会わなくて済むのなら、たくさんお金を払ってもいいと思っていた。

そして実際、明らかに、何年間もそうしてきたのだ。

それは彼女の手に余った。歯が立たなかった。ジョゼフィーンは古くなった茶色のキャンバス地のぶくぶくにふくれた蛇腹式ファイルに書類をまた押し込んで、舞台女優のような芝居じみた大きな溜息を空っぽの部屋に向かって吐いた。

脱税容疑で刑務所に送られるのかしら？　自殺幇助の罪で服役した親しい友人がいて、いつもそのことを自慢している。でも、脱税というか税に関する無知ゆえの刑務所入りを崇高な大義と見ることはできない。

＊

彼女はテレビのスイッチを点けて、それがどうするのか、じっと待ってみた。テレビがきちんと応えてくれれば、六時のニュースを見られるはずだ。自分が「お金も機械もからきしダメな女」というカテゴリーに適合しそうな気配にかすかな不安を覚えたが、それは本当にわずかばかりの不安だった。フランの言うように、「ふん、そんなこと、どうだっていいわ」ということだ。自分はすでに、いくつかの不名誉なカテゴリーに入っていて、その中で最悪なのが「老人」という分類だが、一つ、二つ、それらが増えたって、大した違いはない。

電話が鳴っているが、面倒臭くて取りたくない。新しい電話は新しいＤＶＤレコーダー同様、ひどく厄介だった。以前は電話がかかってこないと見捨てられたように感じたものだが、今ではむしろほっとする。数々の選択に悩まされるよりは静寂のほうが望ましい。外への掛け方はわかっているので、それで十分だ。

六時半になると、今日は木曜日なので、同じアテナ館に住む知人のところへ強い酒をくいっとやりに出かけなければいけない。今週は彼女が彼のところに行く番だ。来週は彼が彼女のところにやって来る。二人は毎週木曜のこの時間に、他にもっと喫緊のお呼ばれがない限り――そういう場合も時にあるのだが――行ったり来たりする。二人ともこれを「文明的な」取り決めと考えている。相手にもっともっと面白いお酒を用意しようと競い合っている。台所での準備が不要な競争なので手間はかからない。二人ともスコッチ好きなので、ここ一年半ほどは、優れたブランドのものを一つ二つ試飲し、スコッチほどは口に合わないが同様にアルコール度を高めたバーボンやライ麦ウィスキーも「ちょいと一杯」聞こし召した（「ちょいと一杯」という言い回しをオーウェンがときどき使うのは、ジョゼフィーンがそれを聞くと眉をひそめながら面白がるから）。二人とも、ウオッカはつまらないと思っていた。もっとも時折、辛口のマルティーニを試してはみた。ペルノはいい気分転換になったし、イタリアの食前酒のいくつかは楽しめた。ウオッカでさえ、トマトジュースやコンソメスープで割り、香辛料をがんがん入れると味が華やいだ。ブランデーは六時半という時間帯には向かない。もっともオーウェンはときどき、ブランデーを使ったアレクサンダーというカクテルを愛でるように語った。ジョゼフィーンには何のことか良くわからなかった。先週はマルティーニ・ロッソのボトルを手に入れたジョゼフィーンが、カクテルのマンハッタンを作りますと言って、それが上手く行った。またこの懐かしいカクテルを作るときのために、マラスキーノ・チェリー（マラスキーノ酒に漬けた甘いチェリーのこと）も買っておいたらどうだろうという話になったが、結論は出ていない。

オーウェンもジョゼフィーンと同じ英文学研究業界の人間だった。ただ彼のほうが地位も収入も高かった。二人は今読んでいる本や昔教室で教えた本のことを話して楽しんだ。ジョゼフィーンはまた、自分で勝手に始めた研究プロジェクトのことを話すのが好きで、そのささやかで彼女にとっては面白い発見を語るのをオーウェンは黙って聴いていた。耳を傾ける彼の態度には、自分のほうが上という意識があまりにも透けすぎて見えるので、かえって嫌味がなかった。彼には数冊の著書があった。ジョゼフィーンにはキャリア全体を見ても二、三本の論文しかなかった。彼はジョゼフィーンに、仕事でも趣味でも女性は晩年になって開花するケースが多いのだから、この年になったら、ヴィクトリア朝やエドワード朝の文学に興の赴くまま没頭するといいと、温かい言葉をかけたことがある。それは間違いでもなかった。だが、彼はジョゼフィーンの研究は趣味のようなもので、タペストリー織りと大して違いはないと思っている。

　ジョゼフィーンはタペストリーも織る。

　若いころのオーウェンは、ケンブリッジ大学ダウニング学寮育ちのリーヴィス一派（ケンブリッジ大学の英文学教師F・R・リーヴィスの信奉者たち）の一人だった。今でも故リーヴィス大先生と、避けがたく一方通行的に、部外者には理解不能な終わることのない議論を、ジョゼフ・コンラッドやトマス・ハーディやT・F・ポウイスやジョン・クーパー・ポウイスをめぐって戦わせている（コンラッドとT・F・ポウイスを持ち上げるリーヴィス先生に対し、オーウェンはハーディとジョン・クーパー・ポウイスを擁護する）。戦後初めてできた新しい大学群の一つを卒業したジョゼフィーンのほうは、そこでマルクス主義批評と初期フェミニズム批評の一端に触れた。そして今では、「死んだ妻のまだ生きている姉妹」を問題とする小説群の研究をしている。扇情的な作品群で、読みはじめると奇妙に強く魅せられる、と彼女は断言する。アテナ館で二週間に一度集まる読書会よりもはるかに楽しい。読書会のほうは参加者の趣味が保守的過ぎて、エリザベス・テイラーやバーバラ・ピムの小説が好まれる。テイラーの『クレアモント・ホテル』はたしかに素晴らしい作品だが、議論を必要とする作品ではない。彼女を議論にいざなう要素が、この小説の中にはない。

　かつて、一九六〇年代の初期のころ、労働者教育協会のコースで、テイラーの小説を取り上げたことがある。そのころは、だれもテイラーを授業で使おうとは思わなかった。当時は、画期的なことだったのだ。そういう時代は終わった。

　エリザベス・テイラーは共産党員だった。だが、アテナ館読書会のメンバーはそんなこと知りたくないのではないか。ジョゼフィーンの家族にも、三〇年代に正規の共産党員だった者が何人かいた。

そして、今は、『悪の相続』、『宿命の血縁』、『ハンナ』、『秘めた弱さ』といったタイトルの本を読み漁っている。ときには大学図書館で、フランス綴じの、小口がカットされていない本が渡される。そういう本はデスクに持っていってカットしてもらわなくてはならない。今、読んでいる小説は、少ないながらまだ残るケンブリッジの古本屋で、やはりカットされていない状態のものを、とても安く買った。

ジョゼフィーンは、あまり深くはつきあわなかった最初の彼氏の兄と結婚した。だから五十年後にこのテーマに戻ったのかもしれない。まだ学生だった兄弟のあいだには、ちょっとした諍いがあった。ジョゼフィーンが弟のテリーから兄のアレックに乗り換えるに当たって、テリーは法外なまでに気分を害したように彼女の目には映った。それはジョゼフィーン自身というよりは、兄アレックに関係した。彼女は二人の戦いに巻き込まれてしまった。

彼女とテリーのあいだの絆はそんなに固まっていなかった。少しイチャイチャする程度を越えたことはなかったし、テリーはその後もずっと死なずにいて、五十代でこの世を去ったわけだから、「死んだ妻のまだ生きている姉妹」の物語群との類似は大したものではなかった。

だが、それは、少なくとも彼女にとっては面白いテーマで、どうして、かつてはむしろ義務だったという説もあるのに、死んだ妻のまだ生きている姉妹と再婚するのが違法なのかとか、どうしてそれが十九世紀中ごろから終わりにかけて大論争を呼んだのかとかを調べてゆくのは楽しかった。他方、死んだ夫の兄弟との再婚はだれにとっても大した問題ではなかったようだ。それは十九世紀の男や女の性愛や同性愛に対する向き合い方と関係があるのだろうか？　血縁というより百パーセントお金の問題なのだろうか？　あるいは、連れ子や家の管理や無償の家事労働の問題だろうか？　フロイトが何か言っているとすれば、何と言っているだろうか？　パリやウィーンでも問題になったのだろうか？　エドワード朝期のオーストラリアでは、妻が死んでその姉妹と結婚することに問題はなかった。だが、イングランドに戻ると、その結婚は認められなくなった。厄介な話だがプロットを作るには便利な道具立てだ。そのことに気づいた女性小説家たちがいたのだ。ジョゼフィーンの理解するところ、聖書では、男は死んだ妻のまだ生きている姉妹と結婚をしてはいけないのではなく、結婚しなくてはいけなかった。

自分の研究テーマが狭くて、ほとんど学界で注目を集めるような類のものでないことは、ジョゼフィーンもわかっている。けれども『タイムズ』紙や『ガーディアン』紙のクロスワードと同じくらいの価値はある。それは道楽だった。

この年になれば、二つ、三つの道楽があってもいいだろう。アメリカの大学の倫理学教授マイケル・スロートのような考え方には共感できる。彼は、年を取ったら目標の決め方を変えて、昼間にテレビを見たりシャッフルボード（長い棒で木の円盤を突いて点を表示したところに入れるゲーム）で遊んでも構わないと言う（実際にスロート教授がそう言ったわけではなくて、これはジョゼフィーン・ドラモンドの解釈である。ただ、彼の精緻な立論の方向からまるきり逸脱しているわけでもない）。

彼女はシャッフルボードというゲームを知らなかった。詩とプッシュピン（ピンをはじいて相手のピンを飛びこえさせる遊び）を比較したジェレミー・ベンサムの論考を読んだ記憶がよみがえる。プッシュピンというゲームを知ることもないだろう。

このような「亡妻の姉妹」小説の研究は、自身が一生をかけて行ってきた真理と意味の追究という気高い文学研究道を遡及的に貶めるものではないかという思いが時折頭をよぎる。

彼女が成人教育学級でやってきたことは、孤独な人にとっての編み物、家に縛られている人にとっての息抜き、退屈を持て余している人にとっての時間つぶし以外の何だったのだろう。ジョージ・エリオットも、マシュー・アーノルドも、D・H・ロレンスも、ジョゼフ・コンラッドも、サミュエル・ベケットも、V・S・ナイポールも、ドリス・レッシングも……ポストコロニアル小説も、フェミニスト小説も。結局は時間つぶしなのだ。文学作品は時間つぶしにちょうどいいのだ。そう、サミュエル・ベケットは、何について書いた？　時間をつぶすことについてだ。それが彼の悲劇的なテーマだった。

ジョゼフィーンもフランも若いころはベケットを毛嫌いしていた。老人になり、おそるおそる、彼のほうに歩み寄りはじめている。近くあるベケットの『幸せな日々』（地面に埋もれた女性の独白という設定の前衛劇）の公演を二人で予約した。マルーシア・ダーリングが主人公のウィニーを演じる。けれども、前にフランが言った「ベケットが書きつづけてきたことを、この年になるまで知る必要なく生きてこられて良かったわあ」という意見に同感。若いころに熱中しなくて良かったと思う。

スロート教授だったら、「統計的な計算の問題だ」と言うかもしれない。七十年間死についてほとんど考えることなく生きてきたあとで三年間死を恐れるのは、ずっと死を思って生きてきたように思えるベケットよりもずっといい。

時機がすべてだ。覚悟がすべてだ。（後者はシェイクスピア『ハムレット』の終盤で主人公が発する言葉）

ベケットは、どうして、そんなに早すぎる老いを体験したのか？　彼は、どうして、その執筆人生のすべてを死を見つめることに費やしたのか？　死を考える時間は、ジョゼフィーンにもフランにもわかってきたように、あとで年を取ってからたっぷりとあるのに。彼がしたみたいに二十代、三十代から死を考える必要なんて本当はないのに。

母親が原因だ、とフランは思っている。ジョウは、彼がずっとぐずぐずと健康に恵まれず、目も悪かったからだ、と思っている。彼には生気がなかった。それに、足指の骨が曲がってしまう槌状足指というとても不快な奇形に悩まされていた。ジョウにも同じ奇形がある。だからといってベケットと大した絆ができるわけではないものの、故人とのささやかな仲間意識は生まれた。

テレビニュースは、M11号線の事故報道で冴えない終焉に向かいつつある（ジョゼフィーンは、フランのような地方ニュースへの興味を持ち合わせていない）。柔らかいローズピンクとセージグリーンとくすんだ金色のタペストリー用毛糸を小さな枝編み細工のカゴに入れると、彼女は、廊下を通り、暗く寒くなった中庭を横切って、オーウェンの部屋に向かった。

ときにはモダニスト風のタペストリーも作ったけれども、今は十二の孫のサーシャがクリスマスにくれた薔薇の花輪を、孫を大事にしたいと思う気持から完成させようとしていた。

エリザベス・テイラーは、『薔薇の花輪』という優れた小説を書いていた。今度また読んでみようかしら。あれもまた老いの話だったわ。三十代で読んだときは気づかなかったけれど。

＊

今宵のオーウェンは、アブサンのボトルを用意して、彼女を驚かそうとしていた。そして、成功した。

「あら、まあ」ダークグリーンのお洒落なボトルに賛嘆の視線を向けつつ、ジョゼフィーンは叫んだ。「いったい、どこで？」

オーウェンは控えめに、得意げに、微笑んだ。慎重で、賢明で、狡猾な、一方の口の端が下がった、彼らしい魅力的な小さな微笑だ。

「昔の教え子が持ってきてね」と言いながら、瓶の蓋を開け匂いを嗅いだ。「また違法じゃなくなったそうだ。でも、今でもアルコール度はとても高いからと注意されたよ」

おそろいの大きなグラスにたっぷり、しかし度を越えない程度に注いでから、この伝説の飲み物に一滴、一滴、水を落としてゆく。カットグラスのデカンタから垂らされるのは、ケンブリッジの水道水。するとアブサンの中に水脈のようなものが生じ、全体が濁っていって、神秘的な対流がとぐろを巻く。そのさまを二人はじっと見守った。白濁する緑。アニスの実とベルベーヌの葉の悦楽を期待させつつ死をもたらす外つ国の匂い。水と、水の力。

ボードレール、ランボー、ドガ、アーネスト・ヘミングウェイが部屋の中に入ってきて、賛嘆の輪に加わる。

オーウェンは小さな男だ。細く小さく思慮深く活動的な男だ。私的なことはほとんど話さず、人の噂よりは本について話すことを好む。彼の人間関係はすべて文学を介して行われる印象を与える。大学町では珍しいことではない。アテナ館での孤独な隠遁生活は彼の性にとても合っている。独り身で、ケンブリッジ、オーストラリア、カナダ、キール、ケントで教え、その放浪生活がたたって学寮の名誉職を得ることがかなわなかった。そのような名誉職は今のご時世ではますます稀少になってきていて、ルイス・キャロルやE・M・フォースターやダディ・ライランズやアン・バートンのように、お金持ちの学寮の部屋で、名誉、愛情、恭順、たくさんの友人といった老人に必要なものすべてに恵まれた、快適な余生を送れる時代はすでに終わっている。昔なら、学寮のセラーにあるワインを頼むこともできたし、暖炉の火格子を掃除し火をおこしベッドのシーツまで換えておいてくれる召使もいたはずだ。アテナ館は、高すぎず、役に立つ、それなりに立派なその代替物だ。オーウェンは、このきりっと美しい寡婦ジョゼフィーン・ドラモンドとのルールの定まった、はっきりした輪郭を持つ関係をとてもありがたく思っていた。しっかりした女だ。頭もいい。

彼に見つめられながら、彼女はアブサンの入ったグラスを回す。そしてひと口啜る。

「おいしい」と彼女が言う。「おいしいわ」

とても甘苦く、ひどく大人っぽく、同時にカンゾウの入った子どもっぽさを持ち合わせたこのリキュールが、さっと彼女の食道を落ちてゆく。いきなり脳髄に衝撃が走った。その焔をそのままにしておくと、燃え上がったり、落ち着いたり、また燃え上がったりする。じりじりと紙を侵食するくすぶった焔のようで、いつ、めらめらと色とりどりに燃え上がろうか、そのタイミングを計っているように見える。

「それで、アリス・スタダート＝ミードの進捗具合はどう？」珍品アブサンの衝撃への敬意が十分に払われたことを確認すると、オーウェンはそう尋ねた。「カットされていなかったページはどうだった？」

アリス・スタダート＝ミードという作家は、ジョゼフィーンの最近の発見である。「亡妻の姉妹」小説群の後期に属する、もしかしたら、その最後の作家かもしれない。ジョゼフィーンはこの頁をめくった形跡のない小説を読む喜びを、すでにオーウェンと話していた。彼自身も、切れ味の鈍った古い銀メッキのナイフを厚くて古くなった不揃いな頁のあいだに入れて引くときの、許された冒瀆の官能的な喜悦の味は知っている。今は、その彼に、小説の筋を少しばかり教えてやればよい。教えすぎるのは得策ではない。他人が読んでいる本の筋を延々と聞かされるのは、よく知られている通り、見た映画の粗筋同様、とても退屈だ。年を取ったら、相手を退屈させないよう、心しなければいけない。

（「老婆は人を怒らせてはいけない」という警句をフランが見つけてきて、その出典がわからないまま、電話でジョゼフィーンに伝えた。そんな言葉は聞きたくないとジョゼフィーンは思った。フラン

はイタリア語が原典だと思うと言っていたが、正確なところはわからない）

だが、アリス・スタダート＝ミードの小説『宿命の血縁』について一言、二言伝えるのはオーウェンも喜ぶだろうと思った。実際、そうだった。

「ヴィージーはオリヴが非嫡出子かもしれないことを発見した。すべてがそのことにかかってくるの。もし彼女が非嫡出子だったら、名誉が汚され、相続権を失うことになるけれども、結婚が可能になる。もし、そうでなかったら、名誉と犠牲と別離がもたらされる。そして、オリヴは大金持ちになる。これからどっちに転ぶのか、わたしにもわからない。悲劇になるのかロマンスになるのか何とも言えないの。ジャンルを攪乱してくるのよ。上手いわよ」

「たいていは、どっちに転ぶのかわかるもんだけれど。特に、大衆小説の場合は」

「たしかに。でも、面白いバランスになってるの。何か極端な事件が起こるのかもしれない。最後がどうなるのか想像できないのよ」

「上手いんだね？　読者を考えさせつづけるんだ」

「そう、上手いの」

「それで、彼女のことは、あれ以降、あまりわかってないの？」

「ええ、未踏の分野ですから。一八七〇年代か八〇年代生まれに違いないのだけれど、伝記的な情報が残っていない。ありそうなところに残っていない。フェミニズム事典にも、ない」

「そんな未踏の分野がまだ残っているのは素晴らしいことだ」

　オーウェンの守備範囲はもっと未踏でない分野の研究で、その辺りをうろうろしているものの、それでも、匂いやら、足跡やら、手がかりやら、いろいろな発見があって、時に生垣の根元をのぞきこんでみたり、木立の下から見上げてみたりする。

「ええ、素晴らしいこと」とジョゼフィーンも同意する。

それから、二人は黙りこんで、アブサンを啜る。

「オリヴとヴィージーは愛し合っているのよ」とジョゼフィーンはつづけたが、急に、自分の関心だけを長く話してしまったことに気づいて、「ところで雲の風景は？　どんな具合なの？」と尋ねた。

オーウェンはジェラード・マンリー・ホプキンズとトマス・ハーディとジョン・クーパー・ポウイスの作品に出てくる雲の風景を調べている。今は「雲が龍《ドラゴン》のように」というタイトルの論文を書いている。シェイクスピアの『アントニーとクレオパトラ』に出てくるこの言い回しが彼は大好きなのだ。「いいことだわ」とジョゼフィーンは思う。この言い回しをどこかで使いたくて、彼は一生待っていたのだ。そして、時が至った。

（アリス・スタダート＝ミードの時も来た、のかもしれない）

オーウェンはウェールズ人で、だから「龍《ドラゴン》のように」（ウェールズの象徴はレッド・ドラゴン）という言葉に強く惹かれるのではないかと、ジョゼフィーンは前に訊いたことがある。「考えたことがなかったけれども、たしかにそうかもしれない」とオーウェンは認めた。

　雲が龍《ドラゴン》のように見えるときあり、
　霧が熊や獅子に見えるときあり、
　あるは塔そびえる砦、あるは今にも落ちんとする巌……（第四幕十四場）

オーウェンの思いはすべて、アリス・スタダート＝ミードの小説のはるか頭上をさまよう。

だが、それでも、アリス・スタダート＝ミードにはじらされる。ジョゼフィーンは一九〇七年当時の読者と同じくらい熱くなって、次の展開を知りたいと思った。それは昔の文章に対する賛辞である。

オーウェンは、実際の雲の観察にはあまり関心がなさそうだったが、文学作品に出てくる雲は丹念に追跡していた。二月のケンブリッジの空はそれほどぱっとしないかもしれない。灰色の雲が低く垂れこめ、地平線を圧している。ジョゼフィーンの友人のフランは、ロンドンの高層団地から見える壮大な空のことをときどき話すそうだ。龍《ドラゴン》や、砦や、今にも落ちそうな巌が見えるのだ。世界の終わりのような日没や燃えあがる都市が、空に見えるのだ。

「ああ」雲の研究プロジェクトについての彼女の促しに、オーウェンが応える。「きのうは、イヴ・ボヌフォワ（一九二三―二〇一六、フランスの詩人）の中にとても面白いフレーズを見つけたよ」

ジョゼフィーンは、イヴ・ボヌフォワの名にそれほど親しみがあるわけではない。彼女が一番好きでよく知っている時期よりあとの作家だ。フランスの詩人であり、エッセイストであり、まだ存命かもしれない。そこで彼女の知識は尽きる。それでも大半の人よりはずっと知っている。

オーウェンが詳しすぎない程度に教えてくれるだろうから、あまり知らなくても構わない。オーウェンは、彼が今読んでいる『奥地《アリエール・ペイ》』というボヌフォワの本を説明してくれる。僻地や水平線や廃墟や失われた言語について、書かれている。決して捉えられることのないものや、おぼろに垣間見たに過ぎないものについて、書かれている。アルプス越えの列車から見える渓谷や山や、砂漠のキャラバンから見た砂の風景や、船のデッキから見えた神秘の島の姿について、書かれている。波間から短いあいだ現れ、またアトランティスのように消えてしまう天国の島について。漂流する伝説のサン・ボロンドン島について。

「ボヌフォワはシェイクスピア劇をいくつか訳しているから」とオーウェンは言う。

アブサンが、二人の魂の交流に楽しい彩りを加えている。心が躍って、より親密に交わっている。

オーウェンは、自分の追い求める雲がはっきりと見え、そのヴィジョンを言葉を介さずにジョゼフィーンに伝えることができた。

話の脱線のように見えて、実はそうではないのだが、彼が言う。「十二月にランサローテ島のベネットとアイヴァーを訪ねたときに、ソンサマスの城跡に連れて行ってもらった。ソンサマスという男の正体はよくわかっていなくて、昔の族長かもしれない。と言っても、巨石の塊がごろごろとあるだけのところだった。石灰もモルタルもなく。石の塊が積まれているだけなんだが、興趣がつきない。中世のものかもしれないし、石器時代巨石期の集落かもしれない。『荒石の巨塊』とベルトロは表現した。上手く言い表したものだ。あと、山羊がいて、山羊飼いがいて」

そして、サバン・ベルトロについてのごく短い説明がつづく。「フランスの博物学者でアマチュアの民族誌学者だった。ずっとカナリア諸島に住んでいて、ベネット・カーペンターは彼の仕事にとても惹かれている」

オーウェンは「図書館内ロマンティック」と称すべき、干からびて細く小さいバッタみたいになった類のロマン派だが、ときには思い切って戸外に出ることもあり、旧友ベネットの誘いを受けて、はるばるカナリア諸島まで足をのばして、山羊や廃墟や太陽を見てきた。ジョゼフィーン自身はベネットやアイヴァーと面識はないものの、彼女の夫はベネットと知り合いだったので、二人の噂は「嫌になるほど」というわけではないが結構たくさん耳にしていた。サー・ベネット・カーペンターは、オーウェンの偉くなった知人の一人だった。二人はケンブリッジの学寮で出会った。そのころ、オーウェンはリーヴィス主義者になりかけの学部生で、ベネットはスペイン内戦の画期的な研究に着手しつつある近現代史担当講師だった。大学時代に親友となり、その後も遠く離れた地球の他の場所の大学でばったり会ったりした。ずっと連絡は取り合っていた。共通の体験があり、関係を途切れさせなかった。

ジョゼフィーンは、オーウェンの勧めで彼から借りた『麦と刈る人』というベネットの処女作にしてもっとも有名な本を読もう読もうと思っていた。だが、まだ本をほとんど開けてさえいなかったので、今夜は彼にそのことを訊かれなければいいと思っていた。別に彼にその本を押し付けられたわけではなかったが、カナリア諸島から帰ったばかりのオーウェンが、ベネットとアイヴァーのことを、珍しく大いに興奮して話すのを聞き、ジョゼフィーンも興味をそそられた。ベネットとアイヴァーが祖国を捨て温暖な土地に移り住むことで老いと老人ホームの問題を解決しているのが面白かった。他人事ながら、ベネットが死んだとき、若いほうの、しかしさほど若くもないアイヴァーがどうなるのか、心配になりさえした。脳裏にはまざまざと、洞穴と泡でいっぱいの火山に建つ黒い石灰華と白塗りの人目を引く家が見えた。ピンク、スカーレット、オリーブ・グレー、ライム・グリーン、アシッド・イエローと色とりどりの槍のようなユーフォルビアの庭が見えた。オーウェンは、目に映るものはすべて写真に収めるという世代ではない。だが、言葉で「スエルテ荘」を巧みに描写した。

水中に泡があるように、地にも泡がある……(『マクベス』第一幕三場)

言葉、言葉、ジョゼフィーンは言葉の世界に生きている。オーウェンも同じ世界にいる。さあ、オーウェンはベネットの本のことを言い出すかしら、と彼女は一瞬身構えたが、それは起こらなかった(その初版には、「謹呈、オーウェン・イングランドに、ベネット・カーペンター、望みはさらに高く」という謎めいた献辞があった)。オーウェンがベネットの傑作『麦と刈る人』を読んだのはずっと昔のことだ。もうほとんど忘れてしまった。今の彼の心は、ベネットとアイヴァーとサバン・ベルトロとイヴ・ボヌフォワとともに、謎のソンサマス城跡の辺りをさまよっている。「ふむ」とオーウェンは思いをめぐらす。「この巨石群をボヌフォワが見たら喜んだことだろう。あのベルトロの『荒石の巨塊』という言い回しも気に入っただろう。彼は古い旅行ガイドが大好きだから。昔の写真も大好きだ。古い葉書も。昔の風景描写の文章も。今でも生きているけれども、もう九十代だろう。偉大な男だ」

「ラ・マリンコーニカ・ディステーサ・デッレ・コリーネ・クレスターチェ」とオーウェンは、まるで周囲にだれもいないかのように朗唱する。「憂いに沈む白亜の丘々が見渡すかぎり……」

オーウェンが立ち上がる。別れの時が近づいているのだ。彼は、彼女の興味を確かめることもなく、自分が持っているボヌフォワの『奥地』を見せたいと思う。その小さくずんぐりした、奇妙な作りの、小専門出版社の贅沢な本は、驚くほど重たかった。ジョゼフィーンは手の上で本の重さをじっくりと味わう。

さらにオーウェンは、その中の図版にあるモンドリアンの《赤い雲》を見せたがった。その絵をジョゼフィーンは見たことがなかった。彼女には親しみのない時期の作品だった。後期モンドリアンのもっとも有名な様式なら知っているし、昔、はるかミズーリ州で暮らしていたころに、次男が画布にモンドリアンの赤と黒と黄色の長方形の作品を写してくれたものを、タペストリーにしたことがある。だが、《赤い雲》の、この世のものならぬ生々しい赤色の奇妙な染みが、ゴッホ風の畑の畝の上の空に浮かんでいる有様は、オーウェンの言うとおり鮮烈だった。

「野獣派《フォーヴ》?」とジョゼフィーンは口に出してみた。「モンドリアンに野獣派《フォーヴ》だった時期があったのかしら?」

オーウェンは聴いていなかった。彼はその本を、軽い関節炎と茶色い染みのある黄色い拳の我が手に取り戻すと、頁をぱらぱらとめくりながら、イタリア絵画を、教会を、天使を、小屋を、砂漠を、山の稜線をじっと見つめていた。探し求めている。目を皿のように見開いて。失われた風景を、安息の港を、蜃気楼を。胸を切り裂き、それでも又はためいて生に戻る調べを。くすぶり燃える石炭を。

ジョゼフィーンがいなくなったら、一本目の煙草に火を点けようと思っている。オーウェンは、日に二本、必ず独りで、煙草を吸う。

「さあ、行かなくちゃ」と、ジョゼフィーンは、編み物カゴの中の毛糸を並べ直しながら言う。ここではモス・グリーンの毛糸が二、三針だけ進んだ。歩みは遅い。しかし、急いで完成させなくてはいけない事情はない。

針箱《ワーク・ボックス》。編み物カゴ《ワーク・バスケット》。針仕事《ニードルワーク》。女の仕事《ウィメンズ・ワーク》。仕事《ワーク》。仕事信仰《ワーク・エシック》。

たくさん本を読むオーウェンも、ジョゼフィーンも、キンドルの初期モデルに愛着を感じていた。だが、さっと立ち上がりながら彼女は、オーウェンの不思議な図版入りの本や、ナイフでゆっくり小口を切りながら読んでゆく紺に金字の装丁の一九〇七年の小説には、電子本やタブレット端末では得られない満足感があることに気づいた。それを言葉にしようと思ったが、言葉が見つからなかった。ゆっくり考えてみよう。来週オーウェンが中庭の反対側の彼女の部屋に来たときに、ラフロイグのモルトを飲みながらまた話し合ってみるのもいいかもしれない。そうだ、ラフロイグのモルトウィスキーがいい。

*

落ち着きのないフランがイングランドを駆け回らずにいられないように、ジョゼフィーンの人生に図書館は欠かせない。そこで自分の地位とアイデンティティが確認される。もっともよく利用する図書館に行くと、それなりの敬意とともに迎えてくれる。この本をと請求しなくても欲しい本を渡してくれたりする。ロンドンの大英図書館でそれはないものの、親しげに会釈されることはある。そして、ケンブリッジでの彼女は「顔」だ。ある種の老婦人と違い、ジョゼフィーンはすぐにわかるし、記憶に残る。背が高く、くっきりとした目鼻立ちで、その良し悪しはともかくとして、小さくしぼんでかわいい老嬢に落ち着くことは絶対にないだろう。自分では地味と思っていても、人目を引かずにはいられない女だ。変人には見えない(と長年の友人フランは思っている)が、取るに足らない人間にはとても見えない。ずっと働いてきて、大した経歴ではないが、それが一生の仕事だったことに変わりはない。それもまだ、すっかり終わったわけではない。

友人のフランは今でも働いて生活費を稼いで、税金を払っている。ジョゼフィーンは年金生活を送りながら、せっせとタペストリーを織り、アブサンを飲み、「死んだ妻のまだ生きている姉妹」を研究している。それから、週に一度、朝、詩を教えている(今は「老いと晩年の文体について」というテーマで、イェイツ、ハーディ、ディラン・トマス、ピーター・レッドグローヴ、ロバート・ナイなどを読んでいる)。謝礼はわずかで、タペストリー用の針代にやっとなるくらい。とても高くなった毛糸のほうは、この額じゃ買えない。つまり、今の彼女にとって教えるのは道楽みたいなものだ。だが、それを通して、最高の言語芸術に触れていられる。

たしかに「死んだ妻のまだ生きている姉妹」は面白い未知のテーマだが、その小説群は最高の言語芸術ではない。

ジョゼフィーンは寒い中庭を渡る。噴水が力なく落ちる細かい水音が聞こえる。

十時になると、ベッドに潜りこんで、半時間ばかり本を読もうと『宿命の血縁』に手を伸ばす。一、二ページ読んだところで、結末を読むのは明朝まで延ばそうと思う。朝のほうが頭が冴えているし、楽しみも増えるだろう。周到に準備された驚きの展開を一つでも見逃したくない。そこで、その代わりに、オーウェンの友人ベネットがスペイン内戦について書いた『麦と刈る人』を手に取った。何週間も読もう読もうと思っていてほったらかしにしておいた本だ。この分野の古典と見なされていて、何回も増刷と増補を繰り返している。彼女はもう一度、青インクで書かれ今は色あせた謎めいた献辞を凝視する。ベネット・カーペンターが「望みはさらに高く」と書いた真意は何だろうか？

もしかしたら、オーウェンとベネットは、はるか昔、恋人同士だったのかもしれない。オーウェンは自分の私生活を話さないので、そこはジョゼフィーンにとってほとんど未知の領域だ。初めて会ったのが七十代前半なのだから、別に驚く話ではない。

フランの息子クリストファーが今ごろカナリア諸島にいるのではないか。生まれたときから彼のことは知っている。小さいころは、ロムリー低地でわたしの息子のナットとアンドリューと一緒にサッカーをして遊んでいた。今でもフェイスブックでときどきやりとりしているのではないか。クリストファー少年はとても可愛らしく性格もよかった。

フランコ将軍、北アフリカ、POUM（マルクス主義統一労働者党。トロツキー主義）、NKVD（内務人民委員部。当時のソ連の秘密警察）、ジョージ・オーウェル、トム・ウィントリンガム、エズモンド・ロミリーなどについてこれから読みはじめるには疲れすぎていたので、図版をぱらぱらとめくっていた。《ゲルニカ》の粗い複製があり、いくつかの戦地の地図があり、ミゲル・デ・ウナムーノの肖像写真があった。それから、スティーヴン・スペンダー、ジュリアン・ベル、ジョン・コーンフォード、ジェシカ・ミットフォードなど、この時期と関連して今もよく知られたイギリス人の、そのいくつかはジョゼフィーンにも見覚えのある写真があった。それらに混じって、とても完成度の高い鉛筆書きのスケッチが一点ある。ジョゼフィーンははっとした。見たことのない美しい若者が、オープンネックのシャツ姿で、無頓着な勇敢さをさりげなく示している。説明文には、ヴァレンタイン・スタダート＝ミードとある。珍しい名前で、その響きがどうのこうのというわけではなかったが、彼女の中で、何かが閃いた。スタダート＝ミードという名の人間はそんなにいないだろう。とするならば、この青年は「死んだ妻のまだ生きている姉妹」小説を書いたスタダート＝ミードの親族に違いない（スケッチはオーガスタス・ジョンの手によるものだったが、ジョゼフィーンはまだそのことに気づく余裕がない。また、スペイン共和政支援のためのアーティスト・インターナショナル組合の委嘱によるものだったが、彼女はそれにも気づかない）。

アリス・スタダート＝ミード研究の手がかりが、偶然の導きで、思わぬところに見つかった。学問の真髄、この細部にあり、とジョゼフィーンはあきらめ顔で、しかし少し嬉しそうに、独りごちた。彼女はページをめくって索引に当たり、ヴァレンタインのことをもっと知ろうとした。初めのほうにちらほらと言及箇所があり、真ん中辺に小さな塊があった。おそらく彼の死を記述したものだろう。それからありがたいことに、伝記情報がABC順に並んでいた。「感謝します、ベネットさん」と声に出して、カナリア諸島のサボテン庭園に住む老人に向かってお礼を言う。ジョゼフィーンは昔から伝記情報の索引の有用性を信じてきた。記憶力の衰えとともにそれへの依存度がますます高くなってきている。

スタダート＝ミード、ヴァレンタイン（一九一一—三七）：日記作者、画家。古典学者《クラシシスト》ヒューバート・スタダート＝ミードと傍系《マイナー》小説家アリス・スタダート＝ミードの次男。サフラン・ウォールデン高校、ケンブリッジ大学キング学寮卒。スレイド美学校に通学の後、スペイン内戦で、スペイン医療救援団の救急車運転手に。詳しい状況は不明ながら、マドリッドのすぐ東、ハラマの戦いで、一九三七年二月に死去。

思いがけず手がかりが見つかった。ここから調べることがたくさん見つかった。針　箱《ワーク・ボックス》。女の仕事《ウィメンズ・ワーク》。針仕事《ニードルワーク》。

今じゃ、「傍系小説家《マイナー》」という表現は通じまい。「古典学者《クラシシスト》」ヒューバートも、ジョゼフィーンの知る限りでは、すっかり忘れられている。古典学者《クラシシスト》の存在感も薄れてしまった。二十世紀初頭の女流傍系《マイナー》小説家以上に人気のない、時代遅れの存在だ。

ヴァレンタインの家系はクエーカーなのではないかと思う。アリスもクエーカーだったのかもしれない。ジョゼフィーンはそんなことさえ知らなかったのだ。これまでにわかっていたことはほんのわずかで、アリスの命日さえ知らなかった。見つけ出さなくてはいけないことがまだ一杯ある。

ベネット・カーペンターはヴァレンタインの日記を使ったに違いない。だが、その日記が有名になることはなかった。日記のおかげで、ヴァレンタインがジョン・コーンフォードやジュリアン・ベルやエズモンド・ロミリーと同じくらいよく知られるようにはならなかった。

自らを「日記作者」と呼ぶことは絶対にないだろう。それは本人の没後に付けられる呼称だ。

ジョゼフィーンはわざわざ日記をつけたことが一度もない。

アリスは息子ヴァレンタインの悲劇的な夭折を生き延びられたのか、もし生き延びたとすれば、どのくらい生き延びたのか、ジョゼフィーンは知らない。もしかしたら、ジュリアン・ベルの家族が彼を止めたように、アリスも息子に思いとどまらせようとしたのかもしれない。後年の彼女はあまり著作がない。その小説のほとんどが、エドワード朝とジョージ朝のものだ。彼女はお金のために書いたのだろうか、それとも書くのが楽しくて書いたのだろうか。ジョゼフィーンはそのことさえ知らない。

彼女は粗く重たい自分の髪の中に手を入れて指をすべらせた。それから二冊の本をベッド脇の卓に重ねて置いた。母親と息子。こうして二人が再会することで、表紙越しに、切られたばかりの頁越しに、ささやきあえますように。

文学という名の来世。

読書のしすぎで彼女の頭の中は変になっていた。

*

フランチェスカ・スタブズは、新しい落書きに目をやりながら、高層団地の延々とつづく階段を頑固に登ってゆく。歯をぐいっと食いしばり、辛そうに一方の肩からもう一方の肩へとバッグを持ち上げて移しながら、段を数えながら上を目ざす。子どもみたいに、数え歌や段を登る歌で自分を励ましながら、前へ、上へと進んでゆく。「ザ・グランド・オールド・デューク・オブ・ヨーク」、「ワン・ツー・バクル・マイ・シュー」、「テン・グリーン・ボトルズ」、「ザ・リリーホワイト・ボーイズ」。「テン・グリーン・ボトルズ」は、クリストファーやポペットが赤ん坊のころに、ロッキングチェアをゆすってやりながら、よく歌った。何時間も。何時間も。

ロンドンの反対側では、パセファニーがクロード・スタブズに誘惑されて、彼のベッドの中にいた。職業上は問題のある行為だが、彼の魅力と権威と寒い日の温かく心地よいベッドに彼女は屈した。大した誘惑ではない。というのも服はすべて着たままだったし、モヘアの毛布の下に潜ってはいたが、掛け布団の上に横たわっていたのだ。美女と野獣だった。クロードは、立派な長老が赤ん坊みたいに甘える口調で切なそうに「ちょっと添い寝してくれるだけでいいから」と言う。パセファニーはきっぱりと、だが戯れるように「これ以上はダメよ」と応える。

二人は、小さいけれど高価な「手づくり」アーモンドビスケットを、贈り物用にごてごてと飾り立てられた缶から食べながら、マデイラワインをちびちびとすすって、巨大ネオンのアルファベットで簡単な綴りを推測するクイズ番組を見ていた。ときどきパセファニーが機先を制しようとするかのように叫び声を上げた。クロードは面倒なので参加はしないが、パセファニーが答えを当てるとぎゅっとお祝いのハグをした。

ビスケットとマデイラワインは元患者からの謝礼だ。クロードはこういう贈り物をかなりたくさんもらう。

必要以上に感謝してくれる患者がいる。影の内務大臣を手術したときは、患部を十分に取りきらなかった。あの肺の影はもっと大胆にやるべきだった。もっと深く抉り取っていれば、彼は今でも生きていただろうに。

パセファニーはクロードのことが好きだ。「わたしのお気に入りの利用者さんよ」とクロードに対しても言う。お世辞を言ってくれるし、笑わせてくれる。気前もいいし、面白いし、怖いところがまったくない。彼女がいなくなると倒れるのではないかとか急に死ぬのではないかと怯えることもない。古いタイプのスケベ親父だ。

怯えるタイプが、彼女は苦手だ。

番組が終われば、クロードの元妻が作った料理の皿を電子レンジに入れて、帰る前にそれを彼に与えればいい。「あんたって運のいいジジイよ」と彼に言うこともある。

フランチェスカ・スタブズに会ったことは一度もないが、彼女の伝統的なミドルクラスの少し古めかしい健康的な家庭料理はたくさん見てきた。

　クロードは胸の大きな番組の女司会者をじっと見る。妙に突き出た上唇、変に歯がむき出しになる笑み。歯が見えすぎる。明るい桃色の歯茎も見えすぎる。「魅力的なブス《ジョリ・レッド》」だ。いや、あれが今の流行りなのか。彼はフランを思う。

　二十一歳のフランは完璧な体だった。小ぶりな乳房はぴんと張って、引き締まっていた。ああいう体は今日び、なかなか見られない。今の女は痩せすぎか、太りすぎだ。フランは完璧だった。今はしなびて、皮だけになって、しなやかさもなくなったが、昔の彼女は欠点がなかった。それでも、二人のセックスはまったく上手くいかなかった。まったくダメだった。一度も真から上手くいけなかった。タイミングがまったく合わなかった。それなのに、あっと言う間に、本当にあっと言う間に、三年間で二回も妊娠してしまった。それも二人にとって良くなかった。昔の彼は妻を責めた。だが、それもはるか過去の話になった今では、寛大な気持が生まれてきていて、自分にもその責任の一端があったのかもしれないと感じるようになっていた。

　完璧な体、非の打ちどころのない頭脳。けれども落ち着きがない。満ち足りるということがない。あの女は寛ぐということを知らない。いつも、もっともっとと求めている。他のものを、何か違うものを求めている。肉体的にも精神的にもエネルギーがあり余っていて、それをどうすればいいのかわかっていない。だが、子どもたちはきちんと育った。まあ、これで満足すべきだろう。いや、よその子どもの成れの果てを思ったら、十分すぎるくらいきちんと育った。彼らの世代の多くのように、麻薬中毒になることもなく、銀行家や政治家としてスキャンダルに巻き込まれたり無能さを暴かれることもなく、詐欺まがいの豊乳手術に手を染めるヤブ美容外科医にもならなかった。お笑いピン芸人にも、自称メディア王にも、財産泥棒にもならなかった。

クリストファー・スタブズ。ポペット・スタブズ。わが息子、わが娘。二人は生き延びた。いったい、後の夫のヘイミッシュは、フランの生身の体を鎮めることができたのだろうか？　彼女を落ち着かせることができたのだろうか？　そう考えると、クロードの中に意地悪い気持が興って、ヘイミッシュもダメであってほしいと思った。ともあれ、そのヘイミッシュも今は死んでしまった。フランは独りでやって行くしかない。

クリストファーは、はったりを上手くかますことで成功した。と、父は厳しい見方をする。この息子はハンサムな上に、物腰もソフトで、テレビにぴったりだ。ポペットのほうはまったく違う。真面目で、父の見るところ、ユーモアもない。たぶん頭は兄よりいいだろう。地球は滅亡寸前だ、とそのことばかり考えている。環境関係の独立行政法人で統計処理の仕事をしている。父には「わたし、新マルサス主義者なの」と言う。どういう意味なのだろう。ポペットに子どもはいない。

クリストファーには、二人、子どもがいる。離婚した彼の妻の名前はよく覚えていない。エフィー？　エリー？　ともかく、そんな名前だ。クロードは息子のクリストファーが好きで、渋々ながら、敬意さえ払っている。父は自分に対してさえ認めたがらないが、もっと息子に会いに来てほしいと思っている。

二人の子の母である前妻フランチェスカは、人間の体の老化プロセスという程なく解決されるであろう短期的な問題に熱中していて、そこに生じる日々の不都合の改善にその場しのぎ同然の視点で取り組んでいる。それが立派な仕事だと思っている。老人をもっと快適に、彼らの苦痛や狼狽をもっと少なくしようとすることは、励むに値する仕事だと思っている。矛盾した話ではないか。彼女は自分自身の生活をそれほど快適にしようとはしないのだから。フランは自分を追い立ててゆく。容赦なく、手綱をゆるめることも全くなく。最後は、高速道路での玉突き衝突に巻き込まれてしまうような生活ぶりだ。

クロードにとって、自分が死んだあとの地球の運命なんか、どうでもいい。来世のことは死んでから考えればいい。ポペットは、皆が未来の世代のことを考えなくてはいけないと言う。地球の将来を考えなくてはいけないと思っている。子どもがいないのに。いや、子どもがいないからだ。彼女は地球のことを固有の生と権利を持つ意識ある生き物のように見ている。明らかに馬鹿げている。地球はただの物質だ。われわれと同様に。

クロードの腕は、パセファニーの温かく柔らかくつれなく最高に健康的な背中に回っていた。手のひらは、彼女の引き締まった三十五歳の乳房の丘に友人のように載っていた。ボリュームのある女だ。彼女の乳房はフランよりも大きく、成熟していた。

だが、フランの乳房は完璧だった。どうして今それを思うのか、自分でもよくわからない。

クロードには、自分は楽に死ねるという自信がある。お迎えのとき至れば、さっと意識の世界とおさらばして、このベッドの上で、大往生となるだろう。自分の父親みたいに、突然、天啓のように不整脈が起きて、痛みもなくぽっくりと、寝ているあいだに死ねるだろう。じめっと寒くて小便臭い、ビニール袋とコンドームの散乱する階段を登っているときに心臓発作に襲われることもないだろう。M1号線高速道でトラックの後ろに突っ込んで死ぬこともないだろう。病院のベッドで、うめき声を上げたり、不満げに囁いたり、歯を剝いて、のた打ち回ったりして、鎮痛剤オキシドコンや鎮静薬ミダゾラムを目一杯注入されながら、延々と苦しむこともないだろう。

空港でハンガーストライキを決行したあげく餓死することもないだろうし、はるか遠くの海岸で溺死することもないだろう。

この自信は奇妙なものだった。医者の彼は、仕事場でほとんど他のだれよりも、痛みを、痛みへの恐怖を、そして死を見てきたのだ。悶え苦しむ患者が、良い結果の出る見込みもないのに、何としても死を遅らせようと薬や手術に頼って、その耐え難い生にしがみつくのを見てきたのだ。死に屈しないために、何事にも耐えようとする患者たちと、その代理人として、やはり同じ姿勢を貫こうとする正気を失った、そしてしばしば医者も発狂しそうになるくらいひどい親族たち。大半の外科医が切りすぎるのは彼にもわかっている。そうできるからだし、そう期待されるからだし、それが彼らの職業だから、そうする。切って、剝き出しにして、削除する。終いに、その努力に値するほど体が残っていない状態になる。首と手足をもがれた胴体だけみたいになって、敗北を喫した皇帝の様相を呈する。医者だったときは、自分もそうした。だが、自分はそうならないという確信がある。小賢しい治療やごっそりこそぎ取る手術は自分には必要ではないし、自分でそれを求めることもないだろう。必要な書類にはすべて署名してある。「魔法の薬」も手元にある。

あまりにも多くの死を見てきたので、死の恐怖はない。その点でも運がいいと思う。その反対に振れることもあり得るのだ。恐れおののく同僚たちの例も見てきた。

それは運の問題であって、徳とか性格とかの問題ではないという結論に達していた。生涯、死の恐怖に付き纏われる人たちがいる。必要な時を除けば、死についてあまり考えない人たちもいる。

死はクロードにとって、主たる収入源だった。

*

ああ、人生の二十年分を切り取った男は

二十年分の死の恐怖を切り取ったことになるのだ。（シェイクスピア『ジュリアス・シーザー』第三幕一場）

＊

クリストファー・スタブズはナサレットのレストラン脇の見晴らしのいい高所から下界を見下ろしていた。夕食をとりにレストランに入る前に広々とした夕景に感動しようと足を止めたのだった。三人は低く温かい白塀に身をもたせて、昏くなってゆく小道のどこかの池の蛙がしわがれ声で絶え間なく元気に鳴くのを聴いていた。疲れ果てた火山群の山腹が見え、その下に広がる小リゾート群の明かりが見え、大西洋の平らな地平線が見え、その上空には、膨張し爆発してゆく星たちが見えた。

イングランドはじめっと寒い。ここ、ランサローテは、大気が優しい。

アイヴァーが右手に見えるランサローテ島唯一の高層建築を指差す。アレシフェ港のある湾のあたりの周縁部ににょっきり建っている。テネリフェ島に観光客が殺到するのを見て危機感を募らせたセサール・マンリケが動いて、ランサローテ島の高層建築を止めた。と言っても、それほど高い建物でもなかった。元は公共住宅として建てられ、それが上手く行かず住民が逃げ出して廃墟と化したが、最後は救済されてホテルに改装された。

アイヴァーはクリストファーに、高所恐怖症で眩暈がしてきたことを言おうと思ったが、言わなかった。

劇場に似たレストランというのは、山腹の高いところにある窪地にトンネルを掘り、くりぬいて作ったものだ。ベネットとアイヴァーの家をもっと大きく、もっと高く、垂直方向に発展させたような場所だ。たしかに、舞台と見まがう華やかさがある。小さな湖があり、奥まった小部屋があり、通路もあれば階段もあり、手提げランプに照らされた洞穴がある。オマー・シャリフはブリッジの賭けでこの場所を手に入れ、そして失ったという話だ。

ベネットは一度もオマー・シャリフに会ったことがない。だが、もっと大切なことには、英王室天文学者《ジ・アストロノマー・ロイヤル》と知り合いで、ラ・パルマ島の天文台を案内してもらった。ほんのちょびっとだけのシーバスの切り身を食べながら、ベネットは延々としゃべった。ラ・パルマ島西岸の今も活動が活発なクンブレビエハ火山が爆発し、巨大な塊が吹き飛ばされて大西洋に落ちると、ネルソン記念碑にも負けない高さ二十五メートルの大波が「ジェット機」の速さで西方に進んでゆく可能性があると言う。「マン島の二倍の大きさ」の板みたいなその岩塊が津波を引き起こすと、それはまずテネリフェ島民を全滅させ、次にカサブランカとラバトの人口の三分の二を抹消し、つづいてイングランド南部沿岸に襲いかかるだろう。そして、ニューヨークと合衆国東部沿岸の大半を呑みこんでから徐々に退いてゆくだろう、とベネットは嬉々としてしゃべる。それは上陸するまで止まらない。上陸すれば人が死ぬ。

リスボン大地震（一七五五年十一月）よりもひどいものになるだろう。そう話すベネットは幸せそうだ。

この上機嫌な小演説が終わると、ベネットは急に黙りこんだ。このテーマと関係する、最近読んだか話に聞いた大災害文芸小説を思い出そうとするが、上手くいかない。作者の名も本のタイトルも浮かんでこない。手がかりが見つからない。苛々する。近ごろ、とみに記憶力が落ちている。だが、あとで思い出すかもしれない。その小説は彼の頭の奥深くにただよう切り離された影のような存在になっている。ベネットはしばらくぼうっとして、もぐもぐ口を動かしている。そのあいだに彼の思いは、最近とても多くなってきているのだが、ふらふらと子ども時代に戻ってゆく。少年のころの彼はジュール・ヴェルヌが好きだった。『地底旅行』。『神秘の島』。スポーツが嫌いで、ボイラー室を安全な隠れ処にして、何時間もヴェルヌの冒険小説をむさぼり読んで、幸せなひと時を過ごした。

アイヴァーは、ベネットの意識がこんな風に目の前のことから退いて漂流しはじめると、「まずいな」と思う。だが、常に注意を怠らず心配してはいるものの、それを顔に出すことはない。

クリストファーにとって、このクンブレビエハ火山噴火大災害のシナリオは初耳で、面白い話だと思った。予測の極端さが面白いし、人間のせいで起こる災害じゃないというのがいい。火山の頂の不安定さというのは自然のありのままの姿なのだ。冷蔵庫も、ヘアスプレーも、TNT（トリニトロトルエン。強力な爆薬）も、車の排気ガスも、エイズも、地球の過剰人口も関係しない不安定さだ。それが火山の有りようだ。ラ・パルマ島は人口が稠密でないので、島に及ぼす人の影響など皆無に等しい。

世の不幸のほとんどを人間のせいにする妹のポペットでさえ、火山の噴火の責任を人に負わすことはできないだろう。火山は純粋で無垢である。

クリストファーは、十八世紀にあったことはわかっているが、より精確な年代は知らないこのリスボン大地震が、人に対する神の道を明らめようとするキリスト教徒、理神論者、無神論者の区別なく、当時の苦悶に満ちた哲学的疑念の原因となったことを、大学時代に習ったのをおぼろげに覚えている。

われわれは皆、中立的な存在に滅ぼされたがっているのかもしれない。津波、高波、小惑星のような。

死を渇望して。

人間より優れた文明を持つ宇宙人に滅ぼされるのは嫌だろう。優劣の問題で滅びてしまうのは御免だよ。違うかい？

付けあわせの小皿で出てきた皺だらけの塩辛いパパス・アルガダス（カナリア諸島の伝統的なベークドポテト）を食べながら、クリストファーはそんなことを考えていた。その考え方は、母フランとそっくりだった。クリストファーは自分が母のことを、いや母のように考えていることを意識していなかったけれども、はるか昔にできあがった彼の精神の基底の考古学的な古層において、彼は母の思考をなぞっていた。

母もベネット同様、いつも地震に惹かれてきた。

ポペット——いったいどうしてこれが猛獣のような僕の妹の呼び名になったのか理解できないが——の考え方はまた違う。だが、妹もまた終末論的なことが好きだった。妹は——とここで兄クリストファーは「エル・グリフォ」（ランサローテ島産のワイン）をぐいっと飲み干して、アイヴァーがもう一本頼んでくれないかなと思った——妹のポペットの心は、ある種解決できない怒りでふくれ上がっていて、そのエネルギーを国や地球の問題にぶつけている。とても長期的な、非人間的な立場から、物事を考えている。ああ、僕の妹、ポペットよ。

この地元ワインの「グリフォ」——とここで気の利くアイヴァーがもう一本追加注文したことを確認する——のラベルには怪鳥グリフィンが小さく描かれているのだが、ベネットが「エル・グリフォ」はグリフィンやドラゴンとは何の関係もないのだと教えてくれた。実は、スペイン語で「蛇口」を意味するそうだ。言葉遊びだったのだ。蛇口《エル・グリフォ》。

母は、よく歌を歌って寝かしつけてくれた。

さあ、白ワインの緑のボトルがもう一本来たぞ。

「テン・グリーン・ボトルズ・ハンギング・オン・ザ・ウォール」

クリストファーは、知らない土地の知らない時間帯にホテルで目覚めて、こういう数え歌を独り呟いてみることがある。母が同じ歌を歌いながら、きつい団地のらせん階段を上っているのは知らない。

われ、古のらせん階段に召喚す……（W・B・イェイツの詩「自己と魂の対話」の冒頭）

ベネットが、その失われた小説のタイトルを記憶の海の底から呼び戻そうとしてできずに、もの思いの世界から戻ってきた。そして代わりに、ランサローテ島で一七三〇年代にあった大噴火のことを話しはじめた。このときの噴火が原因で、ティマンファヤの粉砂糖に覆われたような美しく乾ききった風景が生まれたそうだ。スペイン国王フェリペ五世は、溶岩から逃れるためにランサローテ島を捨て、グラン・カナリア島あるいはテネリフェ島に移ろうとする者は死刑に処するというお触れを出した。クリストファーはこの噴火がたしかその少しあとに起きたはずのリスボン大地震の予兆だったのか気になった。だが、それを訊く前に、ベネットの話は自分の少年時代の思い出にシフトした。そのころの彼は巨大な高波をどうしても見たかったそうだ。近ごろ「高波」という言葉があまり使われないのはベネットも気づいていたが、彼は今の流行りの日本語起源の新語「ツナミ」よりもそっちのほうを好んでいた。ベネット少年は、家族旅行に行くと、彼が初めて泳ぎを覚えたノーフォーク州のだだっ広い海岸に座り、思春期前の不安と退屈と焦燥に悩まされながら、北海のはるか遠くの平らな地平線を凝視して、巨大に膨らんだ波が頭をもたげて家族の野営地に情け容赦なく襲いかかるのを激しく夢想した。防風林も、デッキチェアも、砂のお城も、タオルも、クリケットのバットも失われるだろう。火山のないノーフォークの平坦な地でその可能性は高くなかったが、少年ベネットには知る由もなかった。

「ホエール・ウォッチングも好きだった」ベネットは寂しげに懐かしんだ。「アイヴァー、ヴァンクーヴァー島沖で鯨見たの、覚えているかい？　この辺でもイルカが見られないかと、いつも思っているんだが、ダメだな。今日び、イルカを見るには、ラ・パルマ島まで行かなくちゃな。ものすごく遠いというわけじゃないが、ピンター航空の小さい飛行機がひどく揺れてね」

なぜカナリア島民は海を渡る方法を忘れたのかというベネットお気に入りのトピックに近づきすぎている、とアイヴァーは感じた。そこで思い切って、「明日は三人でフエルテベントゥーラ島まで安全なフレッド・オールセンのフェリーでちょっと行ってみませんか？　僕らの友だちのシモン・アギレラに会いに行きましょう」と振って、話題をクリストファーの前回のカナリア諸島訪問のことに戻そうとした。ベネットも応えた。「やつの家は素晴らしいよ。行ってみる価値はある。アギレラのことは前回、土地の情報通として、セイラにも話したんじゃなかったか？　あなたもご存知のことと思うが、いい絵を何点か持ってててね。彼はこの隠遁の地で、移民の悲劇に大きな関心を持つようになって、昔の『飢餓塔《ファミン・タワー》』に展示する美術作品の制作を委嘱したりしている。『飢餓塔《ファミン・タワー》』はあなたも見てみたいんじゃないの？　この島で最古の建物の一つだ。かつては、飢饉のために穀物を備蓄していたのだ」

シモン・アギレラはナマロメのために署名をして、スペインのテレビ番組でも彼女のことを話した。だが、ナマロメはハンガーストライキ決行中の空港の絨毯に彼を迎えようとしなかった。アギレラの妻殺しは許せなかったのだ。

ベネットはフエルテベントゥーラ島への船旅に乗り気だった。いつでも、この島に行くのが楽しみなのだ。シモンも常に彼らを歓待した。

「ああ、三人で行ってみよう」

「シモンのところのピラールが、遅い軽目のランチを用意しておいてくれるだろう」

「スエルテ荘」への帰路、アイヴァーは、愛想がよく明るい気分にさせてくれるクリストファーがそばにいてくれると、自分が不吉なくらい異様に安堵することに気がついた。この魔法の島に彼を引きとめておくことはできないものだろうか。また、いつか来てもらえないものだろうか。

ベネットから、『オデュッセイア』に出てくるカリュプソが主人公オデュッセウスを魔法の力で七年間留め置いたというオギュギア島は、実はカナリア諸島の島の一つではないかというプルタルコスの説を何回も聞いていた。この神話の中の地理に関して、自分に格別な意見があるわけではない。だが、そういうことで構わないではないかと思った。

もう少し、クリストファーにいてほしい。七年は無理としても、あと数日ぐらいは。

ベネットよりも自分の年に近い客が来るのは嬉しかった。この島での二人の友人の大半は七十代で、八十代もちらほらいた。飛行機で彼らに会いにやってくる忠実な、というか追従《ついしょう》するタイプの友人のほとんども、同様の世代だった。アイヴァーの人生は、若干の慎重な道草といったエピソードを除けば、ベネットの人生に吸収されてしまっていた。総じて、ベネットの友人を歓待して彼らの案内役を務めるのは楽しかったし、この前の十二月に来たオーウェン・イングランドというお行儀が良くて学者っぽく細かい爺さんとも相性は良かった。オーウェンは人の話を聴くのが上手で、名所見物も上手で、いつもありがとうと言ってくれる接待しやすい人だった。だが、クリストファー・スタブズはオーウェンよりもう少し危険で、もう少し溌剌としていて、一緒にいてもう少し面白い。

そして、新しい。新しい血。若い血。

ランサローテ島唯一の高層ビルの明かりが彼らの眼下に見える。家路につく車のハンドルを握りながら、アイヴァーはそれをじっと見つめる。それは指針の光だった。だが、彼をどこに導いてくれると言うのか？ 彼にはわからない。今はスペイン語しか通じないホテルなので、英語を話す外国人客は多くない。アイヴァーも中を見てみたことはある。そこでお酒を飲んだ。最上階に上がって、景色を眺めてもみた。だが、あまり面白くなかった。ちょっと個性がなかった。スカイバーも歩道に面したバーから見える風景も胸おどるものではなかった。アイヴァーはこの建物が黒ずんで、落書きだらけで、爆弾が落ちた跡のように荒れ果てていたときのことを覚えている。ずっと昔のことになるが、アレシフェの椰子の木の遊歩道に面したカフェに座って、法律事務所が長いシエスタのあとで開くのを待っていた彼は、老人が一人、膨れあがったビニール袋をいくつか抱えて、午後の熱した空気の中、剝き出しのらせん階段を重い足取りで登ってゆくのを目にしたことがある。上の方で野宿をしているに違いなかった。近かったので、風雨に叩かれ、疲れ果てた老人の、横に広い目鼻立ちの顔がよく見えた。体を前かがみにして、休み休み、次の階に上がってゆく。落ちぶれた男が、上に、上に、セメントの階段をジグザグに登っていった。

老いたグアンチェ族。先祖がえりの男。奪われし者。過去の亡霊。

老人は昔からこの土地に住む者だった。移民ではない。なぜそうだとわかったのかはわからないが、とにかくわかった。猫背、立ち姿、広い肩、所有と不屈を仄めかす敗れざる者の佇まい。

なぜ老人は登っていったのだろうか？　破壊された廃墟の高層階に、どんな我が家を作ったのだろうか？　いったいどうして？　何度も彼を探したけれども、老人の姿を再び見ることはなかった。それから、ビルは他の業者に引き取られ、転売され、まだ観光業が発展期だったころに改装された。

一九九〇年代後半に、ベネットとアイヴァーはシカゴで、社会思想委員会関連の給料のいい研究機関に所属して、元は公営住宅として建てられた豪華なツインタワーの高層ビル二十階に滞在したことがある。ランサローテのビル同様、建物は傷んでしまっていた。それを不動産会社が買って、安からぬ家賃の賃貸マンションに転化し、四マイルほど離れたところにあるシカゴ大学がそこを短期、長期両方の講師やゲストの滞在用に使っていた。ソール・ベローが何回も来た。バラク・オバマもその地下にある椰子の木に縁取られたプールで泳いだことがあると言う。それを知ったアイヴァーは、あのハンサムなオバマを知らず知らずのうちに眺めていたかもしれないと思った。マンションから見える常に移り変わる湖の眺めは最高だった。水が交わり、ときに波立ち、黄から緑へ、緑から青へ、そして銀ねずみ色へ、セメント色へ、トルコ石の色へと変わっていった。もっともアイヴァーは高所恐怖症なので、眺めを満喫できなかった。室内にいるときは、決して窓に向いて座れなかった。ベネットのほうは、悪趣味なくらい心地よい紫の大学教授用アームチェアにどっしりと身を沈めて、湖面をじっと眺めていた。刻苦精励のご褒美としての休息だった。彼は激務をこなしてきた。ときには嫌がる心と体に鞭打って、ずっと頑張ってきた。

アイヴァーにとって、シカゴは相性が良くなかった。高すぎた、険しすぎた、極端すぎた。ツインタワー。ツインタワーは攻撃を招く、誘発する。

アイヴァーは暇を持て余して、高所恐怖の起こらない安全な岸辺を独り、何度も散策した。ベネットは歴史のセミナーで桃色インコみたいにあざやかに振舞った。アイヴァーは遊歩道から振り返って、居住用ツインタワーを見た。あまりにも高く屹立しているため、その野蛮な頂はオリュンポス山のような雲に包まれ、覆い隠されていた。二つのタワーのあいだの五階には、空中庭園があった。秋の祭りの最中に訪れ、忘れがたい思い出となったマントヴァのドゥカーレ宮殿の小さな空中庭園ほどではなかったが、背の低いポプラがあり、小さい湖があり、鴨も泳いでいて、それなりに魅力があった。

放浪学者として、こういう変わった場所に住んできた。そして今は、こうして車のハンドルを握って、ベネットとクリストファー・スタブズを安全な「スエルテ荘」まで送ってゆく。ここが終《つい》の住み処になればいいのだが。

シモン・アギレラの家そのものが眩暈を起こしそうなわけではない。だが、吹きさらしのらせん階段のついた岩の望楼があり、アイヴァーは二度と登るつもりはなかった。一度登ればもう結構。

クリストファーがシモンの家を気に入ればいいと思った。レストランからシモンにメールを送って、全員のランチの手配をした。彼からは「クリストファーとの再会が楽しみだ」との返事が来た。アイヴァーはそれが彼の真意と思っている。

ピラールは頼りになる女だ。客好きでもある。彼女はベネットが大好きで、ベネットもスペイン語で彼女を笑わせることができる。

アイヴァーとシモンには、ベネットを落ち着かせ上機嫌にさせておくという共通の目的に基づく共謀関係がある。ピラールも協力してくれる。

アイヴァーは、ピラールという名前が大好きだ。ピラール。大黒柱《ピラー》。なんと素晴らしい名の由来だ。ピラールは力強い大黒柱《ピラー》である。

クリストファーはプジョーの後部座席でうとうとした。海の空気、魚介類、珍味、カナリア諸島のワイン、悲嘆《グリーフ》する、安堵《リリーフ》する。

「エル・グリフォ」

眠りに落ちながら、ほんの一時、母フランを思った。母さんからメールが来た。用件は何だったたっけ。父のこと？　セイラのこと？　ポペット？　何だったか？　忘れてしまった。ブラックプール（イングランド北西部の有名な大衆リゾート地）に行くと書いてきたのだっけ？　母は老人援助団体を立ち上げ、ブラックプールに共同住宅を買いたいと思っている。いや、モーカムだったか？　いや、イングランド南西部だったか？　母さんの休みを知らない放浪にはついていけない。

母はひどいところが好きで、そういう場所に住むようになった。まったく碌《ろく》な話じゃない。一度行ったことがあるけれども、二度と行きたくない。たしかに眺めはいい。だが、どうして母には眺めがそんなに大切なんだろう。頑固な婆さんだ。何をしたいのだろう？　ヘイミッシュとのハイゲートの暮らしは文明的で快適だったのに。

そして、ヘイミッシュが死んだ。ぼくの父さんのクロードはまだ生きている。元妻フランが皿に載せて持って来る料理をもらっている。たしかに父さんは、どうすれば自分が心地よくなれるか知っている。

継母だったジーンのことは嫌いだ。お上品で保守的でいけ好かない婆さんだった。いなくなって良かったよ。父さんも喜んでるんじゃないかな。

母さんはどうしてまともなところに住めないんだろう？　ジョゼフィーンおばちゃんみたいに。アテナ館に住んでくれりゃ、心配の必要もなくなるのに。

ジョゼフィーン・ドラモンドのことを本当に「ジョゼフィーンおばちゃん」と呼んでいるわけではない。そんなことは一度もなかった。けれども、このごろは、世代間ジョークのつもりで「おばちゃん」と言ってみることがある。「ジョゼフィーンおばちゃん、元気？」と母に尋ねることはある。生まれたときからの知り合いなのだ。彼女のほうは、ぼくが生まれる前からぼくを知っているのだ。ジョゼフィーンのことは好きだ。ぼくが十四で彼女が三十五のとき、ぼくは彼女にぞっこんだった。ずっと昔のロムリーの日々。ナットやアンドリューと低地でサッカーをして遊んだ。

ナットは元気でやっている。スポーツ・コメンテーターになって、クリケットについて書いたりテレビでしゃべったり、チームに同行して、素敵な場所に旅したりしている。空きさえ見つけられれば、いい仕事だ。アンドリューはもっとお堅く、官僚になった。どの省かはわからない。

アテナ館は退屈ながらも隅々まで心地よい。ぼくとポペットはジョゼフィーン七十歳の誕生日に招かれた。ポペットは行けなかったが、ぼくは行った。いくつかすごいカクテルが出てきた。ホワイト・レディというのがピリッとして美味かった。カクテル作りの名人がいるのだ。久しぶりにナットとアンドリューに会って、近況を報告し合い、思い出話に花を咲かせた。

ああ、母さん、あんた、バカだよ、と母を愛おしく思いながら、後部座席のクリストファーは闇の中に溶けてゆく。

*

ジョゼフィーンは老人の集まる火曜午前のクラスを見て、果たして老いをテーマに取り上げて良かったのだろうかともう一度思った。事の性質上、このようなクラスは老人で一杯なので、テーマを選ぶ際に、「流れに乗った」わけである。だが、このように老齢に焦点を当てると、暗く低く後ろ向きになる恐れが出てくる。気分が高まったり、慰藉されたり、元気をもらったりできればいいなと思ってこのテーマにしたのだが（だから、それとは違うタイプの詩人ラーキンはわざと外した）。しかし、十六人の受講生たちのクラスをそういった高尚で精神的な雰囲気で満たしておくに足るエネルギーが自分にあるのかどうか、自信がなかった。「気高い思いを魂に持たん《ダン・ラーム・エイヨン・アン・オー・デサン》」とヴェルレーヌがどこかに書いた言葉を目標に、自分はこれまでも頑張ってきた。だが、いつも上手くいったわけではない。クラスでは、老いの創造力、何人かの抒情詩人の夭折の象徴性、ときに「晩年のスタイル」と呼ばれるものが本当に存在するのかといったテーマで、個々の詩や詩人の精査を通してディスカッションをしてきた。

もしかしたら、落ち込むのは必定といったテーマなのかもしれない。どんなにそれまで楽しくいろいろあっても最期は血生臭いものだ、と伝記文学について語ったフランス人が他にいたような気がする。

といって、伝記文学にフランス人が秀でているわけではない。違うだろうか。伝記というのは英語文学の十八番だから。

受講生の中の何人かは、このクラスのレベルよりずっと高い学識があったり、英文学以外の分野で専門教育を受けていたりするので、ディスカッションはさまざまな方向に飛び火して、コースのテーマを越えてゆくこともあった。シェイクスピア晩年のロマンス、彼が引退してストラットフォード・アポン・エイヴォンに戻った理由、レンブラントの自画像と母親像、ベートーヴェン晩年の作品の怒りと嘆きについて論じるエドワード・サイードとテオドール・W・アドルノ。その種の脱線や迷走はむしろこのようなクラスの目的の一つでもあるので、ジョゼフィーンはどんどんやってもらうことにしている。ただ、一人二人、自己顕示欲が強く攻撃的なタイプがいて、もっと単純に楽しみで来ている他の受講生のことを考え、そういった連中にブレーキをかけなくてはいけなかった。今朝は、ロバート・ナイ（一九三九年生まれ）の二〇一一年の詩「つづけてゆく」を読む予定だ。これは、ナイ自身が自分の最後の本になると述べている詩集に収められた作品で、ジョゼフィーンは全員に受けるだろうと見ていた。そして実際、そのとおりになった。各人の手元にその詩が書かれた一枚のプリントがある。こんな作品だ。

ある午後のこと、ノートルダムの近くで
一人の男が歩道の人ごみを縫うようにして、
前に行こうとしていた。
片手にはコーヒーポット、
もう一方の手にはケーキ。

彼は守られた者のように唇に笑みを浮かべて、
人と人のあいだを進んでゆく。

その微笑む唇には、自分がこれからささやかな個室に戻り、
そこで、独り、自分の食事をとると
書かれている。

今、わたしがもうつづけてゆけないと思うとき、
思い出すのは、
ささやかな楽しみを手に、
混雑した通りを進んでゆくあの男のことだ、
自分一人の部屋に向かって。

この詩の善意にあふれた深い静謐は、しかしながら、サリー・リトルトンにブレーキをかけることに失敗した。彼女は、他のだれも読んだことのないナイの歴史小説について、少し攻撃的な脱線話を延々と話しはじめた。他の受講生は我慢強く聴いている。ジョゼフィーンはどう介入すれば手元の詩に戻れるのか、思いをめぐらしはじめる。計画どおり、晩年のイェイツの話題に移行して、慰藉の必要と憤怒の発作のあいだの緊張関係について話したい。

サリー・リトルトンは手ごわい女だ。こんなに延々、女王然と振舞わなくてもいいのに。女王気取りをする必要はないのだ。他の受講生の何人かと違い、彼女には絵に描いたような満足すべき私生活がある。ルネサンス研究の名誉教授として、人気のあるテレビ・ラジオの語り手として、元大学副学長の妻として、この地域を代表する大邸宅の持ち主として、広く人々の注目を集めることも多い。だが、数々の地位と名誉が彼女を落ち着かせ、寛がせることはなかった。鋭く跳ねるような昔の上流階

級の英語で、たくさんの人に自分の話を聴いてもらいたがった。ひどくへそ曲がりなところもあって、こちらがおとなしく頷きながら話を聴いていると、彼女はそれと違ったことを言い出して、結局、自己矛盾を来してしまう。いったいどうして、上級クラスでもないのにここに来るのだろう。ジョゼフィーンにはわからなかった。自己顕示のためなのか？　知的にもファッション的にも自分より劣った元幼稚園教諭エレン・マズグレーヴや元スーパーマーケット店長ペニントンさんのような他の老人方に対する優越感を楽しみたいのか？　あるいは奇妙なことだが、ジョゼフィーンのことを尊敬している節があって、その敬意ゆえか？（二人は、大学図書館で催された「売春宿と『ペリクリーズ――タイアの王子』の作者探し」という講演で出会い、講演後の懇親会で意気投合して、浅く長くつづく知り合いになった）。あるいは、老いと老いの過程についてという文学テーマに本当に興味があったのか？

サリーは鷹の嘴よろしく尖った風に美しい女だ。鼻は細く高く繊細で、髪は金と銀が混ざったものをさっぱりと短くレイヤーカットにしている。今日はとても高そうなスーツ姿だ（例のすっきりくっきりした襟なしのジャケットで、これをシャネルスーツと呼んでいいのだろうか？）。魅力的な黄色と焦げ茶にグレーのチェックが入ったツイード地で、靴はマスタード系の暗い黄色だ。大した出で立ちである。きちんとした昼食会に行くのかもしれない。とにかく、老いて消えゆく運命に素直に従う女ではない、とジョゼフィーンは思う。その美貌の名残にしがみつくつもりだろう。もしかしたら、何か呪文のような文章を見つけ出し、それを唱えて、次なる段階に上昇（いや下降）したいのかもしれない。

クラスはサリー・リトルトンに辟易しながら、同時に彼女の存在を誇らしく思ってもいた。彼女のおかげで格調が高まった。サリーは千語の課題作文を書くつもりなのだろうか、それとも、その種の課題とは自分は関係がないと思っているのだろうか。そんなことを考えている自分にジョゼフィーンは気がついた。

去年はベティ・フィグローアがコンラッドの語りの技法について、優れて独創的な小論文を書いた。八十代後半になるベティは勇気ある昔ながらの旧左翼で、今はおそらく孤独な生活を送っている。P&O海運の船の看護婦として長年働いてきた。面白い船上のエピソードを山ほど知っていて、それをいつもおずおずと、しかし驚くほど若々しい軽やかな声で語り出した。はるか昔の地球の反対側まで行く長距離航海から最近流行りの豪華クルーズまで何でも知っている。電話もファックスもなく、陸地や他の船との通信がゆっくりで、間違っていることも時折あった――つまり彼女自身言うように、コンラッドの小説に出てくるみたいな――時代のことも覚えている。きちんとした文学教育を受けていないにもかかわらず、そして受けていないからこその、鋭い読みを見せた。予想もしない幅広い引用を可能にする教養があり、労働組合政治の忠実な僕《しもべ》でもあり、彼女はある種の謎だった。ロマンティックな過去があるのだろうとジョゼフィーンは踏んでいたが、それが具体的にどんな過去だったのか見当がつかなかった。

ベティの老年期は充実した生のオーラに輝いている。悲劇的な恋があったのか、大陸をまたいだ長いロマンスがあったのか、秘密の冒険や二重生活があったのか。もしかしたらスパイだったのかも？コンラッド同様、彼女は極東をよく知っていた、オーストラリアも知っていた、広い世界を旅して、今はチェリー・ヒントンの一階で独り暮らしをしている。サリー・リトルトンとは違って、静かに自足している。他人の領域に押し入ることもなく、こちらに力を与えてくれる。ありがたい存在で、ジョゼフィーンは感謝していた。

そのような受講生が、各自詩のプリントを持ってクラスにいる（ジョゼフィーンは、ナイの詩集を買うか、少なくとも図書館から借り出すのが望ましいと伝えたが、コピーして配るほうがそれより実際的だった）。プリントは、フォルダーにきちんと挟んでおく者もいれば、ハンドバッグやショッピングバッグにくしゃくしゃと入れておく者もいる。エレン・マズグレーヴはリンゴのデザインの粗い麻布袋にリング付きファイルを入れていた。ペニントンさんはぼろぼろになった書類かばんをいつも持ってくる。ずっと年上のアルツハイマーの夫の面倒を見る若いアイリーン・リップマンは、いつも失くし物があって、他の受講生から詩も鉛筆も借りなければいけなくなることが多い。ジョゼフィーンは受講生たちを知っているとも言えるし、知っていないとも言える。受講生たちもジョゼフィーンのことを知っているとも言えるし、知っていないとも言える。モーリーン、デボラ、メイヴィス、シーラ、ピーター、タニーシャ、ゴードン、ケイシャ、ペニントンさん、シリーン……いつもながら、皆の名前を覚えようとしても、結局は、毎週、火曜朝、硬い紙にフェルトペンで名前を書いてそれを折ったものを、各人の前に立ててもらうことになる。どうしても覚えられない名前が一つ、二つ出てきて、明らかに差別的になってしまうことが多いのだ。発言しない無口な人、個性に欠けて目立たない老人、目を合わせようとしないご婦人など。サリーやベティの類を間違えたり忘れたりするわけはないが、他の人と重なったり溶け合ったりしてしまう人たちがいる。それでも、一人一人が自分の人生を背負い、歴史を背負い、ここに至るまでの長い一連の出来事と決断とともに、この教室に集まってくる。その出会いの縁の不思議さには、いつも心が動く。

この人たちにとって、火曜の朝のクラスはどんな意味を持っているのだろうか？　皆で集まってひとときを過ごすことに過ぎないのか。それとも、ジョゼフィーン同様、一緒に読んでゆく詩や小説や戯曲の時間を超えた力を感じてくれる人もいるのだろうか。読むという行為によってのみ解放される力と慰め。この教室や、廊下の水飲み機や、よく故障するコーヒーマシンや、プラスチックのカップをはるかに超える言葉の力。ジョゼフィーンはときに友人オーウェンの言葉だけの狭い世界を激しく批判したくなる誘惑に駆られるのだが、自分だって同じなのだ。彼女もまた言葉の中に、言葉のために、他人が書いた言葉のために生きている。他の人たちの花々。「これらは他の人たちの花々であって、自分のものと言えるのはそれを結んで花束にするときに使う紐だけです」。謙遜しすぎのモンテーニュの言葉だ。彼女もかつては言葉と文学の絶対的価値をもっと信じていたが、今、人生の終わりに近づいて、果たしてそうだろうかと思うようになっていた。文学への信仰が薄らいできている。それでも、こうして今も、人のために言葉の贈り物を用意して、紐やらリング付きフォルダーやらコピーを配って回る。火曜の朝に。

　子どものころは、作家になりたいと思っていた。子どもが書くような詩や物語を書いて、学校の雑誌に発表したり、こっそり賞に応募したり、日曜版新聞や文芸雑誌に原稿を送ってはボツにされたりしていた。本当に作家になれるとは全然思っていなかった。自分の未熟な試みと仰ぎ見る大作家たちの傑作のあいだに横たわる溝のことは痛いほどわかっていた。だから、上手くいかないからと言って落ち込みはしなかった。入学した戦後創立の進歩的な大学の授業で、批評眼が磨かれ、商業出版界への敬意が薄れ、文学の夢が消えていった。書く人というよりも読む人、創る人というよりも教える人になって、大学教員だった夫の転勤が許す範囲で、自分もささやかながら作品解釈の秘儀という贅沢に挑戦してみた。大作家について書こうと思ったことは一度もない。大作家はむしろ読みたかった。ときには他人と一緒に読みたかった。いわゆるシェアリングをしたかった。それが上手だったし、それが上手なのは今でも変わらない。だれかと一緒に読むのが好きな質《たち》なのだ。

　クラスの終了時間近くになって、シーラ・ルックウッドが、議論のテーマに触発されて書いた自作の詩を朗読したいのですがよろしいでしょうか、と言う。この種の脱線はジョゼフィーンのクラスの目的から外れるので、遠慮してもらうことにしている。自作の詩を他の受講生相手に朗読したいのであれば、「創作」クラスに行けばいいのだ（ただし、ジョゼフィーンは、その種のクラスの価値について疑いを抱いていた。それが重要な社会的役割を果たしているのは認めるとしても）。だが、今回は、許可を与えた。このクラスの受講生は、サリー・リトルトンという特例を除けば、無闇にだらだらと時間を食いつぶすことはしない。以前、他人の興味も迷惑も顧みない、頭のおかしい騒がしい受講生が一人二人いたことはある。しかし、今朝集まっている受講生たちは皆礼儀正しく、助け合うことを心得ている。シーラ自身も「短いですから」と言うその詩を聴きたがっている。

シーラは背が低く、とても小柄でかわいらしい。まだ若く、六十代前半で、明るい魅力的なエネルギーにあふれている。アデンブルックス病院にパート勤務していて、残りの時間の大半を認知症の母親の介護に費やしている。火曜朝のクラスは、本人がジョゼフィーンに言った言葉を借りれば、彼女にとって休憩所であり、避難所であり、介護ホームだった。顎の先が尖っていて、薄い眉が弧を描き、その下にとても大きな灰色のすこし飛び出た目があった。それをマスカラとアイライナーと新奇な色のアイシャドウで強調するシーラは小さな妖精に似ていた。目のまわりは皺くちゃだったのに、彼女は、それを大胆に強調することを止めなかった。そして、たいてい、色付きのレギンスをはき、その上に、ときに凝って遊びっぽい不規則的なヘムラインの、チュニックやスモックに似た上着を着ている。シーラ・ルックウッドはピーター・パンだった。ウェンディではない。皆に愛されていた。

彼女の詩は認知症を歌う。

階段の途中で彼女は止まる。
なぜそこにいるのか忘れてしまった。

上ってゆくのか、下りてゆくのか？
忘れてしまった。
われ、古《いにしえ》のらせん階段に召喚す
動けない。
娘の名を呼ぶ。
娘の名を呼ぶ。

ママ、ママ、と言って、
娘の名を叫ぶ。

狂乱のジェーンは、
狂乱のシーラは、
狂乱のママは、
狂乱の娘は、
泣きながら、母と腕を組んで、階段を下りてゆく。（「ジェーン」というのはイェイツの詩に出てくる狂女のこと）

詩としては、とくに優れているわけではない。だが切なかった。皆、神妙に耳を傾けた。母との関係がそれほど親密ではなかったジョゼフィーンは、死の床でとても高齢の老人がはるか昔に亡くなった母親を呼び求めるという話を聞くと、いつも心が騒いだ。彼女自身はどんなに呆けていてもそうしないだろうし、子どもたちにも母の名を呼んでほしくはなかった。ナットとアンドリューは成長して母との絆から自由になったと思いたかったし、そう思っていた。

シーラはこれまで、自分の老母の奇矯な行動のことを、クラスの人たちに面白おかしく話していた。着るものにとても頑固なこと、化粧品をまるで生ものみたいに冷蔵庫に入れると言って聞かないこと、ハンドバッグの奥のほうから見当たらなかったブラジャーが出てきたこと、スープをナイフとフォークで飲もうとして上手くいかないこと、テレビニュースに対する頓珍漢な反応など。だが、自分の家で迷子になって階段に立ち尽くしたという話は、笑いに変えられなかった。

イェイツの「自己と魂の対話」は英語で書かれた最も偉大な詩の一つで、ジョゼフィーンは「古《いにしえ》のらせん階段」という一節を含むこの作品をクラスで読めたことを嬉しく思っていた。シーラがそこを引用して名作に敬意を払ったのもよくわかる。イェイツの貴族的なヴィジョンの中に、シーラのような老いのとば口に立つ小柄でよく働く中流の英国婦人は入っていなかったかもしれない。死を相手に勝ち目のない戦いを勇敢に挑みつづけるのは同じだが、シーラの戦いを取り囲むのはイェイツの詩とちがって、古い刀の鞘、古い絹の花の刺繍、色あせた象徴ではなく、尿漏れパッド、お薬パック、ジュースにした野菜、そして緊急連絡ボタンだった。それでも、シーラの詩はイェイツに語りかけていた。イェイツをその内に含んでいた。彼女は藁《わら》にもすがる思いで買った『認知症患者介護入門』以上に、イェイツに慰められたのだ。『介護入門』では介護される側の人間に「コブタちゃん」という略称を付けている。自分の母親を「コブタちゃん」とは思えないと、シーラはジョゼフィーンにこぼしていた。その本に出てくるヒントは役に立ったけれども、語り口には品格がなかった。自分の母親は呆けていても人間であり、老婦人であり、軽々しく「コブタちゃん」と呼ばれる筋合いはなかった。

歩道の手すりに繋いでおいた自転車の鍵を外して、ヴァレンタイン・スタダート＝ミードの日記を読みに大学図書館に向かおうとしたとき、ジョゼフィーンの脳裏に、友人フランがきついコンクリートのらせん階段を書類かばんと買い物袋を抱えて登ってゆく姿がまざまざと映った。そのあとから、フランの夫、「ナイフ使い」クロード・スタブズが見えた。クロードにはもう何年も会っていないが、ロムリーに住んでいたころはしょっちゅう一緒だった。ジョゼフィーンの夫の初めての赴任先がロムリー高専で、夫はその逆境をものともせず、そこから立派なキャリアを築いていった。クロードもまた、ロムリーを出て、出世していった。当時、両家は二マイルばかり離れていて、お茶の集まりがあったり、子守りをし合ったり、餌を与えられすぎた老いた退屈なカモを公園に見に行ったりして、子どもたちを送ったり送られたりするなかで、クロードは何回か言い寄ってきた。けれども、彼女にはその誘惑に屈する暇もなかった。それでよかったのだろう。だが、恰幅が良くなりかけていた当時のクロードには暗い神秘的な魅力があった。悪い男ではなかったが、フランは彼と別れて間違いなくよかったと思う。

フランがもう彼と会っていないわけではない。彼のために料理を作って皿に載せて運んでいる。フランにもそこから得るものがあるのだろう。だが、それが何なのか、ジョゼフィーンにはわからない。

＊

クロード・スタブズは心地よいベッドに横たわって痛みを抑えながら、羽毛の枕で頭を気持のいいように高くして、最近買った愛するマリア・カラスの伝記映画の一部をもう一度見ていた。生涯のさまざまな時期に行われたインタビューからの抜粋が収められている。いろいろな役を歌うカラスの

ＣＤやＤＶＤはたくさん持っている。素顔の彼女を撮った一連の映像もある。この映画の彼女は一生に一度の大恋愛の相手だったアリ・オナシスの死について話していて、そこでカラスは、悲愴な口調で声高に「ダ・アローラ・ウン・ジョルノ・イン・ピウ・エラ、ペル・フォルトゥーナ、ウン・ジョルノ・イン・メーノ」と言っているように、クロードには聞こえた。

深く感じるものがあった。彼のオペラを通してのイタリア語の知識はまあまあと言ったところで、大したものではなかったものの、この発言に関しては、一語一語はっきりと理解できた。だが、何を言いたいのだろう？　歌姫カラスは五十三にして、今の基準で言えば、早世した。しかし、その死因は何だったのか？　心臓発作か？　失恋か？　退屈のせいか？　自死か？　皮膚筋炎か？　急激な減量か？　もはや歌えなくなったことの悲しみか？　それはわからない。クロードがステロイド剤とシャブリとシロシビン漬けであるように、カラスはコーチゾンや免疫抑制剤を大量に服用していた。彼女は実人生においても悲劇のヒロインだったが、それは突然の死を迎えるドラマというよりも、とてもゆっくりという程ではないものの、緩慢な衰亡のドラマだった。トスカやノルマやメデアやヴィオレッタやエリザベッタやエウリディーチェやブリュンヒルデのように突然死ぬことはできなかった。

アリ・オナシスは、おそらくその必要もなかったのに、胆嚢の手術に失敗して死んだ。

クロードは、カラスの言葉の意味は、「そのとき以来、一日が過ぎると、幸いにも人生が一日分少なくなったと思うようになりました」ということなのだろうと思った。生きる意欲を失くした彼女にとって、一日の終焉は嬉しいことなのだ。オナシスを失い歌声も失った残りの人生は忍耐でしかない実刑判決なのだ。人生という牢獄から死というゴールに近づいてゆくに従い、カレンダーから一日一日を消していった。

判決はさほど長いものではなかった。オナシスの死から程なくしてカラスも死んだ。しかし、絶望に打ちひしがれる時間はあった。クロードはその日々の長さを数えた。数え上げた。

パリの自分のアパルトマンで、独り無聊をかこち、怒りと悲嘆と絶望にまみれて、うろうろ歩き回っているカラスの姿がクロードの脳裏に浮かんで、快感に似ていなくもない感情に襲われた。人生の最後の二年間、カラスは、恋人もなく、だれとも会いたがらず、すべてを手に入れて、すべてを失い、この世に欲しいものは何もなくなってしまっていた。だからこそ、彼女は他のだれにも負けないくらいクロードのものだった。想像をたくましくしさえすれば、その気になりさえすれば、だれのものでもなくなった彼女は、クロードのものだった。彼女は、深い紅のドレープと縦溝彫りの柱のあいだを歩いて、鉄格子とカーテンの掛かった窓の背後の、虚無へとつづく暗い控えの間に入ってしまった。

一日が過ぎると一日分少なくなる。

クロードは近づきつつある自分の死については、このようにドラマティックに考えなかった。禁欲的に、落ち着きと冷静さを失わず、できるだけ快適な環境を心がけた。だが、カラスが彼に代わって、人生最後の情熱と悲しみの全てを、その輝かしい全盛期ばかりか苦い晩年においても表現してくれたのは嬉しかった。彼女は情熱と受難の栄光を生き抜いたのだ。栄光の身体そのものだったのだ。そして、彼のほうはそれを体験せずにすんだ。オペラの、演劇の、芸術の存在意義はそこにある。苦しまずに体験させてくれる。身を以て知らずとも、それを見せてくれる。

多くの人が、身を引いて仕事を止めることがなかなかできないのは、クロードもわかっている。最初の妻フランは走り回るのを止められないように見える。もっとも、彼女の仕事のいかほどかは世の役に立つもので、単に自分を忙しくしたいという目的以外にも意義はあるくらいのことは、認めてやってもいい。彼自身は、最後の手術が終わり、銀色に光る無菌の手術器具を永遠に置いたとき、ほっとした。いい時期に引退したものだと思うが、彼はもう飽き飽きしていたのだ。延々と人を切り刻みつづけたがる同僚もいたが、彼は違った。レーザーやファイバースコープを駆使した新しい技術も好きではなかった。いい年になって何度も何度も研修を受け直して現役としてつづけてゆくのは望むところではなかった。彼も、何回かミスを犯したことはある。だれにでもあることだ。そのことでだれかに非難されたことは、犠牲になった患者の肉親からでさえ、なかった。それでも最後のほうは、もうこれ以上やりたくない、という気持になっていた。何か失敗をしでかして、悪い遺産を残して引退するという風になりたくなかった。しかるべきところに立派な死亡記事が出るような死に方をしたいと切に思った。

「おれはいい死に方をしている」。カラスの映画を止め、クラシックFMに戻りながら、クロードは満足げに独りごちた。

華やかなヴィヴァルディがあふれ出るように流れたあとはニュース速報になって、また小児性愛の罪で初老の芸能人が出廷すると言う。この最近の幼児虐待ブームは、実に面白い。

相つぐ老人逮捕劇、三十年前に犯された罪を嗅ぎまわり掘り起こし「過去の過ち」を暴露する傾向には興味をそそられた。自分のことはちょっと女たらしだといつも自慢げに思っていたが、幸い未成年の子に欲望を抱いたことはなかったし、汚い手を使って口説いたこともなかった。おれは正面から堂々とエッチなところも丸出しにしてきた（口説くときには回りくどい姑息な手段をとることはない男だと、パセファニーもきっと証言してくれる）。彼は、フラン同様、「棺を覆うまで、人の幸せは定まらず」という考えに惹かれていて、フラン同様、この芸能人ジミー・サヴィルみたいに、自らの死後の評判が破壊されようとしたときに、そのことが一生涯の幸福に影響を与えるか、という問題に思いをめぐらせている。理屈で考えれば、死んだらそれまでのことで、来世を信じていなければ死後のことなど何もわからないのだから、影響があるわけなかった。だが、それが、まだ生きているあいだに、暗い影を後ろ向きに投げかけるということはあるだろうか？　予期することによる身震い？　死後、醜聞が広まって、家族に迷惑をかけることを老齢期に心配するということはあるだろう。

人は死の床で、自分の評価、名声、遺産、死亡記事など、死んだあとの出来事を心配するものだ。そういった例をたくさん見てきた。虚栄心と疑念。疑念と虚栄心。彼は今際《いまわ》の際の恥にまみれた世俗的な苦悶を目の当たりにしてきた。

ジャックス・コナンという怪しげな有名人の担当になったことがある。手術は成功して、評判を取った。本人はすでに他の原因で物故している。クロードはその男の性格に疑いを抱いていた。他人に特に厳しい質《たち》ではなかったが、ジャックスの派手さは胡散臭いと思った。歌手のようであり、エンターテイナーのようでもあり、クロードの好む音楽とは違ったが、ティーンエイジャーのあいだで大人気だった。クリストファーもポペットもジャックスを知っていて、自分の父が彼の手術をすることを知ると興奮した。だれもが知っていて、だれもがあるイメージを抱いていた。クロードが彼の喉頭を部分切除した私立病院は、ジャックスが入院するというので大喜びした。国際的なスターだったのだ。ファンが病院の汚い前庭にどっと押し寄せ、警備員が横の小道を巡回し、警察が呼ばれて、秩序維持に努めた。カメラマンが歩道にたむろして、ジャックスの個室スイートと目星をつけた部屋の窓にズームレンズを向けた。

ジャックスは奇妙にキラキラした人物で、診療室では違ったが、銀のスパンコールやひだ飾りをあしらった赤や紫の衣装を身につけ、肩まで伸ばした真っ黒な髪を獰猛なレッド・インディアンみたいな角度で切り落とし、ガチガチに固めて宝石をまぶした紫色の付けまつ毛をしていた。だが、クロードはピンと来なかった。ジャックスにはオネエっぽい魅力もなければ、いかにも贋物といった魅力もなかった。ゲイでもなければ、異性愛者でもなかった。気色の悪い男で、死後ずいぶん時が経った今では、もちろん、一九七〇年代芸能界の典型的な小児性愛者であることがわかっている。当時は小児性愛者というカテゴリーがなく、クロードには彼の正体を知る由もなかった。そしてジャックスの性的嗜好は今でもメディアに暴露されてはいない。そうする意味がないのだ。死者を鞭打ってお金を搾り取るのは難しい話だ。

ジャックスが性的に正体不明なのは、そのころのクロードにもわかった。ただ、その詳細がはっきりしなかった。今、振り返ってみれば、すべてがくっきりと見える。ジミー・サヴィルも、大勢の今は亡きアイドルを永遠の恥辱という地獄に道連れにした。中にはまだ死んでいない哀しい老人たちも含まれていた。

診療室でのジャックス・コナンは腰が低く、医者に媚を売った。芸能界で見せるエゴをほとんど感動的なまでに抑えて、クロードの話を理解しようとした。もともと彼はチングフォードの出身で、ここはクロードの実家の近くでもあり、よく知る地域だった。二人とも、子どものころはロムリーの言葉で話していたのだ。ジャックスは悪い知らせを聞くときにどういう普通の態度をとったらいいかわからなかった。自分のブーツを見たり、指輪をいじったり、クロードのメモやレントゲンのフォルダーの背をじっと見つめたり、背を丸めたかと思うと、背筋を伸ばし、それからまた背を丸めた。質問はほとんどしなかった。質問はすべて、近親者の代わりに隣に座った彼の代理人がして、手術日や予後のことや、予約やキャンセルについて訊いてきた。ジャックスはただ困惑した顔で座っていた。一度、勇気をふるって「予後ってどういう意味でしょうか」と尋ねたが、クロードが答えたときには、また上の空だった。

ポペットはジャックスの結構なファンだったことがある。彼女はとても変わった女の子だった。ベッドの中で、ブラームスのセレナーデの浮き世離れ人間離れした神々しい一節を聴きながら、クロードは気がつくとポペットのことを考えていた。ジャックスの手術をクロードが行ったときにはもうとっくの昔にポペットのジャックス熱は醒めていて、他のものに入れあげていたけれども、その彼女もとうとう結婚することなく、不可解で不可侵の存在と化した。もしかしたら、ジャックスと同じくらい変だった彼女は、彼を欲望していたのかもしれない。もしかしたら、芸能界の小児性愛者に魅かれそして抱かれてしまう少女たちの多くは、元々ちょっと変わった子たちなのかもしれない。そのような考えを、新しい規範は許さない。すべての子は犠牲者と考えなくてはいけないのだ。だが、中にはとても変な子どもだっているのだ。ジャックスもまた、セント・ジュード小学校に通っていたころは、変な子どもだったのだろう。

クリストファーは変ではなかった。多少人生に幻滅してはいるものの、正常な異性愛者で、夢も野望もある中年のショーマンだ。という風に、父クロードは見ていた。

マリア・カラスは、五十三で他界したので、老いの屈辱と長く対峙せずに済んだ。夭折こそ、老年を逃れる唯一の手立てである。

クリストファーが一番最後につきあっていたセイラは見事それを成し遂げた。

クロードはジャックス・コナンに対し、言わば生殺与奪の権を握って、権力を持つ喜びに震えた。結局、手術もこれ以上ないというくらい上手くいって、ジャックスと彼の代理人のレイフは大喜びで、クロードに山のような贈り物を送ってきた。今話題のイベントのレアなチケットや、選び方は多少いい加減でもとても高価なシャンパンがあった。クリスマスには、贈り物を詰めた大きな籠が届いた。クロードは本当はシャンパンが好きではなかったし、籠を開けたときの失望は今でも覚えている。柳の小枝の籠に赤いサテンを掛けたその宝箱の見た目はとても豪華だったのに、中身はパテやジャムの瓶や缶、ソースやピクルスやお菓子、小さく硬いスモークチーズやビスケット、そしてずいぶんたくさんの贋の合成藁だった。

*

砂の多いフエルテベントゥーラ島に建つシモン・アギレラの家は、ベネットとアイヴァーの言うとおり、一度見たら忘れられないくらい壮麗だった。そして二人の言葉どおり、シモンは彼らの訪問をとても喜んでくれたようだった。クリストファー・スタブズは少し罪悪感を感じつつも、この時間を楽しんだ。乗船地プラヤ・ブランカの港は小さくて感じがよかった。空は雲ひとつなく晴れわたり、大西洋の海もまた青く、点在する島や優しく磨耗したような火山の地平線が見えた。コラレホの小さく感じのいい港に着いた。すべてが突然死とはまさに正反対の肉体的な幸福感を与えてくれる。こんな日に、こんなに優しく温かい潮風に吹かれて、生きている喜びを感じないではいられない。アイヴァーが巧みなハンドルさばきで、フレッド・オールセン・フェリーの出口のスロープから埠頭に降りると、一行はささやかな町並みを突っ切り、海岸沿いの道に出て、建築中の建物や風に彫られた白や黄色の砂丘を横目に、もっと岩場の多い沿岸部に向かい、それから、海のそばの未舗装の道に入る。水が透きとおって縁が白い明るい青緑色の潟湖やダークレッドの奇妙な色合いの潟湖の水中に海藻が繁茂してゆらゆら揺れているのが見える。奇妙なワインレッドの暗色の潟湖だ。そして、平坦な岬にポツンとそびえ、海を見はるかすシモンの家に向かう。アイヴァーの話では、元は漁民の倉庫だったそうだ。昔は穀物を貯えていたそこの塔――アイヴァーがもう二度と上りたくないと思っている廃塔――から海を見渡して、近づいてくる魚の群れや、天気の変化を示す波立つ青や緑や紺色の影や、嵐から逃げ帰ってきた船を発見したりしていた。

今は、シモンが夕方に望遠鏡を覗いて、岸を目ざして息も絶え絶えの飢えた移民の群れを探す。

ベネットのランサローテ島の家は、岩をくりぬいたりその穴を広げたりして庭園や地下室をつくった、大地のマッシュルームのような生き物めいたファンタジーに満ちた、背の低いモダニズム建築だった。だが、フエルテベントゥーラのシモンの住まいは、妥協を知ることなく神さびて屹立していた。贅沢に修復を施して、宏大で厳《いかめ》しかった。十八世紀の切り出したままの巨大な産業用石板を用いて建てた歴史的建造物は、窓がとても大きく、天井が高く、眺めが素晴らしかった。

塔はもっと古いということだった。塔には永遠の古さがあった。

シモンの案内でクリストファーが家を見ているあいだに、アイヴァーはベネットをふかふかのクッションを敷いたテラスの籐椅子に落ち着かせた。ベネットはピラールからスペインの軽いワインのグラスを受け取ると、それを注意深くガラスの小卓の上に置いて、こくりこくりと昼食前の軽いうたた寝をはじめた。アイヴァーも彼の隣に座って目を閉じたが、眠るわけでもなければ、ワインをもらうわけでもなかった。彼はドライバー役なのだ。プラヤ・ブランカの港で買った『デイリー・メール』の欧州版にざっと目を通して、故国イギリスにいる彼らの知人のニュースを探してみた。

『メール』紙は、彼らの知己に批判的な記事を載せることが多く、これは名誉毀損ではないだろうかとアイヴァーが思うこともあったが、それでも知り合いの噂は聞きたかったので、最新情報を仕入れようとした。彼は語学があまり得意ではなかったが、「人の不幸は蜜の味《シャーデンフロイデ》」という便利なドイツ語の意味は知っていて、気がつくとその言葉が脳裏をよぎって不安な気持に駆られることもよくあった。

シモン・アギレラはクリストファーに、ぜひギャラリーを見てほしい、自分の美術コレクションを見てほしいと言った。そこは天井の高い細長い部屋で、白塗りの壁が凸凹だった。クリストファーは、何と言ってもその戯曲も実人生も血まみれの殺人者にして母も妻も伯父もそろって無惨な最期を遂げたシモン・アギレラにふさわしい大仰で俗悪と言ってもいいくらいの作品を予期していたが、実際に見たコレクションには、そのいくつかは舞台を想起させたものの、大げさなところはなかった。北アフリカのパウル・クレーと言った作品があり、初期の驚くべきモンドリアンがあった。エドワード・ゴードン・クレイグの一連の舞台デザインは、役者が小人に見えてしまうくらい巨大な柱や階段があったものの、空っぽの場所と空間だらけで、カナリア諸島の宏大な内陸部を思わせた。そこに役者たちがやって来て生気を吹きこんでくれるのを待っている風だったが、役者たちは決してやって来ない。それから、シモンとクリストファーがロンドンのクリスティーズのその絵の前で出会ったというキリコがあった。淡い金色の砂浜で、薔薇色と金色と灰色の筋肉の発達した二頭の馬が、動きを止められている。鼻孔が広がり、たてがみは厚く、雄々しく、そり返り、彫られたようで、石みたいに硬い。馬の背後には、古典的な寺院の秩序立った白い廃墟がある。馬の足元には、砕けた縦溝彫りの円柱と、オレンジピンクに白い斑点のある柔らかい肉の逞しい巨大ヒトデが横たわっている。馬は後ろ足で立ち上がったまま永遠に止まって不安に苛まれている。強く恐ろしい不動の馬が、そり返る波と凍りついた泡が打ち寄せる神話の岸に立ちつくす。

じっと馬を見つめるクリストファーの胸に、キリコに対する敬意の念がわき上がる。今、キリコは人気がなくて、彼の油絵もオークションでは数十万ポンド程度のかなりの安価で取引きされているが、それでも見まごうことなき巨匠であることに変わりはない。彼の絵の前に立つと思わず足が止まる。

「覚えていますか?」とシモンが訊く。

「もちろんです」とクリストファーが答える。

二人の男はつかの間、キリコの絵の前に立ち、馬を見つめて、そのラッパの先のように広がった鼻孔とメドゥーサの髪のようなたてがみに釘付けになる。

カナリア諸島の作品でただ一点あるのは、島に生まれた美術家で唯一人収集する意味があるとシモンが言うマノロ・ミリャーレスの中程度の大きさのミクスト・メディアの作品だ。黄麻布、袋用麻布、麻糸、タールを材料にしたコラージュで、錆か古い血痕の染みが付けられている。彼の一九六〇年代の作風の優れた一例で、ミリャーレス自身はアルピリェラと呼んでいる「記憶の布」である。「テネリフェ島のミイラの影響を受けたのだ」とシモンは言う。

引き裂かれ、かがられた、暗い人間的な作品だ。母が好きそうだな、とクリストファーは思う。このことを忘れずに母に話せるだろうか。

iPadで撮っていいですかとシモンに訊くと、シモンは「どうぞ。どうぞ。でも、許可なくコピーするのはご遠慮ください」と答える。「もちろんです」と言いながら、クリストファーは注意深く、将来参考にしたり、もしかしたら使うかもしれないので、構図を決めた。

シモンが、自分はスペイン美術に対して、フランコ政権で生き延びた芸術家に対して複雑な気持を抱いている、と言う。その種の画家の作品を買うことはない、タピエスはとてもいいと思うけれども、と言う。ミリャーレスを買ったのは、この島の彼の小さなギャラリーでカナリア諸島の美術が何かなければいけないと思ったからだ。ミリャーレスとタピエスのあいだに交流があったころ、ミリャーレスは黄麻布や袋用麻布を使って制作し、タピエスはボール紙を使って制作していた。「タピエスのほうがずっと高い。ぼくはミリャーレスのほうが好きだ」とシモンは言う。

端の壁には、クリストファーのプロフェッショナルな見立てではイタリア古典期の巨匠の筆による油絵が二点、掛けられている。彼が得意とする時期よりずっと前の作品だろうが、それでも本物の輝きが彼の眼を打つ。二点とも女性の肖像で、シモンの派手派手しい女優みたいな亡き妻とは似ても似つかない。小さいほうは、青白い顔で小柄な体を震わせているような十五世紀の聖母像で、無色に近い青のガウンを身にまとい、細い光輪の下の金色の髪はほとんど空気のような薄い紗の半透明のヴェールに包まれていた。ヴェールは茶とベージュとクリーム色で、かすかにまだらな卵のような染みがある。そして、先に向かって細くなる手のなかには、一腹の儚くとても小さな卵を抱いた蘚《こけ》の縁どりのある巣が見える。《鳥の巣の聖母《ラ・マドンナ・デル・ニード》》と呼ばれている、とシモンが教えてくれる。図像学的にも珍しい、もしかしたらこれが唯一の例の絵なのだそうだ。トスカーナかウンブリア地方の作品で、公式には作者不詳ということながら、さまざまな人物が作者として候補に挙げられていて、その中の一人は、ほとんど根拠はないものの、あのピエロ・デラ・フランチェスカだそうだ。

　もう一つの絵はそれより少しだけあとの時期に属し、描かれた女性ももっと年上で、重々しく真面目そうだ。彼女は背が高く、サンダルを履き、暗い赤と緑のローブを身にまとい、灰色の背の高い木の十字架を担ぐ巡礼で、髪も灰色で、足は醜く変形しているものの、佇まいに威厳がただよう。それもそのはず、この女性は聖ヘレナ、ローマ皇帝コンスタンチヌス一世の母なのだ。聖地パレスチナに赴いて、本物の十字架を発見したのは、この聖ヘレナである。もっとも、その十字架も、今は、何世紀ものあいだに、ばらばらになって、中近東と地中海沿岸各地に散逸してしまったという。絵に描かれているのは、堂々とした女丈夫で、過度の理想化はされていない。サンダルを留め金で留めたその足は、たくさんの国々をさんざん歩きまわった足だ。この聖ヘレナを見て、クリストファーはだれかに似ていると強く思った。メインギャラリーから扉を出て別の小部屋に向かって歩きながらわかってきた。母の一番古い友人ジョゼフィーン・ドラモンドを思い起こさせるのだ。

　ジョゼフィーンおばちゃんのあの堂々とした感じだ。

　窓がなく天井の低いこの小部屋はアイヴァーお気に入りの場所です、とシモンが言うので、クリストファーは、性的な絵、同性愛的な絵が収められているのだろうかと思ったが、そうではなかった。

もっとも、若い男の鉛筆書きのスケッチが何点かあって、その中には一九三〇年代のオーガスタス・ジョンが描いた、オープンシャツの喉元の美しい、洗練と質朴さをあわせ持つ男の絵があった。背後には傷病兵輸送車だろうか軍用車両のようなものがある。それから、ターバンを巻いたムーア人かヌビア人のモデルを描いたドラクロワの小さな一連の親密な水彩画。戦争や虐殺をテーマにしたもっと大きい作品のためのスケッチだ、とシモンが説明する。

「ベネットさんはドラクロワが大好きなんです」とシモンが言う。

「とてもいいですね」とクリストファーも礼儀正しく呟く。彼はシモン・アギレラと彼の奇妙な所蔵品に困惑している。もっとも居心地が悪いという意味ではない。

シモン・アギレラの三人の伯父は、国家主義政権下のアリカンテ刑務所で銃殺された。公式の話ではそうなっている。三人の伯父の弟であるシモンの父は、スペイン内戦を生き延びたが、他の大勢の政治犯とともに、フランコの巨大な戦争記念碑建造のため強制労働を余儀なくされた。彼は妻と赤ん坊だった息子を連れてパリに逃れ、そこで赤ん坊のシモンはアーネスト・ヘミングウェイの膝の上であやされた、という話だ。

クリストファーとシモンがテラスの二人に再合流したときには、ベネットも目をさましていて、彼とアイヴァーで、くたびれた麦藁帽をかぶったハンサムな黒人青年の注意を引こうと競っていた。青年はちょっとからかうみたいに粋《いき》に木の熊手にもたれている。ひやかす言葉があり、笑い声があった。握手するのがよさそうだったので、クリストファーが手を差し出すと、青年はセネガル出身のイシュマエルと紹介される。イシュマエルは、ここに住み慣れた者のように、人懐こく、笑みを浮かべる。手に持った庭仕事の道具は、力仕事というよりも図像学の象徴のようだ。

クリストファーは、イシュマエルの来歴の大体をアイヴァーとベネットから聞いていたので、死の顎《あぎと》から間一髪救われた人を見るように、敬意の視線で彼を見つめた。もっと彼の生還譚を聞きたいと思う。セイラがここにいて彼に会えないのが残念だ。映像の中のイシュマエルは素晴らしい証人になっただろうに。

テラスでランチを食べながら、シモンがその詳しい話をしてくれる。クリストファーの予測（と希望）に反して、イシュマエルはランチには加わらなかった。いつの間にか熊手とともにいなくなっていて、また、聖書に出てくるような別の中庭でポーズを決めているのかもしれない。クリストファーは彼の思わぬ出現に心奪われて、イシュマエルというのは本名なのだろうか、それとも、シモンが付けた名なのだろうか、といったことを考えている。

イシュマエルは、母親から千ドル借りて、ヨーロッパに渡った。フランス語も英語も上手に話すが、母国語はウォロフ語なのだそうだ（「えっ？」と訊き返すと、シモンは「ウォロフ語」ときっぱり繰り返した。この不思議な響きの言葉を自分でも話せるし、他の人もそうだろうと思いこんでいるかのように）。モーリタニアの沈没船に乗ったイシュマエルは、ヌアディブからの長い航海を生き延びて、フエルテベントゥーラ島沿岸のグラン・タラハルに打ち上げられた。かつてポールテティエンヌと呼ばれたヌアディブは、今では世界最大の船の墓場として知られている。

クリストファーは思い出す。セイラはぜひヌアディブで撮影したいと言っていた。彼女は呪われた移民希望者でいっぱいのパテラ船の出航の様子を素人が撮ったものすごい映像を見たのだ。ヌアディブに撮影チームを連れてゆくという案に夢中になっていたが、ビザ取得がくせ者で、彼女の予算では賄いきれなかった。ヌアディブまでは一般旅行客が乗れる安い飛行機便もなかった。

イシュマエルと一緒にすし詰めの死のオンボロ船に乗った中には、死んだ者もいた。だが、イシュマエルは若く強く、泳ぎもできたので、岸まで泳ぎ着くと、救援チームが天使のように彼を金箔の保温シートにくるんで緊急病棟まで運んでくれて、命が助かった。数年前まで、保温シートは、肉の丸焼きに使うみたいな銀箔だったそうだ。だが、移民たちのことを考えて、金箔に格上げした。金箔のほうが保温力があるのだ。イシュマエルは外洋を泳ぎ、波を乗り越え、低体温症にも打ち勝って、今、こうして落ち着いて、ピラールと主人シモン・アギレラと、快適な生活を送っている。庭仕事をちょっとやって、プエルト・デル・ロサリオの赤十字で、セネガルやモーリタニアから着いた移民でウォロフ語を母国語とする人たちの通訳をしている。そして、インターネットで、アメリカの大学が提供するＩＴのコースを勉強している。彼にはやる気がある、とシモンは言う。それに頭がいい。出世するに違いない。

「養子にしようとしてるんだが。法律上のね」とシモンが言う。「スペイン法の下では、これがなかなか難しい。でも、がんばっているんだ。スペインじゃなくても難しい話なんだろう。でもこの年になると、若いヤツが近くにいるのがいいんだよ」

ベネットとアイヴァーが視線を交わす。ベネットはずっと昔のことになるが、相続のことを考えて、アイヴァーを養子にしたらどうかと言った。その後、関係者との法的なやりとりの中で、厄介な手続きが必要なことがわかって、計画は立ち消えになった。イギリス法の下では、あの愚かなワース＝ミラーとチョピングみたいな同性間のパートナーシップどころか、同性婚でさえ可能になっている。けれども、ベネットとアイヴァーには、それは馬鹿馬鹿しい茶番に思えて、積極的になれない。

アイヴァーはベネットの遺言書を読んでいない。見たことはあって、その正確な場所も知っている。広々として日当たりのいい書斎にあるベネットのマホガニー材イギリス製ロールトップ式書き物机の左の一番上の引き出しに入っている。だが、アイヴァーはそれを覗き見ることを潔しとしない。彼には古風な道義心がある。自分の破滅につながりかねないことながら、彼は自ら省みて恥の中に生きつづけるより、道義を守って道義とともに死ぬことを選びたいと思っている。

そのロールトップデスクはランサローテ島では場違いに見える。だが、ベネットはその机に大きな愛着を持っている。かつてはケンブリッジにあったこの机で、彼は『麦と刈る人』の大半を昔ながらに手書きで書いたのだ。

「そう、若いヤツがいるとね」と、ピラールが丁寧に肉を挽くところからつくってくれた柔らかくて美味しい自家製バーガーにフォークを突き刺しながら、シモンが嬉しそうに言う。焼き具合がとてもレアで、タルタルステーキと言ってもいいくらいだ。ピラールは高名なサー・ベネットが生肉好きなのを知っている。

シモン・アギレラは上手に年を取っていた。七十代に違いないが、こげ茶に焼けた地中海風のいかつい顔つきは彼に似合っていた。贅肉がなく、戸外の運動をよくするスポーツマンで、テニスもすればマシンでも鍛えていて、荒れ狂う高波の中を泳いだり、うねりながら岸に打ち寄せる空色の大波に乗ったりもする。緑がかった灰色の髪の毛は細かく縮れて突っ立っていた。だが、その痩せた細長い顔には深い皺が刻まれ、彫刻のようだ。老いた放蕩者みたいで、実際にそうだった。イワシ工場の主にして隠遁せる暗殺者シモン。罪の許しを求めている。

アイヴァーは、シモンが罪の許しを求めていると思っていた。ベネットは疑いを抱いている。

*

ポペット・スタブズは四十代だが、とても若いというわけではなかった。血に若さがなかった。ある種の筋肉質の強いエネルギーを持ち、痩せた肩と頑健な足をそなえた体形であるという点において、彼女は母親に似ていた。不屈の目的遂行力という点でも母親譲りだった。兄クリストファーのほうは父クロードから快楽人の落ち着きを受け継いでいた。父親同様、人生を楽しむタイプである。だが、ポペットのほうは、おのれに安楽を禁じ、他人にも同じ姿勢を求めると思われていた。スタブズ家の中で、母フランを動かせるのはこのポペットで、それは母が女として罪悪感に囚われることがあるからだった。母はまた、戦時中の配給社会で育ったことから、小さな節約に熱心だった。だが、クロードとクリストファーは、倹約には無関心だ。

みんな飲みすぎる、とポペットは思っている。彼女自身はほとんど飲まない。飲みすぎの例をいろいろと見てきた。アルコールは犯罪的に安すぎると思っている。母フランも一市民として、「プレミアイン」でも高層団地の自宅でも好きなときに酔っ払える者として娘の意見には賛成だが、それとは逆の見方もできるだろうといつも思っている。貧困の視点から、貧しい人がお酒を飲めなくなることには反対なのだ。ポペットの考えはいつも厳しく、容赦を知らない。

ロムリーの家では、夜になると、母親が悲鳴をあげたり大きな音を立てて歩きまわっていたのを、ポペットは覚えている。妹の話には誇張があり、その大半はでっちあげだと兄クリストファーは思っているが、妹にはそうする妹なりの理由があるのかもしれない。

ポペットは「今」という瞬間に重きを置かないが、地球とその住民の未来には多大の関心を払っている。彼女の忠誠心は、はるか彼方の見えない未来の或る一点に捧げられている。彼女の友人・知人の見るところ、ポペットには地球を人格化し自分自身の関心を非人間化するほとんど神秘的な能力がある。いや、彼女には自分自身の個人的な関心事がないと思われている。友だちのことを深く心配するということがないようで、ポペットと親しくつきあってゆくのは難しい。それでも、ほとんど感謝もされずに、忠実に、彼女との関係を維持しようとしている何人かがいる。冷たい人間かもしれないが、ある種の強い引力がある。努力してつきあうに値するのだ。

ポペットは逞しい。筋肉が付いているという意味においてだ。だが、神経的には、BGM、エアコンの運転音、飛行機の爆音、大騒音、ビニール袋、汚れた空気、それ以外の環境汚染などに、過敏に反応してしまう。人工着色料にも。エージェント・オレンジ、サンセットイエロー、アルラレッド、カルモイシン。

アルコールやニコチンやアスピリンや生肉や接着剤で、自分の感覚を研ぎ澄ましたり鈍らせたりはしない。日常生活のいやなショックに常に無防備の体を晒しながら生きている。ロンドンには耐えられなかった。首都の刺激は暴力的すぎた。ロンドンで働き、ロンドンで生活しようと試みたが、上手く行かなかった。今は、イングランド南西部の小さな田舎町に居を構え、コンピューターで仕事をしている（情報を探し集めて、そのデータ処理をして、一日の大半が過ぎる。彼女の支えは、増強された高速ブロードバンド回線とそれに繋がれた高性能コンピューター。そして統計こそ、彼女の脈動、命綱である）。しかし、平地《レヴェルズ》と呼ばれるこの静かな田舎でさえ、ひりひりと何かに侵されているように感じることがある。普通の環境で生きてゆくには皮膚が薄すぎるのだ。彼女は生活を最低限の簡素なルーティンにまで切り詰めた。歩くこと、野菜を育てること、猫とおしゃべりすること、鳥を見ること、運河沿いの道を二マイルばかり村の店まで自転車で行くこと、ラジオを聴くこと。テレビはあったが、それは世界中の出来事を知る仕事上の必要があるからで、楽しみで見るのは滅多にない。気候変動の学会を見たり、ログインして極地の氷原の溶解や中国の石炭起因の二酸化炭素排出やマレーシアの木材燃焼や大西洋の真ん中の海嶺で観測された小地震に関する議論に参加する。彼女のテレビ視聴の華々しいハイライトはグリーンピースをはじめとする環境団体の抗議運動だった。それはときに国際ニュース枠で放映された。彼女は最前線の現場で活動している人たちを知っている。彼女は彼らを見つめる目となる。

ときどき《なんでも鑑定団《アンティークス・ロードショー》》を見ることもある。だが、それは違う理由による。

小さな我が家は気に入っている。よく水びたしになる周辺の低地も、ウナギがたくさんいる水路も好きだ。背が低く質素な造りの家で、小穴の開いたレンガの濡れたピンクと白っぽい黄土色も、ピンクの屋根のタイルも、青いペンキが色あせ剝げかかっている木の感じも、好きだ。運河わきのこの小さな家に独り住んでいると、自然に近くなった感じがする。空と水と水に映る空だけを友として。家具の多くは地元産の柳で、彼女は柳も大好きだ。遠からぬ場所の丘の中腹に、石器時代のやり方で、自分で柳の小屋を建てた友人が住んでいる。春になるとそのカーブした壁が芽吹き、葉が伸びて、頭上にアーチを描く。

それと比べれば、ポペットの家はずっと普通だ。十九世紀農場労働者の標準的な木とレンガのコテージで、かつては大家族がひしめき暮らしたであろう家を彼女が買って、独身女として安全な一人暮らしをしている。

母のフランは、一人暮らしを選ぶ人間の増加と住宅不足のことをよく話していて、「あなたのやり方は見た目ほど環境に優しくない」と挑発されたことも一度ある。「あなたは、昔は大勢で住んでいたようなスペースを一人で占有している。環境のことをもっと真剣に考えるのなら、共同生活をするか、もっとずっと小さなスペースに住むのが筋じゃないの」。この種の批判にポペットがひるむことはなかった。彼女は、よく水びたしになる平地の湿気った運河沿いにポツンと建つコテージが家族で住むにはいかに不向きかを、言葉巧みに説明した。

ポペットは詭弁家である。統計の専門家はたいていそうだ。

暖炉の火のわきに座って、膝の上に超高性能ラップトップを載せ、足元には小さな黒猫をはべらせ、横の木製の小卓には模様のある古い陶器のスープ皿が置かれている。皿の上には乱切りのゆで卵とチャイブが盛られ、リーキ味のフレンチドレッシングが掛かっている。皿は少し欠けている。暖炉の火が歌ったり、口笛を吹いたり、さまざまな音を立てながら、堅固なマリン・ウッドの緑や紫や青の小さな火花をぱちぱちと吐き出している。彼女は世界中の天候を探査中で、関連サイトを「お気に入り」に入れたり、フットノートを付けたりしている。モンゴルのほうに汚染気味の奇妙な地域が見つかった。彼女の住む平地《レヴェルズ》に集中豪雨が近づきつつあることにはすでに気づいていた。降るのは一日か二日後だろう。「羊と旗《ラム・アンド・フラッグ》」からもっと砂嚢をもらってきておいたほうがいいだろうか。運河沿いの道を使って、手押し車に載せて運んでくれればいい。あるいは、ジムが配達してくれるかもしれない。彼は親切な人だから。でも、彼女は他人に助けてもらうのがあまり好きではない。

兄のクリストファーはカナリア諸島にいる。ラ・パルマ島で予測されていた大事件がいよいよ起きる、新たな噴火が近づきつつあると予測するウェブサイトがいくつかある。だが、世の終わりがやって来てマンハッタンが水没すればいいと思っているような終末論的なサイトで、信頼はできない。ポペットはクリストファーが好きだ。クリストファーも何やかや言って、自分を好いてくれているだろうと思っている。

ポペットの人生は過去にあった。だから彼女は年老いて見える。今の生活は、人生が終わったあとにだらだら生き続けているだけ。人生で一番大切なことが二十三になる前に起きてしまって、その余波に浮かんでいるだけ。余生はできるだけ平穏に過ごそうと努力している。あふれそうな運河の静かな水に見守られながら。

悲惨な結末を迎えたそのかけがえのない関係の中でポペットに何が起きたのかを、わたしたちは知らない。いつか彼女が口を開く日が来るかもしれない。いつか母親のフランや、兄のクリストファーや、それ以外の彼女の昔を知っている人に告白する日が来るかもしれない。いや、死ぬまで、自分の心のうちに秘めておくのかもしれない。彼女と考え方の違う父クロードに打ち明けることはなさそうだ。だが、人生と物語にはたくさん、思いがけない驚きや落とし穴がある。どうなるのかはだれにもわからない。クロードと彼の色黒き情婦パセファニーが、ポペットの悲惨に終わったその破壊的な情熱の話の初めての聞き手となるかもしれない。

いや、それは違う。だが、どんなことだって起こり得る。ポペットはまだ若い。

あまり酒を飲まないポペットだが、「羊と旗《ラム・アンド・フラッグ》」でジムや近所の人たちと一緒のときは、おつきあいで半パイントばかり飲むことがある。彼女はこのパブのどうしようもない田舎っぽさや野菜の単純なオーブン焼きが結構好きだ。母が実は都会のパブチェーン「ウィザースプーンズ」が好きなのが信じられない。まさか。やたら安いだけなのに。好きなふりをしているだけだろう。「ウィザースプーンズ」が好きなんて、あり得ない。

このパブチェーンは本当は「ウェザースプーンズ」と言うのだが、ポペットはそのことを知らない。「ウィザースプーンズ」と思いこんでいる。

母は二、三度、ポペットの家に来たことがある。「羊と旗《ラム・アンド・フラッグ》」にも連れていかれて、ジムにも会った。だが、この高低差のない運河わきの家で心底歓待されたと感じたことは一度もなかった。

＊

フランは自家製チキンスープと店で買ったスモークサーモンとソフトチーズサンドを便利な粗い麻布袋に入れて、テリーサの元に向かうところ。年下だが動きののろいライバルに勝って何とか確保した地下鉄の席に座っている。乗降客の多いキングズ・クロス駅に近づくにつれ、そのライバルも席を狙っていたのだが、フランはその席に座っていた男の目や体の動きを読んで、彼が立ち上がるや否や、さっと前に出て腰を下ろし、息をついた。立ったままでも構わなかったが、この年になると、座ったほうが快適だ。

テリーサとの最近の再会以来のこの地下鉄の旅にも慣れた。たくさんの駅に停まってゆくので、いつも車中では長きにわたる交友のふしぎな曲がり道の数々に思いをめぐらすことになる。再会してまた親しくなることの経路は、あまりにも偶然に支配されているように見える。だが、決してそれだけではない。

フランとテリーサとは、ずっと昔の終戦直後でまだ耐久生活を強いられていたころ、しばらくお隣同士で、学校も一緒だった。空襲の大きな被害を受けたイングランド中部の工業地帯の、同じ二軒長屋《セミディタッチト》の片割れに隣り合って住んでいた。幸い、そのお上品で退屈な、エドワード朝時代に開発された住宅地は空爆を免れ、フランのロビンソン家とテリーサのクイン家は、それぞれが疎開先の田舎――チェシャー州と北ヨークシャー州――からほぼ同時期に戻ってきていた。両家の計四人の親たちにとって、それは自宅に戻っての安全な暮らしの再開を意味したが、フランとテリーサと彼女らの四人の兄弟たちにとって、それは生活の突然の暴力的な中断であり、黒く汚れたよくわからない危険な場所での再出発を無理強いされることを意味した。

最近フランは、テリーサに助けてもらって、この終戦後のメイブルック・パークの日々を再現しようとしている。そして、二人にははっきり見えてきたことが一つある。実は、ロビンソン家とクイン家は仲が悪かったということだ。

「憎み合っていたってほどじゃあないわ」緑茶のマグを手に、いつもの若々しい笑い声を響かせながら、テリーサが断言した。「でも、軽蔑し合っていたのは、ぜったいにたしか」

共有壁のこちらとあちらに住み、奥行きのある庭を背の高いイボタノキの生垣に隔てられた両家は、静かに、慎ましやかに、お行儀よく、互いの生き方を否定し合う戦争を戦っていた。考えが合わず、相手を軽蔑する材料には事欠かなかった。物干しのロープのことだったり、庭の手入れの問題だったり、購読する新聞のことや、お金の使い方や、子どもの育て方や、週に一度、かいば袋を首に下げたポニーとともにやって来るポテト売りへの対応だったりした。だが、一番の相違点は宗教だった。ロビンソン家は英国国教会で、クイン家はカトリックだった。クイン家は、信心深いというほどではないもののカトリックで、加えてアイルランドの血が入っていた。そして、理屈は通らないのだが、ロビンソン家は、クイン家の親たちが子ども全員をカトリックの学校に通わせていないという理由から、クイン家を軽蔑することになった。クイン夫妻は長男のデヴィッドをカトリックの学校に通わせてみて不満があったので、下の二人は英国国教会の小学校に通わせ、こちらのほうが良いと思っていた。

「いや、とにかく、近いから入れただけだろ」と皮肉屋のロビンソン夫妻は呟いた。

フランとテリーサは二人とも三人兄弟の真ん中で、そのことが特別な意味を持った。他の四人は皆男で、交流もあまりなく、それぞれの家で固まって遊んでいた。だが、真ん中の娘フランとテリーサはお互い惹かれ合った。

「あなたのことが大好きだったのよ」と、七十代になったフランがしばらく音信不通だった旧友に告白すると、「わたしもあなたが大好きだった！」とテリーサも返した。

「でも、おくびにも出さなかったじゃない」とフランが抗議する。「わたしは、いつもあなたに付きまとっていた。あなたがボスで、あなたがぜんぶ決めていた。わたしはただの——金魚の糞だった」

「そんなばかかな」と返すテリーサの顔は喜びにかがやいている。温かい笑顔が浮かんだ。「あなたのほうがいつも先だった。走るのだって、ずっと速かった。ラウンダーズ（野球の原型といわれる英国発祥の球技）だってとっても上手だった。わたしは全然球が見えなくて。でも、あなたは華やかなお仲間と一緒だったでしょ。ねえ、ジェニー・モーペスのこと、覚えてる？　おてんばだったわよねえ」

「華やかなお仲間と一緒なんて、いいことじゃないわ」とフランが反駁する。「それに、ジェニー・モーペスは間抜けな子だった」

「わたしたち二人でよく一緒だった」とテリーサが懐かしそうにため息をつく。「わたしたちは他と違った。わたしたち二人だけの世界《スーイ・ジェネリス》があった。でも、このラテン語の文法、間違ってるかしら。ノストリ・ジェネリスかしら？　いやいや、そうじゃないわね。ラテン語のクラスまでは一緒に取れなかったわね。その前に、わたしのほうがいなくなった」

「いや、ウィルバーフォース先生の授業で一年やったと思うけど？」

「ウィルバーフォース先生って、覚えてないわ。どんな感じの人？」

そしてまた、過去の海に潜って、自分自身の歴史を再構築する。二人が教わった先生たちの名前やそのときの学年や日付を思い出す。学校の友だちや、バスや市電の路線番号や、変わっていったヘアスタイルを思い出す。そのころのことを振り返ると、まだ九つ、十、十一というのに、公共の交通機関に乗って、自由に市内を動き回らせてくれた両親にびっくりする。

当時は、それが当たり前だと思っていた。だれもがそんな感じだった。そのころの子どもは今よりも大人だった。

お下げ。ボブ。左右二つに分けて、それぞれを束ねる。髪にリボンを付けたり、輪ゴムでサクランボをつるしたり。ガーデンパーティで当たった人魚のような形の髪留めは緑のプラスチック製。宝物にした。

クイン家が引越したとき、テリーサは十二歳になっていた。

記憶には豊かな古層がある。残された時間、その古層を、二人で会うたびに探索する。再会できたのは双方にとって良かった。テリーサも、もう先の寿命は尽きていても、追憶することで昔の人生がぐんと伸びた。花が開いた。

二人で話していると、二十世紀初頭に建てられた石造三階建て二軒長屋の暗く厳しく背の高い姿が瞼の裏に甦る。その通りは丘の斜面にあり、二人の家の正面側の庭は上り坂で、表玄関のポーチと扉につづいていた。二軒とも玄関は同じアールヌーヴォー風の百合とチューリップのステンドグラス調半円採光窓に飾られていた。台所に入る裏口が家の横にあったので、表側はあまり使われなかったが、郵便屋には郵便屋の誇りがあるようで、頑固にそこを使いつづけた。裏庭は平らで、端に高い塀があり、その向こうには同じような庭と家屋が並んでいた。この向こう側の世界については、ロビンソン家とクイン家は一致団結して同じ見方をしていた。自分たちよりも少しばかり劣っていると、とくに証拠を挙げることもなく思っていた。

家の中は大人たちの野望と希望と心配と挫折とつまらぬ意地と諦めが激しく充満していた。少年少女の幻想と非行と勝利に満ち満ちていた。思春期前の子どもの遊びと妄想と恐れと怖いお話でいっぱいだった。配給手帳やホームヘルパーとの格闘があった。ものを自分で作ったり修繕したり、順繰りに訪れる誕生日とイースターと海辺で過ごす休日とクリスマスを楽しんだりがっかりしたり、試験勉強をがんばったり、自転車の世話をしたりした。蜂の巣の一つ一つの穴に蜜が満ちるように、これらの石の建物はさまざまに蠢《うごめ》き群がる生命活動に満ちていた。それは、レンガの間のぼろぼろに砕けつつあるモルタルにまで、隣りあう地下室の漆喰や白塗りの壁の中にまで染みわたっていた。両家の地下室が、心臓の二つの弁のように並んで脈打っていた。

フランとテリーサがその地下室を発見して自分たちのものにした。地下室と地下室の間に通路を見つけた。蜘蛛の巣と優しい石炭の粉を取り除くと、秘密の隙間が現れた。動かせるレンガを一つ見つけた。二十四番地と二十六番地のあいだに通り道ができて、そこからメッセージを渡したり、穴に手を入れて腕を伸ばし、指と指で触れあったりした。

もともとこの地下室は石炭置き場として考えられていて、玄関のポーチの前に投入れ口があり、昔の炭屋は炭塵を浴びながら、そこから石炭を地下に落とした。だが、ロビンソン家もクイン家も石炭暖房をバカにして、モダンで清潔なセントラルヒーティングに替えていたので、地下室は使われなくなっていた。大きな家で物を置くスペースは他にもたくさんあったし、そもそも当時の人は今と比べてずっと持ち物が少なかった。

二十一世紀になった今、フランとテリーサは、スープを飲み、クルミやデーツの入ったケーキを食べながら、あの地下室は掘削され、隠れ部屋とか寝室とかテレビルームに改装されてしまったのだろうかと思いをめぐらす。わたしたちの家はまだ建っているのだろうか？ インターネットを丹念に検索すれば、おそらく今の姿を見ることができるだろうが、果たしてそうしたいのかどうかも二人にはわからなかった。かつて住んだ通りの画像を見たり、その不動産のショッキングな現在価格をチェックするのは、今では容易になり過ぎている。詐欺みたいなものだ。

この地下活動に言葉にならないほど興奮を覚えたのは、二人とも同じだった。それぞれがちびた白いロウソクを持って地下室に降りてゆき、少女らしい秘密をささやきあった。

わたしたちはいくつだったのだろう？ 十一歳？ 両親はわたしたちの行動を知っていたのだろうか？ そこに性的なものはあったのか？ それは悪いことだったのか？

「墓の中で出会うモンタギュー家のロミオとキャプレット家のジュリエットみたいだった」とテリー

サが嬉しそうに話して、エロチックな含みを伝える。

「わたしたち、双子みたいだったわね」とフランが言う。

話すことがたくさんあり過ぎた。最初の再会のときに、二人は、テリーサがフランの面前からいきなりまるで運命の悪戯みたいにいなくなってしまったように感じたことについて話した。テリーサの父親が異動でカナダの土木プロジェクトの配属になったのだ。二人ともショックだったが、何もできず、ただ、ずっとずっと友だちでいようと子どもらしい約束をして、しばらくは文通をつづけていたが――「あなたの手紙にはいつもがっかりしてたのよ。何か大切なことを言ってくれるだろうと期待してたのに、一度もそんなことはなかった」――その文通もだんだんバースデーカードとクリスマスカードだけに減ってゆき、それから何年も音信不通になったあとで結婚式の通知が来て、きちんとそれに返事を書いて送ると、また、ぴたっと手紙のやりとりが止んで、まるで二人とも墓の中に入ってしまったような沈黙がつづいた。フランは、ヴァーモント州から国境を渡ってきたアメリカ人の夫リアム・オニールを得たテリーサはどうしているかしら、と思いはした。テリーサも、イギリス人医師クロード・スタブズ博士とのフランの結婚生活はどうかしら、と思いはした。だが、二人は互いを忘れはじめた。

「でも本当のところ、あまりあなたのことを考えなくなっていた」二人ともそう言った。

二人とも、離婚したことは相手に知らせなかった。そして時は流れて、二人はまた新たな生活と仕事に打ち込むようになった。

それでも結局、二人とも、新世紀になる大晦日には絶対に会おうという女の子らしい約束を忘れはしなかった。ロンドンのピカデリーサーカスの愛の神エロス像の前で、真夜中の十二時の鐘とともに会いましょう、という子どもっぽく愚かしくも美しい夢のような約束を二人とも何十年にもわたって忘れなかったのは、そこに希望に満ちて永遠の友情を信じて疑わない少女だったころの自分がいるからだった。古い蜜蠟のロウソクに導かれての密会や、当時は実際に訪れたことがなく本で読む以外知らなかったロンドンの誘惑も忘れられなかった。大晦日になると毎年、あるいは一年おきぐらいに、二人ともその固い誓いを思い出したことが今わかった。それぞれがロンドンで過ごした新世紀を迎える大晦日には、約束の記憶があざやかに甦った。そのときフランはハイゲートに住んでいて、夫ヘイミッシュと友人と息子クリストファーと嫁のエラと彼らの小さな子どもたちと花火で遊んでいた。テリーサはロンドンのそこから数マイル離れた場所に、息子のルークと嫁のモニカ、テリーサの献身的なスタッフと大勢の小さな「子どもたち」と一緒にいて、「子どもたち」のために彼女もまた花火をして華やかにお祝いをしていた。

二人は数十年間、郵便番号もお隣同士の、数マイルしか離れていない場所で、何も知らずに過ごしていた。

このような事実が、何回か会ううちにゆっくり明らかになってきて、二人とも興奮した。

離婚の成立および婚姻関係の無効宣告が終わると、テリーサは息子と一緒にイングランドに戻り、姓も旧姓に戻した。カナダで幼稚園教員の資格を取っていた彼女は研修を受け直して、中には命にかかわるようなものもある特別なニーズを持つ子どもたちの学校教員として働きはじめ、そこでキャリアを積んで校長にまで登りつめた。そして、フランもあとでそれを知って少し気まずい思いをすることになったのだが、その分野ではよく知られ尊敬される人物になっていた。その筋の権威として、よく他の人たちに言及された。

引退すると、ほとんど間髪をいれずに、彼女の心がゆるむのをじっと待っていたかのように、ガンの宣告がなされた。手術、化学療法、放射線治療というお決まりのサイクルを経て、悲観的な予後が伝えられた。「死刑」宣告を受けた。

テリーサ・クインが介護住宅に関するアシュリー・クーム財団の報告書を読んでいてフランの名前を見つけたのは、このガン末期の時期だった。それが彼女の習慣になっていたのだが、インターネットでざっと読んでいたら、フランチェスカ・ロビンソン・スタブズという懐かしい名が、可動性と公共交通に関する論文の著者として挙げられていた。テリーサはこの種の問題に、ある理由で、仕事上の関心を持っていたのだ。そこで、旧友の名をグーグルで検索してみた。フランはSNSとは無縁だし、研究者サイトに個人情報があったわけでもなかったが、財団を通して彼女と連絡をとるのは容易《たやす》かった。テリーサは財団の評議員に何人か知り合いがいた。そういう人脈の中で仕事をしてきたのだ。その一人のハリガン教授が手紙をフランに転送してあげると言ってくれて、すぐに実行してくれた。テリーサが「もう時間がないのです」と事情を打ち明けたのだ。「表書きに『至急』と書いておいてくださいね」とハリガン教授に陽気に頼みこんだ。

こうして再会を果たした。テリーサは、骨がベストのポジションになるように、注意深く繊細に、デイベッドに横たえられていて、一方のフランは古い肘掛け椅子に置かれたつづれ織りのクッションの山の上にだらしなく体を丸めていた。二人でプレタマンジェ(チェーンのサンドイッチ屋)で買ったスモークサーモンサンドをぱくつきながら、昔を思い返した。フランはテリーサに、カナリア諸島にいるクリストファーのこと、ケンジントンでずっと寝ているクロードのこと、よく水びたしになる低地に住むポペットのこと、ウェストブロミッチやバーミンガムに行って刺激を受けたことなど最新情報も伝えた。テリーサはドロシー伯母さんと彼女の住む介護施設チェスナットコートの話に大きな興味を示した。老人介護施設に対するフランの関心は、若い人向け介護施設に対するテリーサ自身の関心の良き補足となった。

そのお返しに、引退後も仕事につきあいにとても多忙な生活を送っているテリーサは、昔の友人や同僚、地元の神父の訪問の話を事細かに話した。皆、ちょっとおしゃべりして元気づけてもらおうと押しかけてくる。テリーサには一人になる時間がほとんどない。一人暮らしだったのに、友人や親戚や地域の看護師がいつもいた。夜泊まってゆく人も絶えることがなかった。もっともフランは泊まったことはなかったし、そのお誘いを受けることもないだろう。だから二月の今は、何とかまわっていた。じきに難しくなってゆくだろうが、今のところはまったく問題はなかった。

モザンビークに住む息子のルークと孫のシャヴィエルも来ることになっていた。すぐに行くから、と言ってくれていた。

テリーサは神父にちょっと不満を持っているようだ、とフランは疑う。だが、考えすぎかもしれない。フラン本人が牧師とか神父に来られたらとても嫌なので、テリーサの気持を忖度しすぎているのかもしれない。他方、「きちんと傘を折り畳めないの」とこぼすテリーサの口調にはかすかではあるが絶望の響きがあった。

二月の天気、嫌な具合になったわね、と二人でうなずく。集中豪雨と強風。低地に住むポペットが心配だわ。

もちろんテリーサはポペットに会ったことがない。すぐによほどの偶然が重ならないかぎり、これからもないだろう。だが、テリーサはフランの過去と現在の行いのすべてに興味があるし、フランもテリーサの一生の仕事に関心を、強い関心を抱いている。

結局二人とも介護関係の仕事をしているのはよくわかる話ね、と意見が一致した。それは女性の仕事なのだ。あの地下室の日々、二人は自分たちのことを滅私奉公の殉教者として、メシアのような救世主として思い描いた。ああ、時に二十四番地のクイン家側で、時に二十六番地のロビンソン家側で、一緒にしゃがんで思った幼いころの夢の何と気高かったことか！　その髪は炭塵まみれで、かさぶたのついた膝を抱えていて、配給では手に入らないご馳走のブドウ糖錠剤を舌の上にのせ、口の中で甘く美味しく溶かしてうっとりしていたのに！　それなのに早くも二人は、この惨めな世の中の不幸な状況を話しあうようになっていて、世界をもっと良くしようと心に誓っていた。二人は不幸というものに異常なほど惹かれていて、下半身麻痺、癩病、盲目といった人間の苦しみの極端な例に興奮した。二人で神さまのことを議論し、その存在の有無を論じ合った。当時のテリーサは神を信じていた。だが、そのころすでに、その信じ方はまるで挑戦者のようだった。わたしはもっと慎重に考えた、とフランは記憶している。

当時すでに、人生最期の言葉に興味があった。だが、今のテリーサが最期の言葉を考えている、とは思っていない。今は一九四〇年代後半から五〇年代前半にかけての細かい事実を思い出そうと躍起になっているし、もともといろいろなことに話題が跳ぶ饒舌な質なので、短い警句のようなものを思いつくのは苦手なのではないか。

テリーサのスピリチュアルな人生の夢は十二分に満たされていた。彼女の特別支援学校はこの地上で、いやもう少し控え目に言うのなら——その控え目な言い方さえ、テリーサ本人は決してしなかっただろうけど——この大ロンドンでもっとも重い障害を抱える子どもたちにとって、わが家にして避難所、そして時には終焉の地となった（だが、そのような子どもは多数いるので、とても全員の面倒は見られなかった）。

フランの子どものころのテリーサ崇拝が今、百倍になって帰ってきた。とりわけ、死を目の前にした彼女がなおも進んで、苦痛、家族、孫、気候変化、人に対する神の道、無礼な若者、ロンドンの多文化社会、公共交通機関について語るのを聞いて、フランは励まされた（「ああ、バスや地下鉄に乗りたい！」とテリーサは切なく叫ぶ。「こんなに乗りたくなるなんて！」）。死についても話した。事細かな礼儀などお構いなしに二人の会話は弾んだ。

フランは、テリーサの前夫リアムと息子ルーク、そしてそのアンゴラ人の妻モニカ、そして孫のシャヴィエルの話を聞きたがった。ルークもまた介護関係の仕事に就いたのを面白いと思った。意外ではなかった。今はアフリカで働いている。テリーサはルークの仕事と自分の仕事の関係を詳しく説明はしない。けれども繋がっているはずだ。テリーサの兄弟の消息を尋ねてみると、あのデヴィッド・クインが、ヤコポ・ダ・ポントルモ（一四九四―一五五七ころ。イタリア・マニエリスムの画家）の世界的権威になっていると知って、腰を抜かした。

どうしてそんなことが？　あのメイブルック・パークという冴えない郊外に建つ偽善的で精神性の低いレンガ造りの二十四番地の家から、どうやって世界的な美術史家が誕生し得るのだろうか？　ブロウバラに芸術はなかった。クイン家もロビンソン家も芸術と無縁だった。デヴィッド・クインが隠れ美術オタクだったり隠れ知識人だったということもなかった。彼はクロムメッキにぎらぎら光るワインレッドのローリー製自転車がご自慢で、一、二度、ちょっと親切心を見せ、フランをハンドルとサドルを繋ぐクロスバーに乗せて、おっかないサイクリングを敢行したことがある。誘われたのは名誉だったので、フランも怖くないふりをしていたが、クロスバーが当たり、ブルマー風パンツもこすれて小さな傷が付き、股のところが痛くて、終わったときは正直嬉しかった。

だが、ヤコポ・ダ・ポントルモとは！　あまり美術史には詳しくないが、息子のクリストファーがテレビで楽しく言葉巧みにしてくれる話の中身がいつの間にか頭に入っていて、ポントルモの名は聞き覚えがあった。その名にデヴィッド・クインの名がくっついた大きく艶々とした高価な造りの本があるのなら、その文章や絵をぜひ見てみたいわとフランが言うと、テリーサは雑然とした居間の一番上の高い棚にあるその本を指差した。もう自分でそこに上がる力はなかったので、フランが本棚用の踏み台を上って、その本を取り——フランの力でも危ないくらい重かった——下に降ろして、しばらく座りこんで、頁をめくりながら、浮世ばなれした聖母マリアや受胎告知やキリスト降架の絵をながめた。もっとも天上的にして世俗的な陰翳の中でさまざまに捩れ渦巻く布の襞々がそこにあった。ピンク、オレンジ、薄紫、あんず色、サフランの黄色、ほとんど透明に近い緑。北東ロンドンの灰色の冬の中で照り輝くであろう美しい色、色、色。タラント団地にこの色の記憶を持ち帰って、励ましとしよう。予測されることだが、テーマは深く宗教的で、描き方は様式的だった。本のカヴァーの言葉にあるように、「マニエリスム的」と言えばいいのだろうか。これはもっとも敬虔なるカトリック芸術だ、とフランは思う。

デヴィッド・クインは、まだ信仰を持っているのだろうか？ あのひょろひょろの、にきび面の、髪を横分けにして、手がごつごつと大きく、自転車に夢中だったデヴィッドに、信仰を持った時期があったのだろうか。いったい彼はどのようにして、ポントルモに出会ったのだろう。

彼の信仰のことまで訊こうとは思わなかった。そこまでは訊かないほうがいいと思った。テリーサに自分の信仰を訊くのは構わないが、デヴィッド・クインにはデヴィッド・クインの人生があるのだから、そこには立ち入らないほうがいい。

デヴィッドは今、イタリアのオルヴィエートに住んでいるの、とテリーサが言う。パートナーと一緒に。

二十世紀初頭に建てられた少年とサッカーと自転車の臭いに満ちた二軒長屋の中で、強烈な美的感性が灰色の地虫みたいにひっそりと育っていた。それがついに脱皮を果たして今、軽々と、あるときは弧を描き、あるときは漂い浮かぶように、色とりどりに輝くフィレンツェ美術の光の空を舞っている。それを思うとフランは時折、軽い眩暈を覚えた。そんな不思議なことが。そんな奇妙なことが。そんなあり得ないことが起こるものだろうか！

フランはテリーサに、ジョゼフィーン・ドラモンドとの長い友情のことを話した。「とてもウマが合うのよ。ロムリー以来の友だちで、ジョウがアメリカに住んでいたときもずっと連絡を取り合っていて、子どもたちは皆一緒に育ったみたいなもの。そして今、あなたのお陰で、もっと小さいころのことも思い出せる。なんてわたしは運がいいのでしょう。こうして人生の塗り絵が進んでゆく」

フランの察したとおり、テリーサは自分が役に立っていると思うと、とても嬉しかった。

ブドウ糖の錠剤、とがり頭巾。

二人とも、とがり頭巾のことは覚えている。戦時中のセーターのほどけた毛糸をうまく使った。ちりちりの、ちくちく痛い、たくさん染みのついた毛糸を編んでつくった。わたしたち、なんてみっともないちびっ子だったんでしょう、と二人で嬉しそうにうなずく。

痩せっぽちで、弱っちくて、ゼイゼイ言って、すぐに気管支炎になって、ヒヨコみたいな胸だった！

この前、フランが律儀に話した、ありふれていて、退屈で、いくぶん暗くもあるドロシー伯母さんの塗り絵の話にも、テリーサは興味を示した。二人でずっと昔にやった塗り絵の奇妙な面白さを語り合った。「イギリスの島々の縁を青く塗らされたわ。あなた覚えてる？　クレイ先生に、鉛筆をずっと横に動かして塗りなさい、縦はダメです、ハリネズミみたいな棘が突き出たみたいになっているのもダメですって言われて、言ったとおりにしないと、先生カンカンに怒ったわよねえ。あれが地理の授業だった！　ごしごし、ごしごし、イギリスの島のまわりを、はみ出さないようにきちんと塗っていくだけ。なんていう時間のムダ。まったく意味のない作業。でも、それなりに、ものすごく楽しかった」

「塗り絵が好きな子どもたちがいたわ」テリーサがため息をつく。「めちゃくちゃにしてしまう子どもも、取り憑かれたみたいに丁寧な子どももいた。みんな、人それぞれ」

レークランド製の鉛筆、カランダッシュ製のクレヨン、パステル。デッサン用木炭の情け深き寛大さ。

フランは持ってきたプラスチックの便利なスープ用容器を洗い、また袋にしまう。暖炉上の花瓶の花から盛りを過ぎてくしゃくしゃの紙みたいになったスイセンを何本か図々しく引っこ抜く。それを見ていたテリーサが、「またすぐ来てね」と言う。

不思議なものだ。テリーサの家にいると、フランは心から寛ぐ。とても落ち着く。テリーサと一緒にいると、フランには珍しく、いつもの気ぜわしい感じが消えてしまう。

「ええ、もちろん」とフランが返す。「アシュリー・クームからウェストモア湿地《マーシュ》に行く日の連絡が来たら、またメールするわ。この出張、ちょっとお天気次第なの」

テリーサが白く細い腕を差し出す。二人は注意ぶかく、優しく抱擁する。

クロードと違って、テリーサはかなりの痛みと闘わなくてはいけない。いつもより痛みがひどいときもある。

*

テリーサはバスや地下鉄を恋しがって、無料パスを利用するフランには不快で疲れる首都圏の旅が羨ましいと言う。「あなたと同じで、他人の話に聞き耳を立てるのも好きなの」と言う。仕事では、よく知っている部下や生徒にいつも囲まれているので、バスや——バスより乗り心地は悪いけど——地下鉄での、群衆の中の孤独の時間が楽しかったと言う。

庭いじりができなくなったのも寂しい。フランがスイセンの花をきれいにしてくれるのを見ていると嬉しくなるが、できることなら自分で庭に出て、スノードロップやトリカブトをながめながら春の庭づくりを考えたい。ロンドンの傾斜地にある段々になった家の庭は、街の眺めもいいの。それも見られなくなって寂しいわ。室内の鉢植え植物は目をかけてやれているので、まだ大丈夫。テリーサは心ばえが優しいので、時期を過ぎた草木のことも諦めずに、見込みがなさそうな緑にもせっせと水をやる。大きくならない若芽や何年も眠ったままの根瘤にも。「また、伸びてくるかもしれないじゃないの。復活するかもしれないでしょ」。そういうことが、よくあるのよ」

テリーサは中皮腫で死につつある。はじめフランには、それと似て非なる肺ガンだと言っていた。肺ガンはよく知られたことだが、喫煙に起因するケースが多い。だが、それと違って中皮腫は、肺と胸壁にできるガンで、原因はまず間違いなくアスベストの吸引である。何十年も前にさかのぼることも多い。テリーサはフランに、自分みたいに原因を探って何十年もの記憶を辿ることをさせたくなくて、はじめ病名を偽った。最初は体にひそんだままじわじわとそれを蝕み、ついにはガンを発症させ、速度を速めて、今ありありと自分の命を奪いつつあるこのアスベストの原因を探るべく、過去を振り返った。学校の建物、郊外の二軒長屋の我が家、炭塵まみれの地下室、公共図書館、市の中心のウルワースのお店？（店には、わたしたちのお尻に指を突っ込もうとするなぜか正体不明の悲惨な爺さん連中がいたわ、と二人の話が合う）。戦争中に疎開していた公営団地？ カナダの学校、ヴァーモント州の家？ いや、もっとあとの話で、新しい学校を建てたときそこにあった建物を取り壊したからか？ 答えはだれにもわからない。自分は炭鉱や造船関係者のような労災の犠牲者ではない。だが犠牲者だ。何かの。

喫煙ではない。若いころ何年かタバコを吸っていたことはある。リアムと結婚して浮かれていたときだ。だが、ヘビースモーカーではなかった。モントリオールに住むリアムにeメールでこのことを話すと、彼がとても心配してしまって、イギリスまで見舞いに行くと言ったらかえって迷惑だろうか煩悶しているようだ(テリーサは来てとも来ないでとも言わなかった)。「ぼくはもうずっとタバコを吸ってない」と彼が書いてきた。あたかもそう伝えることで彼女が安心すると思っているかのように。

三、四回会ううちに、フランが老人らしく死を強く意識してはいるものの、神経質でも心配症でもなく、むしろピンピンしているのがわかったので、テリーサは中皮腫のことを告げても大丈夫だと思い、フランに予後も含めて実情を打ち明けた。そうすることで、この病の恐るべき偶然性について二人で語れるようになった。中皮腫は、炭鉱の切羽で長年働くのと同じくらいに、アスベストの繊維をずっと前に一本吸いこんだだけで発症するのだ。学校の先生が教室の仕切り壁に一本の画鋲を刺しただけで、アスベストの繊維が空中に放たれ、それを吸いこむことで死に至るということが起こり得るのだ。一本の繊維が人を殺す。その原因と結果には道義的な繫がりが何もない。その繫がりに意味は何もない。

ブロウバラに罪なき赤子テリーサが生まれたとき、「この子がある一本のアスベストを吸いこむように」と、神が命じたのだろうか? 壁にアスベストを埋めこんだ無知にして無名の実行者は、目前に迫ったテリーサの死に対して、直接的、あるいは間接的、あるいは道義的な責任があるのだろうか? その者がアスベストの危険を知りながらそれを埋めこんだことがはっきりわかったとして、それは死を受け入れつつあるテリーサの運命にどのような影響を与えるのだろうか。興味ぶかい難問ではある。テリーサはこの種の問いがとても好きで、その解説を試みる司祭や思想家の詭弁にも魅せられた。彼女は彼女なりにカトリック信者だったが、同時に、「道徳的偶然」という現代の倫理概念にも興味があった。夏休みの付き添いつき遠足の行き先候補リストを庭に面した教室の仕切り壁に画鋲で刺してしまった先生は、不運に見舞われたと考えるべきである。「画鋲」という点に、テリーサは魅せられた。画鋲はとても小さく、罪がない。「ピンの頭に、何人の天使が舞いおどっているのか」という問題があった。「画鋲を刺すと、不可視の繊維が何本放たれるのか？」

その建築関係の仮想上の実行者がテリーサ・クインを画鋲で殺したことを知ったら、果たして、彼は罪の意識に苛まれるだろうか。気の毒だと感じるだろうか、と思う。

「蹄鉄の釘が足りないだけで」

テリーサは、知らないうちに人を殺した教室施工の建築関係者が気の毒で、その罪の臭いを拭い去ってやりたいと思った。決めつけを嫌う人だったので、他人を責めたくなかった。彼女はひどい虐待を受けた子の親を責めないことも学んだ。前の夫を責めないことも学んだ。また会いたいかと問われるとよくわからないが。

人を責めないことを学んだのだ。

そしてもっとも難しいことも学んだ。自分自身を責めないことだ。

フランは、テリーサのそういった心のあり方を素晴らしいと思った。宗教や信仰と関係があるのかしら。

非難されるべき者はだれもいない。神を除いて。

＊

地下鉄で家に向かいながら、フランは原因と結果と責任と画鋲という難題を考えつづけ、ここ数日、頭の奥のほうで揺曳していた遠い関連例を何とか思い出した。今日もっと早く気づいていたらテリーサに話せたのに、と思う。とても薄い繫がりで、次にテリーサに会うまでに、また忘れてしまうのではないかとも思う。

それはフラン自身の体験ではなく、ジョゼフィーンが話してくれた成人クラスの自己主張の強い受講生の話だった。その老いた男は自分よりいくぶん年下のジョゼフィーン・ドラモンド先生にぞっこんだった。非常識なぞっこんぶりで、彼女は手を焼いた。手紙を渡してきた。廊下で待ち伏せされた。授業のあともまとわりつかれ、新聞の切り抜きを送りつけてきたりもした（幸い電話番号は知られずに済んだ）。その男ウィンターズ氏は年齢的に足も弱くなっていたので、尾行することはできなかった。ジョゼフィーンのほうも、彼よりはずっと素早く、きちんと体も動いたが、尾行される年ではなかった。だが、それ以外の点では、彼はりっぱなストーカーだった。そしてテリーサ・クイン同様、このウィンターズ氏も、「実行者」と「責任」の問題に取り憑かれていた。彼の場合は病的なこだわりだった。意図せざる結果をもたらした事故や犯罪や不品行についての新聞記事の収集に命をかけていた。それがジョゼフィーンをうんざりさせると同時に動揺させたのだが、それでも不思議な引力がそこにあった。彼の主張の一部は、不幸なことに、クラスで読んだ本の刺激に基づいていた。トマス・ハーディの、とりわけ『テス』は、彼にとって貴重な情報源だった。トルストイやチェホフやコンラッドにも奇妙な解釈を施していた。

主として大衆的な新聞から拾ってきた彼の切り抜きには、次のような見出しがあった。「車庫からバック中に自分の子を轢殺」とか、「食洗機のナイフの上に転んだ女性死亡」とか、「肉ひき機で肉屋、腕を失う」とか、「安全ベルト調整中にドライバー事故死」とか、「垣根をめぐる喧嘩で男刺される」とか。ウィンターズ氏はこの種の事件の隠された意味に取り憑かれていた。なぜ自分の子を殺すほうが他の人間を殺すよりもひどいことなのか？　口論のあとに死ぬのはより良いことなのか悪いことなのか？　正しいことをしようとして死ぬのはよりひどいことなのか？

「他人より自分の子を殺すことのほうがずっとひどい理由を彼に説明するのはふしぎなくらい難しかった」とジョウは言う。

「自分の人生を語るときの彼は、五感が一つ抜け落ちているような、ネジが一本ゆるんでいるような感じなのよ。ダーウィンと小説というテーマで教えたコースの開講中にあった、自分の奥さんの葬式に出なかったって、わたしに自慢するの。『わたくし、愚妻の葬儀に出る筋合いはございません。愚妻は死んでいるのですから、わたくしが葬儀に出ようが出まいが彼女にはわかりませんでしょ？』って。その代わりに授業に出てきて、『ガザに盲いて』（オルダス・ハクスリーの小説）についての自説をぶつの。ずっと昔にお父さんの一番新しい遺言を捨てたとも言ってた。びりびりに破いて川に投げたって。『それは紙っきれに過ぎないんですから。ぺらぺらの一枚の。で、わたくし、その新しい遺言の中身が気に入りませんでしたので』って。『それをつくったときの父は呆けてましたので。それで、それがどうなったかも知りっこありえませんでしょ。だから破り捨てたって、別にどうってことないんですよ。どの遺言が実行されたのか、父は知りっこありえませんですからね』って」

　川に捨てた際の詳細な描写にはぞっとした。川はヨークを流れるウーズ川で、ウィンターズ氏は「レンダル橋から紙片を投げ捨てた」と言う。彼の父親はヨークに生き、ヨークで死んだ。最後の日々を療養所で過ごした。

「この種の主張とは争えないわよ」とジョウがフランに言う。彼の中に何か恐ろしい理屈がある、奇妙で執拗なむきだしの知性がある。「哲学とか論理学とか倫理学の本を読んだ形跡はないのよ。全部自分で考え出したもので、でもまったく無視できるかと言えば、そういう訳ではないの」

「クラスから追い出しちゃえばいいのよ」と、あるときフランが言った。

翌年、ジョゼフィーンはその通りにした。校長にも目をつぶってもらって、ジョゼフィーンのクラスは三年以上連続して取れないというルールをつくったのだ。ウィンターズ氏は姿を消した。しつこいメッセージもなくなった。おそらく、また、他の愛着対象にくっついているのだ。

「そうね」とフランは考える。「テリーサはウィンターズ氏の話を面白がってくれるでしょう。次回、わたしが話すのを忘れなければの話だけれども」

列車は混雑する乗換駅の外に停まった。フランは一瞬、猛然と退屈して携帯をいじると、ポペットからメールが来ていた。今日のまだ早い時間に送った母親らしい――いや母親じみたお節介で煩い？――メールへの返信だった。水かさが増してはきているけれども、危険水位にはまだ遠いし、砂袋の用意があるから、という内容。

フランには、来るウェストモア湿地《マーシュ》への出張に関係して、ポペットに気まずいことが一つある。そのことを、自分自身に対しても整理して言語化しておきたくない、という気持がフランにはある。

＊

絶えず地球の活動を監視しているポペットは、カナリア諸島はるか最西端に位置する岩だらけのエル・イエロ島沖の大西洋でたった今起きた激しい海底噴火を興味ぶかく見守った。もっと平坦でラクダのアフリカ流飼育が盛んな最東端のランサローテ島にいる兄クリストファーに身の危険が及ぶことはないだろう。そこに行ってもう一、二週間になるが、兄さんは、いったい何をしているのだろう。ポペットは母フランにも、噴火のことは伝えない。

母は子どものことが心配でたまらないのか、それともあまり考えないのか、ポペットにはさっぱりわからない。今までもそうだった。

*

フランがキングズ・クロス駅で地下鉄を降りて、団地に向かうバスに乗るころには、ロンドンの天気が崩れてきていた。ネオンに照らされた青黒い冬空から、白い豪雨がざあっと横なぐりに降りかかる。激しい突風がユーストン通りのごみを吹き散らしている。傘がおちょこになって、その折れた骨が死んだカラスの翼みたいに見える。プラタナスの木の大きな枝が強風で折れ、歩行の邪魔をする。歩道を歩く人たちはバスストップに塊になり、風に背を向けて、じっと耐えている。服にフードのある者はそれを頭の上に被って、情けない顔をしている。フランにはフードも雨天用ボンネットもなかったが、ベレー帽があったので何もないよりましだった。バス停の屋根の下に割りこんで、なにか高尚なことを考えようと思った。

テリーサにはこんな天気に外出する必要ももう二度とないとうらやむのは筋が違うだろう。だが、彼女には心の中の暗い嵐や――モルヒネで緩和する――死にゆく体の痛みがあるだけ。ピンピンしているフランでも、リングにタオルを投げ入れて、そのまま永久《とわ》の眠りに就きたいときがある。

明日チキンスープを持ってゆく予定のクロードをうらやむのも筋違いというものだろう。だが、信仰とも理想とも精神的高揚とも無縁のクロードながら、死の運命との和解はできている様子で、ほとんど寝たきりの状態で、この上ない幸福感を漂わせている。わたしが寝たきりになったら、退屈して発狂しそうになるわ、とフランは思う。

だが、このまま、時の終わりまで雨が降りつづければ、悪あがきはもう止めにして、心安んじて眠りに就くことができるのかもしれない。

ウェストモア湿地《マーシュ》の集団住宅の視察の予定が中止になったら、本当に気がめいるわ、とフランは思う。些細なことで、生死にかかわるような問題ではないが、気がめいることに変わりはない。ウェストモア湿地《マーシュ》住宅はその名のとおり、イングランド南西部の氾濫原に建てられていて、出水を食い止めるために池や窪地を活かしたさまざまな興味ぶかく実験的な防水設備が備わっている。その視察に洪水が原因で行けなくなるとしたら皮肉な話だ。また、ウェストモア湿地《マーシュ》住宅には、建築や都市計画の雑誌の関心を惹くような介護住宅が一区画ある。フランはそこに実際に住む人たちと話して、彼らが本当に気に入っているのかどうか、彼らが防水用の池や窪地をどう考えているのか、訊いてみたいと思っている。

介護住宅の管理者とは電話で話して面白かった。その後、eメールでもさまざまなやりとりをした。ヴァレリー・ヘリテージという素晴らしい名の持ち主だった。チェスナットコートのホーム長スゼット・マイヤーズみたいに逞しくて派手な色の女だろうか、それともアテナ館の管理者みたいな痩せた暗灰色の女だろうか、それともパセファニー・サン＝ジュストみたいに、色が黒く、心の広い、あまりにも華やかで本当らしくない名の持ち主なのだろうか。ヴァレリーの声を聞いて、彼女の色を当てるのは難しい。一つの訛りに他の訛りを重ねたような正体不明の訛りがある。フランは訛りを当てるのが得意ではない。それに、最近はあまりにも多くの人が熱心に自分の出自を隠そうとする。

＊

クロードは大きい肘掛け椅子に足を上げて座り、膝の上に猫を載せている。元妻フランが食事を持ってくるのを待っている。いつもどおり、昼間のテレビを音量をゼロにして点け、ちらりちらりと横目で見ながら同時にキンドルで『タイムズ』紙を読んでいる。猫のサイラスは、かさこそ紙の音がしてうたた寝が妨げられることがないから、紙媒体よりキンドル版『タイムズ』のほうがずっと好き。テレビでは天候悪化のニュースがイングランド南西部で鉄道線路が冠水する映像とともに流れている。クロードは娘のポペットがどこに住んでいるか、本当に漠然としか知らないけれども、溺れる牛やしだれ柳や茶色く濁った水に浸かる畑がテレビに映される洪水地帯の近くのどこかだろうとは思う。

『タイムズ』紙には、かつての同僚アンドリュー・ウェザリルの訃報が出ている。冗談好きのじつに可笑しなヤツで、馬のいななきみたいな馬鹿笑いを劇場やオペラハウスで高らかに響かせ、よく周囲の顰蹙を買ったっけ。死者も目覚めさせるいななきだったな。実際の戦場体験も含めて多くを成した華やかな人生だった。私生活や半ば公的な場面でもかなり変人的な華やぎを放射していた。奥さんがいて、今では成人した息子や娘もいたものの、クロードの知るところではバイセクシュアルだった。晩年はたいていずっと年下の女性を同伴していて、パーティなどで「ぼくのフィアンセ」と紹介していた。たくさんの「フィアンセ」がいて、その女性たちとの関係がはっきりわからなかった。

昔は同じダイニング・クラブに属して定期的に顔を合わせていたが、もう何年もアンドリューに会っていない。最後に会ったのは、グラインドボーンのオペラハウスで何だったかモーツァルトの人気演目をやっていたときのことで、クロードは休憩中にカミーリアという女を紹介されたのだった（もちろん絶対に本名ではあり得なかったが、クロードには「カミーリア」と聞こえた）。三十歳ぐらいで背が高く、首がとても長く、きらきらと深い紅に輝くストラップレスの短いフォーマルドレスから、剝き出しの肩がにょっきりと突き出ていた。華麗きわまる付属品だった。クロードは今でも彼女の姿を、その艶やかな灰白色の大理石のような肌を、白い歯を、赤い唇を、閃光を放つような笑いを思い浮かべることができる。アンドリューの顔に浮かんだプライドと虚勢と共犯性の混じりあった奇妙な表情も思いだせる。カミーリアは今どこにいるのだろうか？

大勢の「フィアンセ」たちの存在にもかかわらず、アンドリューは離婚しなかった。新聞の追悼記事は涼しげに、そして間違いなく正確に、妻マリオンと二人の娘があとに残されたことを告げる。このすました文章の背後にいったいいくつのスキャンダルが埋もれているのだろうか。クロードは同年代の大半の老人同様、この種の人生の短い回顧的要約に、この省略と暗示と両義性に満ちた、手足を切り落としたような人生像に魅せられている自分に気がついた。

ジャックス・コナンはジミー・サヴィルよりも先に死んで、本当に運が良かった。

クロード自身は、ジーンと結婚せざるを得ない状況に追い込まれてフランと離婚した。だが、彼の追悼記事はそれを暴露しないだろう。それでも今、彼の面倒を見てくれているのはフランのほうだ。ラップに包んだお皿やぎゅうぎゅうに詰めたタッパーで粗い麻布袋を一杯にして食べ物を持ってきてくれるのはフランのほうなのだ。もうじき着くだろう。自分で玄関を開けて入ってくる彼女は、鍵をじゃらじゃらぶら下げた女城主のようだ。

ジーンもまだ生きていて、クロードはお金を払いつづけている。もう何年も会っていないが、会いたくもない。

日の光が薄れ、夕闇がしのび寄ってくる。クロードは、昼の番組から夕方の番組に移りつつあるテレビを消した。そして、ラジオのクラシックFMを点けると、ドヴォルザークのピアノ・トリオが流れてきた。メランコリックな叙情に心が安らぐ。長すぎることもない。クラシックFMはありがたい。だれがどう関わっているのか知らないが、たくさんの面倒な作業を経て、こんなにも彼を楽しませ和ませてくれる番組を流してくれるのは本当に凄いことだ。もともとは謙虚で感謝の心を忘れないといった質の男ではないが、クロードは昔の自分からは想像できないくらい小さなことに感謝するようにはなっていた。

フランは一杯つきあって、ちょっとおしゃべりしていってくれるだろうか？　そうだったらいいのに、と彼は思う。

*

ポペットは水量が増す様子を興味ぶかく観察していたが、少しずつ強がりが減じていった。運河沿いの道はふくれ上がった濁り水に冠水し、門柱もその天辺しか見えなくなっていた。水がポペットの家の階段をぴちゃぴちゃ舐めていた。地元のラジオ局は、一九五二年のリントン&リンマス大洪水の番組と浚渫作業に関する担当大臣への怒りのインタビューを流していた。運河は上流で決壊し、この時期は一月ほどではないにしても、潮も高まっている。ウェールズの山々から大量の雨がセヴァーン川にそそぎこまれ、川がふくれ上がり、ブリッジウォーター湾とブリストル海峡からは海水が逆流して、あふれだしている。パレット川の水は堤防を超えた。何エーカーもの土地が冠水し、午後の陰気な光の中、水位が刈り込んだ柳の下のほうの枝にゆっくり近づいてゆくのを、ポペットは眺めていた。

何日も陸の孤島となっている村も多い。

水鳥は一変した景色を楽しんでいる。彼らにとっては活動範囲が広くなる嬉しい変化だ。空の鳥も活き活きしてみえる。小さな鳥たちはピーピー囀《さえず》りながら、集まり、また飛び出していって、新しい止まり木を探し、新しい巣作りの場所を探しながら、新しい風景を開拓してゆく。豪雨もものかは、繁殖期である。聖バレンタインの日、鳥たちの議会の時（ジェフリー・チョーサー（一三四〇ころ—一四〇〇）の長詩『鳥たちの議会』で、はじめて聖バレンタインの日と恋が結びつけられた）。カモやバンやカモメやカナダガンの大群がすいすい泳いだり、さっと降りてきて通りすぎたり、バシャンと水面にぶつかり水中に潜ってからまた空中に舞い上がったりしている。ポペットのよく知る白鳥のつがいは、いつもより広くなった水面に解き放たれ、自分の土地を取り戻した王と女王よろしく冠水した野の上を優雅に漂ってゆく。ポペットは雲ひとつない夜の空の月の光を浴びた彼らを見たことがある。今は家の寝室の窓から、静かに水の上を漂うその姿が見える。

ポペットのよく知る変わった鳥が一羽いる。ガンに似た、ガンでもカモでも白鳥でもない不器用そうなヤツで、いつもポツンと独りでいる。白い羽はだらしなく汚れ、時折ピンク色の脚で、餌目当てにポペットに近づいてくる。その鳥がここ数日、姿を見せない。彼女の元を去ったのだ。新しい保護者を見つけたのかもしれない。

ポペットはノアとその箱舟を思う。聖書の話には詳しくないが、箱舟の話はだれもが知っている。孫たちは父方の祖母がくれたノアの箱舟を持っていた。そのゴールト社製の木の舟には、鮮やかな彩色を施された小さくずんぐりした動物たちの原型が乗っていた。

もう二年になるが、柔らかく湿ってペンキがはがれかかっている窓下の棚の植木鉢には、大きな卵がある。もう卵が孵《かえ》る可能性はない。二年前の春に家の畑のニンジンとズッキーニのあいだに見捨てられていたのを見つけた。愚かなガンの母鳥が産み落としたあとほったらかしにしたのだろう。中はどうなっているのかと、今でも時折思う。手に持つとずっしり重い。いつか破裂してしまうのかしら？　昔、母がヘイミッシュと住んでいたハイゲートの庭付きマンションの裏口のストッパーにずっしり重い瓜の実を使っていた。ある日、突然、オレンジ色の地に黒い縞模様と太く浮き出た筋の付いたその瓜の実が粉々に砕け散った。細かく乾いた野菜の粉と化した。ヘイミッシュもフランも腹を抱えて笑いに笑った。

お母さんは今でも笑うことができる。ヘイミッシュがこの世を去り、自分自身が老いても、人生に喜びを見出すことができる。ポペットは母のそういうところを尊敬している。

昨夏、細長い舟に乗って通りがかった子どもたちに卵を見せたことがある。休暇旅行中のその家族は彼らの貸し舟を浮かべたままにして、ポペットの家のそばの浮き桟橋のあたりでぶらぶらしていた。父親はタバコをふかし、母親は即席の物干しロープに色とりどりの下着をかけていた。子どもたちはベルベットみたいな毛がふさふさ生えた青灰色の大きなウサギを飼っていて、舟のデッキにウサギと一緒に座っていた。七月の陽光を浴びて珍しく社交的になったポペットが手を振って、ウサギのことを尋ねると、目をきらきらさせた三人の赤毛の子どもたちはさっそく舟を下りて、彼女の家にやってきた。ポペットはトーントン生協のレモンで絞った自慢のレモネードをふるまったあとで、例の卵を子どもたちに見せた。子どもたちは美味しい美味しいとレモネードを飲み、すごいすごいと卵に興奮した。いつかヒヨコが出てくるのかしら、と彼らは言う。それとも、ちっちゃいドラゴンが出てくるのかしら。

普段はさほど子ども好きでもないポペットだが、子どもたちのたわいない空想に苛々することはなかった。じつは彼女自身も、もしかしたら小さいドラゴンが、赤ちゃんの恐竜が、羽毛のないダークピンクとイエローの胎児が卵の中に身を丸めていて、時が来るのを待っているのではないかと夢想することがあった。

三人の赤毛の子どもたちは特別だった。子どもたちの名前は忘れたが、ウサギの名がレッキスだったのは覚えている。

レッキス種のウサギだからレッキスと名づけられたのだと、そのときは気がつかなかった。学名をオリクトラグス・クニクルスと言う。丈夫で人気の高い種だ。

いつの日か、卵を割って、中を確かめてみようと思う。ある最期の一日に。だが、その日が来るのはうんざりするほどまだ先のことだ。

気まぐれみたいにお日様が見えた半時間の、早い黄昏に向かって薄れゆく光の中で、洪水と木々の色々の名を考えてみる。茶色、焦茶色、薄茶色、黄金色、黄褐色、錆色。桃色がかった銀色、薄い銀色の混ざった緑灰色、色あせた銅の色。低木の多い冬の沼沢地の繊細な色調の数々。今はひっそりとしながらやがて訪れる成長の兆しを映す色の列。ポペットは目が良かった。色の名前が好きだ。洪水の多い土地で、地元には抗議の声も上がるけれども、この氾濫に何ら新しいところはない。水は時が来るのを待っているだけだ。何百年、何千年ものあいだ、その川の水はふくれ上がってはまた退いてきた。石器時代の住居を作ったポペットの友人は、大昔の道を知り尽くしている。湿地を木の道が走る。スイートトラック(サマセット州の湿地にある古代の道)のような木の土手道が走る。泥炭があり、島のような形の小山があり、聖なる高台がある。

地元の人たちは浚渫と排水が十分されていないと文句を言うが、この洪水は浚渫云々で解決する規模ではない。川の上流の東側の木を伐採したのは間違いだった、野の土を掘り起こしたのは間違いだった、支流を真っ直ぐにしたのは間違いだった、という意見がある。U字に湾曲した流れはそのままゆったりシンプルな円を描かせておけばよかったのだ、あるがままが何よりも尊いのだから、そのままくねらせておけばよかったのだ、という意見がある。今、木を植えても遅すぎる、この趨勢はもう止めることはできない、と言う。メディアで、パブで、国会で、熱い議論が起きている。かつてのポペットは自分の考えに自信があったが、今は何が起きるかわからないと思っているし、どうなればいいかもよくわからない。土地から教えられることは多いが、すべてを教えてくれるわけではない。

母がこの近くのよく冠水するウェストモア湿地《マーシュ》に建てられた住宅を見に来るのは知っていた。模範住宅の視察だ。極端な天気の下でどのくらい持ちこたえられるのだろうか、とポペットは思う。母親のガッツとスタミナは本当にすごい。

母にちょっと寄ってくださいと声をかけることはない。母もちょっと寄ってくわと言わない。互いの領域を侵犯しないようにという思いは、二人とも同じだった。それでもほとんど毎日、メールをやりとりする。

五マイルほど上流のウーズビーの近くに、竹馬に乗った、バーバ・ヤーガ（スラヴ民話の魔女）の小屋みたいな家がある。お金をかけて建てた実験的なエコハウスだ。例の柳小屋と志は同じながら、やり方は対照的である。オランダでは水に浮かぶ家の実験をしている。

今朝は鶴を見た。壮麗な美しさに満ちていた。東国の偉大な鳥、鶴は、泳ぎ渡ってきて、運河の半マイルほど上流のところに、まるでその風景の主人であるかのように、時のはじめからずっとそこにいたかのように、腰を落ち着けた。だが実情は異なる。鶴が来たのは最近だ。再び、ここに移されたのだ。鶴は新しくもあり、見慣れてもいる。他の時代からやって来た。さまざまな自然保護団体の他に、埋め立て業者の助成を得て、ここに移された。この業者はときどきポペットの家に来て、浄化槽を空にしていってくれる。想像力豊かな助成金の使い方で、ポペットにはそのことが変に嬉しい。浄化槽が洪水で決壊しなければいいけれど、と思う。

日の光がいよいよ薄れて、闇に凝縮してゆくのを見て、ポペットは大切な宝物は二階に持って上がろうと思う。と言っても、ものを持たない暮らしをしていて、そんなものはほとんどない。それでも、A303号線沿いの「リトルシェフ」（イギリスのチェーンレストラン）の裏に皆がゴミを捨ててゆく場所があって、そこからジムと二人で拾ってきた、たくさん引き出しのある小さく背の低いマホガニー材のヴィクトリア朝かざり簞笥には、失くしたくない大切なものがいくつか入っている。

その引き出しを開ける。長いこと覗いていなかった。一番上の引き出しにあるのは石や貝殻で、「リトルシェフ」の裏庭に簞笥を不法投棄した不届き者の祖先のコレクションだ。だが、下の引き出しには、何十年も前からポペットが大切にしてきた思い出の品々が入っている。写真、手紙、ちょっとした宝石、彼女のイニシャルが刻まれた時代遅れの銀のナプキンリング。最後の品は、赤ん坊のときにロビンソン家のおばあちゃんがくれたもの。小学校の学芸会で母が撮ってくれた写真もある。女漁師の役だった。いや、魚屋だったか。写真の中のポペットは、格子縞のショールをかけ長いスカートをはき小さくずんぐり不恰好な年齢不詳の塊のよう。スコットランドの島を舞台にした子どもオペラみたいな作品で、ニシンを悼む哀歌を歌った。いったい何で、エセックスの内陸部のロムリーでそんな出し物をやったのか？　クリス兄ちゃんは銀の剣をベルトに差した海賊役で写っている。

衣裳は母がつくったのだ。母は針仕事が好きだった。繕《つくろ》い物が好きな最後の数少ないイギリス女性の一人だ。とても上手というわけではないのだが、それでも楽しんでやっている。ポペットは立場上、この種の仕事が上手でなければいけないのに、満足に針に糸を通すこともできない。

ポペットはいい声をしていて、きちんとした音程で、上手に歌えた。だが、心から歌を楽しめなかった。かつて自分の寝室で独り賛美歌を歌っているとき、それを聞いた父にひどくからかわれたことがあって、嫌気が差した。深い信心があったから賛美歌を歌っていたわけではない。六歳の彼女が一番良く知っていたのが賛美歌のメロディーと歌詞だったから歌っていたのだ。それを父に説明しようとは思わなかったし、説明する言葉もまだ持ち合わせなかった。ロムリーで通っていたのは英国国教会の学校で、そのころは朝礼があり、朝の賛美歌を歌っていた。

「すべての明るく美しきものを……」
「畑を耕し、良き種を……」
「神にして王の作られし者は皆……」
「朝がはじめての朝のように明けて……」

別の写真のポペットはもっと大きく、大学生くらいになっていた。アニーと一緒に夏の幾何学式庭園のベンチに座っていた。

そして、ロウブリッジの小学校で最初の年につくった小さな幼子イエスの像があった。図工や美術の類が得意と思ったことはなく、セント・ジュード幼稚園では惨憺たるものだった。ロウブリッジに移ってから、まるで何かの間違いみたいに、この素晴らしい像をつくった。幼稚園で図工や美術が得意でも小学校や中学になるとやり方を忘れてしまうのが常なのに、ポペットは逆向きに進んだ。瞬間的だが、反対方向に進めた。幼子イエス像はひとりでに生まれた。粘土と木の皮と布の切れ端と柳の小枝とナッツの殻を縫い合わせてできたイエスは奇跡だった。元気いっぱいの男まさりで胸の大きなサリヴァン先生は、頭皮から草が生えてきた靴磨きみたいな髪をして、きらきらの小さな飾りを散りばめたカーディガンを着ていたが、その出来栄えに驚きを隠さなかった。「まあ！　ポピー、何て素晴らしい！」と叫び声をあげた。たしかに先生の言うとおりだった。ポペット本人も傑作が生まれたことを理解した。だが、同時に、この奇跡は二度と繰り返せないこともわかっていた。

ポペットは歌を捨てたように美術も捨てた。そして眉毛の黒いアニーも捨てた。アニー・ストークスは、声が低く、太く、どことなく誘惑してくる風だった。

そしてアニーも、ポペット・スタブズを捨てた。

今、こうやって幼子イエスを見てみると、オーストラリア・アボリジニーのアート作品に似ている。あるいは先住民《ファースト・ネーション》アートと言えばいいのだろうか。それは大地の底から湧き上がってきた。子どものポペットは手探りで深いところへ降りてゆき、時間の根っこに辿り着いた。だが、二度と、そこに戻れなかった。それは彼女に許されなかった。

オーストラリアには数年前、行ったことがある。飛行機に乗ることが環境破壊と結びつけられる直前のことで、気候変動の会議に出席した。アデレードでは美術館に行き、アボリジニーアートの細長いギャラリーに足を運んで、驚嘆した。こんなに感動するとは思わなかった。夢の時間《ドリームタイム》の点描画はよくわからず心打たれることもなかったが、オブジェみたいな作品に、はっとした。ギョロ目の幽霊のような顔がついている。盾があり、柱があり、円筒型の樹皮でつくった棺《ひつぎ》がある。

姉。幼子。老人。

それは彼女の幼子イエス像と同じ顔をしていた。イエスはアボリジニーアートの顔をしていた。

ひとりでに生まれた幼子イエス。

ポペットはその像に優しく触れてみる。大きな目。顔は灰色。

彼女と彼女の灰色の夢を見守っている。

箪笥の中の彼女のお気に入りの掘り出し物は、真鍮の組み字でＪＳＳとイニシャルが記された艶やかな木の小箱だ。中にテネリフェ島の鉱物が納められている。テイデ山で集めた溶岩が十五個、きちんと分類され、ラベルを貼られ、真紅のベルベットのふわふわでくしゃくしゃのベッドの上に置かれている。ラベルの手書きインク文字はあせてきてはいるが、まだ読み取ることができて、硫黄、火山灰、玄武岩、響岩、黒曜岩とあり、テネリフェ島の最初の噴火が一三九三年に「ジェノバの船乗りに記録される」とある。地底深くから吐き出された石たちは蠱惑的だ。軽石のように、あるときは細かくあるときは粗く穴を穿たれたもの、もっとごつくて凸凹した手触りのもの、黒玉や石炭のように裂けた断面が滑らかで艶のあるもの。一つは色の薄いエジンバラの岩飴スティックみたいな、驚嘆すべき薄黄色。もう一つは灰緑色。雪のように白いものもあれば、白い斑点のある黒の塊もあり、乾いた血のような赤粘土色のまだら模様も三個ある。

茶色い水がぴちゃぴちゃ建物を舐める。低地の濁った水がふくれ上がる。遠い未来はともかく今のところはカナリア諸島最西端に位置するエル・イエロ島西の大西洋の海底で、裂け目が広がる。

*

フランがクロードのところに持っていったチキンスープの出汁《だし》はテリーサに持っていったスープの出汁と同じで、放し飼いをうたう太目の鶏から優しく搾り取ったものだけれども、クロードに持っていったもののほうが野菜やマカロニを加えていて、身も多く、こってりしている。男のクロードはテリーサよりも食欲が旺盛なのだ。何か、身が必要なのだ。フランはスープを入れた耐熱タッパーを電子レンジに入れ、「わたしが帰っても、いつでもこのままで温められるから」とクロードに伝える。他のラベルを貼った食べ物は冷凍庫に入れる。彼女は例の麻布袋を持って、地下鉄でやって来た。ケンジントンには駐車するスペースがない。車は団地の駐車場に置いてきた。今ごろ安全に雨にも濡れずに、ケンタッキー・フライド・チキンの箱と狐にしゃぶられた不運な小鳥たちの死骸に囲まれているだろう。二、三日後には、その車を駆って、イングランド南西部のウェストモア湿地《マーシュ》まで、長い旅路を辿ることになるだろう。バッテリーが存分に充電されるだろう。

「ワイン一杯、一緒にどうだい?」とクロードに誘われる。「ぼくにも注いでくれると嬉しいなあ」とも。フランは自分のことを考えて躊躇する。団地に帰って、強いウィスキーをくいっとやり、奇妙に危うい夕べのか細い高架橋を無事渡りきって、夕食時に角の酒屋で買ってきたソーヴィニョン種の優しいワインを飲んで一息つきたいのだ。それから、腰を落ち着けて、借りてきた『チベット死者の書』のDVDを見るつもりなのだ。だが、チキンスープの出来にも満足で、クロードに対する優しい気持が湧いてきた。「それじゃ、ちょっとお喋りしていくわ」と答える。シャブリのワインを注ぎ、真紅の使い古したパーカー・ノールの肘掛け椅子に身を沈めると、蹴っ飛ばすようにブーツを脱ぎ捨て、なぜかクロードのベッドの端にある投げ槍を入れる古いオークの箱の上に足を投げ出した。投げ槍はなかったが、代わりに『ランセット』、『ニュー・サイエンティスト』、『スペクテイター』、『プライベート・アイ』といった雑誌やグラインドボーンやコヴェント・ガーデンやENO(いずれも英国の代表的な歌劇団の称略)の古いプログラムが詰め込まれていた。

オークの木は磨きが足りない。彫られ節くれだったそのオークは乾ききっていて、水を欲しているようだった。ところどころ色あせた染みがある。だが、フランがクロードの家具の世話をはじめることはない。

それでも、喉を渇かせた木に栄養を与えてやりたいと強く思った。

フランは空港のラウンジや高速道サービスエリアの婦人トイレの萎れた植木に水をやる女として知られていた。

クロードはよくやるように、ジョゼフィーンの近況を訪ねた。ロムリーの日々は悲惨ではあったが、中身は濃かったので、今でもよく思い出した。息子のクリストファーと同じく、クロードもジョウのことが好きだったが、ぎゅっと手を握ったり、その美しさを褒めそやしたりする以上のことはなかった。彼はジョウのことが少し怖かった。

取り立てて新しい情報もなかったので、フランは、「今度一緒に、ヤング・ヴィック劇場に『幸せな日々』を見に行くのよ。われながらいったいどういった風の吹きまわしかしら」とだけ話しておいた。ジョウは教えている成人教育クラスの役に立つとでも思ったのかしら。だが、フランはすぐに、軽い自虐的な言い方ながら、この観劇計画をクロードに話したのを「しまった」と思った。彼はほぼ寝たきりなので、舞台に半身埋められた『幸せな日々』の女主人公ウィニーの状態と似ていなくないのではないか。だが、クロードに気にする風はなかった。むしろウィニー同様、自分の置かれた状況のもっとも不幸な面を無視するか否定するかしていた。

クロードが「おれはもうどんなことがあってもベケットの芝居なんか、いや、それ以外の芝居だって二度と見たくはないね」と強弁するのを聞いて、フランは「あ、この人、大丈夫なんだ」と独りごちた。

「あなたはいつもオペラのほうが好きだった」とフランは言う。もう今になると、宥めているのか挑発しているのかわからない。「わたしは心からオペラを楽しむことがなかった。あんなに切符の値段が高い割には……」

「その点、合わなかったな」とクロードが穏やかに言う。「合わなかった点はたくさんあったけど」

フランは思う——「もしわたしの記憶が正しければ、ウィニーはその独白の間中、何回も何回も痛みがないことについて感謝の言葉を言うはずだわ」

少なくとも。痛みはない。少なくとも。
なんてありがたいこと。なんてありがたいこと。

ジョウと劇場に行ったら、そのセリフに注目してみよう。

クロードはグラインドボーンの常連だったアンドリュー・ウェザリルの追悼文のことをフランに話した。「ちょっと奇妙な文章で戸惑った」と言う。「書き手の名も聞いたことがない。なんで、おれの知らないヤツが……」フランも追悼文の書き手の名に見覚えはない。「復讐心を胸に秘め、まず間違いなく無知蒙昧の輩が、追悼文作家の新しい世代としてのしてきているんじゃないのか」とクロードがつぶやく。

フランは自分が死んでも新聞に追悼文は載らないだろうと思っている。だが、クロードは逃げられない。

アンドリューのことはほとんど知らなかった。フランの交際範囲とは重ならないので、ばったり会う可能性もなかった。だが、彼の変人ぶりは聞いていた。今もクロードが、彼のマーズデン病院での自分勝手で強情な振る舞い、むかつくような食習慣、含みのある言い回しの偏愛、患者の弱味や秘密につけこんだ悪行、驢馬のいななきみたいな高笑いの思い出を話すのに、フランは耳を傾けていた。アンドリューの高笑いに手術助手がぎょっとして、メスを殺菌済みの床に取り落としてしまったそうだ。

お返しにフランは、その訃報で品よくとっちめられたステラ・ハートリープの思い出を語った。彼女の死に関する「人の不幸は蜜の味《シャーデンフロイデ》」的なメディア報道への怒りを打ち明けた。ステラは昔の前衛モダニズムの彫刻家で、彼女なりにスターだった。その作品はたくさんの公共建築物の彩りとなっている。

彼女のロンドンの根城がハイゲートにあって、フランはヘイミッシュを通じてステラを知った。

ステラのマンションはロンドン・アーチウェイ地区の名の由来となった自殺橋《ザ・ブリッジ・オブ・スーサイズ》（アーチウェイ通りにかかるホーンジーレーンブリッジのこと）をくぐって走る都会の緑豊かな深い峡谷を見下ろすところにあった。フランとヘイミッシュは一、二度招かれて、酒を飲んだ。フランはその急降下の眺めが気に入った。彼女は高いところから見る景色が必ず好きになる（なぜだろう？　いつか答えがわかるのだろうか？　高いところへの偏愛、動くことへの偏愛、摂食障害、料理の悩み、セックスの悩み、そのすべての答えを見つけるための時間はさほど残されていないし、もしそれが可能だとしても、そうする意味はあまりない。だが、トライしつづけることが大切だ、と彼女は自分に言い聞かせる）。

ステラ・ハートリープはクリストファーとも知り合いだった。彼女の作品の番組をクリストファーがつくったのだが、フランはわざわざ見はしなかった。見たふりはしたが、見ていなかった。アート番組が苦手なのだ。たとえ自分の息子が出演し、その性格も作品も好きな女性アーティストにスポットライトが当てられていたとしても、事情は変わらない。この種のものを彼女は必要としない。

クリストファーはステラの撮影場所にハイゲートの根城ではなく黒山地《ブラック・マウンテンズ》を選んだ。そのほうが景色がいいし、ウェールズに出張もしたかった。ハイゲートのミステリアスな地層や高低差のほうが風光明媚だとフランは思っていたが、その彼女はヘイミッシュに死なれると、ハイゲートを離れた。マンションを売って東に移動した。そこに独りでは住みたくなかった。残りの人生、新しい土地で新しい生活を始めたかった。

ヘイミッシュとの幸せだった時間を考えることも、彼を失った悲しみを思うことも、あまりない。彼と過ごした二十年は、人生という名の戦場で見つけたオアシスのようなものだった。分不相応なオアシスだ。そういう時を持てたのは幸運だったが、それは彼女の人生とは関係のない時間だった。

そして、今はまた、戦いの只中に戻っている。

眉を寄せてキンドルで『タイムズ』紙を読みながら、よく知らない新参者の追悼記事作家のことをぶつぶつこぼすクロードの話を聞いていると、そんな思いがあわわだしく脳裏をよぎる。

今のクロードとフランの生活は、追悼記事や追悼の会の悪意を含んだ黄昏の光に満たされている。クロードのほうがもっとずっぽり嵌まっているが、これまで見てきたように、フランも関心を抱いている。

クリストファーはまだカナリア諸島にいる。太陽の光を浴びてのんびりしている。だが、妹のポペットの上には大雨が降りそそいでいる。フランは使ったワイングラスを食洗機に入れ、自分のブーツのチャックを上げ、玄関の戸を開けながら、自分の子どもたちを思う。クロードをチキンスープと一緒にあとに残して、建物の外へ出る。また悪天と戦うために。

*

スゼットはドロシーを心配している。来る年も来る年もドロシーの謎めいた魅力にほとんど変化は見られなかったのに。もう十五年近く、スゼットはこの介護施設を運営してきた。その間中ずっと、自分より前からここにいたドロシーは落ち着いていた。感謝の心を忘れず、手もかからず、言うこともよく聞いてくれて、チェスナットコートのいい宣伝塔になれるくらいに、扱いやすい「お客さん」だった。まったく問題がなかったのだ。ときどきスゼットは、衝動に駆られて彼女をぎゅっと抱きしめ、「あなたって、本当にいい子！」と言った。だが、そのドロシーが苛々している。漂いつづける彼女の心に何かがひっかかり、あるいはもつれている。スゼットはドロシーの部屋で彼女の横に座って、二、三分のあいだ、彼女の薄い肩を優しく辛抱づよく撫でてやる。それから、きれいにまとめられた銀色にウェーブする髪をとかしてやる。

　ドロシーは不安そうだった。そして、「それを失くした」と何度も繰り返す。それをどこに置いたのかわからないと言う。なくなってしまった。

　スゼットには、それが何なのか、わからない。残された物は大事にしていたが、ドロシーには一生の思い出といった持ち物がほとんどなかった。住んでいるのはきちんときれいに整頓された小さな部屋なので、どこにも失くしようがない。

　ブラシと、櫛と、ネックレスと、指輪。鏡台には古風な化粧セットが置かれていて、石鹸入れと白と水色のウェッジウッド陶器の指輪掛けが付いている。指輪掛けにはこれもウェッジウッドの指貫が一つ。昔の結婚生活の思い出の品だ。衣装スペースには、パッド付きのハンガーにスカートやブラウスやワンピースが掛かっている。夏冬それぞれのコートもある。ドロシーは、スゼットの前任者のリンダがウルヴァハンプトンのビーティーズデパートで只同然で手に入れた可愛い花柄の端切れを使い、自分でコート用ハンガーのカヴァーを作った。針仕事は得意だったが、関節が固くなった今は難しい。ペンは持てるが針は使えない。金縁のポケット版聖書がベッド脇の小卓の上にある。雑誌は籐製のマガジンラックに積まれている。ペンと鉛筆はシールで飾りつけたジャム瓶に立てられていて、彼女が仕事机と呼ぶデスクの上に置かれている。描くための道具はふんだんに、色とりどりのアクリル・ペン、クレヨン、キラキラを付けるブラシ、星形のステッカーもある。塗り絵の本もある。一九三〇年代の嵌めこみ型暖炉の上の棚には銀のフレームの写真が並んでいる。ずっと前に死んだ家族、彼女が二十代のときに蒸発した昔の夫、オーストラリアにいる息子ラルフ。

　妹のエミリーと甥のポールの写真はない。今、彼女と連絡を取り合っていて、お金や書類の面倒を見ているのはポールなのに。

スゼットは、頼りになるこの道のプロのポールを気に入っていた。介護のことがよくわかっていて、彼のほうでもスゼットを頼りにしているのが、彼女にはよくわかった。

だが、数日前にポールが来たときから、ドロシーは不安定になった。ポールがいるあいだは大丈夫そうだったし、ポールと一緒に来たあの縞柄のジャージーのセーターを着た明るい女性とのおしゃべりも楽しそうだった。あとで何度もその女性のことを嬉しそうに話していた。「フランさんね。わたし、フランさんのこと、好きだわ」と名前も覚えていた。だが、その後、ドロシーから落ち着きが消えた。何だかわからないその失くした物についての心配がはじまった。

チェスナットコートで何かがなくなったといわれるのは、スゼットにとって心外だった。たとえ数が数えられなくなったり、観察力を失った人に対しても、すべてガラス張りできちんと説明できる安全な避難所運営を信頼できるスタッフが担っているというのがスゼットの誇りだったのだ。若いころ働いていた介護施設では、当たり前のように物がたくさんなくなっていて、違う人の服がワードローブに紛れこんでいたり、居住者がたまたまそこにある物を着せられたりしていた。たしかに何を着ても構わないという人もいるが、気にする人だっているのだ。とにかく、そういっただらしなさを許容する方針は絶対に良くないとスゼットは思っていた。

それから、服の紛失よりももっとひどいことがあった。虐待と言うほどではなく、怠慢と言っても言い過ぎになると思う。だが、どこかいい加減なところがあった。

頭の中がもつれにもつれているドロシーなのに、その個性のきわ立ちぶりはいったいどうしてなのだろう。それがスゼットにとっては謎だった。ドロシーには彼女なりの控え目なかたちながら、プリマドンナ風のところがあった。いや、そう言っては誤解を招く。プリマドンナと言うと、自己愛とか虚栄心とかが強調され過ぎる。それは事実とは違う。だが、ドロシーは特別だった。彼女には個性があり、自分がある。そして、その自分を譲らなかった。「お客さん」――スゼットは心の中で居住者を「お客さん」と呼ぶ――の中には、自分がなくなって存在が薄れてしまい、もの言わず何も覚えていない、休眠状態の、ほとんど忘れてしまった過去の残骸と化してしまった人たちがいる。内面がゼロに近くなっていて、あまり何も残っておらず、半分眠ったまま、いずれはどこかよその場所で目を覚ますのではないかと思わせる。あるいは、もう目を覚まさないのかもしれない。

この人たちはどこで目を覚ますのだろう、とスゼットはときどき思った。そして、目を覚ましたときは何になっているのだろう。

彼女は、いい加減ではあるが、一応クリスチャンとして、そのような育てられ方をした。両親は結婚式と洗礼式と葬式以外で教会に行くことはなかったが、口先では神様のことを話していて、スゼットにガールスカウトの活動に参加させ、神様への義務を果たすよう促した。スゼットはスカウトの活動が大好きだった。その成人サブリーダーを務める学校給食婦のローズ夫人はめちゃくちゃ面白い人だった。楽しいアイディアをたくさん持っていて、あのダドリー城で宝物探しをした日みたいに、結構危ないこともやらせた。とても熱心にやってくれた。

スゼットはドロシーの銀髪をブラシから二、三本つまみ取ると、ビニール袋をかぶせた籐の屑籠に捨てた。

天国など誰に信じられよう？　あまりにも馬鹿げている。それでも、教会は天国を信ずると言う。ここに定期的に来る牧師だって、「天国を信じています」と言わないわけにはいかない。それが仕事の一部なのだ。天国を信じるために、あまりにも多くの人が死んだ。

だが、もしだれかが天国に行けるとするならば、ガールスカウトのローズ夫人は当確だ。彼女のために特別に席を空けてあげてほしい。

もしかしたら、ドロシーには「さよならの時」が近づいているのかもしれない。その予感があるのかもしれない。

スゼットはたくさんの最期の部屋、たくさんの思い出の品、たくさんの家族写真、最後は小さな空間に縮小してしまったたくさんの人生を見てきた。それらはまた、いつかは爆発して、そんなに小さくなるより前の姿に戻るのだろうか。そして、今とは違う新しい、ひょっとしてさらに良い世界に生まれ変わって、自由にのびのび歩けるようになるのだろうか。そう考えられたら何て素敵だろう。

何年か前に、一日がかりで、ウェストブロミッチ発バス旅行を敢行したのはいい思い出だ。豪邸を見て、買い物をして、最後に礼拝堂だったか、戦争記念館だか、小画廊だったか、もう忘れてしまったが、そこで見た絵は脳裏に焼きついている。墓や墓石が傾いた墓地の絵だった。墓の中から、うちのナナが着ているみたいな昔の普通の服を着たがっしりした陽気な男女が這いあがってきて、永遠の再会を喜びあっている。ガイドの人は、これが《復活》です、と言った。皆でしんとして見入った。

同じ画家の筆による黒と白の牛の絵もあった。有名な画家なのだろう。そうでなければ、わざわざ絵を見に来るわけがない。画家の名は忘れてしまった。

墓土の中から這い出てくるなんて、あまりにもバカらしい。でも、火葬に付すかどうかにとてもこだわる人もいる。死んだあとの体がどうなるのか、どうなるはずなのかについて、考えがあるのだ。そういった希望にどう応えるか、その実際的な手立てはわかっていた。ただ、海への埋葬を望んだ男の希望は叶えることができず、その代わり、彼の遺灰をペナースの桟橋から遺族がさりげなく撒けるよう手配した。男はブリストル海峡を行ったり来たりする古い遊覧船の船長だった。海に出ていたころのことを好んで話してくれた。シナ海を股にかけていたような話しぶりだったが、やる気にあふれた爺さんだった。

スゼット自身の死生観は、ひょっとしてローズ夫人は特例として、他の人は死んだら終わり、一巻の終わり、というものだ。だから不安でたまらない、というわけではない。生きているあいだは生きていて、死んだらいなくなる。

だが、こんなに長いこと、ドロシーが心ここにあらずの状態にあるのは奇妙だ。理解できない。

ここの居住者は日帰り旅行が好きだ。スゼットも同じ。だが、今は規制があまりにも厳しくなってしまっていて、健康面や安全面での懸念もあり、またたしかに派手なバスの事故も一つ二つあったことから、実施するのが昔より難しくなっている。だが、家族でバス旅行業をやっているジャッジ興業は健在だ。と言ってもビル・ジャッジが引退したら、長くは持たないだろう。それでも、体調のいい居住者だけだが、イースターにはチリントン邸見学の予約を入れた。ドロシーも行くだろう。彼女は日帰り旅行が大好きだから。

ドロシーも行くだろう。でもイースターまで持つかしら。

＊

クリストファー・スタブズとシモン・アギレラと頼りになるイシュマエルが、「飢餓塔《ファミン・タワー》」内の石の緩やかな螺旋階段を上ってゆく。アイヴァーは塔の下で、温かい平らな石板に腰を下ろして、夕日を浴びている。二、三年前にシモンにつきあっててっぺんまで行ったが、もう二度と上りたくない。ベネットはテラスに残って、読書の合間にうつらうつらしていた。だが、クリストファーは、シモンが委嘱して制作中の壁画を見に、塔に行こうということになったのだ。もっとも、きっと気に入らないだろうという確信めいたものがあって、それが自分でも気まずかった。「飢餓塔《ラ・フォルタレーサ・デル・アンブレ》」。「飢餓塔《ザ・タワー・オブ・ハンガー》」。「飢饉の塔《ザ・ファミン・タワー》」。それは古く、時を超越している。多分中世に建てられたのだが、歴史文書にはない。最初の侵略者ノルマンの騎士ド・ベタンクール（十五世紀にカナリア諸島を探検したフランス人）の時代に属するのかもしれない。フォン・フンボルトやリチャード・バートンのような探検家（フンボルトは十八世紀末から十九世紀前半にかけて活躍したドイツ人。バートンは十九世紀後半に活躍したイギリス人）が、前者は西方、後者は東方に向かう際に、途中ここに立ち寄り、塔を見つけ、記録に残した。穀物が備蓄され、海賊に対する見張りにも使われた。イワシやクジラを発見するためにも使われ、今では移民を見つけるために使われている。

ベネットのカナリア諸島小史執筆計画には、彼のお世話で疲労気味のアイヴァーが想像している以上の可能性が秘められているのではないか、とクリストファーは思う。アイヴァーの用心深い疑念もよくわかるし、彼がベネットのご機嫌とりをしなくてはいけないのもわかるけれども、クリストファーはまだ垣間見たに過ぎないこのカナリア諸島の虜になってしまっていた。それはセイラのような怒れる政治的なヴィジョンではない。土地そのものに魅せられた。その地理、地形、地質に。その暗色の砂と淡色の土と赤色の鉄の奇妙な色あいに。そのサボテンとアロエと地衣類とユーフォルビアの青と緑と灰色の混ざったパレットに。あらゆる怒り、あらゆる欲望を超越したその落ち着きに。

やわらかく乾いたその光には、この世ならぬ透明で純粋な美があった。地上のものでない輝きがあった。天文学者が地球の他の場所よりも裸の天に近いこの地を本拠とするのはよく理解できる。ここの空気は、そっと肌に当たって優しくまとわりついてから、体の中に入って妙薬となる。温かく、恵みぶかい。

天国の島。キルケの島。

絵描きにとって理想的な光、絵描きにとって理想的な景色。だが、シモンも認めるように、カナリア諸島に縁のある美術作品に名作はほとんどない。至るところにあり目立っているセサール・マンリケのものと、黄麻布を使った、グアンチェ人のミイラに影響を受けたかどうかはわからないが収集に値するミリャーレスのものは別にして。キリコはもちろんシモンの画廊に絵は掛かっていて、島の白く小さな町や礼拝堂や海辺や柱廊は彼の同意を得て彼のスタイルで描かれたように見えるけれども、キリコ本人は、少なくともクリストファーの知るかぎりでは、ここに来たことはない。

「スエルテ荘」に戻ると、深夜、結構強い電波が来ていたので、クリストファーは自分のラップトップで、カナリア諸島関連の美術に関するインターネット検索をはじめた。だが、面白い情報はまだ見つかっていない。セサール・マンリケのことばかり出てきて、それ以上調べられない。ついさっき耳にしたミリャーレスと彼の縫合作品のことは、イギリスに帰ってからきちんと調べてみよう。ガレス・モーガンというBBCウェールズ局の男だったか、だれかに、かつてウェールズの画家ジェームズ・ディクソン・イネスが結核で死にかけていたときに、健康上の理由でカナリア諸島を訪れたと聞いた記憶が残っていて、頭を離れない。晩年のイネスは、ここの低木が点在しポツポツ斑点の付いた灰緑色の火山地帯の眺めを、広大な空を、トルコ石色の潟を、不規則な形に広がる石灰華を描いたのだろうか。カナリア諸島の風景は彼の作品に似ている。イネスのスタイルを真似ている。イネスはウェールズをまるでカナリア諸島みたいに描いた。もしここでも描いていたのであれば、今も彼の記憶がここに残っていて、ゆらめいていたり、地に埋もれていたり、丘陵地帯を彷徨《さまよ》っていたりするだろうか。クリストファーはイネスについて、美術に詳しく画家の知人もたくさんいそうなベネットに訊こうと思った。もっとも、自分の記憶が正しければ、イネスは第一次世界大戦中に死んだはずなので、ベネットとは知り合いになりようがない。イネスはベネットの世代、チョピングとワース＝ミラーの世代、フランシス・ベーコンの世代、スタンリー・スペンサーの世代よりも前の世代の画家なのだ。

だが、ベネットに尋ねることには躊躇もあった。老人に答えられないかも知れない質問をするのはいいことではない。時機をうかがい、過去を追憶するいいチャンスの到来を待ってみよう。

クリストファーにもベネットを気遣うアイヴァーの気分が伝染していた。ベネットの頑張りと元気さとサービス精神には心ゆさぶられる切なさがあった。彼は人生最後の年月を、自分のため、まわりの他人のために、できる限り楽しいものにしようとしている。

恐れていたとおり、壁画はひどいものだった。この壁画でフエルテベントゥーラ島美術の評価が上がる可能性は低かった。青を基調とした、大胆で、表現主義的で、感傷的で、公共的な、最低の代物だった。粗く漆喰を塗った硬質繊維板みたいなものを乱暴に立てかけた上にぞんざいに絵の具を投げつけたようだ。シモンの説明によれば、中世の最初の征服の話からはじまるという構成で、その未完のシーンに目をやると、十五世紀のリスボンを出港した三艘の船の到着が描かれている。船にはフィレンツェ人、ジェノバ人、カスティーリャ人、ポルトガル人などさまざまな人間が乗っている。軍馬もあった。

「島民はそれまで馬も船も見たことがなかったんです」とシモンが言う。

その隣のパネルでは、住民が一行を歓迎して宴を開いている。さらに隣では、疑うことを知らない無邪気な島民四人が捕虜でも奴隷でもなく、歓待を受ける客として、リスボンに帰る船に乗り込むところが描かれる。刺繍を施した山羊皮の優美な衣装をまとった自由で美しい人たち。奴隷制の歴史はまだ始まっていない。それは何世紀もあとのことだ。

壁画の描き手はこのような島の歴史に飽きてしまい、あいだをすっ飛ばして、最後の二十一世紀の移民船難破問題を描いたパネルを塗りたくり始めている。パテラ船が沈みかけていて、移民たちは溺れている。

このシモンの秘蔵っ子に当たる画家が、ドラクロワやジェリコーの絵に通じているのは明々白々である。ジェリコーの大作《メデューズ号の筏》とセネガルのパテラ船は出自が同じで、同じ荒波にのたうっている。モデルにイシュマエルが使われているのも明らかだ。彼とわかる人物が、沈んでゆく船の――そういう言い方でいいのかどうかわからないが――舵をとっている。結構似てはいる。英雄的人物に描かれていて、望みは失せたが、それでも、浜辺と灯台とグラン・タラハルの塀に囲まれた墓地のある陸地に信号を送ろうとしている。水中には人体が見える。男の、女の、子どもの顔が水中から上を見ている。叫びたてるようで、繊細さを欠いた作品だ。

クリストファーとシモンとイシュマエルは難破船の絵をだまって見つめる。イシュマエルは当事者だったのに、まるで自分には関係のないことのように肩をすぼめて、軽く否認の身振りを示す。何か謝るような説明口調で、「船のモーターはヤマハだった」と言う。クリストファーはこの悲劇を前に、言葉をすっかり失っている。

「火の中から取り出された燃えさし」（旧約聖書「ゼカリヤ書」第三章二節）。うねる波から助け出されて。するとシモンは「楽しいとき、苦しいとき」と謎めいた言葉をはなつ。クリストファーはわかったような顔をしてうなずくが、戸惑っている。

黙ってとぼとぼと階段を下りながら、クリストファーは、シモンの言葉が彩り豊かな衣装をまとって空港に絨毯を敷き、無知で無気力で無関心な旅行客に囲まれながらハンガーストライキを敢行していたガリア・ナマロメを想起させることに気づいた。そしてまた、カナリア諸島に来る少し前に、ロンドンのW10地区クイーンズパークでセイラと一緒に見た驚くべきユーチューブ動画のことも思い出す。イシュマエル同様、沈んでゆく船を逃れて海と格闘してようやくフエルテベントゥーラの観光客向けビーチに辿りついた一人の移民を撮ったもので、力尽きて呆然とへたりこむ男が海水浴客のパラソルに囲まれている。何も見えず、息もできずに座りこむ男の姿を、一人の旅行者が平然と撮ったのだ。いいタイミングだと思って撮影し、クリストファーらの知るかぎり、コメントも付けずに、それを投稿して、皆が見られるようにした。

期限が切れていなければ、今でも見られる。

休暇中に撮った動画。楽しいとき、苦しいとき。

マルタ島、ランペドゥーサ島、我らが地中海《マーレ・ノストルム》、フエルテベントゥーラ島、ランサローテ島、エル・イエロ島。地中海、そして大西洋。国境を管理する欧州対外国境管理協力機関《フロンテックス》、ヘラクレスの柱（ジブラルタル海峡をはさんで聳える二つの岩山）、果てしなくつづく恥辱の壁《ザ・ウォール・オブ・シェイム》。

娘のエイミーは、サセックス大学で、壁、仕切り、国境について一万語の学位論文を執筆中だ。島国イングランドに生まれ育った少女には大きなテーマである。

クリストファーは、自分と娘のエイミーと前妻のエラのあいだに高い壁をつくらないように努力してきた。三人を隔てる恥辱の壁は存在しない。

セイラとクリストファーは、天気の崩れてきた惨めな一月の深夜に、二人で羽毛布団に潜ってぬくぬく温まりながら、小さな画面に映された他人の不幸を見ていた。彼ら自身も、というかそのうちの一人は、自分も敵方の鉄砲の目の前に立っていてもうすぐ被弾する運命とは知るよしもなかった。

セイラが何ヶ月もかけて自治と本国送還について調べたことが無に帰したのは残念だ。彼女がプエルト・デル・ロサリオでスペイン赤十字のトマスに会えなかったのも残念だ。彼女のことを待っていたのに。亡命の状況について、モロッコとナイジェリアとの国外追放に関する条約について、話すことはたくさんあったのに。

セイラがイシュマエルに会って、フランス語で、英語で、アラビア語で、ウォロフ語で、彼の話を聞けなかったのも残念だ。
セネガルはスペインと本国送還に関して条約を結んでいない。

*

ベネット・カーペンターのしわくちゃな薄紙みたいな瞼と、白い睫毛と、日焼けして染みのある額と、毛むくじゃらの眉毛の上には、温かな陽光がふりそそいでいた。くたびれた麦藁帽はテーブルの上で所在なげだった。ベネットは黒色腫の心配をしない。温かさのほうを好む。午後おそくによく見る不思議な空中浮揚の夢をまた見ていて、いい気分でいる。夜、もっと眠りが深くなると、瑣末なことに気分を害したり慌てふためいたりする夢を見るようになる。空港、講義、待ち合わせの失敗、敵の悪意など、残念なことに、彼が精神的な落ち着きと心の広さを持っていない印象を与える夢の数々。だが、午後に見る夢は、ときに、もっと良いところに連れていってくれる。庭園、河畔、森林、教会。教会と言えば、二人の関係の真ん中あたりの時期に、ベネットとアイヴァーは、イングランドの教会めぐりを楽しんだことがある。人知れずひっそりとたたずむ、無名の、旅行ガイドにもペヴスナー（英国の著名な建築・美術史家）の本にもほとんど記されない小さな教会たち。スペインで、イスラム文化の壮麗と、バロック文化の悲劇的な渇望と、ファシズム政権の仰々しい戦争記念碑でお腹いっぱいになった二人には、いい箸休めになった。大聖堂も訪れたが、やはり良かったのは片田舎の教会だ。ベネットは宗教には興味のない、自由思想の不可知論者だった。スペイン内戦の研究にどっぷり浸かっていたため、ローマ・カトリック教会をはじめとするキリスト教に好意的な見方をするのが難しくなっていた。口にこそ出さないが、牧師や神父のことは嫌っていた。

彼の両親もまた不可知論者だった。もっとも何かアンケートに答えるようなときは、そのほうが無難だったので、おとなしく「英国国教徒です」と言っていた。

ベネットの考えにつねに忠実なアイヴァーも、彼のよくある宗教的懐疑を共有しているように見えた。だが、ベネットは一度、飾り気のないノルマン様式の小さな教会で、アイヴァーが十字を切り、控え目に恭しく頭を垂れているのを見たことがある。高圧線鉄塔に支配されるイングランド中部の、広い平地の上の乾いた小山に建つ教会だった。ドライ・ドディントンという名の村だった。ベネットに見られたことをアイヴァーは知らなかった。だが、たしかにベネットは見た。

アイヴァーは一進一退を繰り返しながら衰えてゆくおれのために、ひそかに祈ってくれたのだろうか？　それとも、あれは行動と解放を願う祈りだったのか？

それからほどなくして、二人は空気の乾いたカナリア諸島に居を移し、ペヴスナーは何の役にも立たない新しい町の近くで、新しい生活をはじめた。だから、ここのガイド本は自分が書けばとてもいいだろう、とベネットは思っている。

快活でサービス精神旺盛な若いクリストファー・スタブズがカナリア諸島信者になりかけていることには、ベネットもまだ気づかない。

シモン邸のテラスでうたたねをしながら、ベネットはレスターシャー州の祖父母の家の近くの廃屋となった小さな製粉所脇の川岸に座っている夢を見ている。小さいころ兄たちと魚釣りをしたりして遊んだ場所で、今でも夢の中で帰ることがある。安らぎに満ちた夢だが、同時に、かつてそこで一目見た巨大な魚が、ゆったり流れる川の、川藻が日を浴び鮮やかな緑にゆれる深みから陽光あふれる浅瀬に上がってきてほしいとこいねがっている。巨大魚は二度と現れなかった。見たときに兄たちに話しても、信じてもらえなかった。頭が横に広く、赤ん坊ぐらい大きい魚。上がってきて、少しだけ日の光を浴びて、また深みに消えていった。テンチ？　デース？　カワカマス？（テンチとデースはともにコイ科の魚）兄たちはベネットが見たと言うその大きな魚のことで、何年も、何十年ものちまで、彼をからかった。

「逃げちゃったあの魚ね」と言って、執拗にからかった。

兄たちはベネットの職業的成功、世俗的名声、与えられた名誉を嫉んだ。サー・ベネット・カーペンター。それが表面的な祝福の言葉とは裏腹に、不快だった。ベネットの兄弟もそれなりの成功を収めてはいたが、彼ほどではなかったのだ。

その兄たちも死んでしまった。

繰り返し見るこのあまり面白みのない元型的な魚の夢は牧歌的で憧れに満ちていた。だが、同時に、心はずみ浮き立つ感じもあった。それは自分の人生が野望、競争、研究、成功、性などに汚染される前の時期に属していた。オーウェン・イングランドにはじめて会ったのはそのころだった。ロマンチックなオーウェン。その人生は孤独だった。幸先は良かったが、最後は冷え冷えとした孤独と化した。東風の成すがまま、湿気て、霧の多いケンブリッジの、老人ホームのようなところに住んで、雲の研究をしているのではなかったか。クリスマスの時期に一、二週間、太陽でいっぱいのこちらに誘い出せたのは良かった。とても感謝してくれた楽なお客さんだったたな。

ベネットにはアイヴァー・ウォルターズがいて、一生懸命尽くしてくれる。それがどんなにありがたいことか、寝ても覚めても、頭の一部ではわかっている。別の一部には、それに抗う気持があり、アイヴァーの忠実さは牢獄のようだと感じている。

アイヴァーはだれもが会いたいと思うような世界一の美青年だった。アーリア系の純粋で落ち着いたブロンドの美男で、ステインズ（ロンドン近郊、サリー州の町）の出身だった。ベネットのほうは、ずんぐりした、お笑い芸人みたいな体型で、口数が多く、冗談も上手く、頭が切れて、衝動的で、とても面白く、皆に愛されていた。性格の派手さもエネルギー量も血圧も高レベルで、肺が弱かった。

美男と野獣。

＊

晩年、詩人アルフォンス・ド・ラマルティーヌは少し呆けて、夕食後に家を飛び出し、野を彷徨《さまよ》うことが多かったと言う。ベネットはウナムーノのことを思うと、ときどき、ラマルティーヌのこの逸話を思い出す。二人とも政治革命の動きの犠牲者になった。

＊

アイヴァーはベネットの使う言い回しを理解できないことがある。「おれは凋落《カデュシティ》を案じている」と言うのだが、それを「やる気というものが失せたなあ」と言うのと同じ哀しそうだけれども威厳に満ちた口調で言う。

アイヴァーには「凋落《カデュシティ》」という語がわからなかった。手元にある辞書には載っていない。綴りがわからないからかもしれない。だが、訊いてみるのは嫌だ。

＊

フランは、進めず、下がれず、立ち往生したプジョーに座ったまま、独りごちる。「このドアホッ。頑迷なバカッたれ。あんた、いったい何やってんの？　気でも狂ったのかい？」

昨夜、ヴァレリー・ヘリテージから、「道路がどうなるかわからないし、天気もひどくなりそうだ」というメールが来ていた。だが、それで思いとどまるフランではなかった。むしろ行く気が増した。で、夜が明けるずっと前に家を出て、西の方角の沼地めざして、車を飛ばした。その結果がこの有様だ。ナビに連れられここまで来たものの、二級道路でさえない田舎道で立ち往生した。

こうなったのも、三日前の晩にジョウと一緒に見た、あの忌々しく馬鹿馬鹿しく人を落ち込ませるにもかかわらず人の心を捉えて離さない『幸せな日々』の公演のせいだ、と怒りにまかせて振り返る。ジョウは、ロンドンに出るついでに、自分の槌状足指を何とかできないものかと、足専門の外科医の予約を入れていた。

何もできなかった。

ケンブリッジにも同じ病人がいるのだから、足専門医もいるだろうに、そこで診てもらえばいいのに、とフランは思った。だが、一番の名医はチェルシーの聖ルカ病院にいるシリトー先生なのだそうだ。察するに、ジョウの亡夫の医療保険とも関係があるようだ。

シリトーの名を出すと、クロードも「あいつなら大丈夫。いい奴だ」と言った。

だが、変なダジャレだ。「お馬鹿な足指《シリー・トー》」という名ゆえ、足指の専門医になったのか。

サミュエル・ベケットも槌状足指に苦しんでいた。彼はまた緩慢な死のプロセスに取り憑かれていた。フランはそれが心から嫌だった。あの人、けっこう長生きしたじゃないの。いったい何をえんえんと御託を並べていたのだろう。

母親の影響、第二次世界大戦の体験――いろいろな説は知っている。

ありがたいことに時間は短い『幸せな日々』の最後まで、首まで砂に埋まったマルーシア・ダーリングがウィニー役を演じるのを、小さく硬く座りにくい椅子に背筋を伸ばして陰鬱な顔で座って見ていたフランは、自分ばかりかこの国のすべての老女の悶え苦しむ抵抗と拒絶を体現していた。舞台照明の太陽の容赦ない光の下で囚われ人となったマルーシアの座った姿を見ていると、退屈と憤怒が手を組んでフランの中に溜まっていった。マルーシア・ダーリング自身、体の具合が悪く、おそらくこれが彼女の熱演を見る最後の機会になるだろうということを知っていたとしても、それは何の手助けにもならなかった。彼女の体のことは一般に知られているわけではなく、ジョウから聞いた話で、ジョウ自身はロンドンのハイベリー地区で四十年間マルーシアの隣人で友人でもあった、彼女の友だちのエレナーから聞いた。どうしてマルーシアがその年で体の具合も良くないときにこの死と対峙するような役を引き受けたのかは謎である。「たまたま」とか「ふと気が向いて」とかいう話ではないだろう。幕が下りても別人のように元気になりはしないことを知りながら、夜ごと、この役を演じるのは、景気のいい話ではない。

もちろん最後には拍手があり、スタンディングオベーションさえ起きた。わたしたちが最期を迎えて、立派に舞台をはけるために必要なのは、何よりも喝采かもしれない。目立つ役を演じて、拍手喝采される。胸を張って退場する。それに、マルーシアにとっては、この陰鬱な晩も仕事なのだ。仕事はある意味で人生を救ってくれる。この短いと同時に無限に長かった公演のあいだ、フランは何度かアシュリー・クーム財団との契約のことを、彼女の銀行口座に音も立てずに振り込まれる少額ながらありがたい給料のことを思った。彼女はしょっちゅうインターネットで入金をチェックするのだが、お金は必ず振り込まれている。いろいろな意味で、それは命綱だった。

公演後にパスタを食べながら、ジョウはフランに「劇場は本当に辛いわ」と告白する。「来てよかったとは思うけれども、我慢大会みたいだった」

「年だから」とフランが返す。切符を買ったのはジョウなので、あまり否定的なことは言いたくない。

「若い人たちは座り心地とか気にしないみたいね。若い人がいっぱいいると思ったわ。ベケットは流行ってるの？」

「そうみたい」と言いながら、ジョウは食べているリングイーネの中のよくわからない代物をいぶかしそうに突っつく。

「昔は映画館の後ろの壁に立って見てたけど」とフランが言う。「もうできないわねえ」

「そんなに無理する必要もないでしょ」とジョウが返す。

そう、二人の会話はだいたいこんな感じだったわ、とフランは振り返る。ジョウが何かスペイン内戦時の日記を見つけたという余談もあったけれども、どうしてそれがそんなに興味ぶかいのかという話はよく理解できなかった。ジョウの研究は最近方向転換したようだけれども、その軌跡が実はよくわかっていない。以前はもっとベケット的なテーマに夢中だった。そして、今はわたしのほうがこんな有様で、水が出た道路に立ち往生して、ナビも役に立たず、これからいったいどうすればいいのか途方に暮れている。ベケットと彼の芝居のウィニーに憤ったあげく、すべての天気予報の警報や注意報を無視して、豪然と家を出た。戦いの中で死んでやると思った。デーン人シーワードが言ったように、牛みたいに溝に寝転がって死ぬよりましだ。ウィニーみたいにハンドバッグを脇に置いて首まで生き埋めにされるよりもいい。だが、その結果、この窮地だ。狭い道で、前には車が三台止まっている。その先はカーブになっていて見通せない。背後にも二、三台、車がある。いつの間にか、すべてが止まってしまっている。道には水が数インチの深さでたまっている。発進できるのであれば、その水を突っ切ることになる。水に弱い変速装置や排気管といった箇所がどうなるかはわからないものの、そもそも発進ができない。エンジンは切った。足元のペダルを見下ろす。最近の自動車ではどこがどこと繋がっているのかわかりにくい。もし、水が上がってくるとして、どこから来るのかわからない。すべてが隠匿され、封印され、見えない。空気取り入れ口はどこだろう？　よくわからない。もし、この状態がつづくのであれば、おそらく、そこから水が入ってくるだろう。

ペダルのある足元のことを英語で「足泉《フットウェル》」と言ったっけ。自分では一度も使ったことがないけれども、何と奇妙な言葉だろう。この足元が、「泉《ウェル》」みたいに水にあふれたら、困った事態になる。何と奇妙な言葉だろう。

雨はまだ止まない。強くはないが執拗に降っている。フランは運転が上手いと自負してきたが、機械には弱いことも自覚していた。沈没しつつある車をどうすればいいかはわからない。エンジンと電気系統はダメになってしまうのだろうか。「深さ四インチ以上の水の中」で車を決して動かしてはいけない、という文章を読んだ記憶がある。いや、「流れる水の中で」だったか、「車輪の半分以上の高さの水」だったか。水は増えているのだろうか。よくわからない。危険な状態というわけではまったくない。車を降りるのはとても容易そうだし、葦やオニナベナなどの雑草でいっぱいの茶色い溝を渡《と》渉《しょう》して、柳のある泥だらけの土手を這いのぼり、自動車協会に助けを求める電話をかけるのも簡単にできる。だが、かわいそうな車を乗り捨てたくなかった。車を出れば、自分はこの真冬に田舎の真ん中で、本当に本当に途方に暮れることになる。力も失せ、頭も働かず、途方に暮れる。

このバカッたれ。

「道路閉鎖」の掲示はない。老若問わず、家を出てここまでやって来た、彼女以外のバカッたれどもが、前にも後ろにも。くそったれ！　なんで前に進まないんだい？　なんで止まってるんだい？　カーブの向こうで大事故が起こって、それで動けないっていうのかい？　前に進めば、立ち往生はなくなるのよ。出ていって、前の車の運転手に事情を訊いてみようか？　後ろの車の男に話しかけてみようか？　だが、バックミラーに映る男の顔は気に入らなかった。赤ら顔で赤毛の頬ひげをのばした若めの男で、灰色と白の縞模様の毛糸の帽子をかぶっている。仕方ないと思うが、機嫌が悪そうで、怒って携帯電話に話している。注意深く見てみると、車はトヨタのようだ。メタルグレーのあまり新しくない田舎道向けのトヨタ。

　フランス車のほうが日本車よりもいい。かつてはそうだった。

　本当は足を濡らしたくない。足が濡れるくらいなら溺れ死んだほうがましだ。薄茶の地に赤いレースのついたスエードのお洒落で履き心地のいい靴は、防水にはまったく向いていない。トランクにゴム長靴があるが、それを取りに行くには水の中を歩かなくてはいけない。ヴァレリー・ヘリテージに電話したほうがいいだろうか？　止まってからまだ五分くらいで、ロンドンの交通渋滞のレベルから言ったら児戯に等しい。だが、何時間も経った気がする。遅刻しても、どうなるという話ではない。辿り着けなかったとしても、別にどうだという訳ではない。だが、ヴァレリー・ヘリテージの機嫌を損ねたくない。この遅延がヴァレリー・ヘリテージの名を権威と非難の象徴に変えてゆく。その高位の存在に、フランは能無しの阿呆と見下されることになるのではないか。

　車をバックさせるのが大嫌いだ。わたしはバックが苦手なのだ。この窮境を抜け出すためには車をバックさせなければいけないという成り行きは、絶対に絶対に避けたかった。こんな狭い道をバックさせるなんて。わたしは前に進みたい。

　今は仕方がない。動けないのだ。

　切っていたエンジンをまたかけて、ラジオを点けてみた。よし。まだすべて動いている。《女の時間》（BBCラジオの長寿番組）だ！　素晴らしい！　ジェニー・マリーがプレゼンター！　素晴らしい！　番組では自殺幇助のことが話されていて、それはあまり素晴らしくなかった。もちろん自殺幇助には賛成だが、今はまだその時機ではない。聖アウグスティヌスが言った。今はまだ。今ではない、今はまだ。

ラジオを切った。新しい旧友テリーサを思う。彼女はある種の信仰を持っているので、多分、自殺幇助には賛成しないだろう。もっとも、礼儀を重んじる人だし、こちらのことも思いやってくれるだろうから、その問題でフランと意見をぶつけあって気まずくなることはまずないだろう。

苛々と挫折感が募っていった。ウェストモア湿地《マーシュ》介護住宅の管理責任者の厳しい姿もますます不吉に大きくなってゆく気がする。前方でクラクションとエンジンをふかす音が聞こえ、何かが動き出す気配がした。だが、また、何も聞こえなくなる。たぶんちょっと先に、このあたりの湿った平地に多い背の低い小橋があるのではないか。そこが渋滞の原因になっているのかもしれない。

退屈に襲われる。生垣の低木の小枝は葉の落ちた裸の茶色で、まだほとんど芽も出ておらず、見ていて気持が暗くなる。去年《こぞ》の木の死体。フランは知人すべてに、メールを出しても大丈夫そうな知人すべてにメールを書きはじめる。電話はかけたくない。だれとも話したくないが、連絡は取りたい。ジョゼフィーン・ドラモンドに、テリーサ・クインに、ポール・スコービーに、アシュリー・クーム財団のピーター・ボディコートに、娘のポペットに、かつて義理の娘だったエラにメールを送る。エラとは、孫のことがあって交流をつづけている。

クロードには送らない。クロードは携帯メールをしない。

「手を振っているのではありません、溺れているのかもしれません」（スティーヴィ・スミスの有名な詩の一節の変奏）と暇にまかせてクリストファーに送る。そこで、バッテリーの充電が減ってきていることに気づいて、携帯の電源を切る。残りの電気を大切にしなくては。自分のメールが受け取り手にとって謎めいているかもしれないというところまでは考えが及ばない。

＊

温かく乾いた南国ながら時間帯はイギリスと同じ場所にいるクリストファーは、ベネットの家のテラスに座っていて、母のメールを受け取る。異国風の香り豊かな小グラスのカップで十時の濃厚エスプレッソを飲んでいて、その器を見ながら、若さを、他の人生を、自分が選ばなかった人生の道を思っているところだった。「おバカな母さん、今ごろ、いったい、何だって？　最後にきちんと名前がないなんて母さんらしくないな。いつも必ず最後に《フラ》って書くのに」

返信する——「どこにいるの？　クリ」

ときどき母のことが心配になりかける。母さんの落ち着きのなさにはちょっと躁病的なところがある。蜂みたいに飛びまわっていて、あまりにも忙しすぎる。いったい何を求めているのか？　父さんとは違い病気ではない。むしろ元気すぎる。もっとペースを落とさなくちゃ。

自分はこの温かい高台を後にしてロンドンに戻り、何か仕事を見つけなくてはいけない。問題を抱えてまだ形が見えないこれからの人生展開にきちんと取り組まなくてはいけない。だが、「スエルテ荘」は魅力的だ。イングランドは、暗くひどい天気で、未曾有の量の雨が降っている。陰鬱さ、地球温暖化の匂いを漂わせる陰鬱さ、水のあふれる溝に落ちて溺死しそうな暗鬱さがそこにある。それに、ロンドンのクイーンズパークでセイラと暮らした高級マンションも今は寂寞として、そこに戻れば、彼女の死の意味と対峙しなくてはならなくなる。ここカナリア諸島に、干渉もしなければ感謝の心も忘れないアイヴァーとベネットと一緒にいれば、楽しい時間を過ごせるのに。アイヴァーとベネットのやりとりは練られた掛け合い漫才に似ていて、時折小さな悪意の閃きが見られたり、互いへの非難がユーモアたっぷりに内向したりして、心がなごむ。二人は一緒に乗り切ってきたのだ。二人の長年にわたる結婚に囚われない共同生活は、法律やその他のものの縛りもないのに、クリストファーの知る大半の結婚よりも長くつづいてきたのだ。こんなに落ち着いて情緒が安定しているカップルと一緒にいるのは気持がいい。二人は彼を必要としない。しかし、彼がいると喜んでくれる。クリストファーは解き放たれた気分になって、何もしないことを例外的に楽しんでいる。

気温も体に気持いい。血、大気、水、心地よい微風。

シモン・アギレラのところに遊びに行ったことで、浜辺に打ち上げられてぐったりしているような緩んだ時間に、彩りあふれる刺激が生まれた。イシュマエルの物語は不思議すぎる。ハンサムな彼が頭の中で、いったい何を考えているのか、知る由もない。セイラなら、もっと深刻な政治の面でも、民族や言語の面でも、きちんと関係を持つことができただろう。自分にはそれができないのは、自分でわかっている。自分はイングランド的すぎるのだ。どんなにコスモポリタン的な生活を送っていても、どんなに彼の収入源である所謂《いわゆる》「アート・シーン」がインターナショナルな展開を見せていても、彼はイングランド人だった。イングランド人であることは、この現代社会では時代遅れなこと。セイラとはメディアを通じて出会い、同じメディア業界で仕事をする、半ば仕事がらみの関係だったわけで、そのセイラを通して、他の世界も体験できそうな感じだったのに、それもまだこれからというときに、あっと言う間に縁が切れてしまった。次にどうすればいいかわからない。セイラの死はあまりに突然、あまりに突発的、あまりに想定外だった。その死の意味がまったくわからない。生の盛りに命綱がちょん切られる。

突如、画家のポーリーン・ボティを思い出した。ウィンブルドン美学校のブリジット・バルドーと呼ばれた美しいブロンドで、セイラよりもさらに若い年で死んだ。記憶している限りでは、六〇年代半ばだったか、二十八で、悪性の胸腺腫という、セイラの命を奪ったクロム親和性細胞腫と同じくらい珍しいガンで死んだ。十年ほど前だったか、クリストファーはポップ・アーティストとしてのボティを取り上げて、番組をつくったことがある。そのころ彼女の回顧展が国内外でちらほらあって、再評価の機運が見られた。六〇年代にボティを知る何人かにインタビューした。彼女の性差別観をめぐり、一人のフェミニストと忘れがたい口論になった。そのフェミニストはボティのことを迫害され困難を抱えこんだ差別の犠牲者だと言った。クリストファーはどうしても同意できなかった。ボティは、自由で実験的で力強くエロチックで、自分の体を楽しんでいるように見えたのだ。もちろん彼はボティに会ったことがない。だが、そのフェミニストだって同じだ。二人ともボティが死んだときはまだ幼児だった。

ボティが死の前年のインタビューで、小説家のネル・ダンに、「わたしのおまんこって醜いと思う」と話したことに、そのフェミニストの女は注目していた。「子どものころ、おまんこをいじって、自分の体を兄たちみたいにしようとしたから」とボティはつづけた。たぶんちんこを生やそうとしていたのだ。そのフェミニストの女は、これはボティが男性のステレオタイプに屈していた証拠だと言った。だが、クリストファーには、それはまったく異なる意味を持っているように思えた。そこにはボティのもの凄い自信とあけっぴろげさが感じられ、確乎たる力がみなぎっていた。「わたしのおまんこって醜いと思ってた」と人に話して、それが活字になっても平気な女性に、怖いものは何もない。そのフェミニストの女は自分の解釈を押しつけて、回顧的にボティの美と女性性と生命力を否定しようとしていると、クリストファーは思った。

彼はそのフェミニストにずいぶん無礼な態度を取った。だが、彼女が挑発してきたのだ。二人のやりとりで番組は盛り上がった。敵にはいい材料を与えた。おかげで一時期、クリストファーは、男性優位主義の豚とののしられたり、「鉄人」と讃えられたりした。

セイラは死んだばかりだ。ポーリーン・ボティは死んでから時が経つ。シモン・アギレラの妻も同様。そしてイシュマエルは、運命に抗して、命にはちきれている。

この幸福の島を出て、家に帰らなくてはいけないことはわかっている。だが、飛行機の便を予約する気が起きない。アイヴァーもぼくにまだ行ってほしくないことがわかる。アイヴァーには情が移っている。セイラの件では、トランスエアロヴァック航空からの保険料請求書のことで、信じられないくらい親身にお世話してくれたし、その手際が鮮やかだった。アイヴァーはあっと言う間に、海の向こうのセイラの映像制作会社だった「フォーリングウォーター」の弁護士とも、島の保険会社の代理人とも仲良くなってしまった。えんえんとつづいてお金のかかりそうだった法的案件が彼のおかげですっきりと整理された。アイヴァーは物事をまとめるのが得意なのだ。大慌てで島を発ったことで残されたホテル代のいくらかも、彼が上手くやってくれた(バーの請求書から秘密がばれることもあり得たのに)。彼は予測できない気分屋のベネットと何十年も世界放浪をしてきて遭遇した数多《あまた》の小さな医療危機を上手く収めることから、大いに学んできたわけである。

アイヴァーはぼくに、実は「先生はメガネをなくしました」という表現を数ヶ国語で言えるんだ、と打ち明けた。日本語でも言えるよ。外国語の習得が得意なわけではないが、ベネット同様、物真似が上手で、聞き手を勘違いさせるくらい巧みにそれを再現した。デア・プロフェソア・ハット・ザイネ・ブリレ・フェアローレン。ル・プロフェスール・ア・ペルデュ・セ・リュネット。イル・プロフェッソーレ・ア・ペルソ・リィ・オッキアーリ。エル・プロフェソール・ア・ペルディード・スス・ガファス。スペイン領で紛失したメガネ《ガファス》とメキシコで紛失したメガネ《レンテス》の違いも学んでいて、その上、「先生のメガネが席を立って、どこかに行ってしまいました」というだれにも責任転嫁しない礼にかなった言い方も身につけていた。セ・メ・オルビード・ミス・アンテオホス。「先生」という呼称は世界中で役に立つ。どの言語にもあるし、適量の敬意を喚起する。相手がへつらわずにすむ程度の敬意を。

アイヴァーは「シエスタの時間が終わったら一緒にグランドホテルに行って、なくなったメガネを尋ねるぼくの外国語の才能を見せてあげるよ」と約束してくれた。色のついたぼくの高価な遠近両用メガネがひょっとしたら出てきているかもしれない。とてもいい品だけれども、片方が遠視でもう一方が近視というぼくの処方はとても珍しいので、あまり他人が使える代物ではないのだ(そのメガネには恥ずかしいくらいの大枚をはたいていた。人前に出る仕事なので、良く見える必要があって、メガネはぼくのトレードマークになっている。いや、なっていた、か?)。ホテルの人たちは探しておきますと言ってくれたので、ちょっと立ち寄って、注意を促しておくのも悪くはない。

ベネットは、疲れたので家に残る、と言った。今は亡き友人サラマーゴの『石の筏』を読み返したいんだ、と言う。ナサレットのレストランでシーバスを食べていたときは思い出せなかったその「世界の終わり」的な本のタイトルをやっと思い出したのだ。今朝はまた西方のエル・イエロ島沖で小地震があったという報道を聞いて、このサラマーゴの面白い小説のタイトルが頭に浮かんだ。イベリア半島全体がピレネー山脈を切れ目として欧州大陸の塊と分かれてしまい、大西洋を漂流するという話だ。秀逸な設定だよ。こういった「もしも……だったら」というオルタナティブ歴史物は、好きなんだ。けっこうばかばかしいものもあるけどね。「もしドイツが第一次世界大戦で勝っていたら」とか「もしヒトラーが暗殺されていたら」とか「もしケネディが暗殺されていなかったら」とか。それなりにブームなんじゃないかな。もちろんサラマーゴはちょっと別格だけれども。

ドイツ軍がジブラルタルを奪取した場合に備えて、ウィンストン・チャーチルはカナリア諸島に攻め込む計画を立てていた。巡礼作戦《オペレーション・ピルグリム》と呼ばれるもので、そのために二万四千の兵を待機させていた。だが、実行の機会は訪れなかった。

今のカナリア諸島には、二万四千以上のイギリス人がいる。

シモン・アギレラは父親が原因で、歴史修正主義の犠牲となった。仕方ない、とも言えるだろう。われわれは英雄のあら捜しをするのが大好きなのだ。修正主義の歴史家たちはスペイン内戦時のジョージ・オーウェルの行状を重箱の隅を楊枝でほじくるように調べ上げた。オーウェル修正主義者が別のオーウェル修正主義者を修正するという事態になっている。ＰＯＵＭ（オーウェルがスペイン内戦時に所属したトロツキスト系政党）、ＮＫＶＤ、ハリー・ポリット（スペイン内戦時の英国共産党書記長）、アーサー・ケストラー（ハンガリー出身でイギリスに帰化したユダヤ人作家）、ヴィクター・ゴランツ（レフトブッククラブを創設した左翼系の出版人）。「われわれ力無き者が、最後に探し当てるのは、不名誉という名の墓……」（シェイクスピア『ジュリアス・シーザー』第一幕二場）。もちろん、父カルロス・アギレラも、死後、この種の修正主義的研究を免れることはできなかった。歴史理論が、あまりにも多くの研究者人生が、そこに掛かっているのだ。

オーウェン・イングランドは、シモン所有のオーガスタス・ジョンの描いたヴァレンタイン・スタダート＝ミードのスケッチを気に入っていた。ケンブリッジ在住のヴァレンタインの両親がアーティスト・インターナショナル組合のために委嘱したものだ。スペイン内戦の犠牲になったシモンの伯父たちはヴァレンタインを知っていた。ヴァレンタインは若くして死んだ。美しい若者だった。オーウェンも、かつてダウニング学寮にいたころは美しかった。それを思い起こすのはベネットにとって難しい。アイヴァーの場合と違い、オーウェンの若いころの美しさは跡形もなく消えていた。今は干からびて細かく震える黄ばんだ老人に過ぎない。だが、少なくとも彼はまだ生きている。

もちろん、アイヴァーと比べて、オーウェンはずっと年上だ。

スタダート＝ミードの父ヒューバートは、アイスキュロスやエウリピデスの作品のほとんどを英訳した。エドワード朝時代の下手くそな韻文訳で、あんちょことしても使えない。

日陰に座って、サラマーゴのドン・キホーテ的な大惨劇放浪小説の頁をぱらぱらめくってるよ、とベネットが言う。少し頭が痛い。左胸上の肺あたりでかすかに動悸がする。近ごろは足元もちょっと覚束ないし。コスタ・テギセのグランドホテルまで行く必要もない。若い君たちだけで外出を楽しんでくればいいじゃないか。じいさんの世話に手を焼いたり、そのおしゃべりにつきあわされたりしなくてもいいのだよ。二人が意気投合してくれるのは、ぼくにとってもありがたい話だ。二人にとって良いことなのだから。

でも、「自分のおしゃべりに、若いヤツがつきあわされる」と考えると可笑しいやね。だって、アイヴァー、君は絶妙のタイミングで、おれの口にチャックを掛けられるじゃないか。

だが、自分がアイヴァーの手を焼かせていることはわかっている。最近はあまり速く歩けないのだ。プラヤ・ブランカに戻るフェリーのカーデッキに階段で降りるときも、足を滑らせて転びそうになった。「おれは凋落《カデュシティ》を案じている」。この年になれば、無理をしないのが一番だ。

＊

フランは泥と溝と立往生から助け出された。簡単ではなかった。あまり格好よくもなかった。といっても、そこにいたドライバーたちは皆、同じ目に遭っていた。責任を押し付けあうこともできなかったし、女性ドライバーをいびるチャンスもなかった。フランもそのど真ん中で動けずにいたわけだが、皆が皆、大バカ者だったのだ。救出には、警察が出動し、トラクターが駆り出され、難しいバックも少し要求されて、フランは後ろのトヨタに乗った赤毛の頬ひげの男にだいぶ助けてもらった（まあ、この状況下では、そうせざるを得ないわよね）。で、今、フランの車は、高台の傾斜地に停められたままだ。安全な場所だが、またそこまで辿り着くのが大変だ。「退却は絶対にいや、前進あるのみ」と思っていたフランは、トラクターに乗せられ、ウェストモア湿地《マーシュ》に送り届けられ、今はヴァレリー・ヘリテージのオフィスで濡れた足を拭いている。ヴァレリーはとても素敵な赤と黄のチェックのふわふわの小さいハンドタオルを貸してくれた。フランの老いた裸の足が、二人を親密にした。フランは槌状足指ではないが外反母趾で、だが、ヴァレリーは外反母趾を見慣れているし、もっとひどいのだって見ている。

冒険をしたのだ。そう考えるのがベストだろう。

ヴァレリーに非難の気配はない。あなたの頑固さってとても迷惑なんですけど、とか、人里離れた場所で立往生されてこっちがひどく参りましたといった感じは、まったくない。それどころか、タオルを貸してくれて、コーヒーを淹れてくれて、サンドイッチもつくってきましょうと言ってくれる。フランはその点、メールでとても気を遣って、昼ご飯は要りませんと書き送っていたのだけれど、こういう事態になると、厚意に甘えてもいいかなという気になってくる。怒りと不安が減じるのと反比例して空腹感が増してくる。

養老ホームにしてはずいぶん辺鄙な場所だ。アテナグループの施設のほとんどが、小さな市の郊外とか環状道路からすぐのところとか静かな海辺のリゾートとか新たに開発された地域とか大聖堂や大学の町とかにある。ヴァレリーがウェストモア湿地《マーシュ》住宅の説明をしてくれる。高額物件だ。実験的なデザイン、斬新な設備、対象となる利用者は高所得層。これまでなら昔のお屋敷だったり、かつては精神病院として使われ今は文化財として認定される歴史的建造物に入居するようなお金持ちがここに住んでいる。基本的な部分をご理解いただけましたか？　ええ、とフランは答える。家族がまだいる人は、車があったり、運転手がいたり、地元のタクシー会社と契約していて移動手段を確保している血縁がいます。住み心地は本当にとてもとても快適なんです。もちろんお天気が良ければ印象ももっと良くなると思いますけど。でも、快適かと言われれば、いつでも快適なんです。

ええ、それではハム・チーズ・サンドをお願いします、とフランが言う。

かわいそうなわたしのプジョー、独りポツンと傾斜地の溝に取り残されて。

ほとんどの方がここを気に入っていらっしゃいます、とヴァレリーがつづける。

もちろんこれじゃ、立場があべこべだ。フランが視察していて、ヴァレリーは視察されているのだから、自分の有能さを示さなければいけないのはヴァレリーの方だ。アシュリー・クーム財団に認めてもらい出資もしてもらうことがウェストモア湿地《マーシュ》住宅にとって重要なのだ。だから、タオルを渡してくれたり、トーストサンドを焼いてくれたりするのだ。フランは自分の持つ権力というものがまったく理解できないので、今回のような厄介な状況下では、相手が媚びてそのような態度を示しているのか、どの程度服従の姿勢を見せているのか、そうしたことが見抜けない。つねに自分に非があると思う質《たち》で、今回もすっかりそう思いこむことに成功してしまっていた。

ヴァレリーは有能な女性だ。一回電話で話しただけではわからなかったが、彼女の英語がブリストル方言であるのがわかってきた。そして、同じ州でより階級が上の顧客の発音を取り入れようとしているのだ。服装も同様だ。値段の張る茶革の典型的な編み上げ靴を履いている（ウェストブロミッチのスゼットの靴はどうだったか思い出そうとするが思い出せない。でも、こんな感じでは全然なかった）。色とりどりの斑点のあるツイードのスーツの下に藤色に近いピンクの艶やかなタートルネックをあしらい、華やぎと彩りを演出している。なかなか巧みな配色だ。

フランは、プジョーを乗り捨てることになるという大変な状況下でも、何とか麻袋と一緒にトランクから花柄のゴム長靴を取り出すことを忘れなかった。その長靴を履くところだ。裸足にはちくちくして履き心地は悪いが、ずぶ濡れの靴と靴下はヒーターの上で乾かしている最中だ。そろそろ元気が戻ってきたので、ここのエコ住宅群の探索をはじめたいところだが、天気は相変わらずである。篠つく雨の中、ヴァレリーが外に出たくないのはフランにもわかる。養老住宅のセクションを案内してもらうだけで我慢しなくてはいけないのだろう。

フランの窮境のさらに困った側面があらわになってくるが、彼女はそれを頭の片隅に押し込んで、熱いコーヒーをすすり、「友人がケンブリッジにあるアテナ系の老人ホームで快適に暮らしてるんです」と話して、気をまぎらわせる。「アテナ館のことご存知ですか」とヴァレリーに訊く。「存じております」とヴァレリーが答える。「あれは弊社の最初期の住居の一つで、とても上手く行って、高い評価をいただいておりますし、いつも満杯で、人気も高うございます」。二人は介護住宅や老人ホームの呼び名の変遷について、淡々と話しつづける。引退生活館《リタイアメント・リビング》、後期人生生活館《レイター・リビング》、支援付き生活館《アシステッド・リビング》……。ここウェストモア湿地《マーシュ》にフルタイムの支援はない。ヴァレリーがいるのも、十時から十六時まで、平日のみだ。基本利用費、レンタル費、維持費、雑費のことを話す。フランはノートをとり、笑顔あふれるパンフレットをたくさん麻袋に詰めこむ。

年を取るのはお金がかかる。ここと比べると、ドロシーが毎週払っている三九〇ポンドの家賃はとても安く感じられる。いったいクロードのパセファニーはいくらかかってることやら。

ヴァレリーの案内で、中を見せてもらう。居住者を一人二人、紹介してくれる。いい部屋だ。きちんと計画され、よく考えられている。設計者は環境面では実に大胆だが、欲張りすぎていなかった。ゲストルームはジョウの誕生日で泊まったケンブリッジのアテナ館に似ていなくもない。とても快適で、やはりケンブリッジ同様、居住者の知り合いなら一晩たった二十ポンドで泊まれる。モデルルームも、財団の用意したインテリアが気分を和ませる。壁には青緑とクリーミーな白のフレームの鳥と蝶々の版画が掛けられ、床にはひんやりしたベージュの事故防止装置付き家具が置かれ、毛足の長いくすんだ薔薇色の絨毯が敷かれて、コンセントが床近くの幅木にはない、使い勝手のいいモダンな台所が付いている。フランは急に、何もかも投げ出して、今すぐこのウェストモア湿地《マーシュ》住宅に引っ越したくなった。ここで整理され安らぎに満ちた生活を静かに送るのだ。

彼女はメモ用紙に書きこむ。

他人の家を訪ねてまわって、自分が生まれ変わって別人になったような気分になるのはとても楽しい。このような模範的な住まいに住んだら、間違いなく、人生もまったく違ってくるのだ。もしかしたら、まだ間に合うのかもしれない。

共同ラウンジでは、二人の男性と二人の女性がコーヒーテーブルを囲んで座っている。男たちは新聞を読み、女の一人はカラフルなｉＰａｄに忙しく、もう一人はパズル本のクロスワードをやっている。彼らはヴァレリーに、彼女を友人として尊敬しながら階級的に少し上から見るような挨拶をする。フランにはその名刺のアシュリー・クーム財団の名に目を留めて、冗談っぽく「名所見物には、あいにくのお湿りで」と言う。フランはゴム長靴とここに来るまでの田舎道のことを説明する。「ええ、トラクターに乗せられて来たんですよ。大冒険でした！」四人は、天気のこと、長い冬のこと、気候変動のこと、浚渫作業のこと、パレット川のこと、このあたりの洪水のことを話す。「ウェストモア湿地《マーシュ》住宅、がんばってますよ」と言う。ここの斬新な設計には、深い興味を示さない。

天気の話には無関心だったクロスワードの女性が、ふいにクロスワードのヒントをフランとヴァレリーに投げる。「ここの正解がどうしてもわからないのよ。ヒントがピンとこない。役に立たないの。

どう思われます？」フランも「わたしもさっぱりで」と言ったその瞬間、奇跡のように答えがひらめいた。大きな黄色い鳥、最初は四字、次は七字、Gで始まる。とっさに、フランが言う。「グラン・カナリア（Gran Canaria）」パズルの女性が「ご名答！」と感謝の歓声を控え目にあげて、正解を書きこんだ。

このようにして何時間かが経ち、何日かが経ち、何年かが経ってゆく。

「クロスワードは得意ではないけれど、息子が今ランサローテ島にいるので、カナリア諸島のことが頭にあったのね。きっと、だからすぐに答えが出てきたのね」（クリストファーの訪問目的のことは話さない。観光旅行なのだ、と四人は思う）そのうち、三人はカナリア諸島に行ったことがある。テネリフェとランサローテの魅力比べ競争みたいになってくる。テネリフェ島好きが「ランサローテは汚くてみすぼらしい」と言うと、iPadの女が返す。「全然。汚いのはテネリフェのほうよ。何よ、あの高層建築群は。ランサローテ島は本当に手入れが行き届いていて、とてもきちんとしていますわ。」と言うか、わたしが行ったときはそうでした。塵ひとつなく、ビニール袋ひとつ落ちていませんでした」

実は、その言葉はフランの耳には入っていない。雨の中に出ていって、設計された池や窪地があふれ出た水をどう処理しているのか、実際に見てみたい。室内に閉じ込められても心地よさげなこの四人がそのことに大きな興味を持っているとは思えない。はじめは期待もあったが、こうやって会って話してみると、そういう人たちでないことはわかる。外に出るタイプではないのだ。

それから、どうすればそれほど苦労せず、人に迷惑もかけずに、ロンドンに戻れるのかが気になっている。ヴァレリーが言うには、西に向かう狭い二級道路はまだ使えるし、A303号線も通行可能だ。だが、あまりフランの役には立たない。乗り捨てた車があるのは東の方向なのだ。トーントンかブリッジウォーターからタクシーを呼ぶことになって、えらくお金がかかるだろう。ここで一晩泊まるのも望むところではない。ゲストルームはとてもお安いし、よだれが垂れそうになるくらい快適そうだけれども、今日、夜までどうやって時間をつぶせばいいかわからない。だって、まだ昼の十二時なのだ。タクシーだってゲストルームだって、財団が払ってくれるだろうが、それは申し訳ないと思う。自分が天気予報を無視したのが悪かったのだから。自分の愚かさのつけを他人に押しつける図々しさは持ち合わせていない。

これ以上、クロスワードとiＰａｄの四人と一緒に過ごしたら、退屈のあまり死んでしまう。

だが、一方で、この悪天候だからこそ施設全体を視察する意義がある、とも言える。ヴァレリーが地図を渡してくれた。その彼女も、自分のよく磨かれた靴をちらっと見て、「ちょっとこの天気だとお供するのは……」と常識的に辞退する。そこでフランは、独り自分の傘をさして、水をばしゃばしゃはねかしながら出立《しゅったつ》する。洪水抑止用のさまざまな池の配置を確認し、新築建物の草を生やした屋根に感嘆し、緑の谷窪《スウェール》を探す。谷窪《スウェール》は初めて出会う言葉で、響きが気に入った。地下水は上手く処理されているようだ。葦やオニナベナの生えたあの立往生した田舎道よりもいい。メインの駐車場に少し水がたまっているけれども、大したことはない。ウェストモア湿地《マーシュ》はいくつかのお手ごろ価格と大多数の高額物件から成る新しい集落である。かつては第二次世界大戦で使用された秘密の小飛行場だった。いったいこの平らな僻地にだれが住もうと思うものか。今も近くに政府通信本部とか国防省応用微生物研究所の分家のような諜報部めいた施設があって、昔の飛行場の勤労者の子息に手堅い就職口を提供しているのだろうか。

フランはこれまでさまざまな奇妙な場所に建てられた介護・養護施設を訪れてきた。オックスフォード近くの市場町に「旧監獄《オールド・ジェール》」と呼ばれる施設があった。あまりふさわしくない名だが、

「旧屠畜場《オールド・アバトワール》」よりましだろう。サンダーランドで開発中の住宅をそう名づけたらどうかという無神経な話があったのだ。だが、「旧監獄」だって、今言ったようにあまり感心できない。ウェストモア湿地《マーシュ》住宅というのは、馬鹿正直に響くとしても、まあ、無難な名称だ。

ここが谷窪《スウェール》だろうかという場所が見つかる。草が生えぬかるんでいるが、両側が高くなった一種の溝のようなもので、雨水や地下水をここに集め、新しい建物群とは反対側の川のほうへ、そして河口のほうへ誘導する役目を果たしているようだ。すると谷窪《スウェール》というのは、大窪《リーン》の意のおしゃれな新語なのだろうか？　辞書から見つけ出してきたのだろうか？　とにかくフランは「谷窪《スウェール》」が気に入っている。この溝が気に入っている。

大窪《リーン》と深溝《リーン》。その地に詳しいポールによれば、黒郷《ブラック・カントリー》の悪名高き貧困地域にウィットモア・リーンズという場所があるそうだ。かつては「飢餓草原《ハングリー・リーズ》」と呼ばれていたそうだ。今も貧しさは変わらないが、このごろはフードバンクがある。

スゼットと「眠れる美女」ドロシー伯母さんのことをまた考える。二人に会えてよかったと思う。ドロシーにはカードを書いて送ろう。

カラフルなカンゾウ入りキャンディのストライプ柄の傘を差しながら茶色く濁った水を見つめる。どうするのが一番いいかはわかっている。大窪《リーン》も谷窪《スウェール》も暗溝《カルヴァート》も流去水《ラノフ》もマイケル・ピットがまとめた英国二〇〇七年夏洪水報告書のことも全部知っているであろう人物をフランは知っている。そして、今その人物から十五マイルしか離れていないところに立っているのだ。

「わたし、気が小さいのね」と、激しく降りつづく雨の中、フランが不機嫌そうに独りごちる。「自分の娘の厄介になるのが嫌なんだわ」

＊

クリストファーとアイヴァーは古代バビロニアのピラミッド型神殿みたいなホテルのアトリウムのバーに着いた。屋内の木立の中、小さな椰子やサボテンに囲まれて座り、頭上高く、ブドウや花咲くブーゲンビリアなどの熱帯蔓植物の円屋根を頂く。足元の浅い水中を、太りすぎてだるそうな金、銀、桃色の魚が、物憂げに泳いでいる。二人はイタリアの発泡白ワインをすすっている。クリストファーのメガネが見つかったお祝いをしているのだ。そのメガネは行方をくらましていたが、アイヴァーがちょっとつつくと、また姿を現した。「わたくしの部屋の金庫にずっと預からせていただいておりました。実はメガネの隣にかなり高価な宝石も預かっておりまして」と人当たりのよいその若い支配人が打ち明ける。「何ヶ月も持ち主が出てこないのです。旅行用の安物ではありません。本物の宝石なのです」持ち主の怠慢に眉をひそめつつもホテルの顧客の無頓着な富裕ぶりを自慢したくてたまらない。「今日の午後にエル・イエロ島でまた地震がありました」とも教えてくれた。「西の方で、海洋底から新しく島が出現するかもしれません」と冗談を言う。「幻の島です、八番目のカナリアの島です、サン・ボロンドン島は、何百年ものあいだ、たくさんの人に目撃されてきたのです。もしかしたら今度こそ、くっきり姿を見せるかもしれません！　新島出現後どのくらいでサン・ボロンドン空港が開港にこぎつけるか、賭けもあります」

サン・ボロンドン島。聖ブレンダン（アイルランドの聖人。旅行者として知られ、聖者の島を見つけたという伝説をもつ）の島。ベネットがいなくて良かった。また、そのことを話し出して止まらなくなるだろうから。彼は面白そうにしゃべるだろう。オスカー・ワイルドの外科医の父がまだ若かった一八三〇年代にカナリア諸島を訪れ、グアンチェ人のミイラを見てアイルランドの古墳の古代ケルト人の頭を想起させると書き残したことを。「わたしが見せてもらったその原住民の頭蓋骨は明らかに形の良い白色人種の頭である。額は狭いものの、黒人のように後退してはいない」と。そして、なんとあの権威、サバン・ベルトロも、エル・イエロ島に残された巨石群の構造を根拠にケルト文化との繋がりを示唆している（エル・イエロは「鉄の島」《リル・ド・フェール》としても知られる）。ベルトロは、カナリア島人が大西洋を渡ってアメリカに辿り着いたと信じるに至った。オスカー・ワイルドの父は、グアンチェ人は「偉大な北アフリカ人・大西洋人の血脈に属する」と推測していたが、その歴史は「謎に包まれている」ことを認めざるを得なかった。

この種の憶測にベネットは魅せられていた。なかには覚える気もなかったのにアイヴァーの記憶に染みついてしまった説もある。アイヴァーよりオーウェン・イングランドの方が熱心に耳を傾けていたが、それはまだ耳にたこができるほど聞いていないからだ。オーウェンは、とりわけ、ケルトとの繋がりが気に入っていた。

クリストファーとアイヴァーは、サー・ベネットのお世話や気まぐれから解放され、二人だけのひとときを楽しんでいた。クリストファーは、最近お役御免になったテレビ局とのトラブルを打ち明けていた。またカナリア諸島に来られるような企画ができないか考えていて、アイヴァーも気持の上で応援していた。カナリアは実に風光明媚で、舞台を見ているよう、名画を見ているようだ。「絵に描いてくれ、映画に撮ってくれとカナリアの景色が叫んでいる」とクリストファーは言う。「でもイギリスで見られるのは、観光映画と海辺に寝そべる体、体」

もちろんベッドの中でセイラと二人で見た、あのグラン・タラハルの砂浜に座りこむ移民の映像は例外だ。海辺に置かれた異質の体。映像のことを話すと、アイヴァーは十字を切るような仕草をした。

アイヴァーにはっきりとわかったのは、クリストファーにはセイラの専門だった人権問題の領域に足を踏み入れる気持がないということだ。そうする権利もないと思っている。だが、他にも面白いテーマはある。二人でシモン・アギレラとイシュマエルと飢餓塔のひどい壁画のことを話していると、アイヴァーの携帯がビービー鳴り出した。申し訳なさそうにアイヴァーがそれに応える。ベネットからかもしれないから。

果たしてベネットだった。「転んだ、ダメだ」弱々しい声。混乱している。声がかすれてゆき、すぐに聞こえなくなった。「くそっ」と言って、アイヴァーは携帯をパチンと切り、また、かける。

「くそっ」とまた言う。

ついに起きた。

かけ直そうとする。何が起きたかクリストファーに伝える。車を出す前に救急車を呼んで、自宅で落ち合う手はずを整える。電話をかけているアイヴァーの横で、クリストファーはテーブルの上にユーロ硬貨を山のように投げる（バー「ラス・サリナス」からまた請求書が送られてくるのは御免こうむる）。で、出発。

救急車より前に自宅に着く。ベネットは片方の足を折り曲げて不自然な格好でテラスに倒れている。頼りない籐のテーブルに半分体をもたせかける姿勢だ。意識はあるようだが、うめき声を上げている。リビングルームの開かれたガラスの扉から石のテラスに出るところにある、敷地内の数少ない低い段で躓《つまず》いてしまったに違いない。いや発作が、心臓発作があったのかもしれない。きちんと話せる状態ではなかった。ベネットの横にはアイヴァーが跪いて付き添い、クリストファーは役立つかもしれないと思い、キッチンに一杯の水を取りに行く（あとで知ったことだが、こういう場合、一杯の水は役立つよりもむしろ危ないのだそうだ。だが、そのときは知る由もなかった）。

「どうしたの？　どうしたの？」とアイヴァーが繰り返すが、答えは要領を得ない。とそのとき、さほど遠くないアレシフェからの救急車の到着を告げる音が聞こえて、ほっとする。救急医療士がベネットの脈を取り、心拍数を測り、さまざまな測定を進めるのを見ていると、クリストファーは強い既視感に襲われた。足または腰の骨を折った、と医療士は思っているようだ。動かしても大丈夫なのだろうか。ベネットはクリストファーの知る何人かの老人ほど重くはないし、今も肥満体の父クロードよりはずっと軽い（クロードは前妻の皿付きの料理に栄養をもらい、パセファニーに世話してもらい、本人はまったく動かない）。だが、ベネットだって、軽量級というわけではない。体だって硬くなっている。そろりそろりと担架に載せられ、黄色にかがやく救急車の後部に入ってゆくベネットの姿を、クリストファーはほとんど直視できなかった。

アイヴァーは横臥したベネットの横に乗りこみ、クリストファーにも手招きする。クリストファーは自分の果たすべき役割がよくわからない。

だが、アイヴァーに付いていたほうがいいだろうと思う。

独り「スエルテ荘」に残されるのは嫌だ。

倒れたベネットの膝の下にあった本を取る。『石の筏』。自分のショルダーバッグに入れる。もしかしたらベネットはすぐに元気になって、サラマーゴの小説をすでに読み終えた箇所からまた読みたいと言い出すかもしれない。病院の退屈の中で、読みたい本は常に必携である。

セイラが死んだときは、いくぶん不謹慎ながら、一九九〇年代の贋作・鑑定スキャンダルに関する胸おどる新刊を読んでいた。完璧なジョウおばちゃんの友だちで、ジョウおばちゃん同様、完璧で信頼出来る美術史家エスター・ブロイアーが巻き込まれた事件だ。クリストファーのメディア業界や美術界のあまり頭が良くなく貪欲で騙されやすい嫌な同僚も何人か関わった。その他にスリラー小説や二〇〇八年金融破綻の本や伝記やら愚痴の多い回想録やら、行き当たりばったりに買いこんだ電子本がたくさんあった。

彼はしつこく本に食らいついてゆくタイプではない。ものすごいスピードで雑然と読む。

ポルトガル語がすらすら読めるわけではないので、ベネット所有の『石の筏』は、その英訳の初版だった。著者のサインがあって、「良き友にして戦う同志ベネットに、スエルテ荘にて、二〇〇四年八月」とある。だが、クリストファーはまだ気づかない。深夜に手持ち無沙汰になってその言葉に気づいたときも、サラマーゴが人生の最期に至るまで共産主義者だったことをクリストファーは知らない。「戦う同志」とはベネットの政治的な過去に関係しているのか、それとも文学者仲間であることに冗談っぽく言及しているのか、いろいろ思いをめぐらせるが結局はわからない。

スピードを上げて邁進する救急車の中で、不吉な記憶が甦る。とさかみたいな白髪を自慢げに逆立てたオネエキャラの小うるさくて面白い老画廊オーナーが大腿骨を折ったときのことだ。ひどい骨折だった。セント・ジョンズ・ウッドの自宅で――そう、自宅がもっとも危ない――階段の一番上に置いておいた、てらてら光る気取った美術雑誌の上で足を滑らせて、転んだ（あとで自ら縷々説明するには、毎晩、翌朝階下に持っていく物を階段の上に置いておき、朝食に下りてゆくとき、それを上から四つ目の段から身を屈めすぎることなく取るのが習慣だった。巧みな段取りだったが、その巧みさが彼を破滅させた）。

「とても、とても、滑りやすいのよ」と、とてもうろんな『ルネッサンス評論』のとてもつるつるの表紙の滑りのせいにして、彼は何度も嬉しそうに強調した。

治るのにとても長い時間がかかった。そして、それから一、二年も経たないうちに、他界した。結局、回復しなかったのだ。

死因、つるつるの雑誌。

クリストファーも救急車の後部に乗りこむ。ぐいっと体を引き上げる。とても元気でないとこれはできない。クリストファーはまあ元気だし、まだ比較的若い。それでも、「どっこいしょ」と声が出る。

物質世界が、急に、厄介で険しい様相を呈する。

騒音を立てながら、クリストファーとアイヴァーとベネットは病院に向かう。

大きく穏やかな光が西の空に薄れてゆく。

*

サー・ベネット・カーペンターがCTスキャンなどの検査を受け、アイヴァーとクリストファーが待合室で心配しながら一緒に座っているころ、イギリスのフランは緑と茶の混じった色の運河の脇に建つ屋根の低い暗い小さな家で、娘のポペットと一緒に座り、少しだけ水を足した泥炭色のウィスキーのグラスを手に持っていた。娘に電話をかけようと思ったときに感じた恐怖・悲しみ・不安と対峙した彼女は、今こうして、ここに押しかけて、ここで孤立している。ジムが迎えに来てくれて、ここに連れてきてくれた。車はまだウェストモア湿地《マーシュ》から冠水した道路を二マイルばかり行ったところに乗り捨てられたままだ。明日の朝、ジムに助けてもらって何とかしよう。だが、今夜は二階のポペットのベッドで眠らせてもらおう。たぶんネコが潜りこんでくるだろう。だが、それは構わない。

ポペットは一階の籐の寝椅子で寝ると言ってくれた。で、厚意に甘えることにした。

フランはポペットの家に食べ物も飲み物もないのではないかと思い、ジムに頼んで途中車を停めてもらって、村の食料雑貨店で歯ブラシと歯みがき粉と保湿クリームとウィスキーと卵とトマトとブロッコリと赤トウガラシを一本、買いこんだ。

薬は持ってきていなかったが、一晩ぐらい無くても死にはしない。ハンドバッグに予備を用意しておくのがベストで、他の老人にはそうアドバイスしているものの、自分はそうしていなかった。

ウェストモア湿地《マーシュ》高齢者住宅の報告用紙の該当する箇所にマルをつけたり、設備やインテリアについて短い記述を付け加えたりした。「アシュリー・クーム財団はわたしの文章を気に入ってくれているのよ」と母は娘に言う。「地方自治体なんかと違って、単にマルをつけるだけじゃないわけ。ちょっと個人的な評価を書きこんであげると喜ぶの」

テリーサ・クインもまた、ネットで読んだフランの住居論の質の高さに感心した口だ。そして、それが縁でまたつきあうようになったのだ。「本当に良かったわ」と彼女はフランに伝えた。フランも自分の書いたものに自信があった。自分の観察力に自信があった。ものを見ることは今も楽しい。見ることを楽しめなくなったとき、彼女は自分の死期が近づいたことを知るだろう。

住居論を好んで読む者は少ない。テリーサとまた知り合えた幸運は自分でもわかっている。

ここ十年ほどのあいだにフランはいささか風変わりな独特の建築観を身につけた。ウィスキーをすすりながら低炭素排出の低層高齢者住宅のことを考えていると、小さい憤怒の閃光が脳裏をかすめる。仰々しく大衆迎合的なポンピドゥーセンターや、成金億万長者外国人向けにロンドン中心部のケンジントンやメイフェアに建てられ、外国人が買って外国人が賃貸する大袈裟な豪華マンションの姿が瞼の裏に浮かぶ。そういうマンションの設計をするのは、新しい労働党《ニューレイバー》に投票し、今でも社会主義者を気取るイギリスの建築家なのだ。何年にもわたる建設中に、交通渋滞を引き起こし、迂回路を生起させ、バスルートを麻痺させて、普通のロンドン市民の日常生活の妨げとなるこの種の新築高級マンションなど、滅んでしまえばいい。わたしの住む公営団地は野蛮な場所だが、偽善的ではない。

フランはオムレツをつくり、トマト&ブロッコリのサイドサラダをつくって、麻油と怪しげな熟成ヒマワリの種のドレッシングをかけた。ジムと買い物をする必要はなかった。ポペットの家には、缶詰や乾燥豆や珍しい調味料がふんだんにあった。ポペットの職業にたくさんある有益な欠点の一つとして、危機に対する備えの意識がある。フランの世代では当たり前のことだが、ポペットの年齢では珍しい。フランは食事をつくってあげられたことが嬉しい。闖入者でなく、養育者の気分にさせてくれる。

フランはかなりリラックスして打ち解けている。家は小暗く、親密な雰囲気で、今は水位も上がっている感じはない。ようやく雨が止んだ。木とヤナギの枝編みが基調のインテリアも心地よい。素朴かつ体に優しい。ポペットの小さな家は地面の上にちょこんと載っている。夜も大丈夫だろう。宝物をわざわざ二階に持って上がる必要はなかったのだ。母娘は洪水を語り、クリストファーとセイラを語り、エル・イエロ島の地震について語る。フランはニュースで見たダドリーの小地震とそこの石灰岩の洞窟から押し寄せた小さな波の話をした。

娘は大きなコップにそそいだスコッチを受け取り、ぐいぐい飲んでゆく。母は少し驚いた。何か打ち明け話でもするつもりなのだろうか？　その時が来たのか？

まだ九時ながら、フランの瞼が重くなる。いろいろ大変なことがあったが、ある意味では実り豊かな一日だった。とても朝早く起きた。だが、寝に行くにはまだ早すぎる。

就寝の時間は知り合ったばかりの老人に好まれる話題の一つであることにフランは気づいている。何とも退屈なテーマだ。しかし、どこか興味をそそられないわけではない。

ポペットはまだ眠くない。ご自慢の異常気象観察プログラムを立ち上げて、その能力を母に見せたいと思っている。スイッチを入れると、高性能の画面にたくさんのオプションが現れた。マナグアの隕石、スマトラの山火事、テキサスのトルネード。このあたりの平地とウェストモア湿地《マーシュ》をちょっと覗いてみると、前より悪くなっていないことがわかる。もっともテムズ川流域はちょっと良くない。アビンドンとオックスフォード間が不通だ。「エル・イエロで検索してみて」と、やり方がわかってきたフランが言ってみる。そこで、ポペットが「エル・イエロ」と入れると、英語とスペイン語の両方で興味ぶかい見出しが目の前に現れる。追跡機関のインボルカンとペルボルカによれば、何十もの小噴火によって起こされた群発地震は、新たにマグマの貫入があったことを示している。今日は活発な活動があった。マグニチュード五・一の地震が観測された。警報レベルがオレンジ色にアップされた。「高いわ」とポペットが感心して言う。

　ポペットは岩だらけの鉄の島エル・イエロとその周りの沸き立つ水の襞べりの画像、グラフを検索する。紺青の海の底から不気味に立ちのぼる白と青緑の沸騰する泡の巨塊は、巨大クラゲを思わせる。実に劇的だ。フランはポペットがだれかの責任を追及しはじめるだろうと待ち構える。だが、ポペットは何も言わない。それは海洋底の、深い深い地球の中心で、理由なく起きていることなのだ。ただ起きているとしか言えない出来事。

　重力をものともしない美しい水の怪物。

「クリストファーは知ってると思う？」と母が尋ねる。「ランサローテ島で揺れは感じられるのかしら？」

（ちょうどそのときクリストファーも、ベネットがテラスの境目で躓いて転んだのは地面がほとんどわからないくらいに揺れたからだろうかと思っていた。腰骨を折ってしまったようで、手術の必要が出てくるかもしれない。そうなった場合、本人は同意書に署名できるだろうか？　自分もセイラとの関係が法的に曖昧だったことから、彼女の治療と出国に関しては、忘れがたい嫌な思い出がある。アイヴァーとベネットとの関係にも同じ曖昧さがある。二人も永続的代理権授与制度や尊厳死遺言《リビング・ウィル》の話をしたことはあるが、たいていの人同様、実際には何もしていない）

「カナリア諸島では大きなニュースになっているんじゃないかしら」とポペットが言う。「でも、ランサローテ島はエル・イエロ島から遠いから」

「メール送ってみるわね」とフランが言う。「ポペット宅に避難中。揺れは感じた？　母と妹が愛を送ります。フラ」とクリストファーに送る。

「わたしがここにいるのを知ったら驚くわよ」とフラン。

「わたしだって驚いてるわ」と短い沈黙のあと、ポペットが言う。「泊まっていくって連絡くれたらよかったのに。こんなに近いんだから」

「邪魔したくなかったのよ」とフラン。

沈黙が下りる。二人とも、どうしてフランはそんな遠慮をするのだろうと思いをめぐらせる。二人のやりとりは短い。だが、中味は重い。

「ポペット、あなたのこと、ときどき心配してるのよ」重く哀しい言葉がフランの口をつく。

「わたしもお母さんのこと、心配なのよ」と娘はすぐに返す。「ヘイミッシュが死んでから、とても心配だった」

「あら、わたしは大丈夫」とフラン。「本当に大丈夫なの。元気にやってくわ」

家の中はとても暗い。深い影が落ちている。相手の姿はほとんど見えない。暖炉の上の棚の、真鍮でできた土台のアンティーク・ランプに火が点っている。黄ばんだ青のとても小さい炎が安定して燃えている。その生きている感じがポペットは好きだ。孤独につきあってくれる。

ポペットは寂しくて死にそうなときがある。孤独が人を殺すことを彼女は知っている。

沈黙がつづく。フランはウィスキーに手を伸ばし、自分のグラスになみなみと注ぎ足し、ボトルをポペットに差し出す。ポペットは首を振る。

フランは思う。明朝、迎えに来てくれるジムという男はいったい何者か？　思い切って彼のことを訊こうと口を開きかけたとき、携帯が鳴る。

クリストファーからのメッセージだ。ほっとさせてくれる内容ではない。「アレシフェの病院にて。ベネットが倒れた。要手術かも。助けて《ヘルプ》。クリ」

フランはそれをポペットに見せる。二人の読みは一致する。「助けて《ヘルプ》」というのは本気じゃない。母か妹に助けてもらえると本当に思ってはいない。「助けて《ヘルプ》」というのは、同情と共感を求める感嘆詞だ。

フランが言う。「年取るってメチャクチャ悲惨。クリストファーは、じいさんたち大丈夫って思ってたんだろうけど」

少なくともこの瞬間、フランは落ち込んでいた。

「アイヴァーはそんなに年じゃないと思う」とポペットが言う。

ポペットは自分より「スエルテ荘」の住人たちについて詳しそうだと思い、フランは嫉妬する。

「何て返信しようか？」とフランが訊く。

「さあ」とポペットは言う。

フランはいい言葉が思い浮かばず、「それは大変」と書いてみたが、ピンと来ない。そこで、もっとあたりさわりなく、「愛する母と妹より。今度またゆっくりね。フラ」と書いて、送る。

送信するのはとても簡単。

フランは急にとてつもない疲労と老いと無力感に襲われる。寝室に行こう。ポペットに言って、明日の朝穿くきれいなパンツと靴下を貸してもらわなくては。娘がどんなパンツを穿いているかは知っている。洗いすぎてくたびれたとても小さなパンティで、あて布はすり切れ、伸び縮みするひどい素材だ。ポペットは痩せている。フランも太ってはいないが、母の尻は娘よりも大きい。

だが、朝、また自分の同じ下着を穿くと思うと耐えがたい。それは本当に嫌。どうしても、何が何でも、嫌。ブラジャーなら二週間同じものでも大丈夫なのに。でも、ブラジャーは別の話だ。

子どものころは、パンツを何日も替えずに穿いていた。そのころは皆そうしていた。ブロウバラの最先端を行く戦後主婦が使っていた洗濯機は、上から汚れ物を入れる初期の重たい代物で、巨大で重いアルミの攪拌棒が付いていた。戦時中によく見かけた青みがかったグレーの、飛行機のプロペラみたいな棒だ。だが、洗濯機は始終回すものではなかった。

次にテリーサの見舞いに行ったときは洗濯機や洗濯日の話をしてみよう。クイン家とロビンソン家は、洗濯日に関しても、それぞれが異なる意見にこだわっていた。ロビンソン家は、クイン家が洗濯しすぎると思っていた。クイン家では、ロビンソン家が服やシーツをビニールに覆われた物干しロープに掛ける際きちんと拭いて煤を落とさないことがあると言っていた。まだ大気浄化法施行前だった。洗濯された服は、煤のついたロープに洗濯ばさみで留められてから、取り込まれることが多かった。両家の差異の問題は例の地下室の会合で率直に語り合うにはデリケートすぎた。だが、それぞれ自分の家の立場は意識していた。七十代の今なら、思いのたけを存分に話して、二人で笑うことができる。

「げつようあさのいとしい妻は……」（主婦の仕事ぶりを歌った十九世紀英国の民謡「アイロン持って、バタバタ走って」より）

人はお隣との差別化に何と熱くなることか！　宗教、洗濯機、物干しロープ、野菜、ポテト売り、あの厚かましいブルターニュのタマネギ売り。

ヤコポ・ダ・ポントルモにデヴィッド・クインが夢中になるなんて、だれが想像し得ただろう。

フランはもろもろの思いをまとめようとしていて、頭の回転は鈍らないものの、意識が朦朧としてくる。

「お母さんの着るネグリジェ、探してくるわね」と母のあくびと疲れ顔に気づいた娘が言う。

まだ九時半なのに真夜中のように感じる。

ウェストモア湿地《マーシュ》住宅の身だしなみのいい素敵なご老人連は今ごろベッドの中でぬくぬくきちんと温まっているだろうか、とフランは思う。もしかしたらスクラブルとかブリッジとかホイストをやって遊んでいるかもしれない。「チェスはないな」とフランは思う。

ジョウはブリッジをやる。ブリッジを覚える時間がフランにはなかった。もう遅すぎる。

ヴァレリー・ヘリテージの二面性には胸さわぎを覚えた。

ウェストブロミッチの元気一杯なスゼットのことが、一瞬、賛嘆の念とともに脳裏をよぎる。

ごく最近、サンドフォードの介護施設で若い女性が数名の居住者に毒を盛ろうとしたかどで拘留された。

フランは二十ポンドを払って、ウェストモア湿地《マーシュ》のゲストルームに腰を落ち着けていれば、今ごろ、就寝前に見るテレビもあれば、小袋入りのシャンプーもある快適な匿名性を享受していたことだろう。「プレミアイン」そっくりの。

だが、あえて娘のところに泊まることにした。小心者の母親だが、すべて考えあわせれば、ここに来て良かったと思う。

＊

ランサローテの病院では、アイヴァーに診断結果が伝えられる。「ベネット大先生はやはり腰骨が折れていらっしゃいます。可及的速やかな、おそらく明日の朝一番の手術が望まれます。手術同意書への署名が必要になりますが、先生はモルヒネで落ち着かれて、言葉にならないうめき声の状態から脱して、とても頭も冴えていらっしゃるようですので、問題ないと思われます。今は、周囲のだれもかもに猛然とお話しされています。署名をいただくのは大丈夫かと存じます」と病院スタッフがアイヴァーに話す。だが、ベッド脇のアイヴァーだけは、ベネットの錯乱に気がついていた。ここのスタッフの多くは英語を解するけれども、今のベネットの奇っ怪なモノローグの正体に気づくほどの力はない。彼は連想の海を自由に泳いで、おそろしいほどハイレベルな妄言・戯言をつむぎ出している。イングランドに戻って、オックスフォードでウナムーノとファランヘ党（フランコ将軍のファシスト与党）の講演をすると思いこんでいる。「ノートは用意した。全部そろっている。けれども、別に要らないと思う。ノート無しのほうがずっ、と上手くしゃべれるんだ」と楽しそうに、あまりにも楽しそうに、しゃべる。

ベネットはウナムーノとファランヘ党のことで何十年も悩んできた。死の床でも悩んでいるだろう。もしかしたら、今が死の床なのかも。だから今、悩んでいるのか。

「アイヴァー、車は順調に進んでるかね？ 遅刻は許されないぞ」と時折、意外にもったいぶった強い調子で繰り返す。それから、あの理解不可能なウナムーノの著書『生の悲劇的感覚』からの引用とアイヴァーは踏んだのだが、スペイン語を唱えはじめる。白衣の医療団もそれを聞けばベネットの精神状態に気づきそうなものだが、残念ながら気がつかない。

「シ・ムエロ」とベネットが謳いあげる。「デハド・エル・バルコン・アビエルト……デハド・エル・バルコン・アビエルト……」

アイヴァーは悩む。今のベネットなら、おそらく目の前に出されれば、どんな書類にも署名するだろう。アイヴァーが、これはBBCの放映許可書ですとか、五百ポンド払うというオックスフォード大学の契約書ですとか、テレンス・ヒギンズ財団（エイズ医療関連の慈善団体）からまた来た支援要請ですとか言えば、ベネットは何の疑問も抱くことなく署名するだろう。この種のことはアイヴァーに任せっきりだから。だが、アイヴァーはとても良心的な男で、法を守る気持も並大抵ではない。若いころの性生活が否応なく違法行為だったことから、他の点では矩《のり》を踰《こ》えないよう、気をつけてきた。二人の小さな車は細心の注意をはらって駐車した。ベネットのところに来る請求書はすぐ支払った。店で買い物するときは、釣り銭を数え、もらいすぎた分は返した。その場にふさわしい格好をするようにした。譫妄状態のベネットに、彼の年齢では——アイヴァーにはきちんとリスクが見えていた——命にかかわることになるかもしれない文書にサインさせるのは、アイヴァーの望むところではない。

　少し落ち着くと、「ベネット大先生」の入れ歯の上の左の部分がないことに気がついた。どこに行ってしまったのだろうか。一、二時間独りでくつろいで、小説を読んだり居眠りしてるうちに自分で取り出したのか？　転んだときに入れ歯も落ちて、今もテラスに転がっているのか？　寝室の小さなセラミックの入れ歯コップにきちんと立てられているのか？

　彼は食事中にときどき白とピンクの入れ歯を出して、それを白と青のマジョリカ陶器の小皿の上に置くことがある。ゲストがいるとき、それをしたのはまだ一、二回だが、アイヴァーはじきにその頻度が上がりはじめるのではないかと恐れている。そうなったら自分は気にするだろうか。わからない。

　二人の友人であるグスターボがズボンの裾をぐいっと上げて絡みつくカテーテルの管を見せ、その中身を二人の面前でテーブル上のプラスチック瓶に空けるときは、嫌な感じがする。やらないでほしいと思う。

　幸い、就寝中にいびきをかいていて外れた歯冠を吸いこんだ知人の世にも恐ろしい結末の話は何とか思い出さずに済んだ。この知人は歯冠がゆるんできているのを感じながら、よくわかる話だが、歯医者に行くのが嫌できちんと治さずにいた。義歯でも、歯冠でも、呑みこんでしまうのは問題がない。高価なものだろうから、体の中を通過して排泄されたときに、トイレの便器から拾い上げればいい。だが、吸いこむのはまずい。吸いこまれた歯冠を回収するためには、背中を切って左の細気管支にメスを入れるか、体の前を切って咽頭にメスを入れるか、アイヴァーの理解の範囲では、そのような選択肢しかなかった。だが、今のアイヴァーはそのことを思い出さない。考えるだけで身の毛がよだつ。だから思い出さない。自分の記憶を否定している。

待合室に戻って、クリストファーの顔を見、彼の意見を聞こう。クリストファーはまさにこの病院でセイラと飛行機に乗るまでの時間を過ごし、それからイングランドへ戻って、もっとひどい病院医療を受け、最悪の結果を迎えたわけだが、それでも、いや、それだからこそ、いい慰めやアドバイスの言葉をもらえるかもしれない。

アイヴァーとクリストファーは黄色いプラスチック製ベンチに並んで座った。クリストファーは、何かあったときのためにいつもジャケットの内ポケットに入れて持ち歩いているウオッカの小瓶からぐいっとひと口飲んで、心を引き締める。どうも、その「何かあったとき」になりそうだ。つきあいで飲むイタリア製発泡白ワイン程度じゃ、身が持たない。サラマーゴの『石の筏』もとても読みにくく、難しい。重い内容で、一つ一つの文章があまりにも、あまりにも長すぎる。自分のｉＰａｄを持ってくれば良かったと思う。グランドホテルに持っていかなかったのだ。夕方一杯やりに行くのに必要ないと思ったのだ。「スエルテ荘」に戻ったときも、ばたばたしていて思いが及ばなかった。今ここにあったら、腰骨骨折のことも検索できるのに。

アイヴァーのほうは自動更新で変化してやまない最新のｉＰａｄを使う段階にはまだ至っていない。

クリストファーはアイヴァーの道徳的ジレンマを理解する。一番問題なのは手術がどの程度本当に急を要するかわかっていないことだと、二人の意見が一致する。明朝まで、翌日まで、サインをするのを待ってもいいのかもしれない。そうすれば、ベネットも譫妄状態から脱して判断力を取り戻し、自分の手術に対する責任を自分で取れるかもしれない。

だが、そうするのは、とてもまずい判断かもしれない。署名するにせよ、待つにせよ、二人とも、それぞれのリスクの程度がわかっていない。ベネットならわかるという話ではないけれども。

ウオッカの力で閃いた。そうだ、父さんに電話してみよう。父さんの専門なのだから、よく電話する仲ではないけれども、今の時間なら家にいるに違いない。ほとんどの時間は家にいて、音楽を聴いたり、テレビを見たり、一杯やっていたりするのだ。友人が飲みに来ていたとしても、八時には帰っているだろう。それに父さんにとって、今の時間はまだ遅くない。母さんと違い、父さんは必ず電話を取る。母さんは、夜、早めに寝室にこもり、無音の静寂の中で文字の世界に没頭し、電話は取らない。だが、父さんは必ず取る。とクリストファーは考える。

クロードは思いがけない息子からの電話にも慌てた様子はない。話を聞くと、ほとんどたちまちのうちに状況を把握した。「手術させなさい。ベネットさんにサインさせるか、お前の友人に代筆させなさい。とにかく早く。ぐずぐずしないで。そこのお医者の言うことは正しいよ。早ければ早いほどいい。そのお年なら、どんどん進めなくては」

「絶対に？」

「ああ、そうだ」とクロードは彼方から無責任にしかし威厳を持って言う。「それから、どんな素材を使うか、訊いておきなさい。合金の名前を確かめておきなさい。もし手に入るのであれば、コバルトクロムよりチタンがいい」

それから、もう少し、金属とプラスチックとセラミックの話を、それぞれの長所と短所などの話をしていたが、専門知識は覚えられないし伝えることもできないのをクリストファーは自分でわかっていた。「手術せよ」という核心はわかった。彼は父クロードに礼を言い、電話を切る。

「答えは、手術せよ、だ」と彼はアイヴァーに伝える。

そこで話を進めた。アイヴァーが代筆する必要はなかった。ベネットは二ヶ国語で書かれた同意書の鉛筆でバツ印が付けられた箇所に、読めない字ではあったが、自ら進んでサインした。日付とか既往症とか生命保険会社の詳細とかのことは、これらを知り尽くしているアイヴァーの手で記入済みだった。移動用ベッドに乗せられ快適な夜を過ごすため個室病棟に向かうベネットの顔に暗い影はなかった。それどころか、ずっと前に、「無人島に持ってゆくレコード」の一枚に選んだお気に入りの歌、ファッツ・ウォラーの「マイ・ベリー・グッド・フレンド・ザ・ミルクマン」を口ずさみはじめた。担架の上のベネットが病室のベッドに消えてゆく。手術は翌朝行われる。執刀医はマノロ・セロロ・エラーラと言う。

アイヴァーとクリストファーは自由になる。ベネットはプロの手に任せられた。アイヴァーは明日、朝一番で病院に戻り、ベネットがおとなしくしているか、同意を撤回してはいないかどうかを確認してくるつもりだ。まだ始まったばかりの夜は長い。二人は何か食べようと思う。

*

クロードはふと興味をそそられて、iPadでアレシフェの病院を調べてみる。良さそうなところだ。カナリアのようなリゾート地は大概、医療がきちんとしている。それからベネット・カーペンターを調べてみる。電話の息子から聞いた名前をまだ覚えていた。前にも聞いたことがあった。会ったこともあるかもしれない。パーティで？　学位授与式で？　王立外科医師会で？　インナーテンプル法曹学院で？　バッキンガム宮殿で？　面白くなって、一時間ばかり、ネットの海を泳いでいた。ベネットの言葉の引用や関連サイトの紹介がたくさん出てきて、その中に、ベネットの「無人島に持ってゆくレコード」リストもある。ファッツ・ウォラー、ファリャ「スペインの庭の夜」、『メデア』を歌うマリア・カラス。ネットでさらに調べてゆくと、「無人島レコード」企画でカラスを選んだのは他に三人しかいない。クロードは首をかしげた。ブラームスやビートルズと比べると、カラスは無視されているに等しい。自分の目が信じられなかった。自分だったら、カラスしか選ばないだろう。このサイトには欠陥がある。データの相互参照が不適切だ。

だらだら検索をつづけてみる。外科医を含む医療関係者が何人くらい、この羨むべき「無人島レコード」企画への参加を求められたのか、調べてみる。とても少ない。人選も偏っているようだ。そのことを言えば、歴史家も多くはない。だが、ベネット・カーペンターは話の面白い語り手として、講演でも、テレビ・ラジオでも、いつも人気が高かった。彼が選ばれるのは当然だ。

それから、彼の画期的なスペイン内戦研究の『麦と刈る人』を購入し、ダウンロードする。エピグラフにはロルカの短詩「別れ《デスペディダ》」の引用がある。「シ・ムエロ、デハド・エル・バルコン・アビエルト」

わたしが死ぬとき、バルコニーの窓は開けたままにして……

クロードはこの改訂版の序文を少し読む。写真や挿絵も見てみるが、彼のキンドルでは映りがあまり良くない。うつらうつらする。

＊

娘のとても小さな寝室で、娘の驚くほど着心地のいい水色のメリヤス編みネグリジェを着、タータンの小さい毛布を体に巻いて湿気を防ぎながら、フランは低い窓の下の奥行きのある木の棚の上に娘の宝物が並べられていることに気づく。いつもそこにあるわけではないことをフランは知らない。洪水を考えて特別に、今のところはその必要もなかったのに二階の寝室に移されたことをフランが知ることはない。娘にもそれを母に話す理由がない。

これらのささやかな物体はずっと昔のもので、その哀感にフランの心が揺れた。涙がこみ上げる。とても疲れているから。心が疲れている。「心の臓は筋肉に過ぎない」という言葉があった。だれが言ったのか？　サミュエル・ベケット？　いや違う。だが戯曲家だった。絶対、戯曲家だ。無理して考えすぎなければ、そのうち自然に思い出すだろう。

古い写真でいっぱいの茶色い封筒を哀しく見つめる。開けはしない。あのがっしりした銀のナプキンリングもある。ポペットが赤ん坊のときに、洗礼のお祝いの代わりにわたしの母がイニシャルを彫ってくれたもので、当時でさえ時代遅れの感じがした。そのメイお祖母ちゃんも死んでから長いことになる。娘は捨てるに忍びなくて取ってあるのか？　捨てるのが面倒臭いからまだここにあるだけか？　カナリア諸島の小さい鉱物が入った、組み字の彫られたマホガニーの小箱を開けてみる。粉がふいたようにキラキラ輝くその色彩とゴツゴツの山の極小形に見入る。ロウブリッジ小学校でつくった赤ん坊のイエスさま。ポペットはこれを取っておいたのか。自分でもその奇跡の美しさに気づいていたのだ。

胸が詰まって、目が涙でいっぱいになる。何もかも悲しくて堪らない。娘を思い、悲しくて堪らず、そこからすべてが悲しくて堪らなくなる。いずれはこのような強い悲しみを感じることもなくなるのではないかと恐れていたのに。心が痩せて、冷たくなって、性愛の望みも、欲望も、それから、より良い社会がやってくるだろうという明るい夢も、そのすべてではないが徐々に薄れていったように、悲哀の情も消えてゆくのではないかと恐れていたのに。ヘイミッシュが死んだときは、これからは忙しい生活を送りながら、前夫クロードに料理をつくりながら、団地のらせん階段を上りながら、せわしなく車で国内を駆け回るうちに、心も干からびてゆき、強張ってゆくだろうと思ったものだが。老いが進むにつれて、心の揺れがなくなってゆき、非情と無関心に取って代わられるだろうと思ったものだが。心の平安をずっと待ち望んできたテリーサ・クインと違い、自分に安らぎが訪れることはないにしても、少なくとも心の感度が鈍ったあげくの健忘症のような境地に達することはできるかもしれないと思ったものだが、それは間違っていた。体の中心から熱い悲しみのマグマのようなものが常に吹き上がっていて、悲哀の情から逃れられない。

低い窓枠に身をもたせて外を見つめながら、泣けるのはいいことだ、と自分に言い聞かせる。だれかを慰めなくてはいけないとき、他人《ひと》にはいつもそう言ってきた。八つのクリストファーが腕の骨を折ったときにはそう言った。十歳のポペットにもそう言った。ポペットが二十二のときにも。

体は干からびてしまったが、涙はまだ涸れない。流れるがままに任せる。

雨は止んだ。雲ひとつない夜空だ。

老人を看病して病院にいるクリストファーを優しく思う。カナリア諸島でまた死の床の傍らにいる。外見とは裏腹にクリストファーはとてもいい子だ。

彼もポペットの幼子イエスに感嘆していた。思い切って彼にそのことを話したらいいのに。妹がまだそれを取ってあるのを知って、彼も喜ぶだろう。あの子は昔から見る目があった。ただ、自分で絵を描くのは、やってみたけれどもダメだった。ものの作り手ではなかった。

今はポペットもそう。

朝ウェストモア湿地《マーシュ》住宅で会ったクロスワードと新聞の四人組が今ごろトランプのホイストをやっているというイメージが脳裏に浮かんだことから、息子の昔の姿の断片が優しく思い出される。タフなロンドンの公立校に通って格好つけるようになったむさくるしい十五のころのクリストファーを急に思い出した。三人の友だちとつるんで、一年間、少額ながら賭けトランプにうつつを抜かしていた。ホイストとポーカーで、ライバルチームとやり合ったりして、夢中だった。本人たちはタフなプレーヤーのつもりで、それがフランには可笑しかった。そういう友だちがいるのはフランには歓迎すべきことで、息子が本当のギャンブル好きになるだろうとはまったく思わなかった。その判断は正しかった。今のクリストファーは賭けをしない。友人のブロディはまだやるけれども、クリストファーはしない。同じ通りの「クロスローズ・カフェ」で毎週ホイスト大会を開いている老婦人チームにこっぴどくやられたのだ。クリストファーたち少年チームは、傲岸にも、老婦人の縄張りで冗談めかした挑発を行った。老婦人チームは坊やたちの挑戦を受け、彼らをすっからかんに絞り上げた。

クリストファーが偉いのは、その話をお母さんにも話したことだ。彼の話しぶりも面白かった。

「とても人の良さそうなお婆さんたちがいてね、うまいこと言って、ぼくたちを賭けに誘いこむんだ。そして、こっちをすっからかんにしてから、腹をかかえて笑うんだよ」

「お婆さんたち、もの凄い腕前なんだ。一度、お母さんにも見せたいくらいだ。スゲエんだ」と十五のクリストファーが話す。

ロムリーの勝ち誇るお婆さんのことを急に思い出して、フランはニンマリする。あの子は一生懸命格好つけようとしてたあの頃でも、気持の優しい子だった。ずいぶん派手な虚業を選んだものだけれども、あの子なりの優しさはまだ残っている。

お祖母さん。お婆さん。今では自分がお婆さんだ。骨と皮だらけの。魔法使いのお婆さんみたいな。だが、クリストファーは優しくていい子だ。老いた母にも温かい。

窓の外に広がった洪水を見つめる。酔ったような満月と半月の中間ぐらいの月が傾いてゆく。欠けゆく月の光が水面に光り輝き、半ば水没したヤナギの木の梢近くの枝々もその光を浴びて、銀色の幽霊のように震えている。冠水した野を一羽の白鳥が予兆のように渡ってゆく。努力とも意味とも魂とも無縁の美に、誇りかに、傲然と、首をカーヴさせ、頭をゆっくり右に左に振る。傲然と世を見下す象徴のように、輝く夜の世界を見はるかしつつ、泳いでゆく。

＊

オーウェン・イングランドはその驚くべき月を見つめてはいない。だが、退屈な学寮での夕食を終えて家に戻る道すがら、ふと目を上げると、バックスと呼ばれる大学の美しい裏庭の上に、雲の帯を身にまとう月がかかっていた。今はワーズワースを読みながら、同時に、レバノン情勢を伝えるテレビニュースを見ている。男女問わず、年を取ると、同時にいくつかの仕事をしたり趣味を楽しむことが上手になる人は多い。集中して仕事を進めるのは苦手になってきた。それでもまだ、いくつかの情報を同時に受け取ることは出来る。

まだ、二本目のタバコを吸っていない。その楽しみも残っている。

空の雲を天上の都市として描いたワーズワースの一節につい最近まで気づかなかったのは、少しショックだった。ジーザス学寮の元同僚のアドバイスでその箇所に当たってみると、荒々しく壮麗な詩文がそこにあった。次から次へと異なる山容が立ち現れるシベリウスの交響曲のように、一行一行が立ち上り、積み重なり、それに連れてさまざまに風景が移り変わり、読み手を圧倒する。巨大で広大なクレシェンド。ずっと前に読んでおくべきだった。該当箇所は、長詩『逍遥』の「孤独者」と題された第二巻にある。今では少数の専門家を除けば、『逍遥』を読む人はいない。今回の論考にこの一節を使うのは難しいと思うが、自分が知らなかったことが誰かに知れたりしたら、とても恥ずかしい。

雲は金とダイヤモンドの織物のごとし、
縞大理石の円屋根あり、銀の尖塔あり、
燃ゆるテラスの上に燃ゆるテラス高く重なり、
此処に静かなる大天幕群、光りかがやき、
いく筋もの道を成し、彼方にそびゆる塔の数々、
動いてやまぬ狭間胸壁の帯を巻き、その胸元に
すべて宝石の彩飾模様のごとき星々を抱く。

・・・

あらゆる色彩の雲、巌、紺青の空、
混在と混沌のうちに互いを燃え立たせ、
ひとつに解け合い、おのおのの境、定かならず、
かくて、この世ならざる、

寺院と宮殿と城砦と名無き巨大な夢の建造物の、
あの驚くべき、壮麗なる、奇跡の光景を成す。

律儀に読んでいきながら、オーウェンは我を忘れる。わき上がる感嘆の念に胸が締めつけられ、何が描かれているのかわからなくなる。この種の畏怖を体験するとはどういうことなのだろう？　畏怖の念の中に少量の苛立ちさえある。このような天才がこんなに自由にのびのびと存在して、かような高みに鎮座ましますなどということが許されていいものだろうか？　この畏怖、この愛、この苛立ちは、いったい何を意味するのだろう？　ジョゼフィーン・ドラモンドに訊いてみようか。彼女もまた詩を生きる糧としているのだから。昔は詩を書こうとしていたのではないだろうか。そう告白されたことは一度もないけれども。

「より偉大な天才に対する応えはただ一つ、それは愛」とゲーテは言う。たしか、そんなことを言っている。

今にはじまったことではないが、いったい文学とは何か、何のためにあるのか、自分はなぜ文学を教え、文学を考えることに一生を捧げたのだろうか。これらの問いに対する常識的な答えはどれも満足のゆくものではない。人の一生とは何だろうか、と問いかけたほうがいいくらいだ。人はなぜ生まれるのか。生きる意味とは何か。

かつてオーウェンは、秋の木の葉のように茶色く干からび縮んだリーヴィス博士がミル小路の茶色く古い木造の講義室でワーズワースを高く評価するのを聞いたことがある。リーヴィス博士には、自分は本を読むこと、文学を学ぶことの有用性を知っているという確信があった。

そのころオーウェンは若く青かった。ベネット・カーペンターもそうだった。

カーペンターの『麦と刈る人』の初版本はまだジョウから返ってきていない。果たして彼女は本を開いてみたのだろうか。

そして、あのアイヴァーのことを、ベネットに本当に良く尽くしてくれる忠臣アイヴァーを思う。

自分に尽くしてくれた人はいなかった。自分もだれかに尽くしたことはない。

孤独者。

だが、晩年のワーズワースには、おべっか使いもいたが取り巻きがいた。

ソンサマスの城を思う。魅惑《スジェスティーヴォ》の、近寄りがたい、ほとんど果てしなく不可知の城。巨大な、忘却された、貶められた城。

ソンサマスの城はわたしたちを誘ってやまない永遠の奥地。

*

テリーサは病状の悪化に気づいている。前より気分が良くない。痛みがひどい。痛みがこのくらいになると、生きる気力が失せる。信仰があるので早く死にたいと願うのは許されないけれども、この痛みが、彼女の言葉を借りれば、「神さまの腕の中」に導いてくれるかもしれないと思う。「神さまの腕の中」を思うとほっとする。聖書をはじめとする言葉の断片が、子どものころのお祈りとともに彼女を支えてくれる。

　彼女はかかりつけの開業医やガン専門医や地域の看護師や緩和ケア担当看護師とのやりとりの含意を読み取るのが得意だ。二、三日前には国民健康保険《エヌ・エイチ・エス》のデイベッドの調整に若くて禿げた陽気で不機嫌な黒人がやって来た。

上手く行かない。デイベッドの最新技術に付いていけずにもたもたする彼の様子を見て、テリーサは「もういいわ。わたしが死んでベッドを持ってくときに、そのスペアのスパナとかつっかい棒も持ってけばいいじゃないの。今はベッドの下に突っこんどけばいいでしょ。別に数えなくても溶けてなくなるものでもないから」とつっけんどんに言ってしまった。

男は彼女の言葉の棘に気づかなかったようだ。とても若い男だった。

テリーサは、言ってしまって、しまったと思った。だが、相手が気づかないのを見て、胸を撫で下ろした。

グッドール神父はもっと注意深い。

ぽたぽたと傘から水をしたたらせる不器用なグッドール神父をテリーサがどう思っているか、フランは誤解している。テリーサはグッドール神父のダメなところを可愛いと思っていた。全然気にならない。聖職者には慣れているのだ。たしかに、知的、学問的にとても賢いわけではない。頭の回転はあまり速くはない。けれども、彼には常識的な知恵が備わっていて、彼女にも神さまにも誠実に接してくれるので、彼女はほっとする。優しく抱きとめてくれる神さまの腕のことが彼にはわかっている。死が間近に迫った今、彼は曖昧なことを言わない。自分の務めを果たしてくれる。なすべきことがわかっている。やりがいさえ感じているかもしれない。テリーサはいつもそうだが他人に喜んでもらうと自分も嬉しい。

彼女は自らに言い聞かせて、へりくだって悔い改める心を希求する。

詩篇作者の言葉にも慰められる。

へりくだって悔い改める心。(「イザヤ書」第六十六章二節)

旧友で元同僚でもあるバーディ・バードウェルが、テリーサの住まいの空いた部屋に移ってきてくれる。彼女とは長いつきあいになる。二十年以上にわたり、自分の右腕として施設で働いてきてくれたプロだ。気が置けない間柄で、友だちならだれでもいいという訳じゃない。テリーサは独りでいることの豊かさを知っていて、いつも通りの私生活を楽しみたいのだが、だれかに家にいてもらう必要が生じてきた。バーディも給料に加えて少しお小遣いを稼げるので、話はすんなり決まった。大柄で声が大きく、外交的でおしゃべりな女だ。うるさすぎてちょっと圧倒されると言う人もいるけれども、テリーサはバーディの野蛮な元気さをいつもありがたく思ってきた。大黒柱と称したくなる。サフォーク州のブタを育てる農家の娘で、昔は横幅の広いブロンドだったが、今は髪も白くなり、びくともしない女族長の趣がある。だが、脊椎に命に関わる障害のあった一人っ子をずっと昔に亡くしている。その子が縁でテリーサ・クインの施設に紹介されて来るようになったのだ。バーディは料理が上手で、食べるのがとても好きで、話題の大半を食べ物の話が占める。テリーサも食べるのは好きでお行儀よく食べるけれども、今では幽霊みたいにやせ細ってしまって、小鳥みたいにしか食べ物を摘まめないわけだから、これはちょっとまずいように思えるかもしれない。だが実際は、料理に対する苦手意識にずっとつきまとわれていたテリーサにとって、バーディが発する有名シェフや即席料理やじっくりつくる料理やホルモンや豚足に関するピリッとしたひと言は面白かった。それに、チーズの入ったカリフラワーのグラタンやオックステールのスープや鳥とハムのパイやチョウジで香りづけされたブタの膝肉ハムや、発酵生クリームを載せた美味しいリンゴのシュトルーデルとか、びっくりするくらい軽くて形も完璧な小型シュークリームとかをつくってくれるのはありがたかった。

バーディはペストリーづくりが上手かった。テリーサはもうあまりペストリーを食べられなくなっていたが、バーディの腕前には喝采を送って喜んだ。

バーディとテレビの料理番組を見ることも、そこそこ楽しんだ。あまりにもたくさんの番組があって、一人だと絶対に見ることはないだろうけれども、バーディはそういったものを苛々しながら見るのが大好きで、この彼女の晩のお楽しみにテリーサもおつきあいするようになった。バーディは横で軽蔑の雄叫びを上げたり、ときに拍手喝采したり、手を伸ばしてリオハ産ワインを飲んだり、木炭入りビスケットやエメンタール・チーズをぱくついたりしていた（彼女は木炭がテリーサの体に良いと信じこんでいて、反論のしようがない）。それが終わると、テリーサがベッドに行くのに付き添ってくれる。夜通し耳を澄ませて、テリーサが痛いか何か用があって声を上げると駆けつけてくれる。看護婦長のようなバーディの染みだらけの腕がテリーサをさっと抱きかかえる。それは神さまの腕よりももっと確かで、もっと肉づきがいい。

こうして、バーディは最低賃金を超えるお小遣いを稼ぐ。

テリーサが前夫リアムやその後つきあった男たちの腕に抱かれたいと祈ることはあまりない。それでもときどき、男たちの夢を見る。性的な夢を見ることもある。夢から覚めると、今のほうが幸せなことがわかる。性とは面倒なものだ。疑いもなく。

息子のルークに連絡を取る。携帯の簡易メッセージを送り、eメールも送って、来てもらうよう要請する。すぐに会いたい、と伝える。母の真意はわかってくれるだろう。絶対、大丈夫。病状をずっと報告してきた。だからこのメールの含みはわかってくれるはず。

息子は今モザンビークにいて、国境なき医師団の仕事をしている。飛行機の便を探しています、と返事が来る。

孫のシャヴィエルの顔も見たい。だが、十代の元気な少年にこんな姿を見せていいものだろうか。自分がやつれているのはわかっている。シャヴィエルは首都マプトのインターナショナルスクールに通っていて、成績もいい。二ヶ国語を操れる。母親は眼科で働いている。テリーサとシャヴィエルはときどきスカイプで話し、ルークが写真を送ってくれる。テリーサはスカイプがちょっと苦手だ。欲求不満になる。画像が歪む。やりすぎの感がある。

ルークの父親で、カナダにいる前夫のリアム・オニールはどうしよう。仲間はずれは嫌だろう。ルークが来たときに一緒に会うのがいいかもしれない。父子で母の死の床に臨席すればいい。神の目には、今でもリアムが自分の夫だ。グッドール神父はカトリックの教義どおり、そのように話すだろう。

ルークとリアムの関係は、彼女の知るかぎりまずまずである。もっとも、二人ははるか彼方、陸と海に隔てられていて、あまり会うこともない。

テリーサは化学療法で髪を失ったが、また生えてきた。前よりも豊かな剛毛だ。白髪のちりちりしたボブだが、景気よくそりかえっていて、元気な天使の光輪みたい。体の他の部分が衰えてゆくのに比して、力強い。棺おけの中でも伸びつづけるのではないだろうか。彼女は火葬に付されたくない。ケンサルグリーン共同墓地の運河に近いセント・メアリー教会に埋葬地を用意した。まだ散歩ができたころ、何度も何度も運河沿いの道を歩き、木々の中から聞こえてくる鳥の歌に耳を傾けたり、したり顔で悠然と歩くキツネを見たりした。墓石に刻まれた言葉を注意深く読んだ。

リアムも髪がまったく薄くならず、禿げる兆候がまったく見られない。ある種の老人がそうであるように、とてもふさふさしたままなので、その立派なロマンスグレーを肩のずっと下まで誇らしげに伸ばし、背中に生えたペニスみたいにしている。そして、それを色付きリボンで結んでいる。ネクタイを締め、スーツを着、フォーマルな格好を好むのに、髪は長い。ときどき、気が向いたときにインターネットで彼を見ると、そんな写真が出てくるのだ。ルークと孫のシャヴィエルは今でも彼女が「スナップ」と呼んでいる写真を送ってくれることがある。いつもオンにしている小さな携帯に、そんな写真が送られてくる。

リアムの銀髪ポニーテールは今風のちょっと斜に構えた教授スタイルだそうだ。なかなかいいと思う。

リアムはずっと前に信仰を捨てた。ルークが何を信じているのかは知らない。

来世に関しては、テリーサも聞き手を慮って信じているふりをすることはあるものの、確信はない。グッドール神父は、彼女から「天上のエルサレムに行けると信じています」という言葉を聞き、慰められたに違いない。いずれは彼にすがったり頼ったりするかもしれないと考えると、神父を怒らせたり、彼と疎遠になったりするようなことは言いたくない。あの世についてはだれも知らないのだ。この世よりもいい場所があるような気もするのだ。

友人のフランには信仰がない。「八百万《やおよろず》の神がいるわよ」と言うこともあるけれども、あまり一貫していない。天気がいいと彼女は汎神論者になる。「晴れの日限定」の八百万の神だ。「二月はどうも汎神論向きじゃない」と言いもした。フランは春が恋しいのだ。テリーサの庭やあの醜い北ロンドンの墓地でも、今ごろはもう象牙の白に緑の細い筋のスノードロップが咲いている。トリカブトの喜びあふれるバター色の花も墓石のまわりに咲き乱れているだろう。わたしはもう見に行くことがかなわないけれども。フランはどこに咲いているかも知らないだろうけども。

フランは今、水びたしになっているイングランド南西部のどこかにいて、あの気性の激しい娘ポペットのところに身を寄せている。じきにロンドンに戻ってくるだろう。次に会う日はもう決めた。彼女にバーディを紹介することになるかもしれない。二人は気が合うだろうか。

息子のルークはバーディと上手くやっている。とても長いつきあいになる。二人はいつも漫才みたいに突っ込みあっている。だから、ルークが来ても心配はない。

フランと「最後はどうなるのか」について話すのは楽しい。フランは細々とした問題が得意だが、終末論――死、最後の審判、天国、地獄――についてもとても熱心に考えてくれる。デイベッドに横たわって、車の中でよく使った華やかな柄のタータンの毛布をかけ、膝の上には古代エトルリア人の新刊を載せ、痛みも瑣末な問題もこの死ぬという決定的に深刻な事象を直視せずに済ませるためのありがたい気散じになるというテリーサにとっては新しい発見になる命題を考えている。痛みは人の時間感覚を変えて、ここ以外のどこか他の場所に行きたい、生の歩みを速めたいという欲望を喚起する。瑣末な事柄は、思考の最先端の部分を優しく心地よく麻痺させて、祈り、思考、瞑想、絶望などに使われる脳の場所を代わりに占有する。

瑣末《トリヴィア》な事柄。心地よい毛布、一杯のスープ、一、二通のメール、ラジオのクイズ、膝の上の本。

瑣末《トリヴィア》な事柄。三《トリ》と道《ヴィア》。合流する三つの道（単数形トリヴィウムは、中世の大学の自由七科の中、より入門的な文法、修辞学、論理学を指す）、自由七科《リベラルアーツ》の中の、より低いものたち。

エトルリア人に関する本は兄のデヴィッドが送ってくれた。ずっとつきあっていて今はオルヴィエートのマンションで同棲しているマッシモ・ヴィニョーリが書いた豪華な新刊の研究書だ。送ったことを知らせるメールで、兄は、「図版が素晴らしいから」と書いてきた。もうエトルリアについての込み入った議論などは読める体調ではないだろうという含みは八割方本当なので、気にはならない。そこここと拾い読むのも楽しいが、それ以上に石棺や恰幅のいい穏やかな夫の横に横たわる女主人の像や壁に繊細な色使いで描かれたカモやシカやブドウや踊る日焼けした男や色白の女の絵を写真で見るのが楽しい。エトルリア文明の神々はとても奇妙な名前だ。ヴァント、フフルンス、ユニ、トゥラン、トゥルムス。いったいどんな言葉なのだろう。奥地の言葉の名前。とりわけ彼女が気に入ったのは、ヴィラノーヴァ時代に属する神さびた死者のためのささやかな小屋。ずっと昔、D・H・ロレンスの『エトルリアの遺跡』を読んだので、エトルリア人は幸福だった、死においてと同様、生においても幸福だったという印象がある。だが、マッシモ・ヴィニョーリの考えは異なっていて、ロレンスを否定する。鼻で笑うようなことはしない。研究者的な同情心が示される。ロレンスの見解は時代遅れだけれども、彼が本を書いたときは知りようがなかったのだ、と。

タルクィーニアやチェルヴェテリやヴォルテッラのエトルリア遺跡を訪れたときのロレンスには、自分の死が間近に見えていた。本当に若くして死んだので、彼は自分が死んでゆくのが耐えがたかった。押し寄せる昏い洪水を乗り切るために勇ましく死の船(ロレンスには本作冒頭でも引用されている「死の船」という詩がある)をつくり、それに鍋やワインや小ケーキをはじめとする食べ物を詰めこんでみたものの、やはり死にたくはなかった。フランは早死にするには年を取りすぎている。それが慰めでもある。まだ楽しめることを指を折ってよく数える。

納骨用に作られた赤茶色の可愛いテラコッタ製の小屋は小さく家庭の匂いがする。人形の家のようだ。フランが見たら喜ぶだろう。アシュリー・クーム財団の考える老人用住居とはちょっと違うけれども、形而上的には繋がっている。フランにぜひ見せてあげたい。

本が膝の上で重い。安全にベッドの横にどかすこともほとんどできないくらい重い。自分であの本棚用の踏み台を上って、一番上の棚の美術書に手を伸ばすことは二度とできないだろう。まだ上れる気がしていたのはいつ頃までだったろうと考えたことはなかった。大した問題ではないと思っていたが、実はそれが大きな節目だった。痩せていても筋肉がついていて元気なフランにとっても、デヴィッドの『ポントルモ』の本は重く、扱いづらく、そろりそろりと下りながら、「手首の力が弱くなって」とこぼした。

自分の蔵書を見つめる。一九六〇年代から七〇年代にかけての小説や詩が並んでいて、まだカバーがついているものもある。最近の仕事関連の病歴集がある。一番上の棚にはマチス、コンスタブル、アルテミジア・ジェンティレスキ（イタリア十七世紀の女性画家）、エル・グレコ、レンブラント、ルーベンス、ホックニー、ホガースの画集がほとんど開けられることもなく、埃をかぶっている。長年にわたって訪れた数々の展覧会の分厚いカタログを見て、はっとする。仕事の他に、それも残業だってしていたのに、どうしてこんなにしょっちゅうテートやナショナルギャラリーやコートールドやアシュモリアン博物館やケンウッドハウスに行くエネルギーがあったのだろうか？　そのうえ漬物石みたいに重い本を抱えてバスや地下鉄で帰る力があったのだろうか？　なんと多くを見たことだろう、なんと多くを為しただろう。驚きでいっぱいになる。

今では一冊の、それも普通の重さの本を持ち上げるのでさえ辛い。本を持ち上げられないのは哀しい。ときにはほとほと疲れきって、嫌になって、眠っているうちに死にたいと気弱に願う。神さまというか、自分の信仰というか、あるいは自分のガンの担当医なのか、とにかくもう相手を正視したくはない。

踏み台の一番上にフランがいる。『ポントルモ』の本を薄くなったがまだ形の良い胸に抱いて、下りる準備のために慎重にバランスを取っているところで今は止まっている。

無事下りてから、フランはジョウという友人の話をする。ジョウはオックスフォード大学ボドリアン図書館の高い円天井の読書室にある、バッタみたいな緑色をした十フィートの高さの揺れる梯子の上で、ひどいパニックに襲われたそうだ。助けを呼んで、人の手を借り、揺れないようにしてもらってから、下に降りた。あの梯子、まるで昔の城攻めに使う武器だわ、とジョウがフランに言ったそうだ。危ないわよお。爺さん婆さんが使う物じゃあない。あのロボット型エイリアンのダーレク（イギリスの人気SFドラマ《ドクター・フー》に登場する）みたいに、足に車輪が付いていていて。

若かりしブロウバラでの日々、テリーサとフランは四六時中、二人で陰謀家みたいに地下室にしゃがみこんで、高い理想を語り合っていたわけではない。目が眩みそうな遊びもたくさんした。踊り狂うイスラムの熱狂修道僧《ダルヴィーシュ》みたいにくるくる回って、くらくらの恍惚状態に入ってから、草の上に倒れた。逆立ちや後ろ宙返りもしたし、上手くできなかったが側転にもチャレンジしたし、塀を跳び越えたり塀から跳び降りたり、木に登ったりもした。毎年春が来ると、二人の若い血も互いに熱く萌え、郊外の少し自然が多く残ったところを探検して、ときには忘れられた野に辛抱強くたたずむポニーに出会ったりした。西洋トチノキの赤い花の甘い汁を吸ったり、草の茎を丁寧に剝いて、中の白い髄を食べたりした。一度は、食べたら死ぬと言われるキングサリの莢《さや》の中の黒く干からびた種やイチイの桃色の半透明でてかってねばねばした実を舌の上に載せて、死ぬかどうか試したりした。

　黒い種も、赤っぽいピンクの球形の実も、呑みこみはしなかった。もちろん吐き出した。それで、死ななかった。二人とも死にたくはなかった。その後の人生で、死にたく思ったときはあったけれども、ブロウバラでの女学生時代にはなかった。

　今は落ち込んでいる。自分に対する自信を失っている。病気であることに疲れ果てている。死ぬのが怖いというのは違う。この瞬間は先ほどの薬のおかげで激痛から解放されている。高くした枕に身をもたせて、目を閉じる。残された時間をどう過ごせばいいのか、自分の魂のことがわからない。戦うとか頑張るという言葉はあまり好きではなかったし、ともかく、これが負け戦であることは確定している。ある人たちのように勇敢に戦うという発想で自分のガンと対峙しようと思ったことはない。それでも、「テモテへの第一の手紙」の一節が脳裏に浮かんでくる。「信仰の戦いを戦い抜きなさい。永遠の命をしっかりと捕まえなさい。そこにこそ生きる意味があるのです……」（第六章十二節。新約聖書に収められたパウロの書簡の一つ）

　永遠の命をしっかりと捕まえなさい。信仰の戦いを戦い抜きなさい。

わたしにはできない。

「そこにこそ生きる意味があるのです」

人生の終わり近く、六十代、七十代、いや八十代にもなって、信仰を失った人を、何人か知っている。人生に裏切られ。生があまりにも無残なので。神のその被造物に対する思いがあまりにも不可解で。

一番哀れだったのは、同じ教区の近所に住む清廉な人生を送ってきた優しく親切な老婦人だ。ひどく信心深かったわけではないがカトリック教会にきちんと通っていた彼女は人生の最後になって、恐ろしいパニックと鬱と罪悪感に襲われた。テリーサが見ても、専門家が見ても、とりたてて原因はなかった。彼女自身は、聖霊に対する罪を犯したと思いこんだ。それが具体的に何を指すかはわからない。単に信仰を失ったことを言いたかったのかもしれない。入院して、それからロンドン北部のお金のかかる精神病施設に移された。費用はテリーサの察するところ、ロンドンの金融街で成功を収めた息子が払っていた。テリーサも一、二度、見舞いに行って、テーラー夫人の病状に深い衝撃を受けた(「テーラー夫人」、「クイン夫人」といつも呼び合う程度のつきあいだった)。テーラー夫人はおびえ切っていた。毎日毎日が耐えがたい拷問のような日々だった。唯一の気休めはトランプの一人遊びで、いつも同じ遊びを飽くことなく繰り返し、繰り返し、他のゲームには見向きもせずに、小さな電子ゲームの機器を使ってやっていた。年老いた退屈な患者に関心を持てない施設のスタッフに、テリーサはいささか失望した。

腹に据えかねてバーディに、「あの人たち、全員って訳じゃないけれど、ペットの美容院をやる資格だってないわ。ましてや心に深い悩みを抱える精神病施設の運営なんて……」と言ったことがある。

テーラー夫人には友人が一人いた。同じ施設にいる四十代の女性で、彼女自身が明らかな鬱病の症状に苦しんでいた。彼女はテーラー夫人の話に耳を傾けながら、相手をスクラブルのゲームに誘い込もうとしていた。テリーサにはこの親切な友人が、近いうちに快癒に向かうであろうことがわかった。

廊下でばったり会ったこの親切なご婦人と面白い言葉のやりとりがあった。ジニーという名のこの女性はテリーサに向かって、「あなた、わたしの心理療法士にそっくり」と言ったのだ。それが褒め言葉なのはわかった。それも彼女の治癒を予測できた理由の一つだった。

ジニーという名そのものに希望の響きがする。

だが、今のテリーサは、テーラー夫人のことを思い出して取り乱している。パニックの波が食道を逆流する胃酸のように喉元にこみ上げてきて、どうしようもない。喉の奥が酸っぱい感じでいっぱいになる。助けてください。

恐ろしいことだ。慰めてくれるはずの、翼を与えてくれるはずの神さまが、わたしたちを迫害する監獄の看守となる。怒りに燃える神の目に見つめられるのは恐ろしい。

テリーサの右の手のひらの中には携帯がある。ブーでもピーでもピカッでもトゥルルルでもいいので、何か言ってほしい。だれかのメールがほしい。だれかの、だれでもいいから、外の世界にいるだれかの、生きている世界のだれかからの。銀行からと称するあの無限に反復される偽りの録音メッセージでもいいから。手のひらの携帯に何でもいいから話しかけてと念じる。携帯は黙っている。

どんな音でもいいから。

テリーサの衰えた手は、しなびて皺だらけで、その甲には何年にもわたって薄茶色の老人性の染みが浮き出てきていた。気分転換のつもりで、それをじっと見てみる。ある意味、魅力的で、気品さえある。死んだら見られなくなるので寂しい。たしかカトリック小説家グレアム・グリーンは、彼の後期小説にしょっちゅう老人性の染みが描かれるので、からかわれたのではなかったか。

グリーンはカトリック小説家と呼ばれるのを嫌がった。自分はただの小説家であって、たまたまカトリック信者なだけだ、と。それは詭弁だろうとテリーサは思う。

若いころは右の手のひらの親指の付け根のふくらんだところに、結構大きな金茶色の、ハート形に少し似た美しい痣があって、目立っていた。この自分の特徴的な印がとても好きで、暇があると、教室で、教会で、路面電車の駅で、ベッドの中で、家族でラジオのニュースを聞きながら、じっと何時間も見入っていた。それは幸運をもたらしてくれると思っていた。生活が忙しくなると、じっと見つめることも少なくなった。見つめられなくなった痣は色褪せはじめて、ある日、その場所を見てみると、痣はすっかり消えていた。またゆっくり見つめられる時間が戻ってきたのに、もう痣はない。あの寓話に出てくるロバの皮と同じだ。もっともっと見つめていたら、寿命も延びていたかもしれない。

携帯をぎゅっと握りしめて、どうか鳴ってくれと懇願する。その祈りに携帯が応える。ブーッという音が聞こえ、震えが手のひらに伝わる。音も震えも温かい。

銀行のメッセージなんかじゃない。息子のルークからだ。「飛行機、予約した。二日後にそっちに着くから、お母さん、がんばるんだよ。じゃ、そのときに」

息子が自分の誕生日に合わせて来てくれる。そのことは書いていなかったけれども、彼もわかっているだろう。何か、運がいい。

そうだ、がんばればいい。お母さん、がんばるんだよ。

気分が高揚する。二日ならがんばれる。そうすれば、息子に会える。奈落の底から魂が救われた。わたしはがんばれる。

ルークはカナダで、二月の吹雪で外出もままならぬ日に生まれた。

いらいらも自己憐憫も薄れていった。自分がもっと高き善きところに上がってゆくのが感じられる。

もう一度、目を閉じてみる。すると、浮遊感に襲われる。頭がぼうっとしてきて、夢と眠りの世界に入ってゆく。夢の世界に上ってゆく。解き放たれる。記憶と不安と恐怖と理性の執拗な細かい棘が、古くて重いマットのような意識の基底から抜けていって、彼女は肉体から自由になって、上ってゆく。夢の景色の中に解き放たれていた。(その地に足を下ろして根付いているわけではないものの、)目の前に見えるのは、オリーブの木が生え、大きな黄色い古い石板のかけらが見える草原の窪地である。その中心に深く根づいた古木の巨大な幹が立っていて、フォーク状に分かれた枝に支えられ、古代の石棺のような石の板が空高く浮かんでいる。遠く、背景を成す丘の斜面には、そのずっと離れた高いところに、白い小さなチャペルが建っている。見たことがあるようで、見たことがない。よく知っているけれども、よく知らない場所だ。

目を覚まして考えると、エトルリアの墓に影響を受けたことがわかる。古代の善き異教徒の救済問題も絡んでいる。ある年のクリスマスに心優しい両親がくれた手彩色の版画の影響も見られる。その版画は、遠景のチャペルを除いて、夢の風景にそっくりだった。「アテネの古代アゴラを見下ろす通りの屋台で二束三文で買ったんだよ」と両親は言う。「おまえが気に入ると思ったもんだから」そして、たしかに、気に入った。テリーサはそれを額に入れて、寝室の壁に掛けた。

重い石の棺、古代世界の肉食らう石棺が宙高く、生きて伸びゆく木の枝に掲げられている。エルサレムとアテネを結びつける夢だ。自分の夢人生の創意工夫をテリーサは喜んだ。

＊

クリストファーとアイヴァーは、バー「火山《ボルカン》」で待機している。一度「スエルテ荘」に戻って、台所のテーブルの上の専用コップの中であんぐり口を開けていたベネットの入れ歯を取ってきた。小さなことだが大いに胸を撫で下ろした。今は必要としないだろうが、どこにあるかわかっているのは助かる。今は、とても人当たりが柔らかく、とても肌が黒い、深緑のコートを着てカナリア諸島の匂いをぷんぷんさせたベンコモという名の病院職員にきちんと預かってもらっている。彼は頼りになる男だ。「もし、ベネット様が目を覚まされて、入れ歯をご所望されるような場合は、あるいは、入れ歯がないことにショックを受けられたご様子が見られる場合は、このベンコモが、大丈夫、入れ歯はわたしが預かっております、とベネット様にお伝えいたします」これですべてそろったようだ。ベネットは、鎮静剤を投与されて、気持良さそうにいびきをかいていた。

クリストファーは自分のiPadも「スエルテ荘」から持ってきて、執刀医のマノロ・セロロ・エラーラのことをこっそり調べてみた。きちんとした感じの男だったが、それで何がわかると言うのだろう。ウェブサイトでは、だれもが白いシャツ姿で、自信ありげな笑みを浮かべて真っ白な歯を見せていて、立派に見える。

アイヴァーは、アレシフェのバーならたくさん知っている。ピカソ、アストリアス、テラーサ、ティマンファヤ、サリナス。お気に入りは「火山《ボルカン》」だ。もう顔なじみになっている。クリストファーと、大西洋を挟んですぐそこにあるモロッコの話をしていた。クリストファーはセイラの結局お蔵入りになりそうなプロジェクトやポールテティエンヌの廃船の群れのことを少し話した。セイラがどうしても見たくて見られなかったその光景を、どういうわけか、どうしても自分の目で見てみたいんだ、と言う。アイヴァーは、ベネットのリヨテ将軍に対する興味や、一九七〇年代モロッコにおける彼のそれなりに節度ある性的放縦ぶりを話した。

同性愛嫌悪は、西ヨーロッパで薄れるのと並行して、北アフリカで悪化した。まるで、汚点と恥辱が地図の上を彷徨《さまよ》いつづけ、あるときはここ、あるときはそこと、居を定めるかのようだ。七〇年代のエッサウィラ（モロッコの大西洋岸の港湾都市）でベネットとアイヴァーがやったことを今のモロッコでしたら、牢獄にぶちこまれるかもしれない。他方、今のイングランドでは何でもありだ。

　クリストファーは杯を重ねている。アイヴァーは飲んでいない。クリストファーはもう自分の飲酒癖をアイヴァーに知られても気にはしない。その段階まで交友が深まったということだ。

　店の一角では、テレビがぐらぐらしそうな危なっかしい角度で高い腕木から吊るされていて、最近エル・イエロ島沖であった海底噴火の映像が流れている。不思議な美しさがあって、二人ともときどきちらっと目を遣る。いつの間にか、他の火山の噴火や溶岩流の映像に変わっている。カナリア諸島の火山もあれば、他の山の噴火もある。進行役の声は聞こえない。ヴェスヴィオ山、エトナ山、ストロンボリ山、文字通り火山《ヴルカーノ》を意味するヴルカーノ島。クリストファーはまだ、壊れそうなティマンファヤの風景を見に訪れたことはなかった。

　アイヴァーが、ベネットお気に入りの、車の衝突や飛行機の墜落やその他の大事故を見せるスペインの娯楽番組《衝突《インパクト》》のことを教えてくれる。衝突という語をかなり広い意味に取って、その種の映像を紹介してゆく。車のフロントガラスに当たる石、銃から放たれる弾丸、木に落ちる雷、滑走路で内破する飛行機、座礁する巡航船。その瞬間を見るというシンプルな楽しみにベネットは魅了されていた。流されるコメントを理解できないアイヴァーにも楽しめた。別にわからなくても大した違いはないよ、とベネットが言ってくれたそうだ。

　事故死よりも酷い死に方はある、とトイレに向かって歩きながらクリストファーが独りごちる。

　クリストファーはアイヴァーの座るテーブルに戻るとき、自分の足が少しふらついているのに気づいて、この自分がほんのわずかとはいえよろめくなんてと驚いた。どう考えても、ふらつくほどには飲んでいない。ここ何年も足元が覚束なくなったことはない。イタリアの白のスパークリングワイン一本とこっそり飲むウオッカ一本とブランデー一本と地元の「エル・グリフォ」を二、三杯飲んでも全然大丈夫なはずなのに。もしかしたらショック状態にあるのかも。食事に出かけたほうがいい。カナリア人の食事時間はスペイン人ほど遅くはないが、アレシフェはこの観光島の他の地域よりもスペインに近い。夜はまだこれからだ。

アイヴァーとどこで食べようか話していると、アイヴァーの空のビールグラスがテーブルのガラスの上をゆっくりと滑ってゆくのに気づく。テーブルが傾きはじめたみたいに。降霊会で霊が下りてきたみたいに。催眠術にかけられたように二人とも口をつぐむ。バーの反対側からは、皿が床に落ちて割れる音が聞こえる。客たちは不思議そうに振り向き、互いに顔を見合わせる。バーテンダーが笑う。約束されていた終末が来たのか。

バーテンダーのボトルがカタカタ音を立てる。

テレビがぐらぐら揺れる。画像に線が入って、ピカッと光り、それから元に戻る。

すべて大丈夫だ。ベネットは鎮静剤を打たれ、病院のベッドにきちんと括り付けられていて、大地が割れて、ぱっくり口を開いても大丈夫だ。風力発電の大きな羽根がよれて、もつれて、絡まりあっても、白亜の洞窟の内部が粉々に砕け散っても、バビロニアの光り輝く神殿みたいなノルウェーの巡航船が津波に流され、プエルト・ナオス（カナリア諸島ラ・パルマ島の町）のコンクリート防波堤を越えて、静かに佇む内陸の緑の潟湖のど真ん中にザブンと飛び込んでも、ベネットは大丈夫。彼にとっては、すべてが大丈夫、だろう。

フランはポペットのところであまり眠れなかった。寝心地が悪かったわけではない。畑に乗り捨てにした可哀そうなマイカー救出の手立てが心配だったのだ。夜のあいだにまた雨が降りだしていて、水位も上がっているみたいだ。いち早く我が家に帰りたいというわけではなかったが、ここでうろうろして娘の邪魔にはなりたくない。ジムが迎えに来てくれる段取りで、恥ずかしくはあるが、それ自体悲惨ではない。A303号線になんとか無事に辿り着ければ、それから先は大丈夫だ。「鶴、探しておくわね」と娘に約束する。

＊

ジョゼフィーン・ドラモンドはふと思い立って休みを取り——と言っても、「何からの休み？」と自問してみるのだが——ケンブリッジからすっと行けるロンドン・キングズ・クロス駅に出て、大英図書館でのスタダート＝ミード家のリサーチを始めた。ベネット・カーペンターの『麦と刈る人』を読了して、「死んだ妻のまだ生きている姉妹」テーマよりももっとメジャーなスペイン内戦にもはまりつつある。ハラマで死んだ青年ヴァレンタインの情報も集まってきた。ケンブリッジ大学図書館にある彼の未公刊の手紙と日記を読み進めている最中だ。それがきっかけとなって、大英図書館の手稿および貴重書セクションにある資料に注意が向き、インターネットの「大英図書館を探検する」の頁にログインして申し込んだものが、もしその所蔵情報が正確で申請手続きも成功しているのであれば、箱に入って彼女の到着を待っているはずだ。しばらくログインしていなかったのにパスワードを覚えていた自分のことも褒めてやりたい。

　ヴァレンタインのことがわかってくれば、母アリスのこともわかってくるだろう。

　『宿命の血縁』の結末は驚くべきものだった。面白い。オリヴとヴィージーの若いカップルは、小説でも、歴史の中でも、同様の苦境に陥った恋人たちがよくやったような、ジャージー島やパリやノルマンディやヌーシャテルに逃げて、そこで法的に結婚するという手続きを選択しない。いったん別れて、国会での「亡妻姉妹」法案審議の結果を待つのだ。首尾よく事が進めば、一年後には結婚できる。そのあいだ誘惑を避けて、二人は別々の道を歩む。ヴィージーは船でニューヨークに行き、一年プラス一日のあいだウォール街で働く。オリヴは汽船「アリアドネ」号で、南アフリカのケープタウンに渡り、クエーカー教徒の銀行家という実家の繋がりを生かして、ボア戦争後の土地再分配プロジェクトに取り組む心づもりだ。われわれが最後に見るオリヴはテネリフェ島の沖合いで吹き荒れはじめた大嵐の中、船のデッキに立っている。「海原をしろしめす神よ、この大波を叱りつけてくれ」(シェイクスピア『ペリクリーズ』第三幕一場)と、荒れ狂う大西洋を見つめながら読書家のオリヴは懇願する。彼女は溺れ死ぬのだろうか？　それはだれにもわからない。同じ航路を行った「ワラタ」号がその痕跡をまったく残すことなく海の藻屑と消えたのは一九〇九年のことだ。棒一本、石一片、骨一本、見つからなかった。大西洋の大きな謎の一つである。だが、小説の出版は一九〇七年で、ジョゼフィーンの理解では、おそらくアリス・スタダート＝ミードは法案の帰趨も知らなかったし、ましてや「ワラタ」号の運命など知る由もない。明らかに彼女は未決の小説を書いたのだ。結末の定まらないモダニズム的な小説を書いていたのだ。彼女は歴史の淵に立っていた。ヴィージーとオリヴの運命は国会の票決に委ねられる。

　アリスへの尊敬の念がふくれ上がってゆく。自分の家系と繋がっているかもしれないという興味ぶかい事実もわかってきて嬉しい。というのは、ケンブリッジに住む伯母の一人で、ジョウお気に入りのマリアンは、かつて子どもの本の挿絵画家として成功を収めたのだが、実は進歩派の政治運動のための、当時はよく知られ今も忘れ去られたわけではないポスターのデザインもいくつか手がけていたのだ。すぐ画像を検索できる便利な時代になったので、このマリアン・ヒーバー伯母が「レフト・ブック・クラブ」の短命に終わった子ども向け企画「子どもたちの広場」のために描いた絵や、スペイン医療救援団やゴヤと戦争のむごさを上演したユニティ劇場（一九三六年にロンドンで創設された左翼系劇団）のために描いたポスターも簡単に見られる。だからマリアン伯母がくれる誕生日祝いやクリスマス・プレゼントの本は、当然のことながら、いつも素晴らしいチョイスで、子どもたちは大喜びだった。マンロー・リーフが一九三六年に出版した闘牛嫌いの雄牛の古典『はなのすきなうし』、キャスリーン・ヘールの華やかな『マーマレード猫オーランド』（一九三八年）、J・B・S・ホールデンの『魔法つかいのリーキーさん』など。どれもジョウと妹のスージーの大のお気に入りになってしまって、何度も何度も繰り返し読んだ。けれども、マリアン伯母さんは二人の姪たちに自分の大人向けの仕事を滅多に語らなかった。スペイン内戦と第二次世界大戦関連で二人が知っていた唯一の伯母さんの仕事は、戦時中の疎開者を描いた子ども向けの本だった。しっかりした左翼的傾向を有し、序文を「マス・オブザベーション」（一九三〇年代英国に始まる左翼系の世情調査運動）と繋がりのある社会史研究者が書いていた。安い紙を使い、左右上下のマージンを最低限にし、使える絵の具の色も限られていた。シェフィールド市東地区から山頂地方《ピーク・ディストリクト》のヒツジ農場に疎開したウォルターとケイティー・ウォードの冒険の物語だった。シェフィールドの工場の煙突と炭坑の立坑の天辺周辺とめらめら燃える溶鉱炉の光景。それとは対照的なヒツジと草原と風吹きぬける荒野と石積み塀の描写。ジョウはこの本が大好きだった。山頂地方《ピーク・ディストリクト》という言葉も気にいった。もっとも、それがどこにあってどんなところなのかはよくわからなかった。

マリアン伯母は、クエーカー教徒の夫が山頂地方《ピーク・ディストリクト》ハザセージ村の出身で、ヒツジを描くのがとりわけ上手かった。かわいい顔の子ヒツジが硬い小枝みたいな足でぴょんぴょん跳ねたり、丸々と毛だらけの母ヒツジが真面目くさった表情で草を食《は》んでいたりする。ジョウのお気に入りは一ページ大の大きな雌ヒツジの絵で、そのヒツジはいささか戸惑った表情を浮かべて、本の中からこちらをじっと見つめている。素晴らしくお馬鹿っぽい。ヒツジは新参者の都会っ子を優しく迎え入れ、癒してくれる。中に、親切な農夫たちがスペインの小さな男の子ホセを可愛がるという話があり、幼かったジョウは、イギリスの一面ワタスゲの野でスペインの子どもが何をしているのかわからなかった。それがわかるのはずっとあとのこと、実はつい昨日、『麦と刈る人』のある脚注を読んでいたときだった。ホセはゲルニカ空爆直後の一九三七年五月に「ハバナ」号でビルバオからイギリスに輸送されたバスク地方の避難民を象徴していたのだ。ベネット・カーペンターの記述によれば、非協力的な英政府は子どもたちの受け入れには消極的で、もしそういう「役立たずの連中」を入国させれば不干渉条約に違反することになる、と弁じ立てていた。

小さなホセは闘牛の国から来たので、はじめ、ロングストーン農場に牛がいないことにがっくり来ていたが、次第次第にヒツジも愛するようになってゆく。

物語の中の三人の子どもたちは皆、とても着心地の良さそうな毛糸のメリヤス編みセーターを着ていて、クリスマスの章では、そのセーターにトナカイの模様があった。そのころの最先端を行くデザインだ。

このお話は、『はなのすきなうし』や『マーマレード猫オーランド』みたいに、何度も何度も版を重ねて、今も手に入るというわけには行かなかったが、当時は人気が高かった。

ジョゼフィーンは、たぶんマリアン伯母はスタダート＝ミード家と交流があっただろうと思っている。皆、その人生の大半をケンブリッジで過ごしていたわけだし、知的にも宗教的にも政治的にも、同じようなネットワークの中にいる。世代的にどうなっているのかは、まだはっきりと把握してはいない。たぶんマリアン伯母はアリス・スタダート＝ミードより若く、二十代でハラマで死んだ息子ヴァレンタイン・スタダート＝ミードよりは上だ。マリアンが九十を過ぎて天寿を全うしたのは、そんなに前の話ではない。

ごく最近まで、花の好きな牛フェルディナンドが反フランコの平和主義の象徴であることには気づかなかった。だが、一度わかれば、それがはっきりと表されているのもわかる。スペインとナチスドイツでは発禁になったことも知った。ただ、スターリンは、どうも牛が気に入ったみたいだ。

マリアン伯母のヒツジを発禁処分に付すとはだれも思いつかなかっただろう。マリアンのヒツジに名前はなかった。それはただのヒツジだった。もしかしたら、そこに一工夫こらせば良かったのかもしれない。だが、名前があるのは子どもたちだけだ。ウォルターに、ケイティに、スペイン人によくあるホセ。

インターネットで、『はなのすきなうし』の政治的な歴史もわかった。検索すれば数秒ですべてがわかる。味気ない。研究の楽しみが少し減じる。便利になりすぎた。ロンドンの大英図書館まで出かけて、調べものをしながら、研究者に囲まれた静かな至福の数時間を過ごし、それからまたケンブリッジに戻る一日を作る理由を考え出すのに、頭をひねらなければいけない時代になった。だが、今回は口実がある。アリスの夫ヒューバート・スタダート＝ミードの未整理で未公刊の手紙の中に、彼の古い大学学寮の諸文書の中に、彼の翻訳の手書き草稿の中に、これまで指摘されたことのない新しい何かがあって、読まれることなく忘れ去られた小説家である妻のアリスのことがわかってくるかもしれない。

「それで?」とあの亡霊の歌声が高まる。（W・B・イェイツの詩「それで?」より）

ヴァレンタインについても、すでにカーペンターが触れ、カーペンター絡みで他のスペイン研究者もよく触れるけれども、ヴァレンタイン自身が独立した大きな研究の対象になったことはない。これまでそのように取り上げられなかったのが、ジョゼフィーンにはかすかな驚きだった。ヴァレンタインの日記の面白さは、公刊されている他の日記にひけをとらない。彼の悲劇は読み物としても行けるし、カバー写真にふさわしいいい写真もある。ルパート・ブルック（美貌で知られ、第一次世界大戦従軍中に死亡したイングランドの詩人）に負けないハンサムなのだ。

今日は二月の水曜日。荒れ模様の天気ではないものの、とてもじめっとしている。肌を刺す寒さもある。歩道は汚い茶色い泥の滑りやすい薄い層でぬめっとしている。踏まれたガムの色あせた塊と骸骨のような落ち葉で斑点になっている。幸い、キングズ・クロス駅から大英図書館までの道は歩いてすぐで、かつ、屋根のあるところも多い。復元されたセント・パンクラス駅の赤煉瓦の正面を過ぎ、フードを被って背を丸めた『ビッグ・イシュー』販売人の前を過ぎ、温暖な土地に移住する人たちの賢明さを思い、あと何週間我慢すれば春のおとずれの兆しがはっきりと見えるようになるのだろうと思いながら、急ぎ足で歩く。アメリカ中西部の冬もひどかったので、冬休みはたいてい夫のアレックと南のフロリダやメキシコに逃げた。セントルシア（カリブ海東部の島国）に行ったことも一度ある。

イングランドから逃げることは、今は考えもしない。このひどい気候を乗り切るのが自分の義務のようにも感じている。フランの思いも同じだった。二人は、やろうと思えばできるけれども、明るい陽光を求める未亡人旅行をするつもりはなかった。まだ小さかった子どもたちが水疱瘡になったり、お金がなくてきちんとした暖房ができない上に、水道管が凍って給水塔の排水管からプラスチックのバケツで水を汲んだりしなければならなかった辛いロムリーの日々を、二人とも忘れない。アテナ館は温かい。フランのマンションも温かい。だから最後まで頑張ろう。

オーウェン・イングランドはカナリア諸島が気に入って、しきりに賞賛の言葉を繰り返しているけれども、彼は招待されたから行ったわけで、目的もないのに観光気分でふらふらするのとは違う。彼は旧友に歓待されたのだ。

ジョゼフィーンは大英図書館に歓待される。求める資料が用意されて待っている。自分の机を決め、そこに座って、軽いミニラップトップをコンセントに繋ぎ、紐でしばった薄く古風な暗い赤の厚紙のフォルダーとそれよりは大きくてお洒落な薄緑色のキャンバス地の箱の中身を、まずはざっと調べはじめる。

その箱から、学校の水曜午後の「図工」でやった製本作業を思い出す。今でも布と糊の匂いを覚えている。

ヒューバートの手紙を読んだ人間はわたしより前にいる。手紙の引用を公刊された伝記や文化史の研究書で見たことはあって、その日付やそこに反映された人間関係もわかっている。手紙からはケンブリッジやオックスフォードにおける古代ギリシャ・ラテン文化研究の地位の変遷や翻訳の流行の移り変わりもわかる。ヒューバートは当時有名だったA・E・ハウスマンやギルバート・マリーやA・W・ヴェラルとも知り合いだった。彼は親切で筋を通す立派な男だったようだ。ただ、わたしに言わせれば、彼のアイスキュロスやエウリピデスの翻訳は、テキストとしてはすでに時代遅れで中身もひどい。そのいくつかをキンドルで何とか入手して読んでみると、誤字が放置されていて、情けないやら可笑しいやら。スタダート＝ミード教授本人が見たら腰を抜かしたことだろう。例えば、「神殿《フェイン》」が「おまんこ《ファニー》」に、「胴鎧《コースレット》」が「コルセット」になっている。どうして、こんなことが起きるのか？　だれがどう間違えて、あるいは技術的な手順にどのような誤りがあって、こんな怪しげな含みが付加されるのか？　世界の果ての英語を話さない技術者がエウリピデスのテキストをかくも巧妙に解釈し直したということか？　それともスキャナーが自動的によりなじみ深い言葉に転換してしまったのか？

ヒューバートは「おまんこ《ファニー》」という言葉を知らなかっただろう。息子のヴァレンタインも同じだろう。コルセットは知っていただろう。アリスは間違いなくコルセットを着けていただろう。皆、そうしていたのだ。フランやわたしが若かったころ、当時はガードルと称された代物を着けていたのと同じように、アリスやマリアン伯母さんはコルセットを着けていた。

さあ、そろそろランチを食べに行ってもいいころかしらと考えはじめる。すると探していた獲物らしき箇所を見つけた。いい感じだ。バスク地方からの避難民への言及らしい。

親愛なるヒューバート［書き手はグリンドルフォードのジャックという名の男。一九三八年十二月付け］

喜んでください。エドアルドとマノリータは新しい環境に慣れてきました。避難民キャンプも最善を尽くしてはいますが、激しく動揺している子どもたちもいますので、一時的ではあれ、きちんとした家庭に滞在させるのはとても良い事だと思います。わが家を推薦してくれたアリスさんにも感謝します。子どもたちは、このところ落ち込んでいたエリザベスの相手にもなってくれます。マリアンさんもこちらに来て、スタニジエッジ（山頂地方の断層崖）を歩く子どもたちの美しいスケッチを描いてくれました。彼女のA・I・Aのポスターをご覧になりましたか？　彼女は「バスクの子どもたち委員会」のメンバーになりました。

アリスさんも扶養家族支援委員会と医療支援の仕事でとても忙しくしていらっしゃいますね。

このような仕事こそ命綱だということがわかってこられたことと思います。お二人にとっては、とても大変な時と察します。お二人のご健勝を、ずっと、心から祈っています。くれぐれもご自愛ください。

ジャック

マリアンというのはマリアン伯母さんのことに違いない。絵本で出てくるホセは避難してきたバスクの子どもたち全体の象徴ではなく、実際に会った一人か二人の子どものことだったのだ。きっとそうに違いない。そうでない理由は何もない。

マリアン伯母自身は、一九五六年ハンガリー動乱の際にハンガリーから逃げてきた家族を短期間ではあったが家に泊めたことがある。二十世紀初頭に建てられたケンブリッジ市グレンジ通りの住む人の少ない大きな家に宿泊させた。クエーカー教徒の集会で割り当てられたのだ。そのことはよく覚えていて、ただその後、彼らがどうなったかはわからない。クリスマスごろに泊まっていて、皆でささやかなプレゼントを急ごしらえしてあげたり、マリアン伯母さんが毎年押し入れから出してくる銀色のきらきらのクリスマスツリーの下で、小さな女の子がバレエの甘ったるいステップを見せびらかしたのを覚えている。動乱そのものに知的な興味を抱く年ごろにはなっていたものの、このハンガリーの家族はまったく好きになれなかった。好きになりたかったが好きになれなかった。彼らには、自分たちが立派で注目を浴びて当たり前といった雰囲気があった。十代の気難しい思春期だったわたしにとって、彼らにはもっと謙虚であってほしかった。その年は、せっかくマリアン伯母さんの家に行ったのに、ほとんど楽しめなかった。

アリスの小説『宿命の血縁』の話からは大きくくずれていて、ジョゼフィーンもそのことに気づいている。ポートランド石の白く光る階段を下りてゆき、小さな丸窓の脇を過ぎ、石灰華の古典風な席を過ぎ、文人たちの色とりどりの胸像の横を過ぎ、R・B・キタイの心乱れるタペストリーを脇に見ながら、そもそも「死んだ妻のまだ生きている姉妹」小説に偶然とはいえ興味を持ったきっかけは何だったか、思い出そうとしていた。どうしても思い出せない。

オレンジっぽい赤のローストペッパースープをお玉で掬っていると、自分の名を呼ぶ声が聞こえてぎょっとした。人びとのあいだに埋もれて静かにランチを食べながら、キンドルでアメリカの新作小説を読んで最近の流行を把握するのを楽しみにしていたのに。その期待が裏切られ、気を取り直して、他人との交流モードに切り替えるのは結構面倒だ。声の主は昔からの友人ジェラルディーンだった。向こうのほうのサラダバーで、自分の小さなガラスのボウルに葉っぱやレンズ豆や最近流行り出した豆類をうず高く盛っている。燃えるオレンジ色に髪を染め、鮮やかな緋色のセーターを着て、きらきら光るスカーフを巻いたあのジェラルディーンだ。彼女を避けるのは不可能である。ジェラルディーンにうっかり気づかないということはあり得ないし、気づかないふりをすることもできない。ジョゼフィーンはトレーの上のスープのボウルを少し動かし、気分を切り替えて、笑顔で返事をする。ジェラルディーンといるのは常に楽しい。彼女のペースに振り回される腹を決めたのであれば。

二人でガラス張りの増築部分の窓の側のテーブルに座り、体に良いスープとサラダセットを勢いよく食べはじめながら情報を交換する。ジェラルディーンはいつもと同じで、とても興奮している。抑揚の大きい、あたりに響きわたる大声で、最後に会ったとき以降――「ほんとに、ごぶさたっ」――無我夢中になったさまざまな活動や事件のことをしゃべりながら、ときどき、「ね、ジョウちゃんっ！」と叫ぶ。また孫が生まれた話、イタリア会館で最近やった講演、マントヴァの春のフェスティバルに招待されたこと、足の手術――と言って、テーブルの下で、そのきれいになった成果を見せ

――病気の類とは自分のものでも他人のものでも関わりを持たないので、死んだり死にそうだったりする友人や親族の話は簡単に片づけ、ヴェネツィアの美術史家との恋の戯れや、著書の電子化と増刷分に関する出版社とのトラブルの話まで話しつづける。ジェラルディーンは気分屋で、いつも喧嘩しているので、つきあいの長いジョゼフィーンには、ジェラルディーンにとって今日の敵は明日の英雄であることはわかっている。だから、ただただ話を聞いて、「まあ」とか「そうねえ」とか相づちを打って、話の奔流が自分の上を通り過ぎるのを待てばよい。自分のことばかりしゃべり倒すというよくあるタイプではなくて、他人のことにも飽くなき好奇心を抱いていて――そこで聞いた他人の話をゴシップとしてまた他の人間に流すことになるわけだが――ジョゼフィーンにもしつこくいろいろと訊いてくる。ケンブリッジはどう？　アテナ館はどう？　まだブリッジやってる？　ロイヤル・オペラ・ハウスの新しい『トスカ』見た？　何書いてるの？　厄介で手強いサリー・リトルトンはどうしてる？　今日はどうして大英図書館にいるの？　子どもたちは元気？　あの、何て言ったっけ、フランでしたっけ、ハイゲートでステラ・ハートリープの隣に住んでいたお友だちはどうしてる？　かわいそうなステラ、なんてひどい死に方でしょう！　あなた、マーティン・スチュアートがどうなったか聞いてる？　本当にかわいそうなの。

ジョウはこれらの問いを全問巧みにさばいていった。あまり秘密は漏らさなかったわ、と思う。ジェラルディーンはジョウが最近バスク避難民の問題に夢中なことを知って、少し興味が湧いたらしく、「わたし、バスク語、ちょっとだけ話せるのよ。今はフランコやムッソリーニのことも出てくる新しいイタリアの第二次世界大戦の小説を読んでるところ。最近、ムッソリーニが小説にしょっちゅう出てくるわ。彼の出番が来たのね。でも、この小説、出版社に推薦しようとは思わない」。

ジェラルディーンはむらがあるもののとても顔が広いので、「わたし、スタダート＝ミード家と知り合いなの」と言ってくれるのではないかと半ば期待していたが、そうはならなかった。その代わり、過去数ヶ月間の活動の総括が終わると、話は直近の未来に飛んで、「わたし、もう一人のジェラルディーンっていう友だちと、あさってからカナリア諸島に行くのよ。ランサローテ島に一、二週間行って、冬の太陽浴びてくるわ。あなた、カナリア諸島に行ったことある？」と来た。

ジェラルディーンという友だちがいるなんて、まったくジェラルディーンらしい。友だちのジェラルディーンのすべてがわかった気がする。友だちのジェラルディーンも、ジョゼフィーン・ドラモンドのすべてがわかったと思っているに違いない。

ジョゼフィーンが答える。「いいえ、行ったことないわ。ちょっとお高くとまってるように聞こえるかもしれないけれど、高層ホテルが乱立していて、英国風パブがいっぱいあって、英国から来たゴロツキであふれてるイメージね。でも……」と慎重に情報を提供する。『木曜の君』――ジェラルディーンはオーウェンをそう呼ぶので、そのまま呼ばせている――がクリスマスに行って、カナリア在住のイギリス人の友人のところに泊まってきて、ランサローテ島は気候も景色も素晴らしいって言ってたわ」そう言いながらも、ジェラルディーンに噂話のネタを提供してちょっとまずかったかなと思う。ジェラルディーンがその友人の名前を訊いてきて、「ちょっと訪ねていってみようかしら」とか言ってきたので、ますますまずいと思えてくる。答えに窮する。名前を忘れたふりしようかしら、ジェラルディーンがベネット・カーペンターと旧知の仲である可能性はどのくらいあるのかしらと、頭の中でぐるぐると計算をめぐらす。彼女は知り合いが異様に多いのだ。イタリアの二十世紀、二十一世紀の小説と映画技術という彼女の専門は、ベネットのそれとそれほどかけ離れてはいない。それにジェラルディーンは、馬鹿っぽく振舞うのに一生懸命だけれども、全然馬鹿ではない。社交的でお客好きもしかしたら、二人のジェラルディーンの訪問にベネットは喜ぶかもしれない。

の男のようだから。ふらふらしているクリストファー・スタブズの面倒を親身になって見た話は一部始終聞いている。ジョゼフィーンは、「コーヒーかティーはいかが」とジェラルディーンに訊いて、話をそらそうとしてみるが、ジェラルディーンは乗ってこない。誤魔化すことがあまり得意ではないジョゼフィーンは思わず、ベネット・カーペンターの名を挙げてしまう。あの『麦と刈る人』の著者で、『広場に落ちる影』という近著もある彼の名を。「わたしは会ったことないのよ。住所もわからないし、だからご紹介するのはちょっと難しいかしら……」と前置きに明言しておいたが、そんな気遣いの必要はなかった。というのは、「ベネット・カーペンター」という名を口にした途端、ジェラルディーンが歓喜の叫び声を上げたのだ。

「ベネット・カーペンター！」と叫んだ彼女の声を聞いて、何人かがこちらのほうを振り向いた。「ベネットは友だちよ！　あっちにいたのね！　今もカナリアに住んでるの？　アイヴァーとサウス・ケンジントンに住んでたころは彼らのパーティによく行ったわ。二人にはもうずうっと会ってない！」

　ジェラルディーンは、ダブルエスプレッソを飲みながら、楽しそうにしゃべりつづける。事前にではないとしても、ランサローテ島に着いたらすぐに連絡を取りそうなことは手に取るようにわかった。アリス・スタダート＝ミード研究どころではなくなったジョゼフィーンは、明日の晩、オーウェンとバーボンを飲み、雲の景色を語り合いながら、今日のこの一件もすべて告白すべきだろうかと思いをめぐらす。

　ベネット・カーペンターがランサローテ島に住んでいることはよく知られている。公の事実であり、秘密ではない。ベネットは身を隠しているわけでも、世捨て人になったわけでもない。わたしが何か失言したわけでもない。

ジェラルディーンはいつも以上に活気づいてしまっている。グアダラハラにおけるロアッタ将軍率いるイタリア軍の大敗についての基礎文献の勉強に「人文ルーム1」に戻る彼女は、手紙を読みに「手稿ルーム」に戻るジョゼフィーンとの別れ際、腕を回して彼女を抱きしめると、「あなたもいらっしゃいよ！　広いところに泊まるのよ！　素敵なプールもある！　楽しいわよお！『木曜の君』も連れてらっしゃいな！」と叫ぶ。

「それは無理」と、たしなめるような真面目顔でジョゼフィーンが返す。ただし、素敵なプールには惹かれた。

それでもジェラルディーンのことは大好きだと思う。ああいう可笑しくて楽しい研究者という彼女のキャラは「スエルテ荘」で受けるだろう。こうなって良かったのかもしれない。

＊

フランはポペットとの約束を守って鶴を探していた。だが、同時に、車の運転にもいつも以上に気をつけている。これ以上、冒険に晒されるのは嫌だ。墓碑銘に「鶴首しつつ鶴を探して事故死」なんて書かれてはかなわない。車の調子は一晩野ざらしにされても悪くない。ジムもほいほいと車を救出してくれた。どこでA303号線に合流すればいいかも教えてくれた。ストーンヘンジのちょっと先のガソリンスタンドはこのような天気だと必ずコンクリートの給油場所が冠水しているので避けたほうがよい、とも。氾濫原よりもさらに低いところにあって大きな設計ミスだ、と彼は言う。

ジムは謎だ。この一件でつきあいは深まったものの、彼の正体や娘の生活における彼の位置はやはりよくわからない。農夫であるわけだが、それと矛盾するようなアンティークと古本の副業でとても忙しくしている様子だ。ポペットと違って、この地に生まれ育ち、土地に根付いたような男だ。一帯を知り尽くしていて、それが血肉化している。妻がいて、大きくなった子どもたちがいて、子どもたちの一人はケータリングの仕事に就き、もう一人は長距離トラックの運転手をしているものの、彼のポペットに対する態度は単に親切なご近所さんという感じではない。何らかの協力関係が匂うのだけれども、それが何であるかがわからない。性的な感じはしない。ただ、身体的には、親密と言っていいくらい親しげである。兄と妹みたい？　いや、それもちょっと違う。何か他の要素が、何か異なるものがある。

ポペットの兄クリストファーがジムに会ったことはない。だが、クリストファーは兄らしくポペットに接している。

かわいそうな老ベネット・カーペンターの具合はどうなのかしら？

ジムは上背はないものの、がっしりとした逞しい体つきで、鼻は団子鼻、しっかりカールした髪は赤っぽい灰色で、雄牛に似ている。わたしの野ざらしになった車の先っぽを軽々と持ち上げて、自分が持ってきた引き綱にいとも簡単に繋げた。

フランが自分の兄弟と会うことは滅多にないものの、仲が悪いわけではない。イングランド風のクールな兄弟関係と言えばいいのか、一年に一度か二度会って、そのときは昔の話をしたり、冗談を言ったり、ひやかし合ったりする。兄のほうはすっかり耳が遠くなっていて、歩くのも大儀そうだ。腰が悪いのに治療しようとしないので、外出も減って、だからあまり話すこともない。老夫婦にはありがちなことだが、犬のように忠実な奥さんと二人で閉鎖された空間を作って、その中で生きている。不幸せそうではないものの、フランはわたしだったら気が狂ってしまうと思っている。弟のほうはもっとかくしゃくとしていて、外で人にもよく会っているようだが、フランは自分でも認めたくないことなから、ちょっと退屈な男だ。よくしゃべるのだが、その中身と言えば、車とゴルフと健康のための運動の話。わたしだって細かくて下らない話は好きだけれども、女の下らない話は楽しいが、男の下らない話にはついてゆけない。

隣に住んでいたテリーサの兄弟たちも、テリーサと特に親しいわけではない。もっともテリーサは、オルヴィエートに住むデヴィッドと彼のパートナーのことはよく話す。二人のことが気になるようだ。ブロウバラのお隣同士だったクイン家とロビンソン家の、二人の「地下室」少女と四人の「自転車」少年から成る六人の子どもたちのうちで、このデヴィッドが職業的にはもっとも成功した。彼は美術史の世界で名を成した。狭い世界ではあるけれども、そこで名を成した。

「デヴィッド・クインのことは何か知ってるかい？」と息子のクリストファーに訊くことはまだできていない。そうしようと思っているのだけれども、いつも忘れてしまう。大して重要じゃないからだ。下らない好奇心に過ぎないのだ。

天気が変わった。頭上には大きな、明るくて雲ひとつない、紺碧の空が広がっている。天高く、透きとおった、薄膜のような冬の蒼穹。道端に見えていた銀とピンクに輝く木立や銅色のワラビの姿が消え、雨に洗われた優しい緑の広々とした丘陵や赤さび色の耕作地に取って代わられる。春が大地の下で待っている。鳥たちも巣作りをはじめるだろう。

テリーサは、彼女にとって最後の冬に咲くスノードロップを見たいと思うだろう。彼女のために、セント・ヘレン教会の墓地から少しだけ摘んできてあげようかとも思ったりした。教会は彼女の家から坂を下って道を折れたところにあることもわかっている。だが、まだ摘んできてはいない。いや、摘んできていないと言うよりも、摘んでくるのを止めたのだった。あまりにも剝き出しで切ないから。それにとにかく、それは花泥棒になるだろうし、グッドール神父に現場を押さえられる恐れもあって、そうなったらとても気まずいことになる。

　ストーンヘンジに近づくと道が狭くなり、車の流れが遅くなって、しばらく動かなくなる。

　そのあいだにウィルトシャー州の昔ながらの風景を満喫した。それが終わると、携帯をチェックする。何通かメッセージが届いている。クリストファーから、テリーサから、ジョウから、ポール・スコービーから、過去に縁があったさまざまな会社から。こんなことになるのなら利用しなければよかったと思う。オメガ・ホテル・ルームからのメールなんて、だれが読みたいと思うだろう。だが、オメガは縁を切ってくれない。元はと言えば、ベリック・アポン・トウィード（イングランド北部、スコットランドとの国境沿いの町）で、ぎりぎり直前になって、宿を見つけなくてはいけなくなり予約を入れたことがきっかけだ。いろいろと劇団からも公演宣伝のメッセージが届く。お金を払ってもいいから見に行きたくない。あのベケットの芝居は、見て死にそうになった。

　テリーサやクリストファーのメールは開封して読みたくない。あの二人はかすかに死の匂いがするから。その未開封メッセージから、死や死に至る不幸のオーラが冷たく光り輝くのが見えるよう。どちらも凶報かもしれない。悪い知らせが重なってやって来る。

　こちらのほうがもっと元気そうなので、まずジョウのメッセージを見てみる。もっとも次に渋滞になったら、クリストファーのも開けて読まなくてはいけないだろう。

　何と言っても、前のメールの最後の言葉が「助けて《ヘルプ》」だったのだ。

*

　ジョウはベネット・カーペンターに関する最新ニュースを友人のオーウェンに伝えている。情報源はベネットの現況とクリストファーのカナリア滞在延長のことを話してくれたフラン・スタブズである。ベネットは彼の年と健康状態を考えると大事件だった腰の手術を終え、今はどういうわけかイングランドに戻りたいと言っている。クリストファーとアイヴァーはどうしていいかわからないでいる。

本当に途方にくれている。

ジョウとオーウェンはもの思い顔でバーボンをすすりながら、こっそり自分たちの幸福を数え立てている。まだ生きているし、痛みはないし、自分でわかる範囲内の話になるが、頭がおかしくなってもいない。住む場所だってある。あるどころではない。もうここに根を生やしている。

彼の著書を読んだおかげで、前に話に出たときと比べて、ベネット・カーペンターへの興味が大いに増している。彼の運命が他人事ではなくなった。ベネットを思うと、スタダート＝ミード家のことからマリアン伯母やバスクの避難民やウィンストン・チャーチルのカナリア諸島侵攻計画に至るまで沢山の思いや連想がそのまわりに群がってくる。今カナリアを旅行中の、二人のジェラルディーンの姿も見える。ベネットはまだ術後の回復も不十分な状態で入院中なので、二人のジェラルディーンが彼の自宅に押しかけてカクテルを一杯というのは、なかなか難しいだろう。

ジョウが言う。

「こちらに戻りたいけれども、戻れる家がないってことなのね」

オーウェンが答える。

「そう、その通り」

二人とも自分勝手に、ここアテナ館で安閑と暮らしている我が身の幸せを思っている。入館時以来、部屋の値段もどんどん上がっている。それに伴って維持費も高騰しているが、何とか対応できている。二人とも恵まれている。

ジョウが言う。

「クリストファーは、ランサローテ島の医療はとてもいいって言われたのよ」

「発作があって転んだのかもしれない」とオーウェンが言う。「呆けてきたのかもしれない。クリスマスのときは、まあ、元気に見えたんだが。発作があったのかもしれないね」

「アイヴァーがお気の毒」と同情してジョウが言う。アイヴァーと会ったことはないが、他人事とは思えない。

「クリストファーだって気の毒だ」と、クリストファーに会ったことのないオーウェンが言う。もっとも黙ってはいるけれども、テレビで彼の姿を見たことはある。「ダブルパンチってヤツをもらったみたいなもんだ」

その種の言葉がオーウェンのタバコの吸いすぎで乾いた血色の悪い唇から洩れると、とても可笑しくて、ジョウは、あまり笑うことでもないのに短く笑う。

「イングランドに戻るのに、ベネットは自分の健康保険を使えるのだろうか？」とオーウェンが思いをめぐらす。

もうひと口すすってから、ジョウは元々居心地が良かったところをさらに個人向きに改良して快適にした自室を見回す。気の毒だという表情を浮かべてはいるが、満足げである。今は長い人生における何回かの引越しで篩《ふるい》にかけられ残された最上の品々に囲まれている。これが最後の住みかとなる。美しい赤さび色のベルベットのゆったりした二十世紀初頭の肘掛け椅子と足載せ台は義理の親から相続したもので、何回も張り替えて、その上に長年にわたって刺繡してきたクッションが高々と積み上げられている。マリアン伯母にもらった十八世紀の小卓には美しい扇の象嵌細工がある。金縁で卵型のフレンチ・ミラーは、一部の欠損がそのままにされていて、ロムリーの市場で二束三文で手に入れた。ルビーの鮮やかな赤のブリストルガラスの花瓶は、アレックがルビー婚式（結婚四十周年）の記念にくれたもので、今は乾燥させた草の葉と孔雀の羽根を一本挿している。蔵書もある。昔の詩集の初版本は今もカバーが掛かっている。随分高く売れるのではないか。暖炉の上の棚には写真や小物がたくさん載っていて、長年にわたり子どもや孫や学生がくれたものが溜まっている。ウィリアム・ニコルソンの小さい静物画がある。ピカソの版画がある。エドワード・リアがペトラやスミルナやニコポリスを描いた手彩色の繊細な絵がある。ひっそりとした野の積み上げ石塀の横に佇む馬の親子を描いたジャック・イェイツの鉛筆画がある。マリアン・ヒーバーの描くスタニジエッジに遊ぶヒツジもある。これらの物がここを我が家としてくれた。わたしはこれらの物に囲まれて死ぬつもりでいる。

思い切って口に出してみる。

「ベネットさん、ただ、イングランドで死にたいだけかもね」

「かもね」と、オーウェンがむすっと返す。

慣例に反して、もう一杯飲むことにする。

沈黙がつづいたあとで、オーウェンが口をひらく。

「でも、死ぬには格好の家なんだ。むしろ羨ましいかぎりだよ。もちろんアテナ館は素晴らしいよ、大変結構な場所だ。けれども、『スエルテ荘』と来たら！　二人のために建てられたような家だよ。ベネットはスペイン語も堪能だし」

「だれの設計なのかしら？」とジョウが話の方向を変える。

オーウェンは知らない。

「アイヴァーがお気の毒」とジョウが繰り返す。

「ああ、アイヴァーがかわいそうだ」とオーウェンが言う。「このイングランドは彼にはまったく合わないだろうよ。あっちでは居場所というか、たまり場みたいなものもあるんだろう。希望もまざった推測だけど。かわいそうに」

＊

ジョウは、ベッドの中で寝ようとしながらベネット・カーペンターの帰郷心のことを考えていて、黒郷《ブラック・カントリー》のダドリーにある復元博物館を最近訪れた友人から聞いた話を思い出す。そこでは、産業革命から一九三〇年代にかけての家や店や町並みが、手間隙かけて、レンガの一つ一つから忠実に復元されている。それがあまりにも本物そっくりなので、ウェストブロミッチの老人ホームに住む少し頭の混乱した老婦人が車椅子でお仲間たちと遠足で訪れた際に、遂にまた昔の家に戻れたと錯覚してしまったと言う。老婦人は「帰らない、ここに住む」と言い出した。そこで、台所のレンジも、食器戸棚も、ボロ切れで作ったマットも、注意深く選び抜かれた当時の商品も全部本物そっくりだけれども、この職人向けの狭い家は博物館の展示に過ぎないことを伝えたところ、老婦人は泣き出してしまった。その言葉を信じようとしなかった。その場を離れたくなかった。バスに乗って、また老人ホームに帰りたくなかった。

博物館で昔の衣装を着て働いていた女性からその話を聞いた友人が話してくれた。

痛ましい。

ベネットが故郷に帰りたがる理由は何だろう、と思いをめぐらす。

＊

アイヴァーがこれほど慌てたことは近来ない。何十年も心配しながらも落ち着いてこういう緊急事態に備えてきたつもりが、その備えが崩れはじめて、どうするのが一番いいのかわからなくなり、どこに足場を置いていいのかもわからなくなった。明らかにベネットは正気を失いつつあって、それが一時的なものなのか、ずっとつづくのかもわからず、イングランドに戻りたい、戻りたいとしつこく何度も言うようになって、その語調も激しさを増し、狂気の世界に近づいていった。スペイン語を話す病院の医師や職員が気に入らなくなった様子で、非の打ちどころなく礼儀正しく辛抱強く親切なベンコモにさえ突っかかっていった。人種差別を匂わせるような発言もして、それを聞いたアイヴァーは顔から火を噴く思いをした。まるでフランコ将軍が今も生きているようなことを言い出した。いったいどうしてしまったのだろうか？　バー「火山《ボルカン》」のボトルをカタカタ揺らした地震がベネットの脳内のいくつかの分子をグラグラ揺さぶった。

地球の磁力に異変が起きたのかも、とアイヴァーは思う。

外科的には、腰の手術は成功したということだ。個室病室のベネットも回復途上にある。病院の看護態勢はしっかりしている。ここに落ち着いているかぎり、床ずれができたりする恐れはない。ベネットの発言内容の支離滅裂さに気づいているのはアイヴァーだけのようだ。アイヴァーは自分の懸念をクリストファーに伝え、二人で知恵を絞って、どうすればいいかを考える。少し様子を見て現状を確かめるのか、さらに医者、特に精神科医の指示を仰ぐのか、あるいはイングランドからだれかベネットを落ち着かせてくれるような人間に来てもらうか（ジェームズ・ロビンスが協力してくれるかもしれない。彼はベネットが病に倒れたときに大いに力になってくれたこともあるし、ベネットのお気に入りでもある)。あるいはセイラのときにクリストファーがしたように、とにかくイングランド行きの飛行機に飛び乗って、あちらで入院先を探してみるか。

クリストファーはつい最近のことなのに、どうやってセイラの入院先を見つけたのか、まったく思い出せない。撮影クルーのだれかが見つけてくれたのか？　あのジョナサンとかいう若いヤツはその辺のことがとても上手かった。何ヶ月も前のことのように思えるそれらの日々を振り返ると、パニックを起こしたということ以外はおぼろにしか覚えていない。今は同じパニックをアイヴァーが感じているだろう。

ベネットの島の友人の大半は彼と同じくらい年とっていて頭も体も覚束なく、あまり役に立ちそうにない。もっとも、彼が骨を折って手術したというニュースが広まると、お見舞いのメッセージが届いてくる。シモン・アギレラが電話をくれて、「うちのピラールは、ベネットが退院して『スエルテ荘』に戻ったら、そちらに行ってしばらくのあいだ家事全般の面倒を見ようと言っている」と言ってくれた。びっくりするくらい実務的な援助の申し出で、アイヴァーも一瞬元気づいた。だが、あまり長期的な解決にはならない。

クリストファーは、ベネットとアイヴァーのお金の問題には立ち入りたくない。それでも、「スエルテ荘」を売るのは容易《たやす》いことではないということと二人の資産のほとんどはこの家に関わるものであることは、何となくわかっている。アイヴァーから何度か聞いた話だが、ロンドンのマンションの賃借権を売ったとき、二人は文字通り「退路を断った」のだ。この島を離れるのはとても難しいだろう。

ベネット入院の三日目に、アイヴァーが動いた。夕食が終わると、突然、立ち上がって、部屋の向こうに歩いてゆき、ベネットの古いロールトップの机を開けた。その小仕切りからベネットの遺言書を取り出す。見ればすぐそれとわかる。遺言というものは、今でも古風な体裁を守りつづけていて、茶色の封筒に入れられ、時代遅れのゴシック体で書かれている。

アイヴァーは腰を下ろして、深く息を吐く。中身は大体見当がつく。だが、確信はない。

法的な文書をゆっくり読み進めながら、言い訳をするみたいにアイヴァーが言う。

「最近は、収入もあまり良くなかった。印税が激減している。電子書籍の契約にきちんと取り組まなかったので、出版社に一杯食わされたのだと思う。ベネットは電子書籍のことがよくわかっていなかったんだ。それに、いつも引越ばかりしていたせいで、ちゃんとした年金にも入っていない。ベネットはお金にあまり頓着しない質だから。それから、健康保険の掛け金がべらぼうに高くて」

アイヴァーだってあまりお金のことが得意でないのが、クリストファーにはわかる。人生の荒波を渡ってきたような人当たりが良く如才ない魅力に満ちあふれた二人だけれども、実はこの太陽の島に流れ着いた世間知らずのお人よしに過ぎない。何世紀も前のカナリア諸島の先住民たちがそうだったように、二人とも、他の島に、自力で、船で、海を渡って辿り着く術を持たない。

アイヴァーは眉根を寄せながら、遺言を読んでゆく。クリストファーが観察するかぎりでは、その内容に動揺するというよりは胸を撫で下ろしたようだ。突然、笑い声を上げ、頭を横に振るが、悲しみとか怒りというよりも、可笑しみが伝わってくる。

「書斎の蔵書は、オーウェン・イングランドに彼の好きな本を譲る。ヘイコム館の金魚の池の維持費に五千ポンド遺す。テレンス・ヒギンズ財団よりも多いやね。それから、ピカソのディナープレートはオーウェンに」

「それで、あなたには？　大丈夫？」と居たたまれなくなってクリストファーが尋ねる。金魚のことなど本当はどうだっていい。また、そこまで話を戻すのも不自然だ。

不意に、父クロードのベッドに横たわる肥満体が、クリストファーの脳裏に浮かんだ。父はたっぷりと稼いだ。二番目の妻の家族にはどのくらい遺すのだろう。ぼくの考えでは、父さんはフラン母さんにとても世話になった上に、今も重ねてお世話してもらっている。ぼくだって、妹のポペットだって、父さんのことをすっかり蔑《ないがし》ろにしたことはない。

いや、そうだろうか。自信がなくなってくる。

母さんは誇り高い女だから、たぶん何も欲しくないし、もらう必要もない、と言うだろう。たしかにその通りでもある。

アイヴァーが答える。「ああ、ぼくにはこの家を遺してくれる。それから、印税と、投資資産と、公貸権（図書館の貸し出しによって著者がこうむる損失を補償してもらう権利）も」

『投資資産』とは大袈裟だな」とアイヴァーは思う。少額の貯えが住宅金融組合や個人積立金口座や国民貯蓄証券やくじ付き無利子国債にちょこちょことあるくらいなのに。ユーロトンネルの株だって、年に十八ペンスの配当をもらうだけで、投資の名には値しない。ベネットは株や債券が苦手だったけれども、イギリス海峡に海底トンネルを掘るというアイディアが気に入ったのだ。彼の友人のジャック・ストリンガーは、グラッドウィン学寮の長を務めたあと、今は爵位を得てメデナムのストリンガー卿と称しているけれども、自分の専門の十八世紀史研究よりも資産作りに長けていて、相続人もいないのに大金持ちになった。老いてからは、コンピューターの前から動かないデイトレーダーと化していて、彼から一つ二つ、おいしい話を聞いたベネットが、その一つにお金を注ぎこんだところ大損を出した。ベネットはよく、「ジャックの嫌がらせだったんじゃないか」とこぼしていた。

ジャックが呆けたら、売買をつづける彼の異変にだれかが気づくまで、どのくらい掛かるだろうか。

彼は自業自得ながら、とても孤独な生活を送っている。

ベネットは自分のクラブの新しいプールに五百ポンド投資して、予想に反して小金を稼いだことがある。ベネットが気に入らないタイプの会員に人気を博したのだ。泳ぐのが大好きな彼だが、プールの新しい顧客のことは下品だと言って嫌っていて、その株を売ったところびっくりするくらい儲かった。アイヴァーは一緒に楽しむには年を取りすぎて習慣も固まってしまっていたが、新しい連中のことが結構好きだった。そのことも、ベネットがプールを毛嫌いする一因となった。

ベネットは火葬を望んでいた。アレシフェのイギリス人弁護士と非相続人であるシモン・アギレラ立ち会いの下にこの遺書を作成したときは、アイヴァーの手で島のコロナ山の火口に遺灰を撒いてほしいと言った。だが、ベネットが長生きすると、アイヴァーも火口に辿り着く体力がなくなり、散骨できなくなるだろうから、代理人を立てざるを得ないだろう。今はベネットも島が嫌になったみたいだから、このスペイン領カナリア諸島の山の火口に撒かれることも望まないかもしれない。むしろイングランドの森に散骨してほしいのかもしれない。均衡を失ってだらだらと涎のようにしゃべる今の精神状態の彼の本当の望みを探るのは、とても難しい。

アイヴァーはクリストファーに、火葬と遺灰に関する箇所を読み上げる。そしてつづける。宗教色抜きの葬式を、「スエルテ荘」のユーフォルビアの庭で執り行い、W・H・オーデンとセシル・デイ＝ルイスとロルカの詩を朗読してほしい。ベネットのもっとも有名な本のタイトルは、ロルカの「告別」という詩の中の言葉から取られているので、その詩を読んでほしい。デイ＝ルイスの長詩「ナバラ」から英雄的な一節を読んでほしい。そして、オーデンの「ありがとう、わが家」を読んでほしい。

なわばり、名望、
そして愛が大切、とすべての鳥が歌う。
かつては望み得なかったもの、求め得なかったものが、
今、五十代のわたしの手の中にある……

「ナバラ」は好きになれないが、オーデンの詩の一節は暗記していて、それを思うといつも目頭が熱くなる。

ずっと昔に、二人の友人のピアーズ・カーラインが、君が死んだらブリテン編曲のアイルランド民謡「サリー・ガーデンのほとりで」を歌ってあげるよと約束してくれたが、ピアーズのほうが先に逝ってしまったので、その話はなくなった。

コロナ火山とその麓近くの山腹に春咲く紫色の花のことを、アイヴァーが話してくれる。ベネットとここに越してきた最初の年はまだ二人とも元気だったので、小石だらけの滑りやすい山の斜面を這い登って火口まで辿り着き、苔に覆われた鉱物でできたその中を覗きこんだ。アイヴァーは高所恐怖症だったが、街中の高層ビルよりは自然の中のほうが大丈夫な質で、この山登りは楽しめた。噴火口に身を投じて死んだエンペドクレスの話をベネットがべらべらと喚き立てるのを聞くのも楽しかった。

アイヴァーは思い切って遺言状を開けて読み、自分がベネットにないがしろにされていないことを知った。彼とクリストファーの士気は上がりつつあった。またクリストファーには話さなかったが、遺言のさまざまな条項や補足文の中にアイヴァーへの愛を感じさせる温かい言葉が散りばめられていて、彼の忠義心に火がついた。「なわばり、名望、そして愛……」明日からの未来がまったく見通せ

ず、不動産屋や引越屋に連絡してここを引き払う破目になるかもしれない恐れに度を失い、慌てふためいていたが、今は落ち着いてきた。自分の人生はいい人生だった。ベネットには気まぐれなところがあったり、ときに自分勝手で暴君的なところもあったけれども、それでも自分を愛してくれた。もう終わりは近いかもしれない。晩年の生活には細々と大変なことがたくさんあるかもしれない。だが、この終焉に向かう旅はいいものだった。生きるに値した。

二人で真夜中が過ぎるまで、直近の未来について話し合った。クリストファーも最後までここに留まることが前提になっている。他に喫緊の用事もないのだから大丈夫だろう、と。いろいろ背筋の凍るような展開の可能性を話していると、ある種やけっぱちな明るさが立ち上ってくる。話しているうちに、クリストファーには、自分とセイラとの関係は壊れつつあったことがはっきりと見えてくる。美しく、逞しく、才能に恵まれ、真摯で、彼にとっては真摯すぎたセイラ。自分のキャリアに対する思い入れも並外れていた。セイラの関心はクリストファーには大きすぎた。サハラ地域の政治、ガリア・ナマロメ、恥辱の壁、ポールテティエンヌ、砂の上に描かれた国境線、錆に覆われつつある船、沈んでゆくパテラ船、金箔の保温シートにくるまれた移民、プエルト・デル・ロサリオの赤十字。ベネットが常にアイヴァーの手にあまる存在だったように、セイラはクリストファーの手にあまった。彼は彼女のレベルに手が届かなかった。だが、クリストファーがアイヴァーと違うのは、従属的な役割に甘んじられなかったことだ。セイラは生まれながらのリーダーで、彼とは器の大きさが違う。いずれ、彼はその事実に憤りを感じるようになっただろう。だが、二人にその時間は与えられなかった。

ベネットとアイヴァーは一生の時間をともに過ごした。初めての出会いを話しながら、「五十年近く前のことだ」とアイヴァーは言う。オックスフォードのティーショップで人手不足に困っていたロージーおばさんの手伝いとしてウェイターをしていたとき、ベネットに出会った。学校を出たばかり、十七歳になったばかりのころで、レディング町議会に冴えない就職をする予定だった。ベネットは窓際の小卓で、教授ガウンを身にまとった偉そうな大学教員風の男と話しこんでいた。二人はバター付きのスコーンを注文した、ようにアイヴァーには聞こえた。だが、トレーにダージリンと陶器カップとナプキンとバター付きスコーンを載せて持ってゆくと、その男が怒りに声を震わせながら、「注文したのはスコーンじゃなくて、バター付きトーストだ」と激しく抗議してきた。男の下らない爆発を脇で見ていたベネットは、見えないくらい小さなウィンクをそっとアイヴァーに送りながら、「でもフレージア君、あんた、はっきりスコーンって言うのが聞こえたぜ！」と証言してくれた。

アイヴァーは相手を怒らせないようにそそくさと厨房に引っ込むと、スコーンの代わりのトーストを持って行った。二人が立ち去ったあと、テーブルの上にはたんまりチップが置かれていた。

ベネットはその後、何回か、お茶の時間に店を訪れた。だが、一時手伝いのアイヴァーはいなかった。それでも諦めることなく、ベネットは、ロージーおばさんからアイヴァーの連絡先を大胆に聞き出した。こうしてアイヴァーのプライベートな生涯教育が始まった。

ロージーおばさんは自分の果たした役割を自慢に思っていて、ベネットが開く有名な新年パーティも存分に楽しんでくれた。

「もう五十年前になる」とアイヴァーが繰り返す。

ベネットが心《しん》から壊れちゃったら、イングランドに戻っているかどうかなんてわからないんじゃないのか？

イングランドはとても居心地が悪い。じめっとしてて偏狭で。もう二度とあの国には住みたくない。温暖な気候と広い空間と大きな雲一つない青空に慣れてしまった。ここの白く小さな礼拝堂で神さまと二人きりになれる時間も大切だ。

＊

テリーサ・クインはとても気分が高揚していた。息子のルークの言うことを聞いて、がんばった甲斐があった。今ベッドの脇に、その息子がいる。孫のシャヴィエルを連れてくることはできなかった。だが、テリーサは気にならない。むしろ孫には、こんな状態の自分の姿を見てほしくない。息子に会えるだけで十分だ。最近越してきたバーディは気を利かせて、ちょっと顔を出したあと、また姿を消した。ティーとトーストとともに、母子二人きりになる。

「お前、いい男になったねえ、いい男になったねえ」母がうっとりと言う。

「美しい、美しいお母さん」と息子が返す。

彼女は美しい。やつれているが、気持が高まっていてこの世のものならざる気配がある。

彼は逞しく、肌も小麦色に焼けている。広々とした戸外の生気を家の中に持ち込んできた。父に似たのか、その黒髪が薄くなる感じがまったくないが、父と違って一本の白髪もない。男ざかりだ。息子の立派な体が母を慰める。母の命を支える。

二人は手を握り合い、アフリカのこと、エボラ出血熱のこと、仕事のこと、妻モニカのこと、診療所のこと、シャヴィエルや彼の学校のことを話す。痛み具合や薬のことを話す。息子は専門家なので、話の内容にひるむということがなく、痛みについて話しやすい。彼は痛みを知り尽くしている。カタカタ音を立てるプラスチックの箱や小仕切りに分けられた薬の容器やシロップの瓶を一通り見てから、そのラベルを確認し、どれをいつ飲んでいるのか母に質問して、結構しっかり服薬できていると結論づける。それから、本当にたくさんの種類の薬があることを伝えるが、彼女にはどれが鎮痛薬で、どれが鎮静剤で、どれが気分安定剤なのかわからない。たぶんわからないままでいいのだ。飲む薬の種類と量と時間を間違えさえしなければ。あとでちょっとバーディと話したい、明日の朝は地区担当の看護師と話したい、と息子が言う。

看護師の名はコニーと言う。バーディの話では、まあ合格点の看護師でそれなりに信頼できる。幸い、テリーサのことを気に入ってくれている。

でも、とテリーサのことがずっと大好きなバーディがつづける。テリーサを好きにならない人なんているのかしらねえ。

「お前はお前を産んだ日に帰ってきてくれた」と母が息子に言う。母の明るい声が二人のあいだに降りた小さく寂しい沈黙の中に注がれた。息子は笑みを浮かべる。覚えていてくれたことが嬉しい。老人によくあるように、自分のことだけで頭がいっぱいになっているのではないのだ。

「お前、大きくなったねえ！」と言いながら、これまで何度も話したことのある彼を産んだ日のことを繰り返す。吹雪で天気が荒れ、優に一メートル以上はある氷柱《つらら》ができた、カナダの冬の日。お父さんは慌てふためいていたような、落ち着いていたような。お産婆さんが来てくれて。後産の胎盤の類はプディングのボウルに入れた。あのときのアイリッシュシチューは骨ばかりだった。この話をするのもこれが最後になるだろう。と、忘れかけていたことが思い出される。サテンのリボンで飾りたてた白く小さいウールの軽い寝室着《ベッド・ジャケット》。義母が編んでくれたけれども、まるで嫁入り支度の一品だった。産褥着《ライングイン・ジャケット》という呼び名だったたか。ウールの襟ぐりの曲線に沿って縫いこまれた白く輝くリボンがとっても素敵だった。義母には本当に可愛がってもらった。彼女と別れるのはとても辛かった。

このごろの女性は寝室着《ベッド・ジャケット》を着ない。若い人たちはそんな言葉を聞いてもピンと来ないだろう。出産にも「産褥期」がない。カンガルーみたいに産んだらすぐに新生児を抱いてベッドから飛び出て、次の日はセインズベリーのスーパーで買い物をする。それでいいのだ。

息子の誕生日は覚えているけれども、年はよくわからない。誕生日は銀行のログイン番号の一部で使っているので、頭に刻みこまれている。ルークが生まれたのは一九六二年。すると、いくつになるのだろう。五十代であることは間違いない。テリーサは自分の年がわからなくなることがある。

だが、十分な年だ。七十は越えた。

もう、十分。

二人は手を握り合う。死んでゆくときはそれが許される。

＊

マルーシア・ダーリングは、五十年近く前に買って長年住んできたロンドン北部の家の浴室の鏡に映った自分をじっと見る。美しさはずっと保ってきたし、今だって美しい。この重荷によく耐えてきた。

もうすぐやって来るこの公演の最終日、ウィニーの役を演じ終えて拍手喝采を受けてから、この家に戻り、ネンブタール錠を飲むつもりでいる。そうするのだ、と不埒にも自分に言い聞かせている。遅れて届く形で一、二通メールを送ってから、人生に別れを告げるつもりでいる。自分は決して読むことのない新聞の「有名女優自殺」の見出しを想像して、ほくそ笑む。ベケットよ、ざまあみろだ。彼には尽くしてきた。忠実に仕えていた。だから最後は、彼をだしにして、華やかにおさらばする。ベケットが彼女のために、そのような最期を用意した。

あわれな老女ウィニー。ああ、幸せな日々。

＊

いよいよ終わりに近づいてくる。だが、まだ終わりではない。アイヴァーとクリストファーとジェラルディーンともう一人のジェラルディーンは、島のハリア地区内陸部の椰子の小オアシスにある街角カフェのテーブルに座っている。地元の群集と少数の目利きの旅行客と一緒にカーニバルの行進が来るのを待っている。近年は島々と町々で数週間にわたるスケジュールをやりくりして、長いカーニバル期間を存分に楽しめるようになっている。通りにはお祭りの小旗がたくさん吊るされ、カフェにも紙製の花や提灯が飾られていて賑やかだ。おもちゃの鳥がチカチカする籠の中でさえずっている。アイヴァーたち四人の一行はパレードを見るのに絶好の場所にいる。今年のテーマは「太平洋の海賊」で、「ジョニー・デップとクリストファー・コロンブスと地元の伝説をミックスしたけったいな代物になるんじゃないかな」とアイヴァーは予測している。ランサローテ島の名の語源と言う人もいるアーサー王伝説のランスロット卿が編んでつくった鎖帷子《くさりかたびら》と厚紙の甲冑姿で現れるのではないか。カナリア中世の王ソンサマスの恋人に扮するきらびやかなドラァグ・クイーンがやって来るのではないか。最近のパレードの様子やグラン・カナリア島のラス・パルマスで若い男がパレードの舞台から落ちた悲劇的な瞬間に上がった残念な笑い声のことを、アイヴァーが話す。テレビで見ていたベネットは、「お母さんが見ていなければいいのだが」とつぶやいた。

アイヴァーは白くなりかけている自分の金髪にサファイアの青の霜みたいなキラキラをちょっと振りかけて、カーニバルらしい雰囲気を出している。額にハート形の真っ黒なパッチを付けているが、これはかすかに不吉な老人性の染みを隠すためでもある。ジェラルディーン一号は普段の出で立ちが派手なものだから、それほど特別なことをする必要はないものの、紫色の星がピカピカ明滅する電光ティアラを頭に着けて、華やぎを加えている。もう少し年が若く、はるかに大きい体の、もう一人のジェラルディーンは、巨大な黒テントに身を包んで心地よさげだ。クリストファーはロンドンのジャーミンストリートで誂えたピンクと黄のストライプ柄の一張羅シャツを着ている。

今宵の話題は、クリストファーお気に入りの「ジョゼフィーンおばさん」と大英図書館でばったり会った縁でめぐりめぐって二人のジェラルディーンがアイヴァー・ウォルターズと会えたいきさつのことだ。もちろんベネットには会えていないが、ベネット自身は持ち直して、だいぶ良くなっている。そうでなければ、今アイヴァーがこの街角に座って楽しんでいるふりをすることだってできやしない。ベネットはまだ病院にいて、頭もこんがらかったままでいるものの、腰の骨は良くなってきているし、イングランドへの帰郷を熱望する興奮状態も収まりつつある。またぶり返すのではないかとアイヴァーは恐れているが、今のところは、もうすぐ快適な我が家「スエルテ荘」に戻れるのを楽しみにしている様子だ。垣間見えた牙がまた引っ込んで、いつもの礼儀正しいベネットになった。献身的に尽くしてくれるベンコモに対しても、いかにも彼らしい礼節と感謝の言葉を忘れなくなった。ベンコモの名前についてじっと考えこむと、「グアンチェ人の族長の名前から採ったのかい？」と訊いたこともあった。

その通りだった。

今ではベネットとベンコモはファーストネームで呼び合っている。ベネットがそれを気にする風もまったくない。

「ベンコモ、アカイモ、ペリカル、テゲステ、ペリノル」とベネットは謎めいた言葉を、ときどきお経を唱えるみたいに一人でぶつぶつ言っている。頭のどこかが壊れてしまったのかもしれないが――

残念ながら、とアイヴァーは思う――カナリア諸島の歴史を書くという計画については忘れていない。

クリストファーがこれ以上この島で油を売っているわけにはいかないと思い、帰りの便の予約を取ろうとして何回か失敗したころ、突然、二人のジェラルディーンが何の前触れもなく、「スエルテ荘」に現れた。アイヴァーが玄関を開けると、二人はひょろりとしたオウムみたいな花とドラゴンみたいな花をちくちくする銀紙とセロファンに包んだ不恰好で巨大な花束を差し出した。ベネット入院中の報を聞いても、さほど怯むところはない。その程度の問題で交際を諦める彼女たちではない。すぐにその場でスイッチを切り替えて、楽しいパーティ大好き社交大好きの軽い感じから、献身的な侍女に変身した。「スエルテ荘」の玄関で、不恰好な花束を持ったまま、瞬時に変身した。家の中に招き入れられると、アイヴァーが状況を説明してくれた。そこで、「まあ、お気の毒！」とか大声で叫ぶ機会をもらい、自己紹介の時間も与えられた（アイヴァーはジェラルディーン一号をおぼろに覚えていた。大学出版局主催のパーティでさえある程度豪勢にやれたころに会った）。二人のジェラルディーンはこの流動的な事態に対処する協力者として歓待された。ジェラルディーン二号は二年前に自分も同じ手術を経験しているので、人工股関節置換術についていいアドバイスがたくさんできた。ジェラルディーン一号はそれと対照的に、ベネットと、フランコ将軍やムッソリーニやガブリエレ・ダヌンツィオについて語りたがった。今はちょっと難しいです、というアイヴァーの説明もものかは、彼女は巨匠ベネットとの熱い語り合いを諦めなかった。「島にはあと三日いるので、そのあいだにベネットさん、お元気になるかもしれないわ。グアダラハラのイタリア軍に本当は何が起きたのか、ベネットさんのお考えをぜひお聞《だ》きしたいのよ」と言う。

さあ、カーニバルの山車がやって来た。華やかな色どりの、多種多様な、海賊、海賊の女王、スペイン人征服者、ノルマン人侵略者、ヤギ皮に身を包んだグアンチェ人王女が来る。今日の移民に捧げる出し物みたいなものもあって、トラクターの上にぐらぐらの状態で乗っかった漁船の中に、金箔のシートにくるまれた黒い人物が何人か手足をばたばたさせている。手には金箔の枝と椰子の大きな葉を持っている。これは受け入れのしるし、融合のしるし？　あるいは政治的な抗議？　何とも言えない。だが、金箔がきらきら煌き、巨大なお面の奥の黒い瞳がぎらりと光り、不恰好な死の船はよろよろ進んでゆく。即席で作った彩色された車がよろめきながらガタガタと通りを行く。若い男たちが酔っ払いみたいに、金に塗られた葉や小枝を紙ふぶきのように群集の中に投げこんでゆく。島の地震が収まったのは良かった。今も揺れていたら、皆、山車の上から転げ落ちてしまっているだろう。

一本の黄金の小枝がクリストファー目がけて投げられる。それは、カフェのテーブルの上、彼の目の前に落ちる。クリストファーはそれを拾い上げ、縞柄のシャツの上から三つ目のボタン穴に挿す。

移民の話は終わった、どころでないことを、だれも知らない。これは始まったばかりの話である。北アフリカから命を賭して大西洋を渡ってくる者は減るだろう。だが、中東やリビアでの暴力に追い立てられて、すし詰めのオンボロ船で東地中海を渡る者は増えてゆく。彼らはギリシャを目ざし、マルタ島を目ざし、シチリア島を目ざし、イタリアを目ざして、何千人、何万人が溺死する。ヨーロッパは警備を固め、救援部隊の派遣を拒む。その岸を目の前にして沈んでゆく船を見殺しにする。溺死者の数が増えれば、渡航者の数が減り、移民が減って、政府の負担が減る、という読みだ。

だが、そうならない。この津波を止めることはできない。

カナリア諸島に辿り着く移民は今もいる。観光客で賑わうビーチに流れ着き、エボラ出血熱の恐怖が持ち込まれる。だが、西サハラやポールテティエンヌから船に乗る連中の数はどんどん減ってゆくだろう。今後、グラン・タラハルの墓地があふれることはないだろう。悲劇は東方に移ってゆく。それをセイラが見ることはもはやかなわない。それがどのように終わるのか、だれにもわからない。セイラの未完のプロジェクトはクリストファーの脳裏に貼り付いて離れないだろう。それを忘れ去ることはできないだろう。それは彼の頭の中でどんどん膨らんで大きくなってゆくだろう。

アイヴァーはパレードを見つめる。彼の心は苦しみに千々に乱れている。間近に迫るもう逃げられない大きな決断を下せる気がしない。予測できなかった、という訳ではない。この美しく乾いた島に着いた瞬間からずっとこの時を恐れていた。だが、自分の将来のことは、ずっと考えないようにしてきた。それが、何の前触れもなく自分の場所に侵犯してきたこの二人の大馬鹿女を前に、今、今日、そして明日のことでさえ、どうすればいいのかわからない。彼とベネットにとって、突然の来客という事態はいつでもあったし、歓迎されざる客の到来だってないわけではなかった。だが、この二人の闖入は、これまでのすべての来客の冗談版みたいだった。

女たちは明らかに、自分たちが歓迎され、相手を楽しませている、と思っている。ある意味ではその通りなのだ。二、三回、笑わされもした。持ちネタで一杯の女たちだ。ジェラルディーン二号は、女優の仕事があまりなくて、ヘルパーとして働いたことがある。そのときお世話した老人たちの不謹慎な逸話がたくさんある。そのうちの一人は、彼女が当番のときに死んでしまった。台所で宅配サービスの食事をオーブンで温めなおして取り出そうとしているときにベッドで事切れた。「まあ、びっくりしたこと。こっちの心臓が止まったわよ。声はまったく出さなかったのよ。ささやき程度でさえ。居間を兼ねた寝室にシェパーズパイを持って戻っていったら、逝っちゃってるのよ。眠りに落ちたみたいに簡単に。あんなに容易く死ねるのならいいわよ。痛くなくて、安らかに、静かに。とても楽な死に方だった」

話をしている本人は気づかなかったが、アイヴァーは話を聞きながら、十字を切った。クリストファーは気がついた。

クリストファーはアイヴァーを尊敬するようになっていた。彼は居場所を見つけた、とクリストファーは思う。

「それでもとてもショックだったわ」とジェラルディーン二号がつづける。「それで、シェフィールド文化会館でやったクリスマス笑劇《パント》（英国では子ども向けに有名なおとぎ話のパロディを上演する）に出ることにしたの。「なんと出し物は『シンデレラ』よ」と言って、身をよじらせ腹を抱えて笑う。「わたしはブスの姉妹に仕える小さな侍女の役で、集団で踊ったり、宙乗りバレエで飛んだりもした！　座の中心はジャックス・コナンだった。あなた、ジャックスのこと、覚えてる？　彼の役は召使の『ボタンさん』。人のお尻ばっかり触ってるヤツだったけれど、とても面白い人だった。あのころは、少しぐらい触られても気にしなかったわね。いや、むしろ楽しかった。今はそんなこと言えないご時勢ですけど」

「もう死んじゃったわ。かわいそうなジャックス」

死ぬ話が多すぎるな、とクリストファーは思う。自分の父親がジャックスの食道手術に成功したことは伏せておく。それでも、演芸の話になったので、それを広げて、古代における女装や異性装の伝統、カーニバルやパントマイム、その羽根だらけの女装姿を一度ゴールダーズ・グリーン演芸場の舞台で見たダニー・ラ・ルー（女装で有名なアイルランド出身の芸人）のことを話す。だが、この手の話をアイヴァーがあまり好まないことに気づく。

アイヴァーは気もそぞろ、心ここにあらずの態である。

彼の心は故郷ステインズのミニストアの二軒隣りの長屋風わが家の両親のベッドルームに戻っている。そこで母親のきらきら光る孔雀の羽根のブルーのカクテルドレスを着てみている。お母さんは外出することもほとんどなく、ましてやそのドレスを着ることはほとんどない。来る年も来る年も衣装スペースのパッドの入ったハンガーに掛けられたままだった。本当に可愛らしいドレスだ、と彼は思っていた。お母さん自身もとっても可愛い人だった。でも彼女はあまり人生を楽しめなかった。自分はベネットと一緒に、いろいろな体験がたくさんできた。

*

フランの頭は、ほとんどすべての人たち、ほとんどすべての事柄の心配にあふれかえっている。ペットとジムと洪水と幼子イエスのことが心配だ。カナリア諸島でぐずぐずしているクリストファーのことが心配だ。気候変動も、春の訪れの遅さも心配だ。ポール・スコービーのことが心配で、テリーサも心配だ。

ポールからはメールが届いていて、ドロシー伯母さんが死んだとのこと。彼女とは一度しか会っていないわけだし、認知症を病み、人工肛門を抱えて、ずっと介護施設で病人として暮らしてきたわけだから容易に予測できた事態ながら、フランの心は乱れた。ポールがわざわざ知らせてくれたのは嬉しかった。塗り絵のお礼かたがた送ったフランのカードをドロシーが受け取ったことも、知らせてもらって嬉しかった。ドロシーがフランのことを覚えているかどうかもわからなかったので、送らないでおこうかと迷ったが、今となっては送って良かった。だが、ドロシーの人生の後半は、一見まったく意味を欠いていた。フランにとっては理解不可能な話で、それを思うと胸がざわついた。その思いがまたぶり返す。形而上的な大問題がそこにあるようで、ただそれが何なのか整理できないし、ましてやその答えなど毛頭わからない。ドロシーはとても社交的で、魅力的で、美しく装っていたけれども、全体がばらばらだった。

そういったドロシーの生と死のさまざまな事柄を、テリーサと語り合いたかったと思う。だが、テリーサはドロシーと元気一杯のカラフルなスゼットとの出会いにひどく興味を示していたのに、急に、それも言葉少なに、次の約束をキャンセルしてきた。騒ぐほどのことではないとしても、良いことではない。フランは振られてしまった寂しさを感じている。テリーサは「それじゃあ、その次はいつにしましょうか」とも書いてきてくれないのだ。息子のルークがイングランドに来るころなのはわかっているので、たぶんそのせいだと思う。なぜか自分が除け者にされたように感じる。そして除け者にされたように感じることを恥じる。

ベネット・カーペンターとアイヴァー・ウォルターズが心配だ。会ったことのない人たちだけれども。

車のブレーキが心配だ。水びたしになり、畑で一晩中雨ざらしになっていたのだから、ブレーキのチェックをした方がいいのだが、修理工場に持っていっていない。たぶん自分は、ほったらかしにしておくのだろう。どうでもいいという倦怠が、心の深部に根を張ってしまっている。

鶴は見なかった。鶴を見ることができていたら、元気づけられただろうに。

目も心配だ。何かチカチカする。白内障ももう手術してもいい位の状態だが、まったく気が進まない。パン切り台に載せたままで一晩中解凍状態になっていた放し飼いの鶏の肉も心配だ。前夫クロードをカンピロバクター菌で食中毒にさせたくはない。次に行くときはレモン・チキンを持っていこうと思うが、レモンを切らしている。そのことを考えれば、他の料理にしたほうがいいわけだが、その他の料理が思いつかない。前夫のための料理脳が、レモン・チキンをつくるという思いでいっぱいなのだ。レモンを買いに、近々出かけなくてはいけない。

イングランドの南西部からの長時間の運転でくたくたになった。もう二日経つのに、まだ調子が戻らない。朝はベッドで一時間ばかり余計にぐずぐずしている。罪悪感に苛まれ、疲労感も残る。下り坂を落ちてゆく。コントロール不可能になる。朝刊は携帯で読む。団地の下まで降りて、角の鉄格子のはまった厳重警備の売店まで行く気力がわかない。

漂白剤で受け持ちの患者に毒を盛った二十四歳のケアワーカーは有罪の判決を受けて、刑が確定するまで再勾留となった。ウォリックシャー州で喧々囂々の議論となっている開発予定地の計画化が許可された。ジョウ・ドラモンドが大いに尊敬する詩人が死んだ。中東は悲惨なことになっている。ヨークシャー州の落葉した一本の木の美しい写真が見開きで載っていて、冬の木の美しさを語る年をとらないデヴィッド・ホックニーの勇敢でふてぶてしい言葉が添えられている。

でも、わたしには葉が必要だ。

また「プレミアイン」に戻りたい。完璧な半熟卵をすぐ手の届くところに置いて癒されたい。ガウンの襟の卵の黄身。

友人のジョウは準備万端整え終えたというのに。日時計や四角く刈り込まれた小ぶりな生垣のあるアテナ館でぬくぬくしているのに。新聞だって、守衛室みたいなところに配達してもらっている。ロムリーに住んでいたころは、うちのクリストファーとナット・ドラモンドで分担して新聞配達をしていた。ロムリーはあまりいい地域ではなかったけれども、そのころは安全だった。銃もナイフもなかった。ドラッグも多くなかった。

ナットは今、クリケットについて書いたり、ラジオで話したりしている。クリケットにはあまり興味はないけれど、彼の声を聞くのは、とても懐かしくて、いつも嬉しい。

ベッドの中で、コーヒーカップを脇に置き、携帯で新聞記事を読みながら、せっせと足首を曲げたり伸ばしたり、ネットで買った特別な小道具を使って指の関節の運動をしたりしていると、携帯の音が鳴る。メッセージが届いたのだ。実はあまり見たくない。悪いニュースが多すぎるから。

だが、もちろん見てみる。

フランには覚えのない番号からで、住み込みでテリーサの世話を始めたバーディ・バードウェルのメッセージだった。悪い知らせだが、恐れていたほどには悪くない。「テリーサが転んで、あなたにお伝えするようにとのことです。お電話いただけますか？　よろしくお願いいたします。バーディ」

悪い知らせではあるが、フランは一瞬、自分勝手ながら、少し元気になった。自分が必要とされたから。

フランの脳裏には、テリーサがデイベッドから降りようとして転げ落ちたか、痛みをこらえて廊下を歩こうとして躓《つまず》いた姿が浮かんだ。だが、そうではなかった。

バーディは深刻な声で、気が動転している風だった。「どうして起こったのかわからないのです」と言う。「どういうわけか、テリーサさんは書棚の上の方の本を取るための踏み台を上ろうとされたみたいで。でも、あんな風に、とても弱くなっていらっしゃるので。いったい何を思われたのか、皆目見当がつかなくて。それで、転んでしまって。わたしはキッチンにいたので、呼んでくれたら聞こえたはずなのですが」

バーディの声から、彼女が責任を感じて申し訳なく思っているのがわかった。

「とにかく」とバーディがつづける。「今は大丈夫です。まだ病院です。手首を固定して治療中です。でもメールが打てなくなって。あなたに書きかけのメッセージを送ってしまったと心配なさっています。ルークさんが来ることを書きはじめようとしたときに、緩和ケアの看護師が到着して、思わず送信ボタンを押してしまったそうです。でも大丈夫です」と繰り返す。「彼女は大丈夫です。ルークさんもまだご一緒ですから」

バーディのまとまりのない言い訳めいた話を注意深く聞いていたわけではないが、あまり大丈夫そうでもないな、とフランは思う。病院への見舞いは不要、という含みもあるな、と理解する。そのこと自体は別にどうということではない。病院にお見舞いに行くのは好きじゃない。だが、あまりにも哀しい。

書棚の踏み台を上ろうとしていた？　いったい何のために？

死にいたる落下。

われ、古のらせん階段に召喚す……

「起きなくちゃ」と声に出して、自分に言う。だが動かない。体に動けと命じる脳の部分がきちんと機能していないのが感じられる。体を起こそうとして、できないでいる。動こうとして、ピクリとはするものの、そこで停まってしまう。何度もピクリとして、何度も停まる。『幸せな日々』の砂の山に首まで埋もれたウィニーほど動けないわけではないが、そんな具合になりつつある。さすがだ、ベケット君、あの砂の山はすごくいいイメージだ、すごくいいメタファーだ。手に入れるのが難しいチケットを買ってくれたジョウにもっときちんとお礼を言うべきだった。ちょっとむすっとしていて、観に行くのも嫌々、という感じだったに違いない。『幸せな日々』を観たあの晩以来、ベケットについてはもっといろいろ考えるようになっている。それを忘れないようにして、次にジョウに会ったときに話してみよう。

さあ、動こうか？　最近ラジオで、こんな話を聞いた。人間の行動は、それがどんなに微細なものであれ、あらかじめ決まっていて、そのことは次の行動を司る脳の部分を測定すれば、実際に行動が始まるよりもずっと前にその部分が動いているのが見てとれるからわかるのだと言う。神経科学者は「だから、自由意志という概念はもう要らない」と言っている。だが、たわ言だ。人は訓練によって、行動前の一連の前段階の感知ができるようになる。フランは——その箇所の名前は知らないけれど

——決断と行動を司る脳の諸部位の動きを感じ取るのが結構上手くできる。年を重ねるにつれて、それが動いたり、停まったり、失敗したり、再試行したりするのを、まざまざと感じられるようになった。まるで脳の各所がばらばらになって来ていて、相互連絡交通網の速度が落ちてきているみたいだ。

面白い。

フランはまだ横になったまま、高層団地の窓から下に広がるロンドンの光景をじっと見ながら、風力発電地帯《ウィンド・ファームズ》の長い記事を読まなくちゃいけないかしらと思っていると、固定電話が鳴る。電話は手の届かないところにあるのでベッドを出る。

固定電話には滅多に掛かってこない。タラント団地の数少ない長所として、電波状況の良さがある。眺めの素晴らしさにも負けないくらいだし、眺めにもよく合っている。だから、もっぱら携帯に頼っている。

クロードからだ。ちょっとおしゃべりしたくて掛けてきたのがわかった。絶好調のご様子。フランも彼の声を聞いてほっとする。ポペットのこと、レモン・チキンはどうかということ、ベネット・カーペンターの人工股関節のこと、ベネットの「無人島レコード」のチョイスのことを楽しく話す。クロードは「おれだったら、マリア・カラスが歌う『歌に生き、恋に生き』を選ぶけど、だれも訊いてこない。だれか訊いてこないかなあ」と言う。そういう軽口が叩けるということは、機嫌が良くて、何かいいことがあったのだ。まだチキン料理はつくっていないけれども、今度行く日時を決める。フランも元気が出る。

動きはじめる。

仮に「無人島レコード」のことを訊かれたとして、「アイ・キャント・ゲット・ノー・サティスファクション」を選んでもいいものだろうか？　芸術と愛のために生きるという類のものではないので、

『トスカ』ほど崇高ではない。でも、結構イケテる、と思う。

ジョウの話では、友だちのエレナーから聞いたそうだが、マルーシア・ダーリングは売り出し中のころ、あのロイ・プロムリーが司会を務めるBBCラジオの「無人島レコード」で、ビリー・ホリデイの「グルーミー・サンデー」を選ぼうと思ったけれども、BBCの自殺誘引危険曲リストに入っていて選べなかった。いったいそんなことがあり得るのだろうか、とフランは思う。

気分はとても上向いた。

脳の部位と部位がまた繋がって、人生には目的があるという感じが戻ってくる。

下に降りて、本当はどうでもいいのだが、レモンを買う。

＊

二人のジェラルディーンは思いがけない展開となって予想以上に楽しかった休暇を終え、パック旅行の帰りの便で本国に戻った。クリストファー・スタブズも、ようやくロンドン・ガトウィック空港着の帰りの便を予約した。ベネット・カーペンターは引きつづき、少なくとも肉体レベルでは、それなりに回復してきている。アイヴァーも荷物をまとめて「スエルテ荘」を引き払い、新しい家探しを始めるという事態は、今のところ避けられそうだ。ベネットが宝物のように思っている例のマホガニー材ロールトップ式書き物机のことは死ぬほど心配したが、この穏やかな赦しの島で刑執行延期となった。体調を回復するのに「スエルテ荘」にまさる場所はない。

アイヴァーがクリストファーを空港に送ってゆく。そのあいだ、イシュマエルがベネットの車椅子を押して、アリエタの小さな漁港のささやかな桟橋を行く。小さな獅子の石像があり、屋根の飾りも可愛らしい、低い白塀に囲まれたアフリカハウスのほうに向かう。その小さな円屋根の上は灯台になっていて、東方のモロッコ、モーリタニア、そして、あのガリア・ナマロメが反旗を翻《ひるがえ》している西サハラの承認されざる領土を凝視している。ナマロメはハンガーストライキの衰弱からは回復したものの、政治運動を諦めたわけではない。ただ、彼女のことを西洋のメディアが報じることはもはやない。

灯台は船乗りたちを誘う。誘われて、船乗りたちは溺れ死ぬ。あるいは救われる。

巨人アンタイオスの巨大な骨がそのあたりに埋まっている。プリニウスによると、いや、プルタルコスだったか、高貴なるローマの将軍セルトリウスは自分の目でその骨を見たそうだ。巨人の骨、象の骨、鯨の骨。

「ベンコモ、アカイモ、ペリカル、テゲステ、ペリノル」とベネットが呟く。

彼はここに広がる海辺を愛している。その高波に足を取られてひっくり返ったことがあったにもかかわらず。ベネットとイシュマエルのコンビは人目を引く。ベネットはとても旧世界風だ。赤ら顔に、たてがみのような白髪、眉はもじゃもじゃで、昔のパナマ帽をかぶり、水色のシャツを着て、とても威厳がある。イシュマエルはびっくりするくらいハンサムで、色が黒い。デザイナー・ジーンズをはき、船乗りが着るようなメリヤス地のシャツ姿がとても格好いい。ベネットの膝の上には、縁に優しい赤の刺繍の入ったネイビーブルーのいい感じの古毛布がかけられ、きちんとたくし込まれている。熱く乾いた風がアフリカから、ポールテティエンヌから、イシュマエルの国セネガルから吹いてきていて、二人は、砂や小さなゴミが目に入らないようサングラスを掛けている。ベネットの入れ歯は無事元の位置に収まっている。ごろごろと押されてゆくのがとても気持良くて、ベネットの顔に笑みがこぼれる。

彼はいい状態になった。度を失った激しい帰郷心も、外国人嫌悪の発作も、モルヒネ服用による幻覚も治まって、時間を超えた世界に入った（あまりデータとして残っていないが、外国人嫌悪はモルヒネの副作用である）。イシュマエルは彼を、永遠の淵、その大火口の縁まで押してゆく。ベネットには、はるか彼方の地平線に音もなく立ち上がる巨大な波が見える。それは遅からぬうちに彼の足元に押し寄せてきて、彼を八番目の島に連れていってくれるだろう。そう想像することが、彼には楽しい。そんな波を、憧れる心でずっと待っていた。海の波でも、大地の波でも構わない。彼は今、室内の暗く密閉された居心地悪い医療空間を抜け出て、イシュマエルに先導され、自ら波と化して、光の中に飛びこんでゆく。おれは幸せだ。ああ、これでいい。気分が高揚する。ベネットは太陽と潮風に向かって微笑みかける。

イシュマエルは携帯で、母親とウォロフ語で話している。知らない言語での活気あふれるおしゃべりを、ベネットは優しい気持で聞いている。ここの島々は驚異に満ち満ちている。

彼は自分がどこにいるのか、イシュマエルがだれなのか、すっかりわかってはいない。だが、もう、そんなことはどうでもいい。ここが好きなのだ。イシュマエルもいつものアイヴァーと違って、いい。新しい血。アイヴァーは近ごろ、ずいぶん疲れてみえる。

＊

リアム・オニールがテリーサのベッドの脇で跪いている。白髪まじりの頭が、彼女のやせ衰えた膝の小山の毛布の上に打ち伏している。彼のおさげに編んだ灰色のふさふさした髪は腰近くまで達している。深緑色のコーデュロイのジャケットを地に、灰色のロープのように見える。両手を組み、何かブツブツ言っている。祈っているのかもしれない。悔悟に沈む古臭い中世の人物のようだ。深い悲しみと悔恨ともしかしたら和解も含まれているかもしれない暗い絵から出てきた人物のようだ。テリーサの庭から摘んできたスノードロップの小さな花束を紺青色の枕カバーの上に置いた。

彼の息子のルークは、窓脇の曲げ木の椅子に背をぴんと伸ばして座って、この不思議な情景を驚きながら呆然と見つめている。父の言葉は聞こえない。だが、ぼそぼそと呟かれるリズムは聞こえる。

リアムは来るのが遅すぎた。まだ大西洋上空何千メートルというときに、テリーサは事切れた。彼女が死ぬとき、弦がぷつんと切れる音がした、弦がはじかれるような音が聞こえた、とこれからずっと、自分の長い人生の終わりまで、リアムは言いつづけることだろう。後から振り返って、あのときが前妻の逝ったときだったと想像するのは安易ではある。だが、リアムは、空の上で、彼女の霊がその体に別れを告げたときの感触と音を感知したのだと言いつづけることだろう。

結局、テリーサはあの踏み台の転倒から本当に回復することなく、望みどおり自宅には戻れたものの、ほとんどそのままこの世に別れを告げることになった。バーディ・バードウェルとルークの二人は、彼女の最期を見届けた。バーディには罪責感があり、また少なくともあと幾晩かは愛するテリーサと二人きりで一緒にいられるだろうという貪欲な期待もあったので、ルークよりも悲しんだ。それがどのくらいの長さになるとしても、そのあいだに宝物のような時間を過ごして、互いに最後の秘密を打ち明けられると思っていたのだ。

ルークは母親が死んでほっとした。嬉しかったわけではない。だが、ほっとした。飛行機の切符代のことはあるけれども、それを思っていたわけではない。痛みが増してきて服薬にも耐えられなくなってくる状況のこともあるけれども、それだけを思っていたわけでもない。母の最期を看取れたことが嬉しかった。もう長くないことはわかっていたので、いいタイミングでこちらに来られたことに満足感があった。母はいいシグナルを送ってくれた。ぼくもきちんと応えられた。いつも正しい判断を下す母だった。

だから、どうして本棚前の小さく脆いらせん踏み台を上ろうとしたのか、理解できなかった。結果としてそうなったとしても、自分の最期を早めようとしたわけではないだろう。彼は一時間ばかり外出していた。恥ずかしい話だがタバコを買って、それから昔の近所をちょっと歩いてみたかったのだ。それにバーディが家にいた。いったいどういうわけで、そんなことが？　どの本を取ろうとしたのだろう？　どうしてその本が欲しかったのだろう？　デヴィッド伯父さんのパートナーが書いたエトルリア古墳の本が、聖書と金縁革装の聖書用語索引辞典と電子本とそれらの横で場違いな暴力描写で悪名高い北欧スリラーの文庫本と並んで、ベッド脇のテーブルの上にあった（今もある）。まさか一番上の棚にあるマチスやコンスタブルの画集や展覧会のカタログに手を伸ばそうとしたわけではあるまい。それより下のソール・ベローやアップダイクやアンガス・ウィルスンやアイリス・マードックといった一九六〇年代、七〇年代の小説を取ろうとしたのか？　それとも、もっと上のウィニコットやフロイトやユングやR・D・レインの本や最近の障害学の理論書が少し集められているところに手を届かせたかったのか？　あるいはエリザベス・ベネット（ジェーン・オースティン『高慢と偏見』の主人公）やドロシーア・ブルック（ジョージ・エリオット『ミドルマーチ』の主人公）の話を読んで無聊を慰めたかったのか？　答えはだれにもわからない。母はその小さな秘密を抱えたまま、この世を去った。秘密はもうすぐケンサルグリーンのセント・メアリー教会の墓の中に消えてゆく。

母は今、静かに横たわっている。毛布の下の彼女はとても小さい。目は閉じられている。髪が、青い枕の上に、銀の光輪のように広がっている。バーディが梳いて整えてくれたのだ。また髪が生えてきてそれが豪勢なのよ、と母は言っていた。だが、これほど豊かな巻き毛の森は想像していなかった。

朝になれば、葬儀屋が遺体を引き取りに来る。例の若者も程よい間隔を空けて、いや、程よい間隔さえ空けずすぐにかもしれないが、国民健康保険《エヌ・エイチ・エス》のデイベッドを取りに来る。スパナとつっかい棒も持ってゆくだろう。

　ルークはこれまで、たくさんの死者を見てきた。だが、これほど穏やかな表情は滅多にない。彼は天国も来世も信じていないし、母がどうだったのかも知らないけれども、そんなことはどうでもいい。喫緊の問題は葬式の手配であり、訃報の連絡であり、明日からの数日間をどう切り抜けるかだ。しばらく部屋の外に出て、父を母と二人きりにしておこうと思う。後で、父さんの泊まっているシャーロットストリートのホテルまで行って、一緒に食事をしよう。父さんはきっとべろんべろんになって、めそめそと、息子の誕生日を忘れたことを、それも来る年も来る年も忘れたことをえんえんと謝りはじめるだろう。それから自分の人生の中の他の女たちのことを、息子に話しはじめるだろう。そういう話をはじめる父を止めたほうがいいのか止めないほうがいいのか、ぼくは迷ってしまうだろう。

　それで結局、父にだらだらと話させてしまう。父はボトルをもう一本頼む。こうなったら、もう失うものもないのだから、まあいいか、と息子は思う。父に中皮腫のことを説明する。喫煙とはまったく関係のない病気なのだと。息子が生まれた吹雪の夜のことを話す父に耳を傾ける。父さんも、少なくとも忘れてはいなかった。母さんの話とも符合する。お産婆さんの話、プディング・ボウルの話、後産の胎盤を犬に食べさせたこと、アイリッシュシチューの話。儀式のように母さんから何度も聞いた話を初めて父さんの口から聞く。後産の処理の生々しい話は母さんはしなかった。

　リアムもテリーサも、他に子どもはいない。跡継ぎは彼しかいない。孫もシャヴィエルだけだ。彼の肩に責任がのし掛かる。

　ヘビースモーカーではない。だが、食事しながらの打ち明け話がえんえんとつづくと、タバコが欲しくなる。ポケットには、それを買いに出ていたときに母さんが倒れた箱がある。まだ十二本しか吸ってなくて、十三本目をとても吸いたい。葬儀の日までこの箱を持たせたいと心に誓ったのだが。とりあえずポケットの中の箱をいじって、心を落ち着かせる。

バーディはすでに、テリーサの古いアドレス帳を調べ出していた。だれをテリーサの教区のセント・ヘレン教会に呼び、だれを埋葬場所のケンサルグリーンのセント・メアリー教会に呼び、そして、だれを自宅の偲ぶ会に呼ぶかを考えている。だが、アドレス帳はもう大分古びてしまっていることがわかっている。最近の交友関係はeメールのアカウントと携帯の中にある。リアムとルークは二杯目のダブルエスプレッソを飲みながら、連絡すべき人のリストを作りはじめる。テリーサの兄弟のデヴィッド・クインとピーター・クインとデヴィッドのパートナーのマッシモ・ヴィニョーリ。ピーターの奥さんと子どもたちと孫たち、クイン家の従兄弟たち。テリーサとまだ連絡を取り合っているリアムのお姉さんは声をかけたほうがいいけれども、たぶん海を渡っては来ないだろう。他にカナダとアメリカで声をかけるべきは？　それは父さんに考えてもらおう。北ロンドンの施設の同僚たち、親ち、まだ存命中の同級生たち、近所の人たち。ジニーという人の名を母さんから聞いたことがあるけれども、どういう知り合いだったか思い出せない、とルークが言う。もっときちんと調べればわかるかもしれない。母さんはジニーが大好きだった。それからテーラー夫人という人がいる。それからブロウバラにいたとき親しくなったフラン・スタブズがいる。最後の数ヶ月はしょっちゅうフランと会っていた。

リアムは「なるほど、なるほど」と言いながら、このシャーロットストリートのホテルのレストランの生気あふれる壁画をじっと見ていた。目はすわっているが苦しみの表情はない。

リアムはこの壁画のために、このホテルを予約した。リアムの友だちの友だちの友だちが描いた。いい絵だと聞いてはいたが、噂に違わぬ出来栄えだ。このホテルにしてよかった、とリアムは思う。

イングランド、ロンドン、フィッツローヴィア地区。今でも、刺激的だ。

リアムは息子に、思わず言ってしまう。「お前もここに泊まっていったらどうだ？　でかい、スーパーキングサイズのベッドがあるぜ。頭を枕に載せたら極楽気分だ。霊安室みたいなところで夜を過ごすのは嫌じゃないのか？」

ルークは、ここで感動すべきなのかどうかわからない。父親と同じベッドで一晩過ごそうとは思わない。だが、誘われたのはありがたいと思う。発想が面白い。いいひらめきだ。父さんも大したものだ。

「ありがとう、父さん、でも今日は止めとくよ」と言う。「父さんと会えて良かった。でも、ぼくは霊安室みたいなところでも大丈夫だし、それに母さんなら、死体でも怖くはない。昔の自分のベッドルームで寝ようと思う。そこで大丈夫だし、そこで寝なきゃいけないとも思う」

大仰ながら、そう言ってしまえば、反駁の余地はない。

ルークは礼を尽くして、そのように答えた。少なくとも半分は本心でもある。

「それじゃ、母さんにおれの分のキスもしといてくれな」とリアムが言う。

このありきたりな言葉は深い。ありきたりなやりとりが二人を結びつける。二人はシャーロットストリートの歩道でぎこちなく抱擁し、おやすみを言う。

リアムはふらつきながらベッドに辿り着いた。時差ぼけもあって、ばたんとスーパーキングサイズのベッドで眠りに落ちた。

＊

ルークは真夜中、母の家の凍える庭に立ち、寒さに閉じたスノードロップの花に囲まれて、十三本目のタバコを吸っている。じめっと冷たい大気は蜜の甘い香りを強烈に放っている。ここから見えない藪に咲く早春の花の、冬の淡くて強い匂いが風に乗ってくる。クリスマスローズは濃い紫の蕾でいっぱい。庭はきちんとしていて美しい。だれか面倒を見る人がいたのだろう。

東にロンドンの街が見える。足元で無数の灯がちらちら光っている。

モニカとシャヴィエルを呼ぶのは諦めた。制御不可能な難しい要因がありすぎる。父さんはとても扱いにくいので、彼のことでモニカに気を遣わせたくない。もちろん母さんは、モニカに「とてもよく」してくれた。だが、父さんはまだモニカに一度も会っていない。最初で最後の出会いが墓地というのはよいことではない。

跪く父さんの姿が脳裏に焼きついて離れない。

バーディはもう葬式のときに出すミートパイのことを考えている。その手のことが得意なのだ。たぶん何ヶ月ではないにしても、何週間も前から考えてきたに違いない。そういうことをきちんとやることに喜びを覚えるタイプなのだろう。

まだグッドール神父とは会っていない。モザンビークの国情や教会・布教事情を訊かれるだろう。ローマ教皇をどう思いますか、とかも。

ここ数ヶ月のあいだに母さんからたくさんもらったメールのことを振り返り、今朝ちょっと話した最近またつきあいはじめた旧友フランとのやりとりを思う。フランの声は気味悪いくらい母さんの声に似ていた。幾層にも上塗りされたその声の芯にブロウバラ方言がまだ残っているということだろうか？　それとも、最後の数ヶ月に燃え上がった熱い友情の交歓の中で、二人は互いのイントネーションを真似るようになったのだろうか？　いや、もしかしたら老化のせいかもしれない。二人の声が一緒に、一つの同じ道をたどるように老いてゆき、同じ声色、同じ声域に落ち着いたのかも。

フランとは母さんのこと、葬式の日取りのことを話した。「ええ、土曜は大丈夫よ。もちろんうかがいます。お会いするのを楽しみにしています」とフランは言った。その声は、明るい涙声だった。励ましがあった。

「お母さまは、いつもあなたのことを話していましたよ」

「で、聞き飽きたんじゃないですか」と返すと、

「とんでもない」とフランが言った。「あなたのお母さまの話は、何であれずっと聞いていたいと思っていました。あなた、わたしがお母さまのことどう思っていたか、ご存知でしょ？　あの人は、一語たりともつまらないことを言わなかった！　ぜったいに！　何年も何年も、わたしの人生のはじめから終わりまでおつきあいさせていただいて、ただの一度も！　墓石に刻んだらいいわ！　一語たりともつまらないことを言わなかった、って！」

ルークは蜜の香りを吸い込み、タバコの煙を吸い込み、寒気を吸い込む。世話の行き届いたロンドンの庭の、体をつらぬく優しい甘さに襲われる。まだ元気なうちに、この家に戻るべきなのだろうか。たぶん家を相続するのはぼくだろう。どこかの福祉団体に遺贈される可能性ももちろんゼロではないけれども。そうなったらそうなったで構わないけれども。

明日、事務弁護士に連絡しなくては。

この変化して止まない美しい怪物のようなロンドン、すべての未来のふくれ上がる核となるようなロンドンで、自分の場所を切り開かなければ。アフリカから帰って来るたびに、ロンドンは変貌を遂げている。ガラスと破片にぎらぎら光る町になっている。恐怖が増え、栄光もまた増してゆく。アフリカにはまだ、赤土と赤土の道と草木の匂いと広大な地平線と青く光る彼方がある。温かく、広々と

息づいている。しかし、ここ、ロンドンの地平線はすぐそこにある。切り立つ断崖になっている。転落の崖だ。

＊

クロードとフランが一緒にレモン・チキンを食べている。カンピロバクター菌はいない。フランがクロードと食事をともにすることは多くない。けれども、あまりにもいい匂いだったし、量もたっぷりあったので、一杯の美味しいワインを飲みながら、前夫と食事して一息つくことにした。今日は地下鉄に乗ってとぼとぼと団地に戻り、きついお酒をくいっとやって、冷えた料理を食べるのは止めにした。一息ついてほっとする必要がある。解凍した鶏肉は素晴らしかった——ジューシーで、丸々としていて、健康的な薄黄色で、蜂蜜を塗りレモンで表面を覆った皮がぱりぱりに焼けている。「冷凍するのはもったいなかったわ」とフランが言う。

クロードは、「クラシックFMのクイズに当たっていい気分なんだ」と打ち明ける。「当たったのは三日間のヴェローナ旅行だ。もちろん行けやしないさ、だから辞退して、その分、懸賞が増額されることになるだろうけれども、それだって当たったことに変わりはないから嬉しいやね。これまでは、応募するのに電話を掛けるのも面倒だったし、携帯メールで応募というのが多かったから、メールをしないぼくには関係のない話だったが、今回は電話番号があって、答えは全部わかっていたから、ちょっとやってみようと思った。懸賞を他人に譲れるかどうかはわからないけれど、君、ヴェローナに行ってみたい？　いや、やっぱり無理そうだな」

電話で応募できるのももう長くはないことを彼は知っている。

フランが格安の携帯を買って、携帯メールのやり方を教えてあげましょうか、と訊くものの、クロードは乗ってこない。「老犬に新しい芸を覚えさすのは無理だよ」と、とても嬉しそうに答える。

二人でポペットのことを話し、鶴の話をする。フランは、ブレーキをチェックするわ、と約束する。鶴の話には興味を示さないクロードも、車を畑に乗り捨てた話には身を乗り出してきた。

彼に、テリーサの死を伝える。中皮腫の話、画鋲と蹄鉄の釘の話をする。まだテリーサに訊きたいことが山ほどあったのに、とフランがこぼす。死後の生、昏睡、深い眠りといったとても深いことや、一九五〇年代の洗濯機といったとても瑣末なことを尋ねてみたかった。

投げ槍の箱につけようと蜜蠟入りの油を忘れずに持ってきていて、ハンドバッグに忍ばせている。そのことがかすかに気恥ずかしく、かすかに誇らしい。どうして、すでに死んだ木のことを気にするのだ？　と問われても、気になるものは気になるのだ。できたらキッチンにその油の瓶を置いておいて、次回、クロードが見ていないときを狙って、乾ききって色あせたオークの木にすりこんでやろうと思う。自分にはどうでもいい投げ槍の箱に栄養を与えたというので、クロードは怒るかもしれないが。

だが、クロードが怒ろうが怒るまいが、どうだっていいではないか。

初めての子であるクリストファーを身ごもったとき、ふくれ上がってゆく自分のお腹に、大きな茶色のガラス瓶に入った産業用の羊毛脂《ラノリン》をすりこんだ。妊娠線が残らないように。ある種予防の手立てでもあった。当時は高級ボディローションを買うお金もなかったし、そんなものはまだ発明されていなかったかもしれない。羊毛脂《ラノリン》は羊と羊肉のひどい匂いがした。色も脂肪の暗い黄色でひどかった。今でも匂ってくるようだ。ジョウに薦められて使いはじめたのだったっけ。二人は同じ時期に、ナットとクリストファーを身ごもった。

蜜蠟入りの家具磨き剤は、それとは対照的に、とてもいい匂いがする。テリーサの庭で、ケンサルグリーンの墓地で、アテナ館の小さく小ぎれいな花壇で、蜜蜂たちは春の香りを嗅いでいる。

＊

フランは礼節上、モザンビークから来たルークに、「お会いするのを楽しみにしています」と言ったけれども、よく考えてみると、本心からそうなのかどうか自信がなくなってきた。ルークは肩幅が広く、肉づきのいい、テニスをたしなむ日に焼けた大人の男だ。大切な仕事と家庭があって、脂が乗り切っている。人に麻酔をかけて意識を失わせる専門家だ。写真の彼はとても逞しい。こういうことを言ってはいけないのかもしれないが、最近は、動けなくなったり弱ったりした人と接する方が楽になってきているかも、という自覚がある。電話で話すのは楽しかったけれども、彼をよく知るようになることはないだろう。会って、笑みを浮かべて、きちんとしたことを言うのが面倒臭いと思う。

ポールやジュリアやグレアムからたくさん元気をもらったものの、その効果が切れはじめてきた。まだ二、三週間前の話なのに。また「プレミアイン」に泊まって、黒いメルロー種のワインをぐいっとやりながら、鮮やかな「エージェント・オレンジ」色のクルマエビを食す必要があるのかもしれない。

クリストファーが早く帰ってくればいいのに、と思う。彼だって大人の男だけれども、血をわけた自分の息子だから、彼とはつきあえる。クリストファーに会いたい。クリストファーにからかわれたい。彼が思いついたおバカなニックネームで、「ママン」とか「フランキー」とか「フランジパーニ」

とか「フラン婆」とか呼ばれたい。

　テリーサのためにも、彼女のお葬式に行かなくちゃいけないのはわかっているけれども、知ってる人は多くないだろうし、たぶん場違いに感じて、身を硬くして、小さくなっているだろう。家事全般を司るようになったバーディにも、一行が墓地に向かう前の葬式を執り行うグッドール神父にも会ったことがない。テリーサの教区のセント・ヘレン教会にも足を踏み入れたことがないし、そもそもローマ・カトリックの葬儀には一度も出たことがない。どこに座ればいいかとか、何を着ていけばいいかとか、どう振舞えばいいかとかがわからない。バーディにはテリーサに関する独占欲があり、単にお世話するばかりか熱愛するテリーサの守護者を自任していて、それがちょっと厄介なのではないかとフランは危惧するが、その危惧は正しい。デヴィッド・クインとマッシモ・ヴィニョーリにはちょっとだけ会ってみたいとは思う。テリーサの弟と会いたい気持はそれよりも小さくて、彼のことはほとんど覚えていない。六十年というのはとても長い年月で、そもそもが深いつきあいではなかった。一九四〇年代にご近所だった少年たちのことを思うと、気分が落ちこむ。自分の兄弟のことだってそうだけれども。耳が遠くなったとか、腰が悪いとか、ゴルフやＢＭＷの話ばかり。

　フランは自分の高層団地でインターネットをしていて、ついに誘惑に抗しきれずに、かつて住んでいたメイブルック・パーク地区とそこの通りの画像を見てしまう。増築されたサンルームがいくつかあって、家の値段が高騰した以外はほとんど変わっていない。地価は五十万ポンドになんなんとしていて、その数字をコンピューターのスクリーンのサイドバーから消そうとしても、繰り返し戻ってきてしまう。だが、テリーサと遊んだ建物は見つかった。二軒長屋のそれぞれの地下室は道に面したガレージになっていたが、そこを除けば変化はほとんどない。二十六番地の正面の庭にだれかが針葉樹を植えていて、今はすっかり高くなっている。場違いな感じがする。だが、それ以外は郊外の深い停滞に覆われている模様。今の住まいがこういう場所でなくて本当に良かった。ロムリーでさえ、これよりはましだった。これに比べれば、クラパムやハイゲートは天国だった。タラント団地は？——ふむ、タラント団地には、下品で生意気で荒っぽい自己主張がある。

ルークはブロウバラに行ったことがないだろう。考えてみれば、フラン自身の子どもたちも行ったことがない。いったいどんな用があってあんなところに行くものか。

テリーサは生前ついにフランに、エトルリア古墳の本と、その中に出てくるヴィラノーヴァ期の死者のための小さなテラコッタ製の小屋の形をした骨壺を見せることはできなかった。フランがそれらを見ることはもはや決してない。

フランは葬式で、デヴィッド・クインと話す機会を持つことになる。だが、エトルリア人の話も、ヤコポ・ダ・ポントルモの話も、死後の生の話もせずに、昔の市電の町の中心までのルートやその市電がどんな色をしていたかを話すことになる。二人は路線も色も覚えていない。デヴィッドは深緑だと思うと言い、フランは汚いクリーム色みたいな色で、縁に青い線が入っていたと思うと言う。冷たい土の中の住人となってしまったテリーサに、今さら審判を仰ぐわけにはいかない。

*

クリストファーはイングランドへ戻る。孝行息子の彼は戻るとすぐに母親に連絡する。何度かもらった携帯メールで、テリーサの怪我と訃報のことは聞いていた。予期せざる事態というわけではなかったものの、母さんは落ちこんでいるに決まっているので、計画を立てて母さんを夕食に誘い出す。楽しくて気分が明るくなるような場所をと思うのだが、母さんの好みがよくわからない。「ウェザースプーンズ」やら「プレミアイン」が妙に好きな変な母さんだが、彼はどうにも苦手なので、ピカデリーからちょっと小道に入ったところにある魚料理の高級レストランで手を打つ。シモン・アギレラと例のランチをしたところだ。まだそこにあって、まだ洒落てはいるが、伝統的で、突飛すぎることがない。二人にとって交通の便もいい。それに彼女は魚好きだ。

カサガイはあるまいと思っていたら、あった。近ごろの流行りに違いない。入り口を入ってゆくと、脇にばかでかい大皿があって、魚屋が使う大理石の板に海の幸が山盛りになっている。カサガイ、マテガイ、ハマグリ、蟹、ムール貝、ウニ、牡蠣、などなど何でもある。そこに昆布をはじめいろいろな海藻がショールのように掛けられている。縁はエメラルドグリーンのアッケシソウでお洒落に飾られている。

母さんはかっこよく決めてきた。努力のあとが見える。黒とグレーとベージュのストライプの、高そうな、畝のついたしっかりしたシルクのジャケットを着ている。ただ、「母さん、いいね」と褒めると、ハーヴェイ・ニコルズのバーゲンでこれをいかに安く買ったかを話しはじめて、少し白けた。それでもジャケットの良さに変わりはないし、息子に気に入ってもらえたことを喜んでいた。

とろりとしたエビのスープを飲みながら、ランサローテ島のことを話す。ベネット・カーペンターが外国人嫌いを剝き出しにしたあとで、また落ち着いて、元の愛想のいい老人に戻った不思議な話をする。フランは興味を引かれたものの、驚きはしない。仕事上、老人の奇癖、奇行をたくさん知っているので、お返しにセント・フリデスウィーダ・ホスピスにいた女性の話をする。その女性は、自室の洗面所の鏡に黒人の男の顔が見える、と叫びつづけた。それが、「黒人の男の人の顔じゃなくて、ユングの言う元型《アーキタイプ》ですよ」と言われて、やっと落ち着いた。オックスフォードの学者だったので、この説明に満足したようだ。

クリストファーは、イシュマエルとシモン・アギレラと飢餓塔《ファミン・タワー》の話をする。フランは「あなたの旅も元型探訪ツアーみたいなものだったのね」と返してから、すぐに「ツアー」という軽い言葉を使わなければよかったと後悔する。だが、クリストファーに、気にする風はない。

ドーバーソールがとても美味しかった。食べたのは久しぶりだ。この大きなシタビラメがまだメニューにあることにフランは少しだけ驚く。レストランで食べるべき魚だよね、と二人の意見が一致する。何度か家で調理しようとして、派手で悲惨な失敗を繰り返した魚だ。ゆったり座っている客の前に、神の贈り物のように、丸ごと皿に載せられ運ばれてきたのを食べるのがふさわしい魚だ。

二人のジェラルディーンの賑やかな襲来の話がきっかけで、ジョウ・ドラモンドとオーウェン・イングランドのことになり、ジョウが最近スタダート＝ミード家とスペイン内戦に興味を抱いていることを話す。「ジョウはいつも新しいプロジェクトを見つけてくるわね」とフランが少し寂しそうに言う。「でも、母さんには、きちんとした仕事があるじゃないか」と息子が返す。「そうね。でも、この仕事、ちょっと気分が落ちこむのよ」とフランが言う。「勝ち目のない戦いをしているでしょ。だれだって、老いてゆくことには勝てないから。あなただって、悲惨な話を見たり聞いたりするでしょ」

「ジョウは、『老い《ラ・ヴィエイエッス》』ってフランス語で言うわ」と付け加えて、理由を説明する。

「ジョゼフィーンおばちゃん、本当にすごい、といつも思ってるよ」とクリストファーがセンチメンタルに言う。

ソーヴィニョン種のワインをボトル半分空けたフランはその勢いで、これまで何週間も何度か喉元まで出掛かったけれども言わずにおいた言葉を思い切って言う。

「若く、美しく、大きな仕事に取り掛かっているさなかに惜しまれて死んでいくのは、最悪の死に方じゃないわ」

クリストファーは感動した。

「わかってるよ、ママン、ぼくだってわかってる」と言いながら、冬の陽光が足りずに色あせた静脈の浮き出た母の手の甲をぽんぽんと軽く叩く。

そして、「でも元気そうじゃないか、ママン」とつづける。「元気にがんばっていて、すごいと思うよ」

「父さんだって、思いの外、がんばってるわよ」とフランが返す。コーヒーを飲み、ホワイトチョコのトリュフを食べながら、クロードとパセファニーとマリア・カラスの話をする。すると、ジャックス・コナンの手術と大きなバスケットに入った贈り物のことを思い出し、クリストファーは、女優の方のジェラルディーンが出たクリスマス笑劇《バント》の『シンデレラ』で、ジャックスが召使の「ボタンさん」役を演じた話をする。それから意地悪く、示し合わせたように、クロードの再婚の話題に移る。カシミアのセーターを着て、ピカピカのブーツを履き、変に鼻にかかってぐずぐず言っているような上流階級の英語を話す、許せないくらいお高くとまっていた再婚相手のジーンを情け容赦なくこき下ろす。大いに笑った。気分が良くなった。ブラックプールの近くに建設中の介護施設を見学して、評議員や一般開業医やソーシャルワーカーが参加する会議に出る次のアシュリー・クーム財団の仕事のことを思い出しながら話しているうちに、フランは元気が出てきた。「楽しみだわ」と言う。「あっちの方に行ったことないのよ。だから冒険気分よ」

「車で行くの？」とクリストファーが尋ねる。「長距離だよ。めちゃくちゃ運転ばかりしてるね」

「運転が大好きなのよ」そう強く言いながらも、まだブレーキのチェックをしていないことを思い出す。二、三百マイルのドライブに出かけるのだから、本当にその前に点検しておかなければいけない。息子のエスコートで店を出て、拾ってくれたタクシーに乗り込みながら、すぐにやるわ、と約束する。

息子はタクシーの運転手に、お洒落とは程遠い母の住所を告げる。

クリストファーは思う。「母さん、元気そうだ」がたがた揺れる地下鉄ベーカールー線に乗って、クイーンズパークのがらんとした馬鹿みたいに高いマンションに戻ってゆく。

フランは思う。「息子は元気そうだ」ボタンを押すと、ごとごと嫌そうな音を立てながら、エレベーターがやって来た。息子に会い、美味しいドーバーソールを食べたお陰で、エレベーターが動かなくても、ぐいぐい階段を上る覚悟ができてはいたものの、その必要がなくなったのは嬉しかった。

＊

ゆっくりと遅い春が来た。生垣の黒い裸の小枝がやっと芽吹きはじめた。低地の水が退《ひ》いて、土が見え、背の低い髢草《かもじぐさ》が顕れた。こんなに遅い春はない、とイングランドの人びとは言い合った。だらんと垂れた花穂や毛羽の長いビロードみたいなネコヤナギが三月の黄ばんだ銀の羽根飾りをまとうようになり、キンポウゲが光りかがやく花びらを開かせた。気象庁によると、この遅さはとりたてて特別なものではないが、『デイリー・メール』紙は前代未聞と言う。気象パターンが地球温暖化の証左であると言う人もいれば、新氷河期の到来を告げるという者もいる。イングランドの人たちはこれまでもずっと天気の話をしてきた。その傾向がいよいよ偏執的に、分断的に、攻撃的になってきた。皆が気になる話題であると同時に、それと矛盾するけれども、今日どうにかしなければならないといった切迫感はない。人にとって、気候変動にまつわる長い時間軸で考えるのは難しいことなのだ。

南のほうでは、大西洋深くで噴火した海底火山の上の水のうねりが弱まっていた。カナリア諸島はまた、永遠につづくかと思われるまどろみに戻った。アトランティス大陸は眠っている。車椅子のべネット・カーペンターは、午後の陽を浴びてうつらうつらしながら、ときどき大きな淡水魚の夢を見ている。今ではだれかの腕にもたれれば何歩か歩けるようになった。籠の中の黄色く小さなカナリアが不安げにさえずって大災害を予言することはもはやない。バー「火山《ボルカン》」のボトルがかたかた音を立てることももはやなく、高く吊るされたテレビも落下していない。《衝突《インパクト》》はまだ放送されていて、最近は、派手で原因不明の飛行機事故まで扱うようになっている。だが、ランサローテ島の火山の麓の広々とした丘陵も、エル・イエロ島沖の海も、すべてが平穏だ。

アイヴァーは丘の斜面の小さな礼拝堂を久しぶりに訪れ、慎重に感謝の祈りを捧げた。

アテナ館では、クロッカスの湿り気のある紫と黄色のぎざぎざの花が、ヤナギの木の下の草むらから雑然とはみ出していって、道端を彩っている。ジョウ・ドラモンドは自転車に乗って大学図書館に行き、ヴァレンタインの日記を読み進める。学術出版界の旧知のだれかに連絡して、この日記を編集してみたいと伝えたらどうだろうかと思う。著作権を持っているのはだれだろう？　それとも著作権はもう切れているのだろうか？　「鏡を見る。そこにしなびた自分の皮膚が見える」という出だしを持つトマス・ハーディの詩をクラスで読んだとき、ペニントンさんがその中の「真昼のうずき」という一節をバイアグラなき時代に老いつつあったハーディの勃起と解釈しようとして感心した。女性の中には気まずそうな顔をしている人もいたが、大半は面白がっていた。いいクラスだ。いい生徒たちだ。すでに来秋のコースの計画を立てはじめている。次は散文か戯曲をやるのがいいだろう。サミュエル・ベケットを読みたい生徒はいるだろうか？　スペイン内戦に関する詩や散文を提案してみようか。オーウェル、ヘミングウェイ、ロルカ、オーデン、デイ＝ルイス。

男、男、男が多すぎる。自分でも教えたい女性作家となると、だれだろう。キャリル・チャーチル？　マーガレット・アトウッド？　トニ・モリスン？　ドリス・レッシング？　レッシングは前にやった。もっとも、もう何年も前のことで、今のクラスの受講者はだれもやっていない。

英仏バイリンガル版のテキストを使って、ボードレールとかヴェルレーヌとかランボーとか象徴主義の詩人たちのフランス詩のコースをやってみようかと思うこともある。だが、自分の専門から外れすぎている。それに、皆、男だ。

木曜にオーウェンは、『ベオウルフ』と『サー・ガウェイン』とジョン・クーパー・ポウイスとカズオ・イシグロで授業を組み立ててみたらどう、と言った。やっぱり全員、男じゃないの、と言い返すと、じゃあ、アンジェラ・カーターを入れればいい、と言う。考えてみるわ、と答える。作家・作品間の繋がりがよく見えない。だが、オーウェンのことだから、何らかの一貫性があるに違いない。

授業の計画は楽しい。自由にやらせてもらってありがたい。それだけ評価してくれているということだ。彼女のクラスはいつも一杯だ。

ポペット・スタブズはジムと一緒にティヴァトンのオークションに行って、セラミック製の奇妙な水切りボウルを五十ペンスで買う。濁った緑とクリーム色の面白い釉《ゆう》が載っている。サントンジュ（フランス西部の地方）のものではないかとジムは言う。とにかくその値段なら、いい買い物だと思うけれども、いったいどうしてこのデヴォン州に辿り着いたのだろうか、と言う。実際に使えるか使えないかはわからない。家に持ち帰ったら試してみればいい。

ジムはシェフィールド名物の銀メッキのロウソク立てを対で、それから書き物机を一台、そして、ほぼ全巻そろった『ホライズン』誌を買う。彼の家の納屋はガラクタで、お宝で、あふれかえっている。

こういう外出は、二人ともとても楽しい。何が出て来るかまったく予測がつかないのだ。どこかで在庫一掃セールがあったり、畑から掘り出されたり、有史以前のものが現れたり。

フランはウェストモア湿地《マーシュ》プロジェクトの報告書を書き上げながら、次のイングランド北西部への旅の計画を立てているところだ。会議の手配があるので、一、二週間前に知らせてくれれば、今後二、三ヶ月以内のあいだであれば、いつ行こうとアシュリー・クーム財団は気にしない。もっと天気がよくなるまで、春が来るまで、イースターの時期になるまで待ちなさいと、心の中から声が聞こえるものの、フランは事を早く前に進めたいタイプである。テリーサが死んで、彼女の生活に穴が開いた。しょっちゅう会っているわけではなかったが、テリーサはフランの人生という織物の模様の一部となり、生活の一部となっていた。それに、今の季節は退屈で空っぽだ。アクセルをぐいっと踏んで、早く、車でM40号線とM6号線に出た方がいい、とも思う。ブラックプールで一晩過ごすのも悪くはない。ブラックプールに行ったことが一度もないのだ。その純然たるどうしようもなさ、趣味の悪さに惹かれる。黒い《ブラック》、水たまり《プール》。ひどい名前。でも実際に行ってみれば、とてもいい場所かも。

そうだ。ブラックプールに立ち寄ってみよう。と眠りに落ちながら、思う。楽しそうだわ、ええ、そうしてみましょう。

*

フランはいい感じに目覚める。さっと飛び起きる。今朝は痛みもなく、意思決定を司るニューロンたちと面倒な会話を交わす必要もなく、コーヒーカップとランカシャー州旅行ガイドを持って、ベッドに戻る。ブラックプールにはろくな建築物が一つもない、とガイドには書かれている。このお上品ぶった本の言い回しを借りれば、その「至高の醜悪さ」を見るのが楽しみだ。

空はまだ暗い。だが、日一日と明るくなってゆく。季節がめぐり、やっとその変化が感じ取れるようになってきた。ベッドの中で本を読んでいても、体が温もってゆく。

起床時間が遅くなってきているかしら、と思う。そうだとして、それは悪いことなのかしら、それとも、どうでもいいことなんじゃないかしら、と思う。

旅行ガイドをぱらぱらめくっていると、ベッドの横の携帯が鳴ったので、ちょっと驚いた。こんな早くに電話する人はフランの知り合いにはいないし、まだ九時にもなっていない。薬、鉛筆、メモ用紙、ポストイット、クリップ、ブレスレットの山に埋もれた携帯に手を伸ばして、電話を取る。怪しい連絡だろうなと見当をつける。アシュリー・クーム財団の機械に強い若いヤツに助けてもらって、胡散臭いものは来ないように設定したので、このごろはほとんど来ないのだけれども。

違う。ナット・ドラモンドからだ。

何も言わなくてもわかる。「フラン?」という彼の声を聞いた瞬間にわかる。ずんと、胸に来る。ずん、というのは、あまりいい言葉ではない。だが、実際にずん、と来る。

他に言葉が見つからない。

「フラン」とナットが言う。ナットのことは彼が生まれる前から知っている。「フラン、ほんとうに、ほんとうに、何て言っていいのか。ぼくも信じられない」

夜のあいだに、ジョゼフィーン・ドラモンドが死んだ。

「悪いところはなかったのに」と何度もナットが言う。

「あなた、どこにいるの?」ようやく言うことを思いついたフランが尋ねる。

ナットはキングズ・クロス駅にいる。だからいろいろな音が聞こえるのだ。「これからケンブリッジに行くところです」

「ぜひ、お伝えしとこうと思って」と彼が言う。

「ええ、もちろん。わたしも行きましょうか？」とフランが尋ねる。

「アテナ館に着いたら、また電話します」と彼が言う。

「ほんとうに、ほんとうに、何てことが」と繰り返す。心拍停止らしい。ベッドの中で死んでいて、寝るちょっと前に起こったらしい。

「ナット、わたしも行こうか？」とフランが繰り返す。

「どうしても、お話ししておこうと思って」と彼が繰り返す。

「ナット、また、連絡してね。わたしにできることは何でも……」

自分の声が消えてゆく。どんなできることがあるというのだ。これで終わり。これが終わり。こういう終わり方は想像していなかった。

「フラン、ありがとう。それじゃ、クリスに伝えてくれますか。それからポペットにも」

「ええ、わかったわ」とフランは言う。

彼は電話を切る。駅のスクリーンに彼の乗る電車のホームが掲示されたのだ。「急いで走っていって、汽車に乗らなくちゃ。このごろは長く待ってくれないから」

＊

その日一日のあいだに、アテナ館で起きたことがわかってきた。「心臓の不整脈でした」とナットから伝えられた。その長々しい午後に、時間を見つけて、ジョウの固定電話を使って、電話してくれた。だが、フランはこの出来事の意味を受け入れることができない。自分にとって、自分の世界観にとって、ジョウの子どもたちにとって、ますます寂しくなった自分の未来にとっての意味を。もちろん、「人なんていつ何時《なんどき》死ぬかわからないものよねえ」と、何度も何度もジョウとも呑気に話してきた。だが実際に、突然の死に遭遇すると、違う。

クロードは、心停止がどういうものか、自分の考えを話してくれる。「皆言うだろうけど、いい死に方だよ」と予想どおりのことを言う。「ええ」とフランは従順に相づちを打つ。だが、まだ納得できる気分にはならない。

彼もきちんと声を震わせて、「ジョウはすばらしい女性だった」と言ってくれた。

クロードはかつてジョゼフィーンのことが好きだったのだ。若いころからきりっとした美しさがあって、それは年を取っても変わらなかった。それを彼がフランに言うことはない。ただフランは、彼がジョウを讃える口調がありがたいと思う。

*

お前を愛したかった《オ・トゥワ・ク・ジュセメ》、そのことを知っているお前を《オ・トゥワ・キ・ル・サヴェ》……（ボードレール『悪の華』所収の詩「通りすがりの女に」より）

完璧な接続法大過去の一例ね、とジョゼフィーン・ドラモンドなら言っただろう。

*

夜通し部屋の明かりが点いていて、ラジオから流れる音楽もそのままで、まだ暗い朝方になってもそれが変わらなかったので、気がついた。早朝の列車に乗るため自室を出た中庭の反対側の住人が、ちょっとこれはおかしいと思って、通りがてらに扉をノックしたところ、何の返事もなかったので、そろりそろりと鍵の掛かっていない――ジョウは夜、絶対に施錠しなかった――部屋に入っていって、ベッドで死んでいる彼女を発見した。アテナ館はタラント高層団地のようなロンドンの建物と違って、死後長らく発見されないということがない。

フランは泣ける気がしない。彼女はすぐかっとなって涙を流すタイプである。疲れていたり、遅刻したり、あと少しでバスに乗りそこなったり、スピード違反の呼び出し状をもらって運転免許の罰点が増えたり。悲しい詩を読んだり、ラジオでお決まりの悲劇をまた聞かされたりしても、声を上げて泣いてしまう。水面に映る月影を横にポペットの思い出の品を見たときも、悲しくて、そして嬉しくて、しみじみ泣いた。だが、今は、涙の池が干上がっている。ヘイミッシュのときも、彼が死んだあとしばらくは、きちんと泣けなかった。そのあとで、泣き尽くして、孤独のエゴイズムを乗り越えた。彼が病気で死んだとき同様、今度も、涙を流すには悲しすぎる。

葬式の連絡を待つ。ありがたいのは、ナットと、今ではアンドリューも、フランと密に連絡を取り合っていきたいと思ってくれていることだ。ジョウの葬式で、自分がエキストラ役の余計者だと感じることはないだろう。一九五〇年代の市電ルートの話をしなくちゃ、と気を遣うこともないだろう。ジョウの二人の子どもたちは、「あなたにはぜひ来てもらわないと」と言ってくれている。

フランはブラックプール行きを延期して、日程を再調整する。

友人代表の挨拶は断る。詩の朗読も断る。だが、ジョウはイェイツが大好きだったので、だれかに彼の詩を読んでもらうといい、と子どもたちに伝える。

*

サリー・リトルトンは、火葬のあと、チャータリス・ホールで開かれる大規模になるであろう偲ぶ会の司会役を買って出たが、それを妙案と思うのはサリー本人だけだった。彼女が司会進行役になった暁には、偲ぶ会はサリーに乗っ取られてしまうだろう。他の人は顎で使われ、要求水準だけはやたらに高くなり、他のジョウの老生徒たちは不愉快な思いをするだろう。アテナ館にもこの種の催しのための部屋はあるのだが、あまりにも施設べったりで陰気になってしまうと皆が思った。そこで、ナットとアンドリューは中間策として、街中から少し外れた便利でモダンで無個性な高級ホテルを予約した。そこに集まって、カナッペなんぞを頬張りながら、お望みならば——そういう人もいるだろうから——飲んで、飲んで、酔いつぶれるのもOKといった会を催そうということになった。

クリストファー・スタブズは、母と一緒に、火葬場付属の礼拝堂の二列目に座って、近ごろ葬式が多すぎるな、これで最後にしてほしいな、と思っていた。母さんは、ありがたいことに、弱くもなければ、病気もないけれども、何だか急に縮んでしまった。ケンブリッジの駅で待ち合わせたとき、母さん何て小さいのだろうと思った。ホームから吐き出されるように出てきて、ごった返す駅のコンコースを行ったり来たりしたり、タクシー待ちの列に並ぶ若い元気な人びとに囲まれると、小人のようだ。今も自分の横で、きれいな身なりでちょこんとしているけれども、着ている黒い冬のコートに呑みこまれそうな小ささだ。

うんと前の方に座っているので、目立たずには他の出席者をチェックできない。もっとも最前列のナットとアンドリューとは話したし、フランの反対側の隣のポペットとも言葉を交わした。盛会だ。礼拝堂は一杯だ。ケンブリッジやノリッジ時代の友人、同僚、学生、家族は、個々がだれなのかは言えないけれども、何となくわかる。ただ、一人二人、比較的年の若い弔問客の顔は見覚えがある。それでも名前は出てこない。知人の美術史家エスター・ブロイアーを一瞬見かけたような気がした。彼女のことは尊敬しているので、見間違いじゃなければいいと思う。

献花に覆いつくされ、これから炎に包まれることになるこの棺の中にジョゼフィーンおばちゃんが本当にいるとは思いたくない。ロムリー時代の思い出がよみがえる。学校のこと、おばちゃんの子どもたちと湿地で遊んだこと、屋根つきのバス停でタバコを吸ったりお酒を飲んだりしたこと、自転車で丘の斜面を駆けおりたこと、「クロスローズ・カフェ」でホイストのゲームをしたこと。

スピーチがある。多すぎない。ノリッジのイースト・アングリア大学教授、ケンブリッジのクエーカー教徒の従兄弟、そしてナット。針金みたいな髪をしたガラガラ声の老女流詩人が、イェイツの短詩「円環」を朗読する。それを聞きながら、フランはティッシュの束を出し、何度か鼻をかむ。クリストファーのほうは言葉に集中できずに、詩の中身がわからない。アイヴァーとベネットのことを考える。そしてベネット自身の周到な送別会プランのことを。だが、しばらくは、アイヴァーがベネット帰英の送別会の準備に奔走する必要はあるまい。ベネットは落ち着いた。安らいでいる。このまま何年も大丈夫かもしれない。「スエルテ荘」ではすべてが平穏だ。

だが、ジョゼフィーンは奇襲された。何も企てられなかった。

ベネットの旧友オーウェン・イングランドがこの礼拝堂のどこかにいるはずだ。だが彼の顔がわからない。あとで、探して、話しかけてみよう。ランサローテの夢のような生活の中に奇妙奇天烈に闖入してきた二人のジェラルディーンもまだ見かけていない。人の集まりには必ず現れるタイプだから、絶対いるはずだ。

父さんのクロードは昔のよしみで出席したいと言っていたが、本気ではあるまい。

ところが会場の「ウィローズ」に着くと、その彼がいる。一番乗りだ。パセファニー・サン＝ジュストに車椅子を押してもらい、すでにワイングラスを手に持っている。葬儀とスピーチと説教はすっぼかして、運転手付きのベンツでまっすぐこちらに来た。ベンツはホテルの広々とした駐車場に停まっている。クリストファーもフランもポペットも、彼の出現を喜んでいいのか、うんざりするべきか、よくわからない。ケンブリッジの野暮ったい教員連中を牛耳ろうとして苦労しているダークグレーのスーツ姿のサリー・リトルトンほどには鬱陶しくないものの、クロードがいるとスペースがたくさん取られる。

スペースはたっぷりとある大宴会場だ。美しいカーテンの掛かるとても大きな窓から、手入れのいい緑の芝生の向こうに、ヤナギの木に縁取られた小さな川が見下ろせる。カム川かウーズ川かグランタ川か、大きな川に流れこむ支流だ。シャンパンがふんだんに注がれる（クロードはシャンパンを好まない）。フランは、一、二杯、ぐいっとあおる。今夜はアテナ館のすでにチェックインを済ませたゲストルームに泊まるので、車の運転を心配しないで好きなだけ飲める。明日の午前中はジョウの息子たちと遺品整理をする予定だ。

話すべき人がたくさんいる。オーウェン・イングランドは自分から名乗り出てくれた。「前にジョウの誕生日パーティでお会いしましたね」と丁寧な口調で言う。素晴らしい友人だった、彼女がいなくなって本当に寂しくなる、と二人で語り合う。オーウェンさん、とてもとても小さいわ、とフランは思う。自分と目の高さがほとんど変わらない。前に会ったときよりさらに縮んだみたいだ。でも、かえって都合がいい。相手の背が低いと話がよく聞こえるのだ。相手の背がとても高いと、人ごみの中だと声が聞こえなくなってしまう。オーウェンと、毎週木曜の晩の会合のこと、ベケットの芝居を見に行ったり、「死んだ妻のまだ生きている姉妹」小説群のリサーチに出かけたり、ベネット・カーペンターのところに遊びに行ったりしたことをおしゃべりする。彼となら、床に近い高さで、じっくりとねんごろに、内緒話やはかりごとさえ話し合えそうだ。

「木曜が寂しくなりますよ」と彼が悲しそうに繰り返す。「来週はギムレットのつもりだったんですが」

彼の発言は本心だろうな、とフランは思う。オーウェンはどこから見ても孤独な男という感じがする。「息子のクリストファーを探して連れてきますから」と言って、ローラン・ペリエのグラスを手にじっと芝生を見わたすオーウェンを残して、その場を離れる。だが、息子を探してうろうろしていると、エレナー・マスターズに呼び止められる。彼女はマルーシア・ダーリングの友だちなので、二人でマルーシアが演じた『幸せな日々』のウィニーのことや、彼女の長い病気との戦いのことや、ジョウは本当に元気だったのにね、という話をする。フランはオーウェンのことを忘れる。

オーウェンはぽつんと佇んだまま、じっと芝生を見ている。夕闇が深まる中、近からず遠からずのところに、美しく儚げなホエジカがいるのに気がついた。春のクロッカスやシラーやムスカリの花に囲まれ可憐に草を食んでいる。ベージュ色の魅力ある小動物で、牧神が顕れたような風情がある。霊であり、魂であり、異界からの、奥地からの使い、と想像したくなる。もしかしたら、この手入れの行き届いたあたりさわりのなさそうな芝生こそが奥地なのかもしれない。ここここそが地の果てなのかもしれない。そうだとしたら、ちょっとがっかりする。

クリストファーはエスター・ブロイアーを見つけて、オークションルームの醜聞やターナー賞やドラクロワの乱れたベッドの油絵をめぐる最近の論争について意見を交換する。ドラクロワの絵はパリの個人宅の小さな美術館に掛かっている。エスターはドラクロワを褒めたたえながら、トレーシー・エミン（一九六三年生まれの英国の現代美術作家）を馬鹿にする言葉を吐くが、クリストファーは抜け目なく口をつぐんでいる。エスターぐらいの年齢と評判があれば現代美術を悪しざまに言っても構わないだろうが、クリストファーの場合、特に今は一時的に失業中なので、慎重に振舞わなければいけない。今、ここで失言してしまったら、エスターは言ったらまずい人に彼の発言を伝えてしまうかもしれない。彼女は舌鋒鋭く、人を傷つけることができるのだ。あのポーリーン・ボティをめぐるフェミニストたちとの情けない一件は忘れがたい。そこで話題を変えた。カナリア諸島のマノロ・ミリャーレスの作品をどう思いますかと尋ねてみる。その名前は一度も聞いたことないわ、という答えが返ってきて、満足する。だが、話してゆくと、シモン・アギレラとは知り合いだった。彼女の夫のロバート・オクスンホームの昔からの友だちだ。それで、クリストファーがシモンのフエルテベントゥーラ島のイワシ工場を改装したギャラリーのことを話すと、彼女は身を乗り出してきた。そこにあった堂々とした聖ヘレナを描いた十六世紀の絵を見て、ジョゼフィーン・ドラモンドを思い出したことも話す。行って見てみたいわ、とエスターが言う。もちろんシモンは歓待してくれますよ、絶対に、とクリストファーが言う。

「シモンさん、お元気ですし、お客さんが来ると嬉しいみたいです」

「そうね、ジョゼフィーンは堂々として威厳があった」とエスターもうなずく。彼女はジョウとは一九八〇年代からの知り合いで、最初はボストンの学会に行ったときに、ジョウとジョウの旦那のアレック・ドラモンドに会ったそうだ。それからもやりとりがつづいて、友人になった。ドラモンド夫妻が米中西部に住んでいたころ、テキサス州フォートワースであったクリヴェッリ展に一緒に行って、盛り上がった。そこでエスターは基調講演をして、ジョウとアレックを豪華なレセプションに招いた。本当に食べられる花輪とか、本物の花と果物とナッツと野菜でできたクリヴェッリの絵に出てくる注連縄《しめなわ》みたいな花飾りとかがあった。

エスターは《鳥の巣の聖母《ラ・マドンナ・デル・ニード》》のことを聞いたことがなかった。調べてみるわね、とクリストファーに言う。

クロードのほうはあまり場に馴染んでいない感じの弔問客の中に、二人のクリケット元イングランド代表を見つけた。一人は褐色で鬚を生やしていて、もう一人は鬚を剃っていて色が白い。二人が出場しクロードが見た試合のことを、三人で話している。二人はナットの昔からの友だちで、美貌のパセファニーを会話に引き込もうとするものの、彼女はクリケットにまったく興味がない。相手の神経を逆なでするみたいに、傲岸に、「ジンバブウェではだれもクリケットに興味ありません」と言い切る。皆で大笑いする。

クロードと違い、パセファニーはシャンパンが好きで、このひと時を楽しんでいる。

クロードは折り襟のボタン穴に白い薔薇を挿している。

ホエジカがヒヤシンスの花に囲まれ食べている。

ついに、というか、案の定というか、気がつくとフランは、壁を背にしてサリー・リトルトンとの半ば真面目な会話に嵌《は》まっていた。ハーディ、後期シェイクスピア、成人・生涯教育予算の悲惨な現状、人文科学の大切さ、ジョウは生徒をさばくのがとても上手だったわ。サリーと話すのは結構大変。だがブロウバラの市電のルートについて話すよりずっといい。「ジョウの友だちのジェラルディーンはわたしも親しいのだけれども、他にもっといいことがあってこちらは欠席したのよ」とサリーがばらす。「彼女、今、ヴェネツィアにいるのよ。ジェリーというアメリカの名誉教授とつきあっていて、ヴェネツィアの大運河を見下ろす高級マンションにご滞在中」

フランは思う、生きるのがつづいてゆくのはいいことだ、と。その年で人生を楽しみつづけるこのジェラルディーンという人のエネルギーには惚れ惚れする。それに、自分の偲ぶ会にジェラルディーンが来ようが来まいが、死んだジョウはまったく気にすまい。サリーは面倒くさい。サリーを押しのけて現れ、名乗り出てきたジョウの妹のスージーも面倒くさい。ああ、どこかでずっと前に会ったことがあるはずと思うものの、たしかな記憶がない（ジョウの誕生日の盛大なパーティには絶対いなかった)。スージーとは気が合わないことがわかる。全身肘《ひじ》のような女。ジョウの劣化版。ジョウは標準的でない俗語や文法にはくすっと笑って興味を示す程度だったが、スージーは細かいことに必要以上にこだわって他人をののしる嫌な性格だ。ジョウにも独断的なところはあったが、スージーもひどい。よりによってこの偲ぶ会の席で、イェイツの詩を朗読した老詩人をこきおろさなくてもいいだろう。フランにとっては、気持のこもったいい朗読だった。

冬のあいだは春よ来たれと言い
春のあいだは夏よ来たれと言い

スージーのえげつなさが耐えがたくなってきた。気が遠くなってくる。なるほどこの性格だから、ジョウの誕生日の会に呼ばれなかったんだな、とすぐにわかる。一緒にいて面白かったり元気になったりする人ではないのだ。

誕生日会なら招待しなければ済む話だが、葬儀にやって来る家族は拒めない。葬儀は公的な行事なので、だれでもその場所に来られる、ということだ。だれでも来られる。だが、だれもがシャンパンにありつけるわけではない。

わたし、ちょっと意地悪になってるわ。

フランは「ちょっとお化粧室に」と言って、その場を離れる。早足でホテルの奥の方に飛び込んでゆく。すると、そこは頭がこんがらかってしまうような柔軟な区割りになっていて、スクリーンのような一時的な仕切りやら、控えの間やらがたくさんある。ふと廊下の横の控えの間を見て驚いた。部屋の壁にそって置かれた薄緑色の長椅子で、ポペットとアンドリュー・ドラモンドが抱き合うように座っている。ポペットはアンドリューの肩に顔を埋めている。すすり泣いているようだ。いったい何が起きているのだろう？　ロムリーであった何か恐ろしい出来事の記憶がよみがえっているのか？あの時代の原光景が再現されているのか？　邪魔をしてはいけないし、見たことを気づかれたくもないので、フランは歩を早めて通り過ぎる。婦人用トイレの黒と白の光り輝く大理石の中に避難する。

用を済ませて下着を確かめ、超モダンな設備の個室を出て、白く光る洗面台の列のところまで歩みを進めて、はたと困る。手を洗う水をどう出せばいいのかわからない。流線型のシンプルなデザインはこれまで一度も見たことがなく、水を出すやり方が理解できない。何かをひねればいいのか、押せばいいのか、しかるべき穴の下のちょっと離れたところに手を置いて、その手を振ればいいのか？蛇口のようにはっきりとわかるものがないのだ。もうダメだと諦めそうになっていたときに、フランより年上の女性が横に来て、一瞬戸惑っていたが、すぐに下の方にある目立たないポッチを器用にひねると、水が出た。フランも同じことをする。上手く行った。ありがたい。鏡の中の老婦人と目が合った。

「ありがとうございます」とフランは鏡の中の婦人に礼を言う。

奇妙な忘れがたい瞬間だった。鏡を介して、奇妙な角度で、心が繋がる。命の水の流れの謎を解くことに成功した二人の老婦人が笑みを交わす。その水はどこかの雪山から、目には見えない水路を通って二人の元に流れてきている。老婦人は白髪に櫛を入れながら、ためらいがちに、「ジョウの誕生日会でお会いしたと思いますけど。お忘れかしら。わたし、ベティ・フィグローアです」と名乗り出る。「もちろん覚えてますとも、ベティ」とフランが返す。「ジョウからよくお噂はうかがっていました。わたし、フラン・スタブズです」

二人で一緒に、ゆっくり人ごみに戻ってゆく。

ベティには、この時代を生き延びた気高い左翼系無神論者のものすごい勇気のオーラがある。魂が揺さぶられる。九十に近づいても衰えを見せずに、いや増しに光り輝いてゆく。テリーサと同じ輝きだけれども、ベティの場合、テリーサよりさらに長い人生を生きてきて、死後の復活を信じたり待ち望むこともなく、光り輝いている。窓際に置かれた二脚の椅子に座って、しばし、静かに、互いのささやかな記憶を語り合う。この広い世界を股に掛けて生きてきて、今はケンブリッジに落ち着いたベティ・フィグローアを通して語りかけているのは、いったい何だろう？　フランは言葉にできなかった。これからもできないだろう。だが、それは、別の世界からの光。別の岸辺からの、遠い山からの光。大きな哀しみの平安が降りてくる。それが長くつづかないのは自分でもわかっている。じきにまた、悲嘆と憤怒と焦燥に囚われることになるだろう。だが、周囲に広がるおしゃべりとパンくずと増えてゆく食べ残しのことは放っておいて、今はしばしベティの隣で、憩いの時を味わおう。安らぎはすぐそこにある。

＊

再設定された会議に出るために、フランは、車で北に向かっている。高速道路脇のスペースにはキバナノクリンザクラが咲いている。生垣の花々もほころんでいる。安らいだ心はまた、ある種落ち着いた焦燥感に変わっていた。この方がフランにとってはいつもの状態だ。速度制限を超えないように自制している。

イングランド北西部のファイルド地方の小さな田舎町の縁に建てられる新しい住宅計画の予定地に向かって車を飛ばしている。まだ郵便番号もないような場所だ。わたしの目的地には郵便番号がない。

わたしの目的地はまだ場所として存在していない。

それでも、そこに向かう道の脇の斜面にはキバナノクリンザクラの花が開きはじめていて、M6号線を一〇〇キロ以上のスピードで飛ばしていても、優しい頭を垂れたその薄黄色の群生がそこここに見える。中央分離帯も一面、白と灰緑色の絨毯だ。もこもこと真ん中に集まったとても小さな白い花が毛の短いマットのように広がっているのだ。ここ何年かでイギリスの高速道路を席巻しつつある、元は塩を好み海辺に咲く草花で、冬の塩まじりの砂利もものかは、春になると颯爽と咲き誇る。東方からやって来て、イギリスに居を定めた。

「春は汎神論者にはいい時季だわ」と何ヶ月も前のことになるが、春を待ち望んで、フランはテリーサに言った。だがテリーサは、暖かい季節の到来の前に逝った。イースターと春を待ちきれずに。

ジョゼフィーンも同じだ。彼女の場合、「さよなら」を言う時間さえなかった。フランはジョウの突然の死と折り合いをつけようとしたけれども、難しかった。「ジョウは一番いい死に方をした」とフランはジョウの自分に向かって言ってみても、その分生きる重荷が自分の肩にずっしり掛かってくるだけだった。生きつづけなければいけない。他にできることはない。生きて、生きて、生きて、もう生きられなくなるときまで、生きる。それでもその最期で、一番いい死に方ができるという保証はない。

マルーシア・ダーリングの劇的な自殺には驚いた。新聞は大騒ぎしている。コラムニストたちは有名人の自死の倫理性について書きまくっている。「おせっかいな禿げ鷹どもめが」と新聞の見出しを見、ページをめくりながら、フランは叫ぶ。あのひどいステラ・ハートリープの訃報記事以上にひどい。ジョウが生きていれば語り合えたのに、今はもうそれもかなわない。マルーシアと友だちだったエレナー・マスターズにお悔やみの手紙を書こうかとも思ったが、もちろん書きはしない。それほど親しい仲でもないのだ。余計なことはすまい。出しゃばることになる。

それでも、死のひとつひとつが、生のひとつひとつが自分の出来事のような気がする。

*

ジョウが完成できなかった刺繍はフランが引き継いだ。小旅行用の鞄に入れてある。おそらく孫からクリスマスにもらったもので、ピンクとゴールドとグリーンのよくある花模様だ。タペストリーは簡単だ。グロポワン、プチポワン、バージェロのようなステッチはだれだってできる。

それからナットにぜひにと言われて、完成済の刺繍のクッションを二つばかり、高層団地に持ち帰った。最初期のロムリー時代のほうは少し擦り切れてきている。イリノイ時代のものはもっとぷっくらしている。

アテナ館では一時間ほどオーウェンと、クリストファーやベネットとアイヴァーやランサローテ島のことを話した。ジョウが研究中だった「死んだ妻のまだ生きている姉妹」論を仕上げるのは、「どう考えてもわたしの手には余ります」と彼は言った。ジョウがどういった方向に論を進めたかったのか、彼女のリサーチがどういったささやかな発見に導かれるはずだったのか、今となっては永遠の謎と化した。ジョウが生きていたら、「そんなことどうだっていいわよ」と真っ先に言っただろうけれども、それでも悲しい。オーウェンは「ヴァレンタインの手紙と日記が出版にふさわしい内容なのか、出版が可能なものか、ベネットと相談してみます」と言う。もっともベネットが今、その方面できちんと動けるのかは、「あまり希望が持てません」とも。それでもアイヴァーに頼んで、「ベネットの担当編集者にちょっとひと言、言ってもらおうかと思っています」。オーウェンがジョウのためにできるのはそれが精一杯のところだろうか。

オーウェンは自分の「雲」のテーマに興味を失いつつある。何だか、どうでもいいように思えてきた。だがフランには話さない。タバコの本数が増えた。電子タバコを試してみようかとも思っている。自分は水の中で水が目立たないように目立たない男だ。水辺で草を食んでいたホエジカの小さな姿が忘れられない。

フランは、仕事をはじめる前の晩はブラックプールの「プレミアイン」に泊まる予定でいる。翌朝は建設予定地の「魅力あふれる」小さな田舎町で、福祉や国民健康保険の関係者にアシュリー・クーム財団評議員を交えた会議に出席する。ポール・スコービーも来てくれればいいと思っているが、彼から確約は得ていない。ファイルド地方にあるその町はポペットの住む南西部の低地とも少し似た平地で、ネットの画像を見てみると、たしかに美しい。だが、実際は違っているのかもしれない。会議は用地購入に関係した測量士の事務所で行う。今日の午後はその土地を見に行こうと思っている。もっとも、まだ見るべきものはあまりないだろう。前の建物が取り壊されて、地面に穴が開いている程度か。

ファイルドも氾濫原よ、とポペットは言う。それがわかっていて、また氾濫原に施設をつくろうとしているのだ。会議ではそのことも訊いてみよう。

穴をのぞきこんでみよう。洪水の匂いがするだろうか。それを確かめてから「プレミアイン」に向かおう。

＊

高速道路を降りる。カーナビの示す道を行くと、修復されすぎてかえって贋物臭くなってしまったたぶん歴史的な価値を持つ風車の脇を過ぎる。耕地と工場跡と荒地の混じる平らな土地をゆっくり進む。無人地帯。一方通行の道に入る。美しい田舎町の中心部をまっすぐ通り抜ける。だが、並んでいる店は、お決まりのタトゥーショップ、ペットクリニック、ネイルサロン、チャリティーショップ、カレーのテイクアウト、フィッシュ&チップス、タイレストラン、さえない昔からのパブ、薬屋。建設予定地は町の反対側にあるので、フランはイングランドのどこにでもあるような規格化された一九二〇年代、三〇年代の郊外住宅地を走り抜ける。テニスコートの横に大きな穴があるのでその脇に停車する。掘削機、大型廃棄物容器、セメントミキサー、大量のオレンジ色の網などが置かれている。わざわざここに車を停めてワイヤーフェンスに囲まれた地面の穴をのぞかなくてもよさそうなものだけれども、フランはそうする。

穴はあんぐり口を開いている。壮観、というほどではない。黄色っぽい地層、ゴミの山々、老人居住者の新しい波に席を譲るために取り壊された建物の基礎や切断された排水管、下水管がいくつか剝き出しになっているのをじっと見つめる。来年の終わりには、アルツハイマー患者も安心して使える鍵が付けられ、淡い色のきれいな絨毯が敷きつめられ、ボタンで開閉できるブラインドやカーテンが掛けられ、便利なキッチンのある集合住宅が完成しているだろう。ささやかながら風景式庭園が造られ、もしフランの提案が受け入れられるならば、居住者もちょっと草花を植えたり雑草取りができる少しだけ高くした花壇がその中心に置かれるだろう。モデルルームやゲストルームもできる。いずれはパブやタトゥーショップにも公共交通機関で行けるようになる。ペット可となるだろうから、ペットクリニックは重宝されるだろう。そして、新しい郵便番号が与えられ、老人入居者にはそれが人生最後の郵便番号になる。

仕切りにもたれて、裸の土の穴をのぞきこむ。ため息をつく。それから車に戻り、ナビをブラックプールに設定し直す。ブラックプールはこの平坦なファイルド地方より、もう少し活気があるんじゃないかしら。

＊

フランはブラックプールの海沿いの遊歩道を歩いている。凍りつくような風が吹く。キバナノクリンザクラが道端に咲いている。イースターが終わり、ヘイミッシュの命日も過ぎ、それでもまだ暖かくならない。人気のないサウスビーチ地区の空き地を活用した心配になるくらい安い駐車場に車を置く。「プレミアイン」でゆったりと落ち着く前に、一、二時間、街の探検をしようと心に決めている。だが、寒い、寒い。海はセメント色。直視がためらわれる。脇道には介護ホームがたくさんある。海沿いの遊歩道にはフィッシュ&チップスの店が立ち並び、崩れかけた民宿もちらほら見える。ここの住民も老いつつある。老いゆくブラックプール。前方に立つ老いゆくブラックプール・タワーはすっぽり足場の覆いに包まれている。疲れた。長い運転だった。もう、あまり歩けない。でも、タワーには行きたい。「ブラックプール・タワーに行った」と言えるようになりたい。

ブラックプールを見て死ね。

頑固な年寄りのバカね、と自嘲する。

路面電車の道を歩いていたので、こちらにやって来る電車が見える。北のフリートウッド行き。跳び乗ったが、ロンドンの無料パスは使えないことがわかる。だが、それでも、感じのいい車掌に一ポンド半払って、身を刺す風から逃れられたのは何にも増して嬉しい。この有名なぎらつく町の「至高の醜悪さ」を自分の目で確かめるための探検こそ我が務めと意気込んでいる。くじけるものか。

彫刻めいたものがある。幽霊列車《ゴースト・トレイン》がある。頭蓋骨や海賊船の残骸の形のレストランがある。人魚を中心にした街の飾りがある。小柄で寂しげなぶちのポニーがピンクの悪趣味な小さなシンデレラのかぼちゃ馬車を牽いて、路面電車の横をとことこ歩いている。馬車の円屋根は透明なプラスチック製だ。その中に親子が縮こまって身を寄せ合っている。子どもは小さい。フランは悲しくなる。この場所はこんな風になるはずではなかったのに。楽しく明るくなるはずだったのに。目から涙が流れる。死んだヘイミッシュやジョゼフィーンを思ってではない。身を刺すイングランドの海風に、涙がこぼれ落ちる。

ブラックプール・タワーで電車を降りる。覆いを掛けられたタワーの下の階あたりを暗然と見る。それから海とは反対の方向に歩き出す。強風から逃れて、歩行者専用になっている街の中心に向かう。一歩一歩重い足取りで辛抱強く前に進む。昔のあるいはこれからの笑劇や演奏会や巡業公演のポスターを横目に通り過ぎ、必ず見ようと心に決めていた名物建築を一つ二つ、確認する。オペラハウス(閉鎖中)、白い施釉タイルを使ったウィンター・ガーデンズ(ブラックプールの有名な複合娯楽施設)、アール・デコ風のオフィスビルブロック。ポートランド島の高級石灰岩で建てられた堂々たる郵便局の建物では、二体の巨神アトラスの像がうずくまり跪いて、辛そうに重い張り出し屋根を支えている。

今でもその建物が郵便局として機能している様子に驚く。郵便局という目的で贅沢につくられた建物として残存する数少ない例の一つに違いない。いったいあとどのくらい持つのだろう。

郵便局を出ると、老夫婦に道を尋ねられる。「W・H・スミス(全国チェーンの本屋兼雑貨屋)を探しているのですが」「ごめんなさい。わたしもよそ者なんです」と答える。互いに頷き、礼儀正しくにっこりする。皆、迷子になってしまった。どうしていいかわからない。

ガイドブックに「町で一番の建物」と記されてある旧炭坑夫静養ホームが見つからない。ノースビーチをもっと先に進んだところにあるのだろう。そこまでは行けないな。

もうこれで十分だ。路面電車で戻る。どこで降りたらいいかわかるかしら、どこに車を置いてきたか覚えていればいいのだけれども。もうほとんど夕食の時間だ。疲れた。お腹が空いている。高速道路のサービスエリアで食べたケンタッキー・フライド・チキンはあまり楽しめなかった。でも、ほとんど選択肢がなかった。手羽の骨をかじってしまって、歯の詰め物の一部が取れた。だが、ブラックプールをちょっとぶらついただけでわかった。ここには歯抜けが流行り病みたいにたくさんいる。

＊

「プレミアイン」は馴染みがあって、ほっとする。幸せな日々を過ごせるお宿《イン》。フロントで、ふっくらした赤毛の青年に温かく歓待される。古くからの友人として。少なくとも馴染みの客として。「朝食はゆで卵だけでよろしいのでしたら、コンチネンタル・ブレックファストの料金で承らせていただきます」と言ってくれる。キャスター付きの旅行鞄をごろごろ転がして、セキュリティの扉を通り、廊下を歩き、ちょっとだけ階段を上る。目の前にいつもの期待を裏切らないスペースが広がる。部屋に入ると、水玉模様の絨毯と水玉模様の内装と真っ白な枕と紫色のメッセージ。黒郷《ブラック・カントリー》の「プレミアイン」で、ポールとジュリアとグレアムと一緒にクルマエビとバーベキュー味のスペアリブを食べメルロー種のワインを飲んでから、まだ二月《ふたつき》しか経っていないのか。浴室をチェックして、「よしよしクリスマスにエラにもらったギフトボックスに入っていたちゃんとした石鹸の残りを持ってくるのを忘れなかった」とほくそ笑む。「プレミアイン」備え付けの病院にあるみたいな液状ソープはあまり好きではないのだ。もっとも嫌なのはその点だけ。

とても長い二月《ふたつき》だった。二ヶ月前はずっと若かった。六十代から七十代にかけて何年間もずっと同じ若さを保ってきたあとで、がっくり来た感じがする。そんなものなのだ。頭ではよく知っている変化である。不意に階段を一段下りるようなこの老化の過程については、何度も何度も聞かされてきた。崖から真っ逆さまに落ちるのではない。がくんと落ちて、その低くなったところでまたしばらく現状維持がつづく。で、数年間、またそのレベルを維持できればいいのだが、そうは行かない場合もある。

中年期はジェットコースターに乗っているみたいだ。上がって、下がって。ときにはいきなり。七十の声を聞くと事態が変化する。

携帯用小瓶に入れたウィスキーをグラスに注ぎ、水道水で満たす。靴を蹴るように脱いで、ベッドにはい登り、足を上げてリラックスしてから、テレビのスイッチを入れる。地域のニュースをやっている。ベッドが以前より高くなった気がする。自分が小さくなっているからだ。

名所見物で冷えた体がまた温まってきて、心地よい。目の前の画面には「北西部の人びと」が映っていて、人生の終わりの孤独のお供をしてくれる。急速に近づく絶望の足音が聞こえる。自分はもう終わりが近いのかもしれない。だが、この人たちは違う。この人たちはいつも同様、落ち着きなく、何かをやらかしている。インシュリンの入った食塩水に毒を混ぜた例のケアワーカーがいる。飛行機オタクがアラブ首長国連邦で逮捕された。長寿番組《コロネーション・ストリート》のセットで政治家が演説をぶった。シリアに逃げた若者がまた連れ戻された。自分の子どもが溺れ死んだ石切り場を埋めてほしいと請願する親がいる。稀な胆嚢ガンの母のために募金活動をする娘がいる。チームの惨状を詫びるサッカーの監督がいる。火事で死ななかった犬がいる。新しい発明を意気揚々と披露するランカスター大学の研究者たちがいる。養蜂家の女がいる。

あのダドリーの小地震と小津波を生き延びた細長い舟の女のおしゃべりほど個性的で元気づけられ

るニュースはない。それでも楽しめる。

フランは絶望している。だが外で起きていること、そして、その伝えられ方に興味を抱かないではいられない。外の出来事は自分の一部だし、自分は外の出来事の一部である。これまでの人生は失敗だらけ、挫折だらけで、つまらないことを心配ばかりしてきた。寂しい終わり方をするだろうと恐怖に襲われることもある。勇気は失せかけているし、エネルギーは尽きかけている。他人の身になり、他人の瑣事のお世話に生きてきた人生だ。生の大きな課題が考えられなくなってきている。

画面を凝視する。その目は乾いている。

だが、画面の中の、外の人びとは、イングランド北西部の見知らぬ人びとは生きつづけてゆく。

レストランで軽く夕食をとろうと思う。フライドポテトのついていない料理があるはずだ。ケンタッキー・フライド・チキンのポテトは冷たく干からびたマッチ棒みたいだった。ちょっと食べただけで嫌になった。もうフライドポテトはいい。手羽のほうは美味しかった。びっくりするくらい味は良かったが、自分の歯が欠けた。

今夜の「プレミアイン」はカレーナイトだ。長いビュッフェバーにカレーがふんだんにあるので、ポテトなしで済ますのは簡単だ。大きな食堂は満杯だが、ビジネス客は多くない。ウェストブロミッチとは客層が違う。イースター休暇の名残りだろうか、子ども連れの家族が多い。隣のテーブルには、若めの中年の夫婦が、小さな金髪の娘と青白い顔の十代の息子を連れている。息子はテーブルの高さに調整された車椅子に座っている。手が不自由で、肩が丸まり、前のめりのぎこちない姿勢だが、バイロンみたいに、色白で髪の黒い美男子だ。母親はこれ以上ないというくらいまめまめしく息子の面倒を見ている。体をそちら側に傾け、スプーンでライスやダールを掬う彼を助け、自分のペーパーナプキンで顎をぬぐってやる。彼の一挙手一投足に熱い愛のまなざしを注ぐ。父はもっと距離を置いていて、ビールを飲みながら娘をからかっている。ぱりぱり音を立てて、パーパル（パリッとした薄いインドのおせんべい）を割ったり口に入れたりしている。だが、彼もアンテナは息子と母の熱い献身の方に向けられていて、すべてを見ている。小さい娘も、時折、兄に温かいまなざしを向け、兄が食事を楽しんでいるのを見て嬉しそうにしている。

時折、彼は奇妙な甲高い呻き声を上げる。だが辛いというより、喜んでいる感じがする。

フランはこの家族を見つめはしない。「じっと見てはいけません」という躾を受けてきたからだ。だが、フォークを使って、ライスとチキンとチーズ&ほうれん草《サーグ・パニール》カレーを食べ、メルロー種のワインをすすりながら、休暇中の食事にそそがれる家族の愛と思いやりのエネルギーに、心の中で拍手喝采する。彼らは四人の間で儚いバランスを創りあげて、懸命にそれを維持しようとしている。自分たちだけの王国をつくり、困難の克服を誇らしく思いながら、外での夕食を楽しんでいる。

反対側の隣は二人席である。とても近くて見ないふりはできない。注意を向けざるを得ない。初めは小さい男の子とそのお母さんかと思ったが、「違う、おばあちゃんと孫だ」と思い直す。このあたりの黒郷《ブラック・カントリー》は出産年齢が若いので、まだ四十代の若さで孫が生まれることがある。このおばあちゃんも反対側の隣の四人家族の母親同様、まめまめしく世話を焼いている。ただ、こちらの方がずっと口数が多くてうるさい。孫も同じだ。混血で四歳ぐらいで髪の毛が縮れていて、にっこり笑う。これ以上ないくらい活発で、じっと座っていられない。休みなく体をもじもじさせたり、ぼんぼん弾ませたり、椅子をがたがた揺らしたり、食器でかちゃかちゃ遊んだりして、ぺちゃくちゃおしゃべりしては次から次へおばあちゃんに質問する。とても可愛い。外向的で愛嬌たっぷりに自慢する。自分の魅力に確乎たる自信を抱いている。自分のことも、自分のまわりのすべても、好きでたまらない。フランにも好意のおすそ分けがある。彼のあふれる善意がフランのテーブルのほうにこぼれ落ちてきた。

彼はフランに見られていることに気がつくと、彼女を意識していろいろなことをやって、彼女の注意を惹きつける。フランの顔に笑みがこぼれた。

明くる日のことを訊く彼の声が否応なく聞こえてくる。どんな乗り物に乗れるのか、どんなゲームができるのか、どんなフライドポテトを食べられるのか、ママへのおみやげにブラックプールにはどんな名物飴があるのか。水族館でサメやアカエイを絶対見たいと言う。イルカにはどんな種類があるのか、名前を知っていると言う。水族館に夢中なのだ。おばあちゃんにいろいろ吹き込まれて、好奇心に火が点いているのは間違いない。それから、「ジェットコースターに絶対に乗りたいよお。おばあちゃん、約束だよお」と熱く迫る。おばあちゃんは気乗りがしない。「あんた、まだ小さいから乗せてくれるかしらねえ。ジェットコースターはとっても大きいのよ。あたしゃ、ちょっと怖くて乗れないわ。空のてっぺんまで上がって、それから雲の中にも入って、ビュンって行くのよ。時速五十マイルで！」「ねえ、おばあちゃんったら！　二人で絶対に乗りたいよ。いいって言ったでしょ。約束したでしょ」と、子どもは容赦ない。

「最後は孫が勝つな」とフランは思う。

彼は、ジェットコースターが出てくるあのスペックセイバー（イギリスの眼鏡チェーン店）の人気CMを見ている。老人がいじられるそのCMは筋が複雑すぎてフランはついていけないが、彼にはわかっている。「ブルン、ブルン」と騒々しく、小さいプラスチック製の車をテーブルの上で走らせる。ラミネート加工されたメニューの縁を走らせ、サイドプレートの上を走らせ、チャツネの入った銀皿の上を走らせ、残ったチャパティの上を走らせ、車はテーブルの縁から落ちて、フランの椅子の下にガシャンと落下する。フランがそれを取って子どもに返してやると、子どもは半ば謝り、半ば自慢げに、ニコニコしている。この子の素晴らしさを何とか言葉にして伝えたいと思いながら、思いつくのは「あなた、本当にいい子ねえ！」という言葉だけ。そう言って黄色の車を渡す。子どもが笑う。自分でもいい子だとわかっているのだ。それでも同時に、ちょっと恥ずかしそうにして見せる。

「我が家の王さまなんです！」とおばあちゃんが言う。

ささやかな出来事だ。だが元気が出た。午前中に未知の目的地に行くのだ。生き抜くことしか選択肢はない。

結び

フランが引き継いだジョゼフィーンのタペストリーは何週間かで完成した。ジョウよりもずっと速かった。悲しい仕事だったが、その悲しみを慈しんだ。自分でも一つ刺繍セットを買ってみようかしらと思ったが、結局買わなかった。それでも時折、買おうかしらと思った。

オーウェン・イングランドは結局、龍雲《ドラゴン・クラウド》の論文を書かなかった。だが、アテナ館の他の住人とまた親しくなり、木曜の晩に合流して、詩を語り合った。ナット・ドラモンドからジョウのコンピューターを預かったので、中を調べてみると、『宿命の血縁』とスタダート＝ミード家の研究に関するファイルが見つかった。だが、どうすることもできない、と思った。それを印刷して、引き出しにしまって、そのまま忘れた。彼はもう一度、カナリア諸島に行った。アイヴァーが歓待してくれたし、ベネットも自分のことをわかってくれたみたいだった。だが、これが最後になることもわかった。いったいアイヴァー・ウォルターズの未来はどうなってしまうのだろう、とオーウェンは少し暗い気持になった。

ベネットが死ぬと、アイヴァーはかなりの損を覚悟で一切合財を売り払い、イングランドに戻った。

今は南西部の大聖堂の影落ちる修道院付きの介護ホームで、平穏な日々を送っている。その場所はラス・パルマスにいた親切なスペイン人の神父さまが教えてくれた。今、アイヴァーおじさんは車椅子を助修士たちに順ぐりに押してもらいながら、教会の敷地、広場の散策を楽しんでいる。彼が何を思っているかはわからない。だが、ここに落ち着けて、まあ良かったのではないか。

　オーウェン・イングランドはベネット・カーペンターよりも、フラン・スタブズよりも、クロード・スタブズよりも、シモン・アギレラよりも長生きした。皆、死んでしまった。その順番やどう死んだかについてここで話すのは差し控えたいと思う。オーウェンはふと気がつくとどうして自分だけが生き残っているのだろうと戸惑った。

　ポペット・スタブズはまだ生きている。元気だ。あまり変わってはいない。フランが死んだとき、例の見捨てられていたもう孵《かえ》らない卵を窓下の棚に置かれた植木鉢から取り出して、ある夏の夕べに、そっと優しく運河に放してやった。沈むのかしら、浮くのかしらと思いながら、緑の水の中に滑りこませてやった。卵は少し傾きながらも浮いた。それから水の流れに乗って、とてもゆっくり漂ってゆき、消えた。

　クリストファー・スタブズとイシュマエル・ディアッタはずっと人生の航海をつづけてきて、今も生の盛りにある。我が身をマストに縛りつけるようにして、アフリカハウスから大西洋の狭い海峡を渡り、ここ、かつてはポールテティエンヌと呼ばれたヌアディブの焼けつくような熱く乾いた陽射しの下にいる。セイラが想像した通りの、地の果て、世の終わりのような、驚くべき光景が広がる。ここで二人は、最後の砦柵《さいさく》のところに立っている。一緒に来たクルーがカメラをこの最後の砦に備え付けている。目の前には腐食してゆく墓場が広がる。死の船たち。背後にはえんえんと砂漠の砂地。

　これから、この物語の語り手となるのは、彼ら「育ち卑しき仲間たち」だろう（ルイ・マクニースの詩「海」への言及と思われる）。彼らも道半ばで朽ち果てるかもしれない。だがセイラの志を継ぐのは彼らだろう。ベネット・カーペンターの志を完遂するのは彼らだろう。彼らはすでにガリア・ナマロメの今を撮影した。彼らが最後の旅の歴史の語り手となるだろう。彼らが金箔の保温シートを語り、黄金の枝を語り、間一髪で助けられた者を語り、海から救われた船乗りたちのことを語るだろう。

天国の島の歴史の最終章を語るのは彼らである。そしてその彼らもまた、最後には、高まる波に呑みこまれてしまう。

謝辞

詩「つづけてゆく」の引用の許可を賜ったロバート・ナイ氏に感謝したい。家事用ロボットのことをご教示いただいたソウォン・パーク氏にも感謝の意を表したい。レナード・コーエン氏の『チベット死者の書』に関するＤＶＤにもお世話になった。

ヘレン・スモール氏の『長寿』（二〇〇七年）にはずいぶん助けられた。考えるヒントをたくさんいただいたし、紹介されている文献のリストも役立った。これはシモーヌ・ド・ボーヴォワール氏の古典『老い《ラ・ヴィエイエッス》』の後を継ぐにふさわしい名著である。

キャノンゲート出版の皆さまに、そして、エージェントのジェームズ・ギル氏にも、感謝。

訳者あとがき

イギリス文学の老大家マーガレット・ドラブルの長篇小説の久方ぶりの邦訳となる。まだまだ男性中心社会だった一九六〇年代に、才に恵まれ元気あふれる女性の思いと振る舞いを精緻に斬新に描いて文壇のトップに躍り出た彼女は、その後しばらく、初期作の清新な輝きを失い、停滞の時期を迎えていたが、老いを直視する本作によって復活した。と同時に、彼女は生と死の流れを心理と風俗の両面から描くときにもっとも本領を発揮する作家であることが、ここにはっきりと示された。

ドラブルは、一九三九年に、イングランド北部のシェフィールド市で、法廷弁護士（のちに裁判官）の父と学校教師の母の下に生をうけた。ケンブリッジ大学を最優等の成績で卒業したのち、すぐに俳優クライヴ・スウィフトと結婚して、三児をもうけた（のちに離婚し、現在の夫は伝記作家として名高いマイケル・ホルロイドである）。初め、女優を志し、名門ロイヤル・シェイクスピア・カンパニーに入団したものの、妊娠・出産を契機に、物理的な制約のより少ない小説執筆を始めた。処女小説『夏の鳥かご』（一九六三年）は、名門大学を出たばかりの主人公が語る自らの姉妹関係とその姉の道に外れた恋愛の話。優等生的な部分のある女性が、自らのあふれんばかりの生命力ゆえについ道を踏み外したあと、自分の前に広がる道なき道をいかに歩いてゆくか、という話を当事者の視点に近いところから描くとき、ドラブルの筆致はもっとも生彩をはなつ。とりわけ子どもの話はドラブルにとって大切なテーマで、あるときは作品の中心テーマとなり、別のときは作品の細部を彩る重要なスパイスのような形で、ほとんどの作品に現れる。二作目の長篇『ギャリックの年（邦題：季節のない愛）』（一九六四年）はヒロインの出産シーンで始まり、夫婦仲が上手く行かず婚外恋愛に走った彼女が幼い娘の事故を契機として家庭に戻るという結論だけ見れば保守的な子育て中心主義のような展開だが、結婚生活のすったもんだを描きながら子どもの大切さをきちんと見つめた佳作となっている。邦訳がベストセラーとなった第三作『碾臼』（一九六五年）も、思わぬ妊娠と出産により優秀な若手の女性研究者が人生と社会を見つめる新しい眼を育ててゆく成長物語で、右の文脈からもいかにもドラブルらしい代表作と言うことができる。本作『昏い水』（二〇一六年）の前作『純金の赤ん坊』（未訳、二〇一三年）も、障害のある子どもを持ったシングルマザーの女性人類学者の人生譚である。

　子の誕生と養育という生の始まりを見事に描いてきたドラブルが老齢を迎え、ついに死と真正面から向き合って見事な成果を収めたのが、十九冊目の長篇小説に当たるこの『昏い水』である。本作で初めてドラブルの小説に親しみ、さらに半世紀を越えるドラブル文学における生から死への流れを概観したくなった向きには、一九七五年に出版された七番目の長篇『黄金の王国』を、前述の『碾臼』とこの『昏い水』の間に置き、この三作を結んだ補助線を引いてみるといい。

『黄金の王国』は、三十代後半の生命力あふれる女性考古学者が、一人で四人の子どもを育てながら、仕事と恋愛を楽しみ、人生を謳歌する話だが、このエネルギッシュな女主人公の生き方の裏側に死の衝動がぴったりと張りついていて、それがこの作品に深みを与えている。彼女は定期的に訪れる鬱に苦しみ、登場人物たちはフロイトの死の欲動を論じ、最後に彼女の分身的な人物が娘を道連れに自殺する。死が不意に、充実しきった生の只中に顔をのぞかせる。そのおよそ四十年後に書かれた本作『昏い水』と違うのは、そこに作家の老いの実体験のリアルさはなく、むしろ三十代の作家が感じ考える幾分観念的な匂いのする死があることだ。

『昏い水』の主人公フラン・スタブズは引退を拒んで、老骨に鞭打ちながら、福祉関係の研究職に従事する、せっかちで頑張り屋の七十代の女性で、ドラブルの初期作品に出てくる、作者の自画像的な、悩みがいっぱいだけれども元気もいっぱいだった女性主人公が老いたときの姿と考えられる。語り口は、これも『黄金の王国』に始まった女主人公を中心としながら複数の登場人物の視点を合間に取り入れた複層的な叙述で、一人称的に近いところから女性の思いと振る舞いを丁寧に描き込んでゆくと同時に、他の登場人物の思いと振る舞いも並列させることで社会的な広がりを持たせようとする試みが、上手く機能している。老いに直面した人びとのさまざまな思いが順番に告白されて、それらが響きあうように構成されている。傍目には七十代になっても元気に働きつづけて幸せに見えるフランの心の裏側には、『黄金の王国』の女主人公同様、いや、それ以上に切実に、死に対する思いがぴったりと張りついている。フランの親友二人、高級老人ホームに入って悠々自適の余生を送るはずだった英文学者ジョゼフィーン・ドラモンドも、長年障害児教育に携わってきて今は中皮腫を病んで死の床にあるテリーサ・クインも、それぞれの現在を縷々語り、過去を印象的に回想する。女性以外では、カナリア諸島在住のイギリス人のゲイのカップル、高齢にして高名な歴史家ベネット・カーペンターと彼のお世話をする年下のアイヴァー・ウォルターズが魅力的だ。フランの前夫クロード・スタブズもしたたかながら憎めない悪《わる》な感じがあって、記憶に残る。それぞれ、元気でいながら死の思いに取り憑かれたり、死にそうで死ななかったり、急に死んだり、寝たきりの状態で永らえたり、一時的に正気を失ってしまったりと、老いた人生の諸相が、アイヴァーのような看護する側の視点も含めて、さまざまに描かれてゆく。美しいエジプト系イギリス女性セイラ・シディキの夭折もある。ドラブルの作品らしく、子どもも重要な役割を果たしていて、母フランの子クリストファーとポペットの様子やテリーサの愛息ルークとの再会も感動的に描かれる。緻密な描写と巧みな構成によって、老人たちの人生の一大絵巻が繰り広げられてゆく。

　また、告白的な文体の親密さや構成の巧さとともに、いかにもイギリス的なユーモアがちりばめられていて、独特の魅力を添える（老人文学にユーモアが大切なのは谷崎潤一郎や小島信夫などの日本の老人文学を見てもわかるだろう）。クリスマス笑劇《パント》のことに触れたり、国民的な『ブルワー故事成語事典（*Brewer's Dictionary of Phrase and Fable*）』の中の「臨終の言葉」や「奇妙な死因」といった変な項目に収められた、斬首間際の冒険家の「心の向きが正しいのなら、首の向きなんかどうだっていい」という言葉や空から降ってきた亀に当たって死んだギリシャ悲劇詩人のことを紹介したりすることで、英国の文化制度に深く根ざした可笑しみの感覚との繋がりが暗示される。

　と同時に、本格的な英文学の伝統への意識も随所に示される。冒頭に、二十世紀初頭のモダニズム期を代表する二人の天才の言葉が引用される。幻視的なD・H・ロレンスの晩年詩「死の船」の一節があり、原題*The Dark Flood Rises*の由来が説明されるとともに、多くの老年詩を残してノーベル賞を受賞したW・B・イェイツの短詩「円環」全体が掲載されて、生の裏側にぴたりと張りついた死の欲動の存在が仄めかされる。その他にも、W・H・オーデン、セシル・デイ＝ルイス、ルイ・マクニースら一九三〇年代から活躍を始めた詩人群、ロマン派の詩人ウィリアム・ワーズワース、現代詩人ロバート・ナイ、そして、たくさんのシェイクスピアへの言及と引用がある。作品の最後を締めるルイ・マクニースの詩「海《タラッサ》」への言及の背後にはヴィクトリア朝期を代表する詩人アルフレッド・テニスンの作品「ユリシーズ」の影がある。

また、本作では、英国的と目されることの多いドラブルが、自らの英国性の外に行こうとする動きも見られる。フランが自らのイングランド愛を自覚し、自分の活動範囲を意識的にイングランドに限定する一方で、フランの息子のクリストファーは縁あって西アフリカ沖の大西洋に浮かぶスペイン領カナリア諸島に滞在し、そこでイングランドに住んでいてはわからない西サハラの独立運動や命を賭して粗末な船で不法入国を試みる西アフリカの移民問題を目の当たりにする。作者はこのクリストファーに「イングランド人であることは、この現代社会では時代遅れなこと」と言わせて、英国的視点の限界を匂わせている。もっとも作品の最後では、オーウェン・イングランドという名前の地味な元ケンブリッジ大学の英文学教員をもっとも長生きさせて、英国的なものの根強さも同時に示唆される。

グローバリズムの今、国境を越えた「世界文学」という概念が強調される現代に、自らの英国的な教養と文化に愛着と限界を感じつつ、ドラブルは彼女なりの視点から英国とそれを越えた世界を描出してゆく。老作家なりの精いっぱいの努力と言えよう。個々の人物の思いを丹念に辿り、個々人のフィルターを通して、社会性、時代性を描き出してゆくのは昔からの彼女の得意の語り口で、今回はそれが「老い」のテーマを軸として、見事に成功した。本作『昏い水』は、未曾有の高齢社会を迎える先進諸国で隆盛のきざしの見える老人文学研究の中でも、古典の一つとなってゆくのではないだろうか。

さて、本作を翻訳するに際しては多くの同僚の方々のお世話になった。フランス語の質問にお答えいただいたのは朝吹亮二さんと大出敦さんで、スペイン語の発音を教えていただいたのは本谷裕子さんと折井善果さん。優れたイェイツ研究者である萩原眞一さんにも、気鋭のイギリス老人文学研究者の迫桂さんにも、親切にお教えいただいた。そして、何よりも、いつも英語の不明箇所を教えていただく友人のジェームズ・レイサイドさんには感謝の言葉もない。テニスンの詩の隠れた存在を指摘してくれたのも彼で、その教養の深さにはいつも舌を巻く。

新潮社の須貝利恵子さんと仕事するのは三度目で、常にやり甲斐を強く感じるとともに、彼女の眼を意識して緊張する。妻眞子にもいつも同様強く支えてもらった。皆さん、本当にありがとうございました。

拙い仕事ではあるが、本訳はドラブルの名訳者でもあった恩師小野寺健先生の霊に捧げられる。

武藤浩史

二〇一八年二月

The Dark Flood Rises
Margaret Drabble

昏《くら》い水《みず》

著 者
マーガレット・ドラブル
訳 者
武藤浩史
発 行
2018年2月25日

発行者　佐藤隆信
発行所　株式会社新潮社
〒162-8711 東京都新宿区矢来町71
電話 編集部 03-3266-5411
読者係 03-3266-5111
http://www.shinchosha.co.jp

印刷所
株式会社精興社
製本所
大口製本印刷株式会社

乱丁・落丁本は、ご面倒ですが小社読者係宛お送り下さい。
送料小社負担にてお取替えいたします。
価格はカバーに表示してあります。

ISBN978-4-10-590144-8 C0397

CREST BOOKS
Shinchosha

終わりの感覚

The Sense of an Ending
Julian Barnes

ジュリアン・バーンズ
土屋政雄訳

穏やかな引退生活を送る男に届いた一通の手紙――。
ウィットあふれる練達の文章と衝撃的なエンディングで、
四度目の候補にして遂にブッカー賞を受賞。
記憶と時間をめぐる優美でサスペンスフルな中篇小説。

CREST BOOKS

ディア・ライフ

Dear Life
Alice Munro

アリス・マンロー
小竹由美子訳

二〇一三年、ノーベル文学賞受賞。A・S・バイアット、ジュリアン・バーンズ、ジョナサン・フランゼン、ジュンパ・ラヒリら世界の作家が敬意を表する現代最高の短篇小説家による最新にして最後の作品集。

CREST BOOKS

低地

The Lowland
Jhumpa Lahiri

ジュンパ・ラヒリ
小川高義訳

若くして命を落とした弟。その身重の妻をうけとめた兄。
着想から十六年。両親の故郷カルカッタと作家自身が
育ったロードアイランドを舞台とする波乱の家族史。
十年ぶり、期待を超える傑作長篇小説。

CREST BOOKS

女が嘘をつくとき

Сквозная линия
Людмила Улицкая

リュドミラ・ウリツカヤ
沼野恭子訳

夏の別荘で波瀾万丈の生い立ちを語るアイリーン。
ところがその話はほとんど嘘で……。
女の嘘は不幸を乗り越える術かもしれない。
生きることを愛しむ六篇の連作短篇集。

CREST BOOKS

美しい子ども

The Best Short Stories
from Shincho Crest Books

松家仁之編

〈新潮クレスト・ブックス短篇小説ベスト・コレクション〉
創刊十五周年特別企画。フランク・オコナー国際短篇賞受賞作三作を含む、シリーズの短篇集十一作から厳選した現代最高のアンソロジー。ミランダ・ジュライ、ジュンパ・ラヒリ、ネイサン・イングランダー、アリス・マンローほか。

CREST BOOKS